# Qué niña tan lista

HELENA ECHLIN

# Qué niña tan lista

Traducción de
M.ª del Puerto Barruetabeña Diez

Grijalbo narrativa

Papel certificado por el Forest Stewardship Council®

MIXTO
Papel | Apoyando la silvicultura responsable
FSC® C117695

Penguin Random House Grupo Editorial

Título original: *Clever Little Thing*

Primera edición: marzo de 2025



*Printed in Spain* – Impreso en España

ISBN: 978-84-253-6102-9
Depósito legal: B-616-2025

Compuesto en Fotoletra, S. L.

Impreso en Liberdúplex,
Sant Llorenç d'Hortons (Barcelona)

GR 6 1 0 2 C

*Para Jordan*

«Me imagino mis residuos contaminantes circulando
por sus conductos, por sus cavidades y sus venas.
Quiero apartar mi aguijón de su cuerpo inocente».

*Un trabajo para toda la vida.*
*Sobre la experiencia de ser madre*
RACHEL CUSK

# 1

*En el presente*

Sobre una mesa situada junto a la ventana hay un frutero que contiene, aunque resulte confuso, fruta fresca mezclada con piezas de cerámica. Junto a brillantes peras Williams de porcelana asoman otras de un verde apagado con motas marrones, demasiado imperfectas para no ser reales. Siento un fuerte impulso de ordenar las frutas porque necesito controlar algo. Estoy a punto de ponerme a organizarlas cuando la puerta se abre de un tirón. Una mujer joven y risueña se presenta diciendo que se llama Kelly.

—Perdona, cariño, pero tienes que entregar los cordones —añade—. Son las normas.

—Vale. —Me quito los zapatos y le doy los cordones. Hay que perder alguna batalla para ganar la guerra. Voy a conseguir salir de aquí.

—Ya lo hemos revisado todo en busca de objetos punzantes —continúa.

—¿Punzantes?

—Cualquier cosa afilada, cariño. Cuchillas, limas de uñas. Aunque tú no tenías gran cosa, un lápiz nada más.

—¿No puedo tener algo para escribir? —Tampoco es que pueda hacerlo, porque todavía tengo la mano derecha vendada y los cortes me laten de dolor. No podría ni escribir la palabra «ayuda» aunque quisiera.

De todas formas he accedido a quedarme aquí dos noches. Aunque tampoco es que tuviera otra elección.

—Puedes escribir en la sala común. Es muy bonita y muy cómoda, se está muy bien, hasta tiene chimenea. Además es muy tranquila: las madres con sus bebés están en la otra ala, así que no te van a molestar. —Me mira muy fijamente, como si se me hubiera olvidado que Luna, que solo tiene tres días y nació justo antes de Navidad, en la semana treinta de gestación, está en Londres, en la unidad de neonatos del hospital. Pero sé que ella está recibiendo la mejor atención posible. Es Stella la que se encuentra en peligro.

Kelly examina la habitación. ¿Está comprobando si he tocado la fruta? Tal vez ese frutero sea una prueba: si no recoloco el contenido, ella asumirá que no soy capaz de distinguir lo real de lo que no lo es. Pero si lo hago, considerará que tengo una obsesiva necesidad de controlar todo lo que me rodea.

Pete dice que vivir con ansiedad es mi estado natural y que siempre estoy buscando algo de lo que preocuparme. Seguramente me importa demasiado lo que piensan los demás. Me obligo a inspirar hondo y exhalar despacio. Le doy la espalda a la fruta y miro a Kelly con una sonrisa radiante.

—¿Y ahora qué?

—Cámbiate de ropa y ponte cómoda —propone—. Te espero fuera.

Sale y cierra la puerta. Sobre la cama hay una camiseta de algodón blanca de manga larga y unos pantalones de chándal con forro suave del mismo color. El uniforme que llevan todas aquí.

La verdad es que este lugar podría ser una casa de huéspedes de categoría: las vigas de roble, una butaca cómoda y una cama grande con sábanas de algodón muy bien planchadas y un montón de cojines decorativos. En la pared, frente a la ventana, hay un cuadro con una naturaleza muerta: siluetas de botellas y tarros de colores apagados sobre un fondo más oscuro. Recipientes vacíos. Tal vez sea eso lo único que deberíamos aspirar a ser nosotras, las madres.

Alguien ha deshecho la maleta que me ha traído Pete. Mi cepillo de dientes y el líquido de las lentillas están en el baño. Han dejado el sacaleches en la mesa que hay junto a la ventana, enchufado y preparado para usarse, y han guardado mi ropa interior en los cajones de la cómoda, pero no veo ni rastro de otras prendas de ropa. ¿Se le habrá olvidado a Pete traerlas?

Ganar la guerra, me recuerdo. Y todavía llevo el móvil en el bolsillo, así que no estoy aislada del todo. Me pongo la ropa que me ha dejado Kelly. Entro al baño, donde encuentro una cesta con jaboncitos individuales envueltos en un bonito papel. Aprovecho para cambiarme la compresa para evitar que los pantalones blancos acaben con una mancha de sangre.

Cuando Kelly vuelve, recoge la ropa que me he quitado. Me dice que alguien me traerá la comida dentro de poco, que me siente un rato a esperar. Cuando se va, me acerco a la ventana para mirar la relajante vista de árboles invernales sin hojas y laderas salpicadas de ovejas. Pete no ha escatimado con este lugar, se lo tengo que reconocer. Le he prometido que me voy a relajar, pero no puedo. No es como si tuviera la posibilidad de elegir un jabón ecológico de lavanda y geranio y prepararme un baño reconfortante. Me envuelvo con los brazos y me acuno levemente.

Kelly llama a la puerta y entra sin esperar a que le dé permiso.

—Se me olvidaba. —Me tiende la mano. Me quedo mirándola y me pregunto si estará esperando una propina—. El móvil —dice—. Nos parece que no tener que preocuparse por el teléfono contribuye a la relajación y el descanso de las huéspedes.

—Necesito el móvil.

—Podrás usarlo cuando quieras —aclara Kelly, pero niego con la cabeza y me aferro al teléfono con las dos manos. Murmura algo sobre tener que consultarlo con dirección, pero no discute conmigo.

Cuando se va, vuelvo a mirar por la ventana. Estoy muerta de miedo porque no puedo asegurar que Pete entienda el peligro que corre Stella. Le he prometido que me voy a quedar aquí, pero podría romper esa promesa. Solo estoy a un par de horas de Londres, aunque no tengo ni abrigo ni cordones en los zapatos. Conservo el teléfono, así que podría llamar a un taxi, pero lo más seguro es que ni siquiera me dejaran cruzar la puerta. En cualquier caso, temo que si se enteran de que me quiero ir, hagan algo para detenerme. Pero tengo que volver con Stella.

Después de su parto, hace ocho años, estaba agotada, pero me quedé despierta durante horas, maravillada por el delicioso olor que emanaba de su cuerpecito; olía a pudin de vainilla, a azúcar caramelizado y a madreselva. «Este es el olor de algo más grande que el ser humano», pensé. La dulzura secreta que hay en lo más profundo de todo.

Stella ya no huele así. Cada vez que lo pienso veo que, para cuando descubrí lo que le pasó a Blanka, Stella ya había empezado a cambiar.

# 2

*Unos meses antes*

Cuando Stella y yo vimos a mi amiga Emmy, su hija Lulu ya iba corriendo hacia el mar. Pero Stella se cubrió las orejas con las manos.

—Muy alto —dijo gimoteando.

—¿Qué es lo que te molesta, cariño? —le pregunté mientras Emmy desdoblaba una mantita y tumbaba encima a su bebé, Madeleine.

Cuando ella se sentó, tuvo el cuidado de colocar bien la falda de su vestido blanco con rayas marineras para que no se arrugara. Era un día de agosto perfecto, con un cielo de un color azul profundo poco común. Yo esperaba que las niñas se fueran a corretear juntas por allí, pero Stella se agarraba la cabeza con un gesto de dolor, como si un caza de combate estuviera pasando justo sobre nuestras cabezas, aunque el único ruido que se oía era el que hacían las olas al alcanzar la orilla y el graznido de las gaviotas.

Emmy se ajustó sus enormes gafas de sol y estudió a Stella con cara de preocupación.

—¿Es que le duele la cabeza?

Negué con la cabeza.

—Creo que no le gusta el ruido de las olas. Tiene los oídos muy sensibles. —Tampoco le gustaba el ruido del agua cuando llenábamos la bañera.

Stella se sentó, flexionó las piernas y acercó las rodillas al pecho. El ala ancha del sombrero que llevaba le oscurecía la cara. Parecía apagada. Tal vez estaba más afectada por la marcha de Blanka de lo que yo creía. Nos había comunicado que no iba a volver una semana antes, sin previo aviso. Después de cuatro años trabajando para nosotros, solo me envió un breve mensaje: «Ya no puedo seguir yendo a trabajar». Y cuando intenté que me diera una razón, me ignoró. A pesar de todo el tiempo que había pasado con Stella, jugando con ella, bañándola y dándole de comer, estaba claro que mi hija no era para ella más que un trabajo, algo que se podía descartar sin más, como un pañuelo usado.

—Tal vez a Stella le apetezca algo de comer —sugirió Emmy—. ¿Qué te parece un trozo del bizcocho de plátano casero de tu madre, cariño? ¿O zanahorias? Creo que tengo unas cuantas por aquí.

Con las manos todavía pegadas a las orejas, Stella rechazó su oferta.

—No, gracias.

—Igual tiene calor con el vestido —me sugirió Emmy.

—Como tenemos esta piel tan blanca de herencia irlandesa, toda precaución es poca —expliqué. Stella había heredado mi piel clara y mi color de pelo: pelirrojo oscuro con mechas rubias.

Lulu, la hija de Emmy, estaba intentando hacer volteretas laterales en la orilla. Llevaba el pelo muy rubio en una trenza sujeta en un bonito recogido en la coronilla. Emmy también llevaba una trenza un poco despeinada que le caía sobre el hombro, muy a la moda. Había visto vídeos de cómo se hacían ambos peinados, pero Stella odiaba que le tocara el pelo. Estaba deseando que mi hija fuera a jugar también. Tenía que empezar el colegio pocos días después y todavía le costaba encajar. Había organizado esa visita a la playa de Kent a final del verano para que Stella pasara tiempo con otra niña de su clase. Pero prefería quedarse allí, sentada dentro de su autoimpuesta burbuja de silencio.

Lulu por fin consiguió hacer una voltereta perfecta y a partir de ahí se puso a hacer una detrás de otra. Noté una presión en el pecho. Lulu parecía contenta y muy libre. Stella no había hecho algo así en su vida, pero me recordé que a las otras madres les costaba que sus hijos leyeran, mientras que la mía se sentaba encantada a hacerlo durante horas. Le di unos golpecitos en el hombro y me aseguré de que me viera bien los labios.

—Te quiero —dije. Ella me miró a los ojos, pero no podría decir qué era lo que pensaba en ese momento.

Emmy se colocó a la niña pequeña en el pecho para amamantarla, pero no se le veía nada gracias a una abertura muy bien pensada que tenía su vestido. Era capaz de parecer elegante incluso mientras daba de mamar. Se dio cuenta de que me había quedado mirando, así que le di la espalda y crucé los brazos sobre el pecho, cubierto por una camiseta blanca sin nada de especial. Los tenía hinchados, pero Emmy no sabía que yo estaba embarazada. Tenía muchas esperanzas en aquella ocasión, pero ya había perdido otros bebés antes y no quería contarlo y que se gafara. Aún no. Por suerte prácticamente no se me notaba.

—No pasa nada —contesté en voz baja—. A Stella le gustaba, pero la verdad es que lo de ser niñera no se le daba muy bien.

Emmy me miró con cara de desaprobación.

—Bueno, como ya no está...

—¿Se ha mudado?

Me cubrí la nuca con la mano. Me acababa de cortar el pelo bastante para quedarme con una media melena recortada por detrás y me parecía que el sol me estaba quemando la sensible piel que acababa de dejar al descubierto.

Emmy se me quedó mirando fijamente.

—Oh, Dios mío, ¿es que no te has enterado? —Miró a Stella, que no se había apartado las manos de las orejas, se inclinó hacia mí y me dijo en un susurro—: ¿Seguro que Stella no puede oírnos?

No podía saberlo con certeza, pero se me ocurrió una idea. Saqué un pañuelo de papel de mi bolsa de playa, lo rasgué por la mitad y fui doblando cada una de las mitades hasta que hice dos tapones diminutos. Los humedecí y los escurrí. Entonces le aparté las manos de las orejas a mi hija.

—¡Tachán! Tapones para los oídos. —Cuando se los puse, vi que su cuerpo se relajaba—. Ahora puedes ir a jugar y a divertirte —le dije. Stella se puso de pie y fue corriendo a unirse a Lulu.

—Eres un genio —exclamó Emmy.

Sonreí. Parecía que íbamos a poder tener una conversación de verdad en vez de limitarnos exclusivamente a poner crema solar y repartir comida. Y lo mejor de todo era que Stella por fin se había puesto a jugar con Lulu.

—Blanka está muerta —anunció Emmy.

Sacudí la cabeza. De repente el ruido de las olas me llenó los oídos, estrellándose, golpeando, arrastrando. Stella tenía razón: ese ruido era insoportable. Vi que la boca de Emmy seguía moviéndose. Cuando el ruido interior por fin cesó, me pareció que había entendido lo fundamental: había sido un accidente o algo así. Emmy no sabía los detalles.

—Pero si la he visto hace poco —dije aunque no tuviera mucho sentido, como si el hecho de que hubiera estado viva antes sirviera para rebatir su muerte—. ¿Cuándo ocurrió?

—El jueves. Justo antes del fin de semana. Siento mucho que hayas tenido que enterarte por mí. No me puedo creer que no lo supieras.

—¿Y cómo lo sabes tú?

—Me encontré con una amiga que vive en su calle —explicó Emmy—. Vio cómo se la llevaban.

Blanka había muerto poco antes del fin de semana, solo unos días después de renunciar a su trabajo con nosotros. Si no hubiera dejado de ser nuestra niñera, ¿seguiría viva?

Cerré los ojos y recordé a Blanka recorriendo la acera con su falda larga negra, su sudadera holgada con capucha gris y los hombros hundidos como si llevara todas sus posesiones terrenales a la espalda. Solo tenía treinta y tantos y la cara redonda e infantil, pero se movía como una mujer mayor.

—¿Fue un accidente de coche? —pregunté. De repente sentí náuseas.

Emmy sacudió la cabeza.

—Mi amiga no lo sabía.

—Su pobre madre —comenté. No la conocía (Blanka era una persona muy reservada), pero sabía que vivían juntas. Me pregunté si el accidente habría ocurrido en su casa.

—Blanka estuvo con vosotros mucho tiempo, ¿no? Lo siento mucho, Charlotte. Todo esto tiene que ser terrible para ti.

Asentí, aunque la verdad era que Blanka nunca fue una de esas niñeras sobre las que la gente dice: «Es como si fuera de la familia». A Stella le gustaba, pero Pete y yo nunca entendimos muy bien por qué. Bromeábamos a menudo sobre que ella era como el blanqueador de café no lácteo del mundo de las niñeras: lo único bueno que se podía decir de ella consistía en que era mejor que nada.

En aquel momento me sentí mal por todas las veces que pensé algo malo de ella.

Un grito acabó con la tranquilidad. Lulu vino corriendo hacia nosotras con la cara contorsionada. Se tiró sobre la mantita, sollozando, y Emmy dejó a un lado al bebé y abrazó a Lulu. Stella permaneció de pie a una distancia prudencial, con algo escondido tras la espalda. Se me cayó el alma a los pies.

—Stella, ¿qué tienes escondido? —pregunté. Ella negó con la cabeza y se señaló los tapones de los oídos.

—Hemos ido hasta las rocas —explicó Lulu con voz entrecortada y ahogada—. Stella me ha dicho que quería enseñarme algo y era un..., estaba muerto... —Y volvió a lloriquear.

—Oh, Dios mío —exclamó Emmy cuando Stella por fin nos enseñó lo que tenía en la mano: un amasijo de huesos y plumas que debía haber sido un pájaro. Un trozo cayó sobre la arena—. Oh, Dios mío —repitió, cogió en brazos al bebé, le dio la mano a Lulu y se apartó varios metros.

—¡Llévatelo! —chilló Lulu.

—No pasa nada, Lulu —contestó Stella—. No puede hacerte daño. Pero si no tiene cabeza.

Lulu enterró la cara más o menos a la altura de la cintura de Emmy.

—No quiero eso cerca del bebé —gritó Emmy, apretando el cuerpecito de la niña contra su pecho—. Podría transmitir alguna enfermedad.

—Vale, vale. —Dejé a Emmy consolando a Lulu y me acerqué a Stella. Le quité los tapones de los oídos, pero no se volvió a quejar del ruido del mar. Estaba demasiado emocionada—. ¿Por qué has cogido esa gaviota, cariño? —le pregunté.

—No es una gaviota, es un alcatraz. Quería examinarlo. ¿Puedo, mami, por favor?

Me ablandé. A Stella le encantaba investigarlo todo y no se le había pasado por la cabeza que seguramente Lulu no compartía su interés científico.

—Puedes estudiarlo cuando estemos en casa —prometí—. Pero lo guardaremos en el maletero. Y tienes que pedirle disculpas a Lulu.

Por suerte llevaba una bolsa de plástico vacía en el bolso de playa. Ayudé a Stella a guardar el cadáver y la acompañé de vuelta a la mantita, donde Emmy estaba utilizando el bizcocho de plátano para consolar a Lulu.

—Siento que te hayas asustado, Lulu —dijo Stella, con la cabeza gacha.

Lulu sorbió por la nariz y siguió comiendo. Nadie le ofreció bizcocho a Stella, aunque lo había hecho yo. Y había utilizado harina de almendra porque Emmy aseguraba que Lulu era alérgica al gluten.

Emmy miró a Stella con cierta reserva. Sin poder creérmelo, me di cuenta de que estaba recordando lo que hizo mi hija en la fiesta de su octavo cumpleaños y me puse muy roja.

Esa piel tan delicada que teníamos tanto Stella como yo... De verdad que no podíamos exponernos al sol ni un minuto.

Stella insistió en llevar en el regazo durante todo el trayecto de regreso a casa la bolsa que contenía el pájaro y a mí no me quedaba energía para discutir con ella. Mientras conducía de vuelta a Londres, notaba un peso en el corazón. Mi hija era muy diferente de los otros niños. Leía ya como una adulta: el libro que tenía en la mesita de noche en aquel momento era *Birdflight as the Basis of Aviation* (El vuelo de las aves como fundamento del arte de volar), de Otto Lilienthal. No era de extrañar que le costara socializar. Y lo más complicado era que ella todavía no entendía el abismo que la separaba de los otros niños.

Stella estaba murmurando algo entre dientes, pero el ruido de la autopista no me permitía entender las palabras. La miré por encima del hombro. Tenía la ventanilla bajada, así que el aire se colaba en el coche y hacía que los mechones de su pelo flotaran como si estuviera bajo el agua. Fuera lo que fuera lo que decía, era la misma frase una y otra vez.

Alguien apareció en mi carril, justo delante de mí, y tuve que pisar bruscamente el freno. Asustada, paré el coche en el arcén y entonces mi cerebro logró reconocer y entender las palabras: «Pobre Blanka. Pobre Blanka. Pobre Blanka».

—¿Por qué dices eso, cariño?

Estaba muy lejos cuando Emmy me contó lo que había pasado, así que no había forma de que supiera que Blanka estaba muerta. ¿Pero por qué mencionaba a la niñera en aquel momento? Entró en modo histérico cuando le dije que Blanka no iba a volver, pero después simplemente no volvió a mencionarla.

Stella me miró con un gesto de enorme paciencia.

—Digo «pobre mami» porque me ha parecido que no te lo has pasado muy bien en la playa.

La había entendido mal, nada más. Claro que no sabía que Blanka estaba muerta. Y era tan sensible que tenía que evitar a toda costa que se enterara.

Pete trabajó hasta tarde en su empresa, Mycoship, que fabricaba material de relleno para embalaje a partir del micelio, las raíces de los champiñones. No llegó a casa hasta las diez, cuando Stella ya llevaba mucho rato en la cama. Yo estaba leyendo en el dormitorio y lo oí guardar la bici en el cobertizo y después abrir la puerta principal. Seguramente iría al congelador a buscar algo para comer. No le gustaba mucho la comida para llevar por los plásticos de un solo uso.

Decidí que era mejor esperar a que comiera algo antes de contarle lo de Blanka. En ese instante recordé el alcatraz. Salté de la cama y fui corriendo a la cocina, pero llegué demasiado tarde.

—Dios, pero ¿qué es eso?

Se lo expliqué.

—¿Y se te ha ocurrido meterlo en el congelador con la comida? —Eso fue lo único que fue capaz de decir.

Cuando conocí a Pete, diez años atrás en California, él tenía treinta y ocho años, pero parecía mucho más joven con esos ojos azules, esos hombros de nadador y la cabeza cubierta de rizos rubios. Esa noche la luz del techo mostraba claramente sus ojeras. Ojalá no tuviera que trabajar tanto.

—Le he puesto tres bolsas —continué—, así que no ha entrado en contacto con la lasaña vegetal. Puedes comértela.

Como las náuseas del embarazo hacían que me costara mucho cocinar, Pete había llenado el congelador de comida preparada de un sitio gourmet que nos gustaba. Metió la lasaña en el microondas y me atrajo hacia sus brazos.

—¿Qué tal te encuentras, amor? —preguntó.

Yo era la que había insistido en tener otro hijo para que Stella tuviera un hermano o hermana, pero en realidad Pete tenía tantas ganas como yo. Miraba la aplicación de Padres Embarazados todos los días.

—Todavía tengo náuseas.

Lo había intentado todo: pulseras para el mareo, vitamina B6, prometazina, cualquier cosa.

Pete asintió.

—Las otras veces, cuando perdiste a los bebés, te sentías estupendamente. Tal vez sea una buena señal.

Lo acompañé a la mesa del comedor y nos sentamos cada uno en un extremo. Cuando compramos esa enorme casa eduardiana en Muswell Hill (uno de los cinco mejores lugares para vivir en Londres, según *The Sunday Times*), tiramos casi todas las paredes de la planta baja para dejar un gran espacio abierto. Mantuvimos los detalles propios de la época (las repisas de las chimeneas y las molduras de la pared), pero pusimos muebles elegantes y modernos y grandes fotografías en blanco y negro de olas muriendo en la orilla de las playas del norte de California, donde se crio Pete. La mesa era de roble reciclado de un antiguo granero, lo bastante grande para que cupieran doce personas cuando sacábamos las alas plegables ocultas. A los dos nos encantaba tener invitados en casa. Unos días después de conocernos dimos una fiesta en la que invitamos a doce amigos a comer cangrejos Dungeness. Juntamos unas mesas que nos habían prestado y las cubrimos con papel encerado. Servimos negronis mientras Pete metía como podía los cangrejos en la olla. Los invitados pasaron un buen rato partiendo las patas y mojando la carne en mi salsa de mantequilla con champán y chalotas. Después quitamos la alfombra y estuvimos bailando hasta el amanecer.

Tras el nacimiento de Stella, seguimos invitando a gente a casa, pero cada vez menos. Dejamos de comer cangrejo cuando su población se redujo por culpa de la acidificación del océano. Y teniendo en cuenta lo que pasó en la última fiesta de cumpleaños de la niña, no creíamos que ninguno de los invitados que asistieron quisiera volver a pisar nuestra casa.

No me sentía cómoda con la idea de invitar a Blanka a aquella fiesta. Me preocupaba que le diera la sensación de que era en realidad un trabajo no remunerado y que no estuviera a gusto socializando con nuestros amigos. Así que al final no la invité. ¿Habrían acabado las cosas de otra forma si lo hubiera hecho? ¿Seguiría viva Blanka?

No podía librarme de la sensación de que le había fallado.

—¿Qué ocurre? —preguntó Pete al verme la cara y entendí que no podía seguir retrasando el momento de decírselo.

—Blanka ha muerto.

Pete palideció y apartó la lasaña.

—Pero eso es horrible. Si estaba aquí mismo... ¿cuándo? ¿La semana pasada? Dios mío.

—Emmy me ha dicho que fue un accidente, pero no sabía los detalles.

—Qué tragedia. No puedo creerlo. Dios... ¿Y cómo lo sabe Emmy? —Me hizo unas cuantas preguntas más y yo le conté lo poco que sabía. Después los dos nos quedamos callados hasta que Pete dijo—: ¿Estás bien, cielo? Es una noticia terrible, pero tú no deberías alterarte en este momento. Ven, ponme aquí los pies. —Colocó mis pies sobre su regazo y se puso a masajeármelos.

—¿Qué tipo de accidente ha podido ser? —pregunté—. ¿Crees que la habrán atropellado?

La verdad era que cruzaba la calle demasiado despacio; no había interiorizado nunca el ritmo de la ciudad, aunque se mudó a Londres con su madre cuando era adolescente. Antes las dos vivían a Armenia, adonde habían llegado después de huir de un país que no recordaba, uno con un nombre complicado, Kirguistán o Uzbekistán, no me acordaba de cuál exactamente y, según iba pasando el tiempo, me daba cada vez más vergüenza volver a preguntarle. Además, parecía que las preguntas la hacían sentir incómoda.

—Tal vez fue un accidente muy loco de esos que ocurren a veces —continué—. Aunque no me imagino a Blanka saltando en paracaídas, por ejemplo. Todos los lunes le preguntaba qué había hecho el fin de semana y siempre me contestaba: «Poca cosa».

Pete me flexionó los dedos del pie derecho despacio, primero hacia delante y después hacia atrás.

—Le enviaremos flores a su madre. Yo me ocupo, porque tú no te encuentras bien.

—Debe estar destrozada —aventuré—. ¿Crees que es raro que no me haya llamado para decírmelo?

Pete me miró con el ceño fruncido.

—Estás muy pálida. ¿Has comido hoy?

—Unas tortitas de arroz.

—Tienes que comer bien. —Me sirvió un poco de lasaña en un plato y yo sonreí y tragué saliva para contener las náuseas.

—Oye, esa obsesión que tiene Stella con los pájaros me preocupa. —Pete cortó su porción en cuadraditos perfectos—. Empieza el colegio pasado mañana y no sé si será capaz de encajar.

Al oír eso fruncí el ceño yo.

—Seguramente Marie Curie tampoco encajaba. Si Stella fuera un niño, Emmy no habría montado tanto escándalo porque trajera un alcatraz muerto. El problema es que es una niña y a la gente le resulta macabro el interés que tiene por esas cosas.

Pete puso cara de escepticismo.

—¿Y cómo iban las cosas antes de que hiciera eso?

Tuve que admitir que Lulu había estado jugando sola la mayor parte del tiempo mientras Stella permanecía sentada tapándose las orejas con las manos.

—Pero no es culpa suya. Es que tiene los oídos muy sensibles.

—Tiene que aprender a estar con los demás niños —insistió Pete—. Tenemos que ser proactivos, sobre todo desde..., ya sabes.

Los dos nos estremecimos al pensar en la fiesta de cumpleaños y yo intenté no mirar a la zona del suelo de la cocina que Pete había limpiado con tanta diligencia que estaba un poco más clara que la madera de alrededor.

—Y no son solo los demás niños —continuó Pete—. No le gusta nada bañarse, no soporta los ruidos y no toca la comida si los elementos no están claramente separados. Por no hablar del modo histérico.

No contesté. El modo histérico daba miedo. Por las noches

veía vídeos de rabietas de niños que colgaban otros padres, con la esperanza de sentirme identificada, pero lo que pensaba siempre era: «Si puedes quitarte de en medio y grabarlo, no será para tanto».

Pete me apretó la mano.

—Solo quiero ayudarla. Yo también la quiero. —Como había terminado de comer, sacó el iPad—. Mira, he estado recopilando recomendaciones. He hecho una hoja de cálculo con los nombres de varios doctores y terapeutas.

—Pero si ya le hemos hecho sus chequeos hace poco —repuse. En el Reino Unido los padres normalmente solo llevan a sus hijos al médico si están enfermos, pero Pete, como era estadounidense, creía que había que hacerles a los niños chequeos anuales, así que llevaba a Stella a hacérselos para mantener la paz doméstica—. Está sana como una pera.

—A nivel físico —dijo Pete.

—Tampoco es tan difícil adaptarse a sus necesidades —repliqué—. Prefiero hacer todo eso que llevarla a un médico para que le ponga una etiqueta que no tiene por qué tener nada que ver con ella. ¿Y cómo se va a sentir si ve que la llevamos a un médico? No quiero que piense que le pasa algo malo. —Pete se puso a revisar su hoja de cálculo mientras pensaba en otro argumento, así que me adelanté—: Oye, dejé de trabajar la semana pasada. Seguro que pasar más tiempo conmigo la ayuda a relajarse. Creo que yo puedo serle mucho más útil que ningún médico. Si empeora, algo que no va a pasar... Pero si ocurre, te prometo que la llevaremos para que la evalúen.

Pete jugueteó con sus gafas mientras yo buscaba desesperadamente otro tema del que hablar. Por lo general la palabra «Brexit» era suficiente para distraerlo completamente (por cierto, ¿por qué Boris Johnson nunca se peinaba?), pero no creía que eso fuera a funcionar ese día.

—No me puedo creer que Blanka esté muerta de verdad —solté, sintiéndome fatal por utilizar su muerte como elemento de distracción.

La cara de Pete se llenó de compasión enseguida.

—Debe de haber sido muy duro recibir esa noticia teniendo en cuenta que ha pasado tan poco tiempo de la pérdida de tu madre.

—Estoy triste por Blanka —respondí—. No tiene nada que ver con mi madre.

Mi madre, Edith, había muerto seis meses antes; sufrió un ictus durante la noche en su casa, un chalet adosado de estilo victoriano en Oxford. Se fue sin despedirse, justo como ella habría querido. Éramos muy diferentes. Aun así en aquel momento esperaba sentir una oleada de tristeza que nunca llegó. Nada que ver con la forma en que afectó a Pete la muerte de su padre. Lo único que me pasó fue que a veces me sobresaltaba, como cuando te das cuenta de que se te ha olvidado algo, el agua hirviendo en la cocina o ponerle pilas a la alarma de incendios, pero enseguida recordaba lo que era: no, no me había dejado el cazo en el fuego, era que mi madre había muerto.

A las dos de la madrugada seguía completamente despierta y me parecía que el ruido del mar aún resonaba en mis tímpanos. Encontramos a Blanka cuando Stella tenía cuatro años. Buscaba una niñera que pudiera ir a recogerla al salir del colegio. Iba a volver a trabajar a jornada completa en *Diseña tu vida*, un portal sobre estilo de vida en el que escribía consejos para ser una buena anfitriona y recomendaciones sobre etiqueta en una columna que se titulaba «Palabra de Charlotte». Había trabajado allí desde que tenía veintimuchos, cuando uno de los editores de ese portal se topó con mi blog, *La anfitriona reticente*, donde hablaba de preparar cenas para muchos invitados sin estresarse, y me ofreció un trabajo en San Francisco. Por suerte no me puso ningún problema para trabajar de forma remota cuando me mudé a Londres. Cuando Pete convenció a mi madre de que leyera mi columna, lo que ella dijo, bastante desconcertada, fue:

—Pero si todo el mundo sabe estas cosas.

—Los estadounidenses no están tan convencidos de que lo

saben todo sobre etiqueta. —La mayoría de los lectores de *Diseña tu vida* eran estadounidenses.

—Pues deberían estarlo —sentenció ella.

Edith era la reina de los dardos envenenados. Profesora de literatura del siglo XIX, se pasó su última noche en la tierra sola, corrigiendo su libro sobre enfermedad y feminidad en la novela de mediados del periodo victoriano. Pero aunque a ella le parecía que mi trabajo era un poco tonto, a mí me encantaba. En mi opinión, la etiqueta no consistía en saber qué tenedor había que usar, sino en hacer que la gente se sintiera bien: con una nota de agradecimiento manuscrita, con un maravilloso postre o incluso diciendo una mentira piadosa. Eso podía parecer muy sencillo a priori, pero a juzgar por la cantidad de cartas que recibía, a mucha gente las situaciones sociales más comunes le complicaban la vida y también le causaban ansiedad. Como experta en etiqueta yo les daba algo para orientarse, una forma de salir de cualquier situación.

Por desgracia encontrar una niñera lo bastante buena para Stella fue complicadísimo. Una candidata quería que yo fuera a recogerla a su casa y después la llevara de vuelta. Otra necesitaba que «todo eso de hacer de niñera» no coincidiera con sus clases de terapia chamánica. Una tercera dijo que solo podía trabajar en una casa que estuviera libre de cualquier olor artificial. Cuando Blanka apareció en mi puerta, llevaba el pelo recogido en dos trenzas hechas con poca habilidad y sujetas con dos gomas elásticas decoradas con unas bolitas rosas de plástico. Tenía la piel olivácea, la cara muy redonda y un aire infantil, aunque bastante sobrepeso, algo que llamaba la atención en Muswell Hill, con sus madres buenorras que iban por ahí con ropa de pilates muy ajustada. También llamaban la atención sus cejas muy pobladas, que necesitaban cuidados. Se sentó muy despacio en nuestro sofá moderno de mediados de siglo con patas estilizadas.

—¿Qué es lo que más te gusta de trabajar con niños? —le pregunté.

—Me gusta cuidar a los niños —contestó Blanka.

—Pero ¿qué específicamente? —No contestó, solo sonrió. Como no estaba muy segura de que hubiera entendido la pregunta, decidí cambiar de tema—. Cuando le sirvas las comidas, tienes que mantener todos los elementos bien separados. —Le enseñé los platos de melamina con compartimentos que utilizaba Stella.

—Oh, claro. —Sonaba muy convencida, no escéptica como las otras niñeras.

Animada al ver esa reacción, continué:

—También hay que cortarle la fruta muy bien o no querrá comérsela. Sobre todo las manzanas.

—Oh, claro. —Blanka asintió con energía, como si nadie en su sano juicio pudiera esperar que una niña de cuatro años se comiera una manzana sin partir.

Seguí explicándole toda la rutina de Stella y Blanka asintió al oír todo lo que le dije. Tal vez era porque no hablaba muy bien el idioma, pero me resultó tranquilizador. Después subí a buscar a Stella a su habitación y la convencí para que saliera a conocer a Blanka. Igual que había hecho en todas las entrevistas anteriores, Stella fue directa adonde estaba Blanka y la estudió. Las otras mujeres rápidamente le habían dicho sus nombres o le habían preguntado por su color favorito, pero Blanka solo le sostuvo la mirada. Pasaron varios segundos y después, para mi asombro, Stella se encaramó al sofá y se acurrucó contra el cuerpo mullido de Blanka. Nuestra salvadora.

Al final admití que no podía dormir, me fui a la cocina sin hacer ruido y me metí un puñado de pretzels en la boca. En todo ese tiempo no había vuelto a pensar en aquel primer encuentro con Blanka, cuando me pareció perfecta para ese trabajo. No sabía cómo ni por qué, pero las cosas habían cambiado tanto que al final ella lo había dejado sin siquiera despedirse. Un misterio que nunca llegaría a resolver, dadas las circunstancias. Pero sí podría resolver el de cómo murió.

Cogí mi portátil y me senté con él en el sofá. Quizá tuviera una página de Facebook en la que hubiera alguna información sobre su muerte. Pero cuando escribí Blanka Hakobyan no encontré ninguna página de Facebook. Tampoco había nadie con ese nombre en Twitter ni en Instagram, ni obtuve ningún resultado en Google. Sentí una leve punzada en el abdomen y me llené de miedo. En los años que llevaba intentando quedarme embarazada había tenido tres abortos. Pero seguí intentándolo, porque si Stella tenía un hermano o hermana no importaría tanto que no tuviera amigos o, peor, que a ella eso le diera igual. Yo esperaba que un hermanito le ayudara a relacionarse con los demás.

Me acerqué a la ventana, esperando que un cambio de postura me aliviara ese dolor repentino. La pared del fondo de la casa era de cristal y desde allí teníamos vistas de Londres, un mar de luces con el edificio Shard en el horizonte, envuelto en el brillo apagado del cielo iluminado y cubierto de polución. Por la noche las cosas se veían diferente a como lo hacían de día, pero yo siempre había sentido que era cuando aparecían como eran en realidad: la noche y su verdad. Iba a perder también a ese bebé y Stella estaría siempre sola.

Fui a la habitación de la niña y escuché el ritmo suave de su respiración. Tal vez era culpa mía que ella no hiciera volteretas laterales en la playa y por eso no me merecía tener otro hijo.

—Oh, claro —dijo Stella de aquella forma inconfundible y yo me sobresalté. Pero su respiración seguía siendo profunda y regular; estaba hablando en sueños.

Blanka solía decir eso, «oh, claro», en respuesta a todo lo que yo le preguntaba, y siempre lo hacía de la misma forma, como canturreando dos notas, algo que recordaba al trino de un pájaro. Me estremecí. Era una frase inocua, pero resultaba muy extraño que Stella hubiera conseguido reproducir de una forma tan exacta la musical respuesta habitual de Blanka.

# 3

*En el presente*

Intento encontrar una expresión que me haga parecer tranquila aunque no demasiado. Tengo que dar la misma impresión de calma que tendría una persona cuerda en esta situación. «Pero si yo estoy cuerda», me recuerdo, aunque resulta difícil parecerlo cuando me obligan a llevar puesto algo que es prácticamente un pijama. Me siento muy erguida en el borde del sofá, con los pies apoyados en el suelo. La doctora Beaufort, mi nueva terapeuta, tiene la cara redonda y seria, el pelo castaño, ya con canas, peinado en una melena corta, de longitud sensata, y lleva un poncho de color azul marino que parece tener pelos de perro.

—Disculpa que lleve puesto esto —dice—. Es que soy friolera. ¿Tú tienes frío? Tápate con la manta si quieres.

—Estoy bien.

Una manta no me va a servir de ayuda ahora mismo. En la pared hay un cuadro en el que se ve a una mujer de pie junto a un río, mirando hacia el lado opuesto a donde está el espectador. Parece que está intentando aguantar a pesar de que en cualquier momento puede llegar una fuerte corriente que la arrastre lejos de allí.

—¿Necesitas pañuelos? —pregunta la doctora Beaufort—. Los he puesto en esa mesita de allí. Antes los tenía en la mesita de café, pero las pacientes me decían que así les parecía que yo quería que se echaran a llorar. No quiero que llores. A no ser que tú necesites hacerlo.

—Vale —contesto.

Está parloteando, diciendo cosas sin sentido. Es posible que sea nueva en este trabajo. Puede que se sacara el título cuando sus hijos crecieron y se fueron a la universidad. A su derecha hay una librería llena de gruesos manuales de diagnóstico psiquiátrico, aunque también hay otros títulos como *Mind Over Mother* o *Las buenas mamás tienen pensamientos aterradores, pero no pasa nada*. ¿Será ella una madre que ha tenido pensamientos aterradores? En una mesita auxiliar junto a su codo veo un jarrón amorfo con unos cardos secos. No hay fotos familiares, pero ese adorno tan feo parece hecho por un niño.

—¿Charlotte? —La doctora Beaufort me ha hecho una pregunta.

—¿Perdón?

—¿Me puedes decir por qué estás aquí?

Me acaricio la garganta. Cuando tenía siete años, mi madre me llevó al médico porque tenía una tos que no se me quitaba. Tres consultas médicas después nos enteramos de que era cáncer de tiroides y tuve que soportar una cirugía y un tratamiento con yodo radiactivo que me dejaba un terrible dolor de garganta y un sabor en la boca como si hubiera estado chupando monedas sucias. Aunque lograron curarme, les tenía mucha manía a los médicos desde entonces.

—¿Por qué estás aquí? —repite la doctora con voz tranquila.

Yo me quedo mirando un cuenco lleno de huevos de mármol que hay sobre la mesita de café.

—Mi marido cree que necesito descansar.

La doctora Beaufort asiente.

—Y qué madre no lo necesita, ¿eh?

Me río un poco, casi por obligación.

Ella me estudia con una mirada muy seria.

—El formulario de ingreso dice que estás preocupada por tu hija Stella.

Noto que empieza a latirme el lado derecho de la frente, el preludio de un dolor de cabeza creciente. Pete ya le ha contado la situación. Seguramente le informará a él del resultado de nuestras sesiones; es probable que yo le diera permiso para hacerlo en el formulario que firmé cuando estaba tan mal. Tengo que convencerlo de que estoy cuerda para que me tome en serio y me ayude a salvar a Stella. Pero si la doctora Beaufort le va a contar lo que le diga, necesito conseguir que también ella se ponga de mi lado.

Cojo uno de los huevos de mármol y envuelvo su superficie fresca con la mano buena. Tengo la tentación de pasármelo por la frente para calmar el dolor, pero debo permanecer tranquila, educada y serena y al mismo tiempo hacer todo lo posible para que me crea. Necesito elegir las palabras con mucho cuidado y compartir la monstruosa verdad muy poco a poco.

—Sí, estoy preocupada por Stella —reconozco.

La doctora Beaufort asiente de nuevo.

—Las cosas se pueden poner muy difíciles cuando llega un nuevo bebé.

—Stella no parece ella —contesto. No es ella, pienso.

—¿Y tú? —pregunta—. Acabas de dar a luz y además diez semanas antes de lo previsto. Las hormonas tienen un efecto muy potente en el cerebro, sobre todo cuando se combinan con el estrés. ¿Has notado algún cambio en ti? —Me mira con amabilidad, con cercanía, y parece examinar cada detalle. Hace meses que no como bien, me gotea sangre entre las piernas y me molestan los puntos. La doctora Beaufort me observa como si supiera que convertirte en madre aumenta tu tolerancia al dolor hasta límites insospechados y que eso no siempre es bueno.

No lleva maquillaje y se le ve la piel de la cara enrojecida. Parece como si solo se lavara la cara con agua y jabón y después saliera corriendo de casa, con demasiada prisa como para mirarse en el espejo. Lleva una tirita de Peppa Pig en el dedo. Es madre. Tal vez me ayude.

—Tiene razón —le confieso—. He pasado mucho estrés y el embarazo y el parto han sido difíciles. —Horrendos, en realidad—. Pero sigo siendo la misma persona. Stella no.

El cáncer que mató al padre de Pete empezó siendo algo pequeño, solo un dolor en la zona lumbar. Mi cáncer infantil comenzó también así, con una tos que no desaparecía. La transformación de Stella también fue ocurriendo sin llamar mucho la atención. Las primeras señales fueron sutiles, mucho, pero definitivamente algo se instaló en ella y fue creciendo con el tiempo.

—Cuéntame. Te escucho —dice la doctora Beaufort, y yo empiezo a hablar.

# 4

*Unos meses antes*

El día después de la excursión a la playa me encontraba fatal cuando me desperté.

—Te he traído una infusión de menta —anunció Pete y me dejó la taza en la mesita antes de irse a la oficina—. Siento tener que dejarte sola con Stella.

Ya había empezado el segundo trimestre hacía una semana, pero las náuseas parecían empeorar. Después de que Pete saliera fui como pude al baño, me incliné sobre el lavabo y tuve varias arcadas, pero nada. Me arriesgué a mirarme en el espejo. Estaba horrible. Era de ese tipo de pelirrojas que parecen paliduchas si no se maquillan, porque las cejas casi ni se me veían y tenía las pestañas claras como las de un cerdito. Lo bueno es que mi cara es como un lienzo cualquiera, así que puedo dibujarme unos ojos con efecto ahumado y unos labios muy rojos y parecer impresionante. Aquel día no tenía energía para tanto, pero hice todo lo que pude para quedar respetable.

Stella estaba sentada a la mesa, dibujando una increíble fortaleza con almenas.

—Buenos días, mami —saludó.

Yo deseé poder darle un achuchón y enterrar la cara en su pelo, pero ella siempre había demostrado una clara aversión a ese tipo de gestos, así que solo me quedé mirándola. Habíamos llegado al acuerdo de que mirarnos durante más de tres segundos era nuestra versión de un abrazo. Stella me devolvió la mirada. Un segundo. Dos segundos. Al tercero apartó la vista.

—¿Blanka va a volver?

La observé.

—¿Por qué lo preguntas, cielo?

—Me prometió que vendría a verme —contestó Stella.

Fruncí el ceño. ¿Cuándo podría haber tenido Blanka la oportunidad de hacerle esa promesa? Hasta donde yo sabía, ni siquiera se había despedido de Stella.

Eché una cucharada de gachas en un cuenco y esperé a que se enfriaran un poco antes de dárselo a Stella. Estaba muy concentrada en su dibujo y tenía una expresión de atención total en la cara. Ella tenía unos rasgos marcados, nada que ver con los míos: la nariz recta, una boca como un capullo de rosa y unos grandes ojos verdes. Siempre me había parecido que su cara parecía salida de un retrato del siglo XVII, que era la de una criatura criada para pensar que los niños debían ser versiones de los adultos en miniatura. Me la imaginaba perfectamente con un vestido de terciopelo con cuello de encaje y un spaniel en el regazo. Aunque ella nunca dejaría que le pusieran algo así.

¿Era posible que hubiera mirado el historial de mi portátil y hubiera visto las búsquedas que hice anoche? Aunque solo tenía ocho años, se sabía mi contraseña y se manejaba con mi ordenador mejor que yo.

—¿Va a venir Blanka? —insistió Stella.

—Blanka ha vuelto a su país —respondí.

—Pero su país es Inglaterra. Lleva viviendo aquí desde que era adolescente.

Decidí continuar con la mentira.

—Necesitaba un cambio.

Después de esa conversación, Stella apenas comió nada. Tal vez era doloroso para ella que Blanka se hubiera mudado a otro lugar. Sentí una punzada de culpa y me arrepentí de esa mentira. Stella no era aprensiva con el tema de la muerte, como demostraba el episodio del alcatraz en descomposición, pero no sabía gestionar el hecho de morir: hasta la pérdida más insignificante le resultaba trágica. Cuando las babosas intentaban comerse el kale que cultivaba Pete, él ponía trampas de cerveza para que se ahogaran, pero Stella se echaba a llorar si encontraba alguna. Era imposible que encajara la muerte de Blanka, algo que nos resultaba difícil de gestionar incluso a los adultos.

Después de desayunar, cuando estaba recogiendo los platos, me di cuenta de que había una marca en la pared de la cocina: una cruz dibujada con lápiz más o menos a la altura de mi pecho. Parecía que alguien había pretendido poner un clavo ahí, tal vez para colgar algo.

—Stella, ¿esto lo has hecho tú? —pregunté señalando la marca en la pintura color crema.

Ella se puso muy seria.

—Solo se dibuja en hojas de papel.

Mojé una esponja y limpié la cruz con ella. Ya le preguntaría por ella a Pete más tarde. Parecía un recordatorio de una tarea sin completar y eso no era propio de él. Si había que hacer algo, Pete se ocupaba de ello en cuanto le surgía la más mínima oportunidad; ya me había escrito un mensaje para decirme que, como prometió la noche anterior, le había enviado azucenas y una nota a la madre de Blanka.

Me aparté un poco para asegurarme de que había limpiado la marca por completo: la pared estaba perfecta. Pero en vez de sentirme satisfecha, tuve una acuciante sensación de que se había quedado algo pendiente, como si fuera yo la que había dejado algo a medias.

A eso de las cinco Pete me escribió para decirme que vendría a casa a cenar, para variar. Yo no estaba en condiciones de cocinar, así que prometió que traería pizza. Antes me encantaba cocinar, mezclar sabores y texturas. Pero preparar la comida de Stella era como tener que parar un poco antes de lo necesario, porque aquello era más bien una lista de ingredientes que una comida de verdad. Tal vez por eso Blanka nunca aceptó mis invitaciones para que comiera con nosotros. Se traía su comida de casa en tarros grandes de yogur y después de calentarlos el microondas olía siempre a estofado de carne. Y jamás la vi comer nada delante de mí, aunque no entendía la razón.

—¿Te acuerdas de aquellas noches de pizza tan locas que organizábamos en San Francisco? —recordó Pete mientras traía la caja de pizza a la mesa—. Nos empeñábamos en preparar una con una mezcla única cada vez.

—Y nos inventamos aquella pizza de «salvar los océanos» con tinta de calamar y anchoas —respondí.

—¿Y la dulce? Pizza de tarta de cumpleaños: crema batida, fideos de colores…

Me eché a reír.

—Como sigas voy a vomitar.

—Esas pizzas no suenan nada deliciosas —comentó Stella.

Le había preparado su comida favorita: pasta con salsa, pero las dos cosas servidas por separado.

Pete me apretó la mano.

—Pues sí que lo estaban. Siempre. —Acarició con un dedo la preciosa mesa de roble—. Entonces nos teníamos que amontonar como podíamos alrededor de aquella diminuta mesa de IKEA. ¿Te acuerdas de…?

—Stella, come un poco más —interrumpí. No estaba comiendo nada.

—Cariño… —intervino Pete y yo entendí lo que quería decir.

Habíamos llegado al acuerdo de que no íbamos a meterle presión para que comiera; era mejor que obedeciera a lo que le pedía el cuerpo de forma natural. Pero ¿y si le pasaba algo? El cáncer de tiroides juvenil no era hereditario, pero sí que me parecía que tenía la cara un poco hinchada. Me incliné sobre la mesa para tocarle la garganta.

—Me haces cosquillas. —Se apartó—. Papá, ¿puedo levantarme de la mesa?

—No tienes que comer más si no tienes hambre —le dijo Pete—. Vete a leer si quieres.

—Hoy casi no ha comida nada —repuse—. ¿Crees que le pasará algo?

—Ya comerá cuando tenga hambre. Y a mí me parece que está bien.

Cuando Stella se fue a su habitación, le pregunté a Pete si había sido él quien dibujó la cruz en la pared.

—Ni hablar.

—Qué raro —respondí—. Stella dice que ella tampoco ha sido. ¿Quién lo habrá hecho entonces?

—¿Podría haber sido aquel hombre que vino a arreglar la nevera? —sugirió Pete.

—¿Y por qué iba a dibujar una cruz en la pared de enfrente?

—Pues entonces ha tenido que ser Stella.

—Pero la niña nunca me miente —repliqué, aunque ella tampoco lo había negado categóricamente.

Después de cenar, Pete se ofreció a bañarla y acostarla, pero yo dudé. Durante los últimos meses él siempre estaba trabajando a la hora en que ella se iba a dormir; si estaba en casa, siempre le daba las buenas noches, pero no conocía los detalles de la rutina que tenía entonces. Era más fácil que lo hiciera yo. Sin embargo, debía dejar que él se ocupara más de ella. Pasar tiempo con Stella le recordaría a Pete que sus rarezas eran parte de lo que la convertía en una niña maravillosa y que lo único que nosotros teníamos que hacer era quererla como era.

—Acuérdate de abrir el grifo con la puerta cerrada —recordé—. No le gusta el ruido del agua corriente.

Mientras Pete preparaba el baño, decidí llamar a la madre de Blanka, Irina. Ella cogió el teléfono al primer tono.

—Quería que supieras que lo siento mucho. Le teníamos mucho cariño a Blanka. —Solo oí un largo silencio—. ¿Hola?

—Todo pasar la semana pasada. Jueves —dijo Irina.

—Lo siento mucho —respondí acongojada—. Me acabo de enterar. De verdad que lo siento.

—Nadie contártelo.

No sabía qué era lo que quería decir. ¿Pretendía transmitirme que no pasaba nada porque no hubiera llamado antes? ¿O sugería que, como nadie me lo había dicho, habría sido mejor que lo dejara estar? En mi columna, «Palabra de Charlotte», yo aconsejaba que, cuando se produce una pausa en la conversación y no tienes ni idea de lo que decir a continuación, lo mejor era limitarse a repetir lo último que había dicho la otra persona y al menos así sabría que la estabas escuchando.

—Nadie me lo había contado —repetí.

—Yo conocer a tu hija —dijo Irina, cambiando de tema bruscamente—. Blanka traerla a verme alguna vez.

—Ah, ¿sí? —Qué raro. ¿Por qué Stella nunca me había hablado de esas visitas?

—Tu hija ser preciosa —continuó Irina.

Iba a agradecerle ese comentario, nerviosa, pero me interrumpió.

—Ella ahogarse —dijo casi en un susurro.

La habitación se volvió borrosa y durante un momento me quedé ciega.

—¿Quién? ¿Stella? —pregunté con un hilo de voz, pero Irina había colgado.

Entonces oí llorar a Stella.

—¡Papi! ¡No! ¡No! ¡No, por favor, papi!

Subí corriendo al baño de Stella. Estaba desnuda, Pete la tenía sujeta encima de la bañera y ella estaba pataleando en la superficie del agua.

—¡Mami! ¡Ayúdame!

—¿Qué le estás haciendo? —grité.

Pete rodeaba el cuerpo de Stella con los brazos. Ella tenía una cara de pánico total, como un caballo en un establo en llamas.

—¿Que qué le estoy haciendo? —Pete volvió a dejar a Stella en el suelo—. ¿Lo dices en serio?

—No le gusta que la agarres así —contesté con el corazón martilleándome en el pecho.

Pete nunca había llegado a vivir el modo histérico. Hasta el momento solo había ocurrido cuando estaba sola con ella, y eso no era de extrañar porque yo me ocupaba del cuidado de la niña la mayor parte del tiempo. Él creía que el modo histérico era básicamente una rabieta, pero era mucho peor. Stella estaba muy pálida y eso era una señal de advertencia.

—Stella, no hace falta que te bañes hoy.

Pete puso cara de contrariedad.

—Necesita disciplina. No podemos hacer siempre lo que ella quiera. Tenemos que ser firmes...

—Ven, cariño —dije, y envolví a mi hija con una toalla.

—Me has interrumpido —se quejó Pete.

—Porque tú no me estás escuchando —contesté con tono de voz sereno porque estaba Stella delante—. No quiere bañarse.

Sabía que era irracional, pero las palabras de Irina todavía resonaban en mis oídos. Pete suspiró y nos dejó seguir a nosotras. Después oí el ruido de la puerta principal al cerrarse. Habría salido a dar una vuelta con la bici, que era algo que hacía a veces por la noche para desconectar. Stella accedió a quedarse de pie en la alfombrilla y no se opuso a que la lavara con una esponja y jabón. Atenué la luz del baño y eso pareció mejorar el ambiente. La toqué con el máximo cuidado posible. Tenía la piel tan delicada como la membrana del interior de la cáscara de un huevo; era como si le faltara una capa protectora esencial.

—¿Estás enfadada conmigo? —preguntó.

—Nunca —contesté—. Nunca me enfado contigo, cariño.

Me enorgullecía no haber perdido nunca los nervios con Stella, ni siquiera cuando ella entraba en el modo histérico. No quería que me tuviera miedo, como me pasaba a mí con mi madre, que tenía ataques de ira que parecían surgir de la nada. Cuando tenía siete años me quejé de la cena (palitos de pescado con margarina) y Edith me tiró un paquete de harina a la cabeza. El paquete se rompió y pasé varios días con los ojos irritados. Con nueve años le dije que estaba muy cansada para limpiar la encimera y ella me sacó de casa a empujones y cerró la puerta con llave. Tuve que quedarme afuera veinte minutos, en medio de la nieve y descalza.

El cuidado de su hija y las labores de la casa parecían ser lo que provocaba los arrebatos de Edith. El hecho de que yo existiera, básicamente. Mi padre, que había sido su profesor de literatura victoriana, la presionó para que tuvieran un hijo, pero murió de un ataque al corazón antes de que Edith diera a luz. Lo único que ella quería en la vida era acabar su tesis doctoral y empezar su carrera en la docencia, pero de repente se encontró criando a una recién nacida sola.

Algunas veces, después de perder los nervios de esa forma, se iba durante un par de semanas a un congreso académico o a dar algún curso y Maureen, la asistenta que venía una vez a la semana, se sentaba conmigo después del colegio a ver *Neighbours* y se quedaba a dormir. Era una mujer paliducha con el pelo rubio teñido, que vivía en un barrio marginal y tenía que criar a sus tres hijos sola. Pero parecía que yo le daba lástima, así que me echaba un poco más de azúcar al zumo de concentrado que me preparaba y me llamaba «tesoro». Edith no creía que hiciera falta decir las palabras «de nada» después de que alguien te diera las gracias porque le parecía innecesario. Tampoco se disculpaba nunca: supongo que tampoco eso le parecía oportuno.

Desde el mismo momento en que nació Stella supe que no iba a tener nada que ver con Edith como madre. Cuando la traje a casa desde el hospital, me tumbé en la cama con ella y me dediqué solo a disfrutar de su maravilloso olor y estuve pensando en las cosas a las que sería capaz de renunciar por ella: a una extremidad, a mis ojos, incluso a todo mi cuerpo. Me imaginé que para salvarle la vida podría tirarme delante de un tren sin pensármelo. Y aquella noche me hice una promesa a mí misma: sacrificaría cualquier cosa por ella.

En el baño envolví a Stella en una toalla gruesa y calentita y después le puse un pijama de franela cómodo. La acosté y la dejé leyendo un libro sobre la historia de las fortificaciones. Cuando llegó la hora de apagar la luz, las dos intercambiamos nuestra mirada especial, pero esta vez no apartó la vista tan rápido. Otros padres les daban a sus hijos un beso de buenas noches o se acurrucaban con ellos hasta que se dormían, pero yo me convencía de que esa mirada tan profunda era algo mucho más íntimo.

Cogí el portátil con la intención de hacer algo útil, pero estaba tan cansada que al final me tumbé en el sofá. «Ella ahogarse». Las palabras de Irina me habían provocado un profundo terror. Stella tenía que dar una clase de natación pocos días después (había tenido que reservar una clase particular porque el ruido de la clase grupal era demasiado para ella), ¿debería cancelarla? No, era absurdo. Irina no podía hacerle daño a Stella.

Pero ¿por qué no me había dicho mi hija que había estado en casa de Blanka? ¿Sabría ella por qué Irina parecía tener esa animosidad contra mí? Seguro que solo estaba trastornada por culpa del dolor, ¿no era comprensible? El problema de esa teoría era que Irina no parecía sentirse así, sonaba serena y clara. Tal vez solo estaba en shock. O quizá tenía una buena razón para odiarme en realidad. Blanka podría haberle dicho que no le pagaba suficiente; el pago que recibía era lo habitual para una niñera en el norte de Londres. Ciertamente no le pagaba lo que ganaban las niñeras profesionales, las que se anunciaban en las aplicaciones de cuidado infantil, pero esas niñeras no habrían metido a Stella en la cama con la ropa de salir a la calle y con toda la cara manchada de chocolate, después de sacarlo de mi alijo secreto. Y a pesar de eso no la despedí, fue ella la que dimitió.

«Ya no puedo seguir yendo a trabajar».

Después de que me dijera eso la llamé y le envié varios mensajes, pero como no me contestó, me pareció obvio que estaba decidida, así que opté por dejar mi trabajo. No necesitábamos el dinero y una parte de mí pensaba que si había perdido tres bebés mientras trabajaba, tal vez si dejaba de hacerlo no volvería a pasar. Edith se burlaba de esas concepciones fisiológicas tan victorianas que aseguraban que si las mujeres se agotaban mentalmente, el flujo sanguíneo necesario se dirigía al cerebro y no a sus órganos reproductivos. Y a mí me resultaba irónico pensar que al dejar el trabajo para centrarme en mi embarazo estaba siguiendo precisamente la doctrina que ella tanto criticaba.

La semana anterior había sido una locura, porque había tenido que atar todos los cabos sueltos en el trabajo y que preparar a todo correr una despedida para «Palabra de Charlotte», pero debería haber ido a ver a Blanka. No tenía que haber dejado que nuestra relación acabara con un mensaje críptico. Debí haberla presionado hasta que me explicara la razón por la que había dimitido de esa forma tan repentina.

Me pregunté si ella quiso hablar de ello conmigo el último día que nos vimos. Como siempre, rechazó mi oferta de tomarse una copa o comer algo, pero tardó en ponerse su sudadera holgada con capucha gris e ir a buscar su bolso. Yo no me molesté en darle conversación, porque lo había intentado en otras ocasiones y ella me contestaba con monosílabos.

La acompañé a la puerta y le dije que pasara un buen fin de semana, pero ella se quedó allí parada. No era la primera vez que había tenido que enfrentarme a una pausa incómoda, pero fue como si esperara algo de mí, aunque yo no tenía ni idea de qué era.

Después bajó los escalones de entrada y al llegar a la cancela se dio la vuelta para despedirse con la mano. Tenía una forma especial y personal de hacerlo, siempre igual para saludar o para despedirse, con la palma rotando para hacer un círculo, como si hubiera un cristal invisible entre las dos y ella lo estuviera limpiando.

# 5

El día después de mi conversación con Irina, fui a la tienda más elegante de Muswell Hill y busqué un regalo mientras Stella leía en un rincón de la tienda. Me decidí por una manta muy cara de una lana reciclada de color gris claro. Después me lo pensé mejor, dejé la que tenía en la mano y compré el tamaño más grande.

Llevé a Stella a casa de mi amiga Cherie, otra madre del colegio. Zach, su hijo de nueve años, iba al curso siguiente, pero con frecuencia se negaba a ir al colegio. Era un experto en la composición química del *slime*, pero necesitaba una lista con trece puntos para lavarse los dientes. Cuando quedaba con Cherie, ninguna de las dos esperaba que los niños hicieran cosas normales. Stella normalmente se dedicaba a leer algo sesudo mientras Zach revolvía fluidos no newtonianos en varios recipientes.

Después fui a la casa de Blanka e Irina. Notaba un dolor en el vientre pero intentaba ignorarlo. Sería hambre, me decía. O nervios.

Las dos mujeres vivían en la planta baja de un adosado. Desde allí se oía el estruendo de la carretera North Circular, que estaba a solo dos calles. El alféizar de la ventana de delante estaba cubierto de las hojas moradas de un ciruelo medio muerto.

Di un respingo. Había una mujer sentada dentro, tan sombría e inmóvil que no la había visto en un primer momento. Llevaba una chaqueta de lana gris, el pelo canoso recogido en un moño y desde una butaca grande miraba al vacío.

Levanté una mano para llamar su atención, pero ella no reaccionó, aunque estaba casi segura de que me había visto, así que ya no tenía otra opción que recorrer el camino de entrada. Saludé con la mano, vacilante. Ella se levantó y me miró desde el otro lado del cristal.

Después se apartó de la ventana y yo esperé. Nada. Me estaba preguntando si ella no estaría de humor para visitas cuando la puerta se abrió. Tenía la misma piel olivácea que Blanka y también sus mejillas redondas. Su cara estaba demacrada y el profundo sufrimiento que se veía en su mirada era impactante. Quise darme la vuelta e irme corriendo. Pero no podía soportar seguir pensando que había hecho algo mal sin darme ni cuenta. Si tenía que disculparme, estaba dispuesta a hacerlo.

—Soy Charlotte, la madre de Stella. He venido a decirle que lo siento mucho y…

Irina se me quedó mirando fijamente y pensé que se iba a enfurecer y reprocharme que me atreviera a aparecer por allí, sobre todo después de que nuestra conversación telefónica hubiera acabado con un tono tan hostil.

Pero lo que hizo fue abrir la puerta de par en par y esperar.

Sentí una presión en las entrañas. Si iba a perder ese bebé también, no quería hacerlo en casa de una desconocida. Pero me fijé en que la prenda de color claro que yo había creído que era una falda era en realidad un camisón y que llevaba mal abrochada la chaqueta con la que se abrigaba. Estaba hecha un desastre; no podía dejarla sola en ese estado.

En el interior, los muebles bajos y oscuros eran demasiado grandes para el diminuto salón. Todas las superficies estaban cubiertas con paños bordados o tapetes de ganchillo y las estanterías llenas de figuritas pintadas, muñecas y animales de madera. Saqué la manta, que estaba atada con una cinta de seda gris. Ese lujo minimalista se hallaba totalmente fuera de lugar allí, y en aquel contexto parecía básico y funcional. Irina hizo un gesto con la cabeza pero no la cogió.

Sobre una cómoda había una foto en blanco y negro de Blanka en un marco de plata. Parecía tener unos dieciocho años y sonreía un poco. Aquella foto me puso triste. Alguien debería haberle dicho que en las fotos hay que enseñar bien los dientes, como la gente en el concurso *¡Mira quién baila!*, porque así pareces feliz y nadie puede saber si es cierto o no.

Irina quitó un montoncito de lana y agujas que había en el sofá.

—Yo preparar té.

Y se fue. Miré a mi alrededor, en busca de un sitio donde dejar la manta. Había un icono religioso colgado en la pared, encima del sofá: un santo con cara de decepción. La sensación rara que tenía en el abdomen se extendió por todo mi cuerpo y pasó de molestia a dolor, así que me dejé caer en el sofá, todavía con la manta en la mano. Examiné la naturaleza y la ubicación del dolor, intentando dilucidar si era igual que el que noté antes de mis tres abortos anteriores. El último me ocurrió cuando estaba de quince semanas. Aquel día hacía catorce semanas y cinco días.

—¿Gustar mermelada? —preguntó Irina desde la cocina.

—No te molestes por mí. Lo que tengas a mano —respondí.

Supuse que me diría lo que había hecho, yo me desharía en disculpas y después me iría con la sensación del deber cumplido. Su hospitalidad me ponía nerviosa. Tal vez eso era lo que pretendía: mantenerme ocupada hasta que perdiera a mi bebé allí, encima de su sofá de terciopelo falso. Noté el pecho cubierto de sudor.

O tal vez lo que esperaba era que compartiéramos recuerdos bonitos de Blanka. Rebusqué desesperadamente en mi memoria.

Irina volvió con una bandeja que tintineaba: unas tazas con el borde dorado, una tetera con flores y un cuenquito con mermelada. Se sentó muy cerca de mí y entonces me di cuenta que yo seguía con la manta abrazada sobre el vientre. Irina me tendió un plato con unos pastelitos hojaldrados.

—Los favoritos de Blanka.

Dejé que me cogiera la manta y me serví un pastelito.

—Qué rico —dije, aunque en ese momento no era capaz de comer ni un bocado.

Crucé las piernas esperando no tener ninguna mancha que revelara una pérdida. La casa olía mucho a aceite de freír y a una especia, canela tal vez. Irina me estudió y yo me di cuenta de que tenía una mano sobre el vientre y el dorso de la otra bajo la nariz.

—¿Náuseas? —preguntó comprensiva. Asentí y ella continuó—: Cuando yo estar embarazada de Blanka tener náuseas todo el tiempo también.

Me quedé desconcertada porque no se me notaba. Irina vio mi expresión de sorpresa.

—Aquí ser enfermera en un hospital de enfermos terminales, pero en mi país trabajar de comadrona. Las embarazadas tener mucha sensibilidad a los olores. —Arrugó la nariz—. Como los perros. —Después me dio una palmadita en la rodilla—. Pero oler cosas malas ser bueno. Significar que el bebé estar sano. —Apretó los labios de una forma que parecía casi una sonrisa.

El dolor que notaba en el vientre mejoró: no me odiaba. No le había hecho nada horrible a Blanka. Y tenía razón: la sensibilidad a los olores era un síntoma del embarazo. Sentí una oleada de esperanza y se me llenaron los ojos de lágrimas.

—Lo siento —dije—. De verdad que lo siento mucho. —Se me quebró la voz.

Mis lágrimas parecieron satisfacer a Irina y asintió.

—No sentir. Deber haberte dicho el día de la muerte de Blanka, pero yo pasar tres días que no poder hablar con nadie.

Por supuesto. El dolor era lo que había hecho que sonara tan desagradable cuando hablamos por teléfono. Había perdido a su única hija, le había ocurrido lo peor que podía pasarle. Qué narcisista había sido pensando que su estado tenía que ver conmigo.

Pero si lo que había dicho no era una maldición para Stella, ¿qué había querido decir? «Ella ahogarse». Entonces lo entendí.

—Blanka ahogarse..., quiero decir, ¿se ahogó? —pregunté con toda la delicadeza que pude.

Irina agachó la cabeza en un asentimiento muy leve.

—Nosotras huir de nuestro hogar e ir a Armenia. Allí refugiadas. Muchas veces solo poder lavarnos con agua de un cubo. Cuando venir aquí, a Blanka gustarle mucho darse un baño.

—¿Se ahogó en la bañera? —Nunca había visto a Blanka ni siquiera darse el lujo de tomarse un vaso de agua. Me sorprendió enterarme de que a esa misma mujer le encantaba darse un buen baño caliente. Y tampoco había oído nunca que alguien se hubiera ahogado en la bañera.

Irina se levantó.

—Yo enseñar.

¿Enseñarme qué? Aunque el dolor del vientre casi había desaparecido, las náuseas no, pero ella me cogió del brazo con una fuerza sorprendente. Me di cuenta de que era mucho más joven de lo que creía, tal vez ni siquiera había cumplido aún los sesenta. Las dos cruzamos la cocina y salimos a un jardín trasero que era la mínima expresión: casi todo de cemento y con una mesa de plástico. Ella me señaló una puertecita estrecha que había en la valla entre su jardín y el de los vecinos. Yo vacilé.

—No importar a los vecinos. No estar —explicó Irina como si nada.

Los vecinos tenían un jardín diseñado con muy buen gusto que no necesitaba mucho mantenimiento, con unas suculentas muy exuberantes rodeadas de trozos de corteza decorativa. Irina señaló un jacuzzi de plástico que tenía puesta la tapa.

Solté una exclamación.

—¿Fue ahí?

Irina se quedó parada junto al jacuzzi.

—La semana pasada Blanka cuidar la casa porque vecinos estar de vacaciones. Ella decidir meterse en el agua. Pero quedarse demasiado tiempo. Yo no saber, pero ella estar mal. Aquí. —Se puso una mano sobre el corazón y se quedó callada un momento—. Ella desmayar y hundir.

Una enfermedad cardiaca que no le habían diagnosticado. Pobre Blanka. Eso explicaba su letargo constante. A veces resoplaba cuando subía las escaleras y yo creía que le faltaba el aire por el sobrepeso. Me sentí fatal al pensar en lo nerviosa que me ponían sus resoplidos y en que siempre me preguntaba por qué no haría algo de ejercicio.

Irina subió los dos escalones que llevaban al jacuzzi y me hizo un gesto para que hiciera lo mismo. Yo estaba incómoda. ¿Por qué quería que mirara dentro? Lo lógico sería evitar el lugar donde murió tu hija, ¿no? Pero yo no había pasado por un dolor así; tal vez eso le parecía una forma de honrar a su hija. Me temblaban las piernas cuando subí los escalones y miré por encima del borde. Los vecinos no lo habían vuelto a llenar y no había nada que ver, aparte del interior de plástico blanco sin nada de especial y que olía un poco a cloro.

Una vida se había interrumpido demasiado pronto allí y no quedaba nada que la conmemorara. Debería haber algún tipo de recordatorio de lo que había pasado. Blanka se había acomodado en uno de los asientos del interior solo para disfrutar del pequeño placer de un buen rato metida en el agua caliente. Y entonces un accidente impredecible, una tragedia aleatoria. A nadie le cabía en la cabeza. No había pasado por ninguna razón.

Volvimos a casa de Irina y ella me señaló una lata con hojas de parra que había en la repisa de la chimenea.

—Aquí estar Blanka —anunció.

Necesité unos segundos para darme cuenta de lo que quería decir.

—¿Son sus cenizas? —No se me ocurrió nada que decir. «Qué bonito» no era lo más adecuado. Me parecía imposible que una persona viva y con sentimientos, su única hija además, pudiera haber quedado reducida a algo que cabía dentro de una lata con hojas de parra. No había nada que pudiera decir que sirviera para aliviarla en esa situación, pero estaba claro que esperaba que dijera algo. Entonces recordé mi técnica de la repetición—. Ahí está Blanka —dije con tono solemne.

Entonces mi teléfono pitó: «¿Va todo bien?». Le había dicho a Cherie que no tardaría más de una hora. Le expliqué a Irina que tenía que irme y ella insistió en meter los pastelitos que quedaban en una lata de galletas decorada con unos caballos que tiraban de un trineo para que me los llevara.

—Gracias por venir. Estos ser los favoritos de Blanka. Para tu hija.

—Gracias —contesté emocionada. Yo tenía a mi hija y otro bebé en mi interior, mi riqueza era infinita, pero aun así ella quería regalarme algo.

Vi que me observaba, estudiándome.

—Blanka cuidar muy bien de tu hija.

Me quedé mirándola fijamente. ¿El dolor la había afectado tanto que había olvidado por un momento que Blanka estaba muerta? Pero me di cuenta al instante de que ella quería decir que la «cuidaba» bien. Irina solo utilizaba el infinitivo y por eso parecía estar en un presente constante, que todo lo que había ocurrido seguía haciéndolo y así seguiría.

—Sí, la cuidaba muy bien —respondí, aunque no era cierto.

Durante las últimas semanas Blanka se había vuelto un poco descuidada: dejaba platos sucios en la mesa y rotuladores destapados por el suelo. Pero no hacía falta decirle eso a Irina; era mejor que ella pensara que Blanka era como la mismísima Mary Poppins.

En aquel momento, obedeciendo a un impulso, pregunté:

—¿Puedo preguntarte por qué dejó de ser la niñera de Stella? No me dio ninguna razón.

Irina se encogió de hombros.

—Ella querer mucho a Stella.

—Sí, Stella también querer..., la quería mucho —reconocí—. ¿Entonces por qué dimitió? —Irina levantó las manos como diciendo: «¿Quién sabe?». Había algo antiguo y lleno de resignación en aquel gesto, como si encerrara en él todo el sufrimiento del género humano.

Pero tuvo que haber algo que hiciera que Blanka dejara su trabajo.

—¿Crees que quería algo más? —pregunté—. ¿Tener una carrera tal vez? —Me costaba creerlo, pero era la mejor explicación para su renuncia.

—¿Una carrera? —Irina no parecía muy convencida.

—Tal vez no era eso. Pero, bueno, de todas formas lo siento mucho.

Había llegado el momento de irme. Miré a Irina con una sonrisa triste acorde a la situación. No me había librado de la tristeza, que era real, pero ya podía olvidarme de la culpa. Nunca conocería sus razones, pero Blanka no se había ido por algo que yo hubiera hecho.

Sin embargo, Irina no había terminado aún.

—Mi marido querer llamar a ella Roza o Anna, pero ser un bebé precioso, merecer un nombre especial. De pequeña ser muy buena —continuó—. Solo castigarla de cara a la cruz. Yo mandar: «Poner nariz contra la cruz hasta que yo decir». Blanka ser muy buena. Siempre quedarse hasta que yo decir.

—¿Una cruz? —Me quedé sin palabras. Aquella cruz que vi en la pared de casa estaba más o menos a la altura de la nariz de Stella. Obviamente mi hija sabía de ese castigo infantil de Blanka y por eso la había dibujado ahí. Pero ¿por qué no lo había reconocido? En el pasado había confesado sin problema haber dibujado en la pared. Y si esa cruz era un castigo, ¿para quién la había dibujado?

# 6

Cuando llegué a casa de Cherie, Zach estaba jugando con algo asqueroso del color de la arcilla que había en un recipiente metálico grande. No me molesté en saludarlo, porque él nunca respondía. Stella estaba sentada en el otro extremo de la mesa, enfrascada en el libro sobre el vuelo de las aves.

Cherie preparó un café para ella y un té para mí y llevó las tazas a la barra de desayuno, lo bastante lejos de los niños para que no nos oyeran si hablábamos en voz baja. Las dos temíamos la llegada del día siguiente, el de inicio de las clases. Le conté a Cherie el incidente con el pájaro muerto del día anterior y ella se rio y dijo:

—Los neurotípicos no entienden a niños como los nuestros.

Me quemé la lengua con el té.

—¿Niños como los nuestros?

Stella tenía sus obsesiones, pero no era como Zach, que ignoraba a la gente que tenía a su alrededor y no miraba a nadie a los ojos, mientras que mi hija sí que era capaz de sostener la mirada.

Cherie me cubrió la mano con la suya.

—Oye, llevo mucho tiempo pensando sobre el tema y creo que deberías llevar a Stella a que la evaluaran. A mí también me daba mucho miedo, pero cuando me confirmaron que Zach era autista, resultó ser un alivio enorme porque eso me daba un rumbo que seguir. Y tú tienes suerte: tienes dinero para tratarla en el circuito privado, no necesitas preocuparte por las listas de espera del sistema público de salud.

—Stella es diferente —tuve que reconocer—, pero eso no me parece razón para llevarla a un médico.

Cherie se acercó un poco. Era muy delgada y energética y siempre iba vestida con ropa de deporte, como si la maternidad fuera un triatlón infinito. Normalmente era como una entrenadora, siempre dispuesta a decirte «¡Muy bien!» o «¡Sigue así!», hicieras lo que hicieras. Pero aquel día no.

—Charlotte, te lo digo desde el cariño: Stella tiene muchos de los síntomas. Los problemas con el procesamiento sensorial. La dificultad de socialización. La hiperlexia.

—¿Hiper qué?

—Eso de que no deje de leer. Y tardó en empezar a hablar, ¿verdad? —continuó Cherie y volvió a acomodarse en su silla, como si todo estuviera muy claro.

Tenía razón en lo de que Stella empezó a hablar tarde: dijo sus primeras palabras a los diecisiete meses. No podía soportar las hebras de los plátanos y lo primero que salió de su boca fue: «No quiero estas cosas asquerosas en mi plátano».

Noté una presión creciente en el pecho. No me gustaba nada que la gente hablara como si conociera a Stella mejor que yo.

—Sé que el retraso en el habla es un signo de autismo, ya he investigado el tema. Y es verdad que Stella tiene algunos de los síntomas, ¿y quién no? Pero no tiene…

—Las niñas fingen muy bien —interrumpió Cherie.

Me llegó el olor de su aliento: café y chicle de melón. Me tapé la nariz con la mano. Ella vio el gesto y su expresión se ensombreció.

—Perdona, Cherie, pero estoy muy sensible a los olores ahora mismo —me disculpé. No serviría de nada explicarle que en aquel momento me olía mal todo el mundo excepto Pete y Stella.

Cherie abrió la boca para decir algo, pero entonces Stella llegó corriendo adonde estábamos.

—Mami, quítamelo. ¡Quítamelo ya! ¡Es asqueroso! —Me enseñó un mechón de pelo manchado de algo pegajoso. Temblaba y tenía la cara muy pálida. Todos mis músculos se tensaron.

—¿Tienes unas tijeras por ahí? —le pregunté a Cherie, pero se había ido junto a Zach, como si fuera él a quien hubieran manchado.

—Creo que deberías ignorarla y dejar que tenga el ataque.

—Ni hablar. —No podía con el modo histérico en aquel momento.

—¿Estás bien, cariño? —le preguntó Cherie a Zach, pero él estaba concentrado en hacer unas tiras largas y elásticas con el *slime*. Nadie parecía tener la impresión de que él debiera disculparse por nada.

Me acordé de que Cherie guardaba unas tijeras en el cajón donde tenía un poco de todo, así que le dije que teníamos que irnos, cogí las tijeras y salí corriendo de la casa con Stella temblando detrás de mí. Pero Cherie salió detrás de nosotras y me cogió del brazo cuando ya había recorrido la mitad del camino de entrada.

—Charlotte —dijo jadeando—. Esas tijeras son parte del juego de Calming Clipper, así que las necesitamos. Vuelve adentro y deja que se ponga a chillar. Así es como liberan la tensión los niños como los nuestros.

—Ya te lo he dicho: ¡Stella no es como Zach! —grité—. ¡No tiene nada que ver con Zach!

Al oír eso, a Cherie casi se le salieron los ojos de las órbitas y se encaró conmigo, acercándose tanto que vi perfectamente el vello decolorado que tenía en el labio superior. La empujé con la mano para que se apartara. Un momento después cayó sentada en su camino de entrada y soltó una exclamación que fue más de sorpresa que de dolor. Las dos nos quedamos mirándonos: ¿qué acababa de pasar?

Pero la cuenta atrás para el inicio del modo histérico no se había detenido. Llevé corriendo a Stella al coche. Estaba tan alterada que me costó controlar el temblor de mis manos cuando corté el mechón de pelo de la discordia. Tendría que volver a casa de Cherie a devolver las tijeras en otro momento. Al menos Stella no montó un escándalo, se quedó tranquila una vez hecho el corte.

—¿Por qué has empujado a la madre de Zach?

—No la he empujado. Solo he extendido la mano para que ella dejara de invadir mi espacio personal —expliqué. La presión del pecho no había desaparecido. Solo quería que Cherie se apartara, ¿pero de verdad la había empujado?

Ya en casa, Stella fue directa a su habitación y yo me puse a mordisquear una tortita de arroz al lado del fregadero. No podía perder mi amistad con Cherie. Estábamos todo el tiempo mandándonos mensajes en los que nos dábamos consejos sobre los niños, nos burlábamos de lo que pasaba en el grupo de Whatsapp de AEPMH, o lo que era lo mismo, Amigos de la Escuela Primaria de Muswell Hill, en el que unos profesionales creativos con personalidades del tipo A (directores de cine y escenógrafos del West End) se pasaban la vida compitiendo por ofrecerse voluntarios.

Cherie era la única madre que conocía lo bastante bien como para poder estar siempre de broma con ella. Una vez que estaba estresada por algo que tenía que ver con Zach, su marido, Benjamin, le dijo: «Tienes que tomarte un tiempo para ti: vete a la peluquería o a arreglarte las cejas». Desde entonces, cuando alguna de las dos estaba sobrepasada, la otra recurría siempre a la misma broma: «Creo que necesitas hacerle una visita al especialista en cejas». Pero un mensaje no iba a arreglar aquella situación; tendría que disculparme correctamente, aunque hubiera sido un accidente.

Tal vez debería estar más activa en AEPMH. Conocer mejor a los demás padres ayudaría a la socialización de Stella. De hecho la primera reunión del curso era el domingo siguiente por la tarde: pizza y proseco en casa de Emmy. Esperaba sinceramente que ella hubiera superado ya el incidente del pájaro.

Además al día siguiente era el primer día de colegio. Al menos era jueves, así que el calendario escolar iba a permitir que Stella no tuviera que aguantar una semana completa de clases nada más empezar. Como no podía dejar que empezara el curso con un corte de pelo raro, subí a su habitación.

—Vamos a igualarte un poco el pelo, cariño.

Para mi sorpresa, me permitió cepillárselo y cortárselo. Pero no pude disfrutar de que por una vez me dejara tocarla porque algo me preocupaba. Había un olor en ella que no era el de siempre. Era una diferencia sutil, como si alguien hubiera utilizado un detergente diferente para lavar su ropa, pero sabía que no era así porque lo había hecho yo. De repente olía como la hija de otra persona.

# 7

*En el presente*

—Suenas como si estuvieras un poco decepcionada porque Stella no entró en modo histérico —dice la doctora Beaufort.

Oír eso me deja sin habla.

—El modo histérico es como si te aplicaran una descarga eléctrica de un millón de vatios directamente en el tronco cerebral —explico despacio.

Ella hace una mueca.

—Lo que me llama la atención de tu historia...

—No es una historia, es la verdad. —Noto un sabor amargo en la boca por culpa del zumo de zanahoria, jengibre y cúrcuma que me he obligado a tragar para desayunar, después de que me lo trajeran a mi habitación en una bandeja. También había una *frittata* vegana de garbanzos, a la que le hice una foto antes de envolverla en papel higiénico y esconderla en la papelera del baño; podía ser que también controlaran lo que comía. Le envié a Pete la foto con un mensaje: «He dormido bien y me he tomado una *frittata* muy rica y un zumo para desayunar». Pete me contestó: «Las niñas están muy bien». Le pregunté si podía hacer una videollamada con Stella, pero no me respondió. Después de eso he necesitado todas mis fuerzas para no dejarme llevar por el pánico. Pete la quiere, tengo que confiar en que puede mantenerla a salvo. Yo tengo que concentrarme en salir de aquí y para eso necesito ganarme a la doctora Beaufort. Trago saliva para librarme de ese sabor amargo.

—Disculpe que la haya interrumpido. Continúe, por favor.

—Cuando te comportaste así en casa de tu amiga Cherie, Stella se recuperó. Ya no era necesario que entrara en modo histérico. Tú lograste la liberación de tensión emocional que necesitabais las dos.

Esa mujer lo estaba entendiendo todo mal.

—En el modo histérico son las emociones de Stella las que se desbordan, no las mías —explico.

La doctora Beaufort me estudia.

—Me he fijado en que te rascas mucho los brazos. ¿Qué ocurriría si tuvieras que reprimir la necesidad de rascarte? ¿Si simplemente aguantaras esa incomodidad?

Me fijo otra vez en el cuadro de la pared con la mujer del río y veo que la corriente no está a punto de arrastrarla, sino que ella está reuniendo el valor para saltar y echar a nadar. Es fácil no detectar la verdad si no examinas una situación detenidamente y está clarísimo que la doctora Beaufort no lo está haciendo.

—¿Es que cree que soy yo la que le provoca el modo histérico? —pregunto—. ¿Porque estoy demasiado tensa? ¿Sabía que antes se culpaba a las madres del autismo? Y de la esquizofrenia también. Aunque Stella no tiene ninguna de esas dos enfermedades.

La doctora Beaufort asiente.

—¿Y tu madre? No hemos hablado de ella.

Me río con sarcasmo.

—Quiere que le hable de cómo me ha condicionado mi madre... La verdad es que no lo ha hecho. Somos dos personas muy diferentes.

—¿No teníais nada en común?

—Nos gustaba ir a ver pájaros.

Hacía años que no me acordaba de eso. Hasta que cumplí los trece años, mi madre me llevaba un par de veces al año de excursión para avistar aves. Íbamos a bosques, montes y marismas; a ella nunca se le ocurrió que yo podría preferir ir a una playa o a un parque infantil. La verdad es que me encantaba el ritual de levantarme antes del amanecer y preparar el equipo: prismáticos, cuadernos y termos. Y también ver desde el coche cómo dejábamos atrás las granjas a oscuras mientras íbamos de camino al lugar de avistamiento, porque nosotras éramos las únicas que estaban despiertas a esa hora.

Edith siempre estaba más tranquila después de pasar unas cuantas horas en el bosque. No le importaba que yo jugueteara con los prismáticos o que me equivocara al identificar a un pájaro, aunque yo intentaba hacerlo bien porque estaba desesperada por agradarla. Una vez oí el ruido que hacía el tipo de pájaro carpintero que era más difícil de ver; Edith se llevó un dedo a los labios y se acercó sin hacer ruido al lugar de donde venía el sonido. Y de repente apareció, delante de nosotras, posado en un árbol hueco. Yo me quedé decepcionada: aparte del penacho de color carmesí que tenía en la cabeza, era un pájaro marrón y rechoncho, tan pequeño como una caja de cerillas. Pero me di cuenta de que Edith estaba temblando un poco y tenía la boca abierta por el asombro, y me atreví a cogerle la mano.

El año en que cumplí trece, durante una excursión al Forest of Dean, me desperté con dolor de tripa, pero seguí a Edith mientras ella recorría el bosque a primera hora de la mañana agachada y mirando constantemente por los prismáticos. Notaba una especie de tensión en el vientre, y cuando me empezaron a doler los pechos también, entendí lo que me estaba pasando. Miré la espalda estrecha de Edith y deseé poder hacerle unas cuantas preguntas. ¿Cuándo te vino la regla por primera vez y cómo supiste que era eso lo que te pasaba?

Pero no dije nada, porque Edith era muy estricta con lo de utilizar las palabras «adecuadas». Con eso se refería a las que se decían cuando ella era pequeña en un pueblo minero de Lancashire. Cuando llegó a Oxford con una beca, pulió su acento del norte y nunca volvió a utilizar palabras típicas de esa zona, así que yo no tenía ni idea de cómo llamaría ella a la regla y no quería que me considerara vulgar por utilizar la palabra más común.

De repente Edith se giró y me susurró:

—Deja de caminar como un elefante. Estás asustando a todas las aves.

—Es que no me encuentro bien.

Edith muy pocas veces me miraba a los ojos, más bien dirigía la mirada por encima de mi hombro, como si esperara que apareciera alguien más interesante detrás de mí. Suspiró.

—¿Qué te pasa?

Siempre intentaba permanecer serena cuando estaba con mi madre, por miedo a provocar uno de sus arrebatos, pero aquel día estaba muy irritable; era como si algo me recorriera toda la piel y pensar con claridad me resultaba imposible.

—Estoy harta. Esto es muy aburrido —fue lo que dije.

Edith tenía la misma piel clara que yo y también se enrojecía con facilidad.

—Entonces vuélvete al alojamiento.

Me estremecí.

—¿Yo sola?

—Vamos, lárgate. —Me echó agitando las manos y yo me fui corriendo.

Había varios kilómetros hasta la casa y además me equivoqué de desvío, lo que hizo que el camino resultara aún más largo. Cuando por fin llegué, tenía la ropa interior llena de sangre. La escondí en mi maleta y me puse una muda limpia. Cuando mi madre volvió, actuó como si no hubiera pasado nada, pero yo seguía sin saber cómo decirle lo de la regla. Tal vez no se enfadara, pero seguro que se comportaría de una forma insoportablemente brusca, así que improvisé unas compresas con papel higiénico hasta que volvimos a Oxford y pude utilizar las del montón que había bajo el lavabo.

Al mes siguiente los dolores menstruales fueron tan horribles que tuve que faltar al colegio. Entonces Maureen solo venía un día a la semana, pero por casualidad fue aquel. Me encontró hecha un ovillo en la cama, abrazándome la tripa.

—¿Son cosas de mujeres? —preguntó mientras asentía comprensiva.

Me trajo un vaso de agua y un paño húmedo con el que me enjugó la cara. Después abrió la ventana y me dijo que sacara la cabeza, aunque estaba lloviendo. Yo llené los pulmones de aire fresco y me sentí un poco mejor. Pero no dejé de sentir un peso en mi interior, porque si eso era lo único que había que hacer, ¿por qué no podía hacerlo mi madre?

—Mi madre y yo no teníamos nada en común —le digo a la doctora Beaufort de nuevo mientras cruzo los brazos sobre el pecho.

Ella parpadea.

—Mejor hablamos de ella más adelante. Dime, ¿tenía Stella episodios de modo histérico con Blanka?

—No tenía razones para ello. Blanka le daba todo lo que ella quería —contesto.

Pero yo también se lo doy. ¿Es posible que estar conmigo, que soy su madre, le cause a Stella tanta ansiedad que necesita liberarla de alguna forma? Empiezo a rascarme otra vez.

La doctora Beaufort me pasa un frasco que tiene en una mesita: crema hidratante.

—Para los brazos. El mal genio de tu madre te aterrorizaba y tú estás decidida a no tratar así a Stella. Pero también puede dar mucho miedo que un adulto nunca pierda los nervios. Un niño, sobre todo uno especialmente sensible, siempre nota cuándo hay enfado o dolor oculto bajo la superficie.

—Lo está entendiendo al revés —contradigo. He debido hacerme heridas al rascarme porque al darme la crema me escuecen—. Deje que le cuente la última vez que Stella entró en modo histérico y verá que no hay forma de que ningún padre pueda querer que eso ocurra.

Aunque, ahora que lo pienso, lo que pasó la última vez sirvió para unir más a toda la familia.

# 8

*Unos meses antes*

El día que empujé a Cherie, cuando Pete llegó a casa yo ya estaba dormida, por lo que no pude contárselo hasta la mañana siguiente. Era el primer día del colegio, así que le llevé el desayuno a Stella a su habitación temprano y con una sonrisa. Mientras ella se preparaba, encontré a Pete en el baño afeitándose y le conté a grandes rasgos lo que había pasado.

—Tampoco es que la hayas atacado —dijo limpiándose los restos de espuma—. Solo tienes que explicarle que fue un accidente.

—Creo que va a hacer falta algo más que eso —repuse—. Debería comprarle unas flores.

—Esto no te viene nada bien ahora que te encuentras tan mal. —Pete se secó la cara y se acercó a mí. Sabía instintivamente cuándo dejar de lado la resolución de problemas y venir a darme un abrazo. Pero justo en ese momento volvieron las náuseas y tuve que apartarlo para ponerme de rodillas junto a la taza del váter.

Pete me acarició la espalda mientras yo soportaba las arcadas.

—Es una mierda que seas tú la que tiene que pasar por todo esto. Ojalá pudiera quedarme embarazado yo para darte un poco de respiro.

—Como los caballitos de mar —murmuré. La hembra del

caballito de mar pone los huevos en una bolsa que tiene el macho; lo vimos los tres en una exposición del acuario de Londres cuando Stella tenía cuatro años, justo después de venirnos a vivir al Reino Unido.

—Ese día lo pasamos muy bien, ¿verdad? —dijo Pete.

Stella tuvo uno de sus ataques porque había mucha gente en el acuario, pero cuando salimos compramos patatas fritas y nos las comimos mientras paseábamos junto al Támesis y hacíamos planes para cuando la paternidad se volviera más fácil. Nos habían dicho que entre los cinco y los diez años era la mejor época.

No llegué a vomitar, no podía, así que me dejé caer con la espalda apoyada en la bañera y Pete sugirió:

—Vuelve a la cama. Yo llevo a Stella al colegio. —Se quedó callado un momento y después continuó—: Tienes que dejarme hacer más cosas cuando estoy en casa.

Le cogí la mano.

—¿Puedes hablar con el señor McNaughton? Para asegurarte de que está preparado.

Llevada por el pánico, a lo largo del verano le había escrito al profesor de Stella varios emails para explicarle que el colegio era difícil para ella. En su segundo curso, mientras Stella les enseñaba a los demás niños cómo hacer un avión de papel ultrarrápido, que se llamaba The Hammer, uno de ellos acabó estrellándose en el ojo de su maestro. En el tercer curso Stella les contó a sus compañeros que cuando las babosas se apareaban, el pene del macho a veces se quedaba atascado y la hembra se lo comía porque tenía muchas proteínas. Después a todos se les ocurrió un montón de preguntas que hacerle a su profesor y él quiso hablar conmigo al salir de clase sobre cómo los niños demasiado inteligentes a veces usaban la manipulación cuando se aburrían.

Les pedí a los profesores de segundo y tercero que prepararan trabajos extra para Stella, pero me dijeron que tenían que centrarse en los alumnos con un rendimiento más bajo. Era comprensible, pero Stella tuvo que conformarse con leer como una loca en los recreos y cuando volvía a casa. Habría estado mejor allí, pero las habilidades sociales le hacían tanta falta como las académicas, así que compartía clase con otros niños normales de ocho años que no sabían si la Tierra le daba la vuelta al Sol o al revés.

Me volví a la cama, pero estaba demasiado preocupada para dormir. Deseaba con todas mis fuerzas que Stella fuera vestida y peinada como las otras niñas, pero con sus problemas eso resultaba imposible. Para la hora de salida ya llevaba el pelo como el de un trol y los pantalones de cintura elástica antirrozaduras se le resbalaban por la cintura estrecha. El polo del uniforme del colegio tenía que ser tres tallas más grande de lo necesario porque no soportaba que nada le apretara el cuello. A mí no me quedaba más remedio que escoger las batallas que podía librar, y la de que asistiera al colegio era la que necesitaba ganar; si ella se empeñaba en parecer una huérfana salida de *Annie*, no había nada que yo pudiera hacer para evitarlo.

Por fin logré arrastrarme para salir de la cama y, con la mano bajo la nariz todo el tiempo, fui a otra tienda de Muswell Hill y compré un difusor decorativo de cristal y un ambientador de Diptyque con olor a Fleur D'Oranger; era un regalo impersonal, pero me daba igual. Me senté en un banco para escribir una larga nota de disculpa, pero me acordé de que Cherie me había dicho que Stella entraba en modo histérico para «liberar tensión», como si ella conociera sus necesidades mejor que yo. Al final solo llegué a escribir: «Perdón por lo de ayer». Eso tendría que ser suficiente. Fui a su casa, dejé en su puerta la bolsita de regalo dorada y la tarjeta, junto con las tijeras, y me escabullí corriendo.

Pensé que recibiría un mensaje de Cherie antes de la hora de salida del colegio, pero no fue así. Los niños del curso superior salían por otra puerta, así que no podía encontrarme con ella y que me confirmara que había recibido mi regalo. Entonces vi algo que me sorprendió: Stella salió de la clase hablando con Lulu. Eso era nuevo. Y lo que resultó aún más sorprendente fue que el profesor, el señor McNaughton, me miró y, cuando nadie lo veía, me hizo el gesto de levantar ambos pulgares. Me habría gustado hablar con él, pero Stella me tiró del brazo porque quería irse.

Pete nos sorprendió al llegar a casa pronto de nuevo, a eso de las seis.

—Mira lo que he traído para Stella. —Sonrió y me enseñó una tabla de *bodyboard* de tamaño infantil, diseñada para parecer un pez azul con rayas amarillas—. Para que le pierda el miedo al mar y también para que ella y yo podamos pasar más tiempo juntos.

—Es una buena idea, pero Stella casi no sabe nadar.

Pete pareció desilusionado y yo me sentí mal. Su padre lo llevaba a acampar en el bosque desde que tenía seis años. Su concepto de la paternidad incluía muchas actividades al aire libre, pero le había tocado una niña que no podía soportar la sensación de hierba bajo los pies descalzos.

El móvil de Pete emitió un pitido.

—Perdona, cariño —se disculpó. Nathan, el exigente director de la empresa, le bombardeaba con mensajes de Slack. Decía que no era necesario que Pete los respondiera de inmediato, pero era más fácil abordarlos en cuanto llegaban porque si no la espiral en la que entraba Nathan se volvía imparable. Pete escribió la respuesta y suspiró—: Voy a tener que volver a la oficina luego —anunció—. Me pareció que la tabla iba a ser una sorpresa genial.

—Lo siento. Pero mejor ir poco a poco, ¿vale? Hoy ha tenido un buen día en el colegio.

—Eso es estupendo —exclamó, pero la mirada de Pete se dirigió a la zona más clara que había quedado en el suelo después de limpiar tras la fiesta de cumpleaños de Stella. Yo le podría haber avisado de que no debía usar lejía para limpiar esa madera antigua, pero ni se le pasó por la cabeza consultármelo.

De repente me di cuenta, sobresaltada, de que Stella estaba en el umbral de la cocina. Llevaba puesta una camisa blanca de Pete con solo dos botones abrochados. ¿Cuánto tiempo llevaba ahí?

—Hola, bella Stella —saludó Pete—. Felicidades por superar tu primer día del curso. ¿Me has echado de menos? ¿Por eso te has puesto mi camisa?

—Es mi ropa de científica —explicó Stella y empezó a acercar una silla al congelador arrastrando las patas por el suelo—. Necesito mi pájaro.

—Vaya, cariño. Creo que lo he tirado a la basura —confesó Pete.

Stella se quedó petrificada. Yo lo fulminé con la mirada y él dijo entre dientes:

—Pensé que se había olvidado de él.

El color desapareció de la cara de Stella. De repente pareció diminuta y desamparada, como si la camisa de Pete se la hubiera tragado.

—Pero el pájaro era mío. Yo lo encontré. —Me miró—. Mami, ¿puedes sacarlo de la basura? —Yo me levanté de un salto, pero Pete me puso una mano en el brazo.

—Está en el cubo de basura orgánica de fuera —explicó.

—Entonces puedo rescatarlo —exclamé alegremente y me acerqué al fregadero para coger los guantes de fregar.

—Está bajo la basura orgánica de la cocina de dos días. No lo saques.

Intenté respirar hondo, pero fue como si mis pulmones se negaran a llenarse. Pete no tenía ni idea de lo que le esperaba. Yo me agaché para coger los guantes, que tenían que estar colgados en un gancho.

—Stella, tranquila. Ahora te traigo tu pájaro —aseguré jadeando.

—Cielo —dijo Pete. Me giré y vi que tenía en la mano los guantes; los habría dejado al lado del fregadero—, no podemos seguir así. —Hizo una bola con ellos y se los guardó en el bolsillo.

Stella empezó a aullar.

Pete me sugirió una vez que probara una especie de mantra con Stella: «Gritando no vas a conseguir lo que quieres». Fue cuando gritó tanto que acabé llevándola a urgencias. Había visto las rabietas de otros niños: se ponían a dar saltos, chillaban y se tiraban al suelo. Pero Stella se retorcía las manos y aullaba como si fuera una madre cuyo único hijo había estallado en pedazos.

A los treinta segundos yo habría hecho cualquier cosa para que parara. Era capaz de ir en aquel mismo instante a la playa y peinarla en busca de otro pájaro muerto.

Pete dijo algo, puede que fuera: «Gritando no vas a conseguir lo que quieres», pero ella aullaba tan alto que no pude oírlo. Me puse de puntillas y le dije al oído: «Se va a poner enferma. Se puede dañar las cuerdas vocales. Dame los guantes que voy al cubo de la basura».

Pete se apartó. Sabía que no podía conseguir quitarle los guantes si él no quería dármelos, así que cogí el teléfono y empecé a buscar en internet a ver si podía conseguir un pájaro muerto, pero en el Reino Unido es ilegal vender pájaros silvestres. Lo que sí podía hacer era coger el coche y volver a la playa. Si era necesario, cazaría un pájaro y después le retorcería el pescuezo con mis manos.

Pete no dejaba de repetir el mantra. Cuando yo lo probé, conseguí decirlo unas treinta o cuarenta veces; Pete solo llegó a quince antes de ponerse de rodillas, empezar a decir su nombre cariñosamente e intentar abrazarla mientras decía:

—Stella, cariño, no pasa nada, hija, no pasa nada.

Stella se puso a gritar más fuerte y a agitar los brazos.

Yo empecé a temblar y mi hija también; sus ojos eran como unos agujeros negros y tenía la boca tan contorsionada que era irreconocible. Su disgusto parecía existencial y totalmente justificado. Ella sabía la verdad: todos estamos atrapados en nuestras cabezas, incapaces de comunicarnos, solos.

Pete dejó de intentar abrazar a Stella y empezó a caminar arriba y abajo. A mí me había llevado mucho tiempo aceptar que a Stella no le gustaban que la tranquilizaran con muestras de cariño físicas. Me decía que era solo una preferencia personal, como que no te gustara el tomate crudo, que no significaba nada. Pero, en cuanto empezaba a gritar así, tenía miedo de que tuviera un significado más profundo. Si a un niño no le gustaba que lo acariciaran, ¿no significaba que no aceptaba que lo quisieran? Si no quería que lo abrazaran, ¿sería que no era capaz de dar amor? Tal vez había heredado ese gen de mi madre.

Stella se había sentado en el suelo y se acunaba. Yo me dejé caer también. Podía soportar que Stella no me quisiera, pero no lo que eso suponía para ella. Le faltaba algo esencial; siempre estaría sola y nunca tendría...

—¡Déjalo ya! —le gritó Pete—. ¡Cállate ahora mismo!

Se agachó y agarró a Stella por los hombros. Uno de sus bracitos salió despedido y le dio en la cara, arrancándole las gafas y tirándolas al suelo. Él las recogió, pero uno de los cristales estaba roto.

—No tengo otras. ¿Cómo voy a volver a trabajar esta noche? Joder. ¡Joder! —Le dio un puñetazo a la nevera con tanta fuerza que hizo que una bolsa de muesli muy bien cerrada que había encima se cayera y su contenido se desparramara por el suelo. Después salió de la cocina como una tromba y oí el golpe al cerrarse la puerta principal.

Stella empezó a respirar hondo, aunque de forma entrecortada. Al menos ya había dejado de chillar. A mí también me costaba controlar mi respiración. Me había sorprendido ver a Pete perder el control de esa forma, casi nunca le pasaba. Estaba deseando envolver a Stella con mis brazos, pero lo único que pude hacer fue ofrecerle unos pretzels, que ella rechazó, aunque sí me dejó limpiarle los ojos hinchados con un trapo húmedo.

Una vez que dejó de gritar, me di cuenta que me sentía débil, como si hubiera estado una semana recuperándome de una gripe. Me puse a preparar patatas asadas con queso para cenar. La tormenta había pasado de forma tan brusca como se formó. De repente Stella estaba completamente normal. Me llegó un mensaje de Pete: «Me siento fatal. Estoy dando un paseo para despejar la cabeza. ¿Vosotras estáis bien?».

«Mucho mejor. Espero que veas algo con un solo cristal», le escribí, compadeciéndome.

Cuando las patatas estuvieron listas, ella me pidió que la dejara comer en su habitación. Cuando fui a verla poco después, estaba comiendo tranquilamente. No volvió a decir nada del pájaro.

Después de acostarla me quedé sentada a solas en la mesa del comedor con un vaso de agua. Encima de mi cabeza estaba la lámpara que fabricó Pete con una antigua traviesa ferroviaria de California cuando nos fuimos a vivir juntos en San Francisco: estaba fijada al techo con cadenas y tenía unas bombillas colgantes que daban una luz que provocaba un efecto delicado y a la vez imponente. Yo nunca me habría imaginado que podría tener una lámpara hecha con mis manos, pero Pete asistió a una clase de metalurgia y después encontró la forma de hacerla. En aquel momento, al pensar en aquel Pete lleno de esperanzas que tenía tiempo e imaginación para proyectos como ese, me sentí fatal.

Pero Stella no era un proyecto. No había una clase a la que pudiera ir para saber qué hacer cuando entraba en modo histérico. Al menos ya había comprendido que no era solo una rabieta. Yo no sabía cómo abordar eso, pero sí tenía claro que hasta que no lo entendiéramos mejor, lo único que podía hacer era estar con ella para apoyarla. Stella no necesitaba ayuda profesional, sino unos padres que la dejaran ser como era, extraña y única, e hicieran todo lo posible por comprenderla.

Pete volvió una media hora después de que Stella se hubiera ido a dormir. ¿Cuándo habían aparecido esas arrugas profundas que iban desde su nariz hasta las comisuras de la boca? Me abrazó.

—Lo siento mucho. No sé lo que me ha pasado. He perdido el control. Ahora entiendo por qué la llevaste a urgencias. No sabías qué otra cosa podías hacer.

Lo llevé hasta el sofá.

—El modo histérico te fríe el cerebro.

Pete asintió.

—Debería ser capaz de calmar a mi hija. No pasamos suficiente tiempo juntos. He invertido demasiadas energías en Mycoship cuando Stella y tú sois lo que de verdad me importa.

Le acaricié el pelo. Me sentía reconfortada porque al fin alguien había entendido el terror que provocaba el modo histérico.

—Stella sabe que la quieres.

Cuando Stella nació, Pete la tuvo piel con piel, metida bajo la camisa, mientras ella le succionaba con la boquita el dedo meñique. El día que perdió a Sunny, el pez luna de peluche que había tenido desde que era un bebé, él peinó todo internet hasta que encontró otro idéntico (aunque no consiguió engañar a Stella). Cuando teníamos amigos o familiares en casa, ella se agobiaba; a la niña le gustaba esconderse en la parte baja de la despensa, un sitio que ella llamaba «su armario para estar sola», y Pete nunca insistía para que saliera, sino que le instaló una luz dentro y un tirador en la parte interior de la puerta.

Pero cuando empezó el colegio y vio que ella seguía escondiéndose para no tener que jugar con otros niños, comenzó a quejarse de que pasaba mucho tiempo ahí metida. Después se le ocurrió lo de hacer una fiesta para su octavo cumpleaños.

Yo quería llevar a Stella al museo de ciencias o al acuario, pero Pete dijo que sus amigos la invitaban a las fiestas de los cumpleaños de sus hijos y que nosotros teníamos que hacer lo mismo. Contrató a un animador de fiestas con unos animales, que el hombre trajo en un montón de jaulas. Stella no dejaba de mirarme con cara de desesperación mientras el hombre sacaba una bola de pelo detrás de otra. El punto de inflexión fue cuando enseñó una enorme serpiente tan gruesa como una manguera y del color de un plátano podrido. Tuvo que animarlos un poco, pero al final consiguió que los otros niños cogieran a la serpiente. Todos menos Stella, que se tapó los ojos porque era la única que empatizaba con el reptil.

—No debería haber organizado la fiesta de cumpleaños —reconoció Pete en aquel momento—. Creo que todo fue culpa mía. Me di cuenta de que no le gustaba el hombre de los animales. Debería haberlo parado todo y seguramente ella no habría...

—Yo también lo siento —le interrumpí. No me estaba disculpando por nada en concreto, pero no hacía falta recordar lo que pasó después.

Apoyé la cabeza en su pecho. Hacía falta mucho valor para disculparse y aún más para reflexionar sobre por qué te habías equivocado. En mi columna sobre etiqueta yo había hablado de las disculpas vanas en contraposición con las que se hacían de verdad. En una vana describías lo que habías hecho mal y te disculpabas. En una de verdad hablabas de por qué habías hecho algo. Una excusa vana servía si no conocías bien a la otra persona y el problema era pequeño. Pero si se trataba de alguien importante, alguien a quien querías, y el problema era enorme, solo servía una disculpa de verdad.

—Has tenido mucho estrés —respondí—. No es fácil ser responsable de toda esa gente.

Los empleados de Mycoship estaban recibiendo el mínimo salario posible con el fin de contribuir a que el proyecto funcionara. En California Pete trabajaba en CannaGauge, la empresa de equipos para los análisis de cannabis de sus padres que él había logrado ampliar hasta que fue lo bastante grande como para proporcionarnos una vida cómoda tanto a nosotros como a ellos. Por eso podía permitirse poner toda su alma en Mycoship. Pero era una situación estresante para las demás personas que trabajaban allí, que no podían ahorrar ni guardar algo de dinero para la jubilación. Pete sentía que tenía que lograr que Mycoship tuviera éxito porque estaba en deuda con ellos.

Pero la verdad era que le estaba absorbiendo demasiado. Por eso aproveché la oportunidad.

—Creo que deberías establecer ciertos límites con Nathan. Por ejemplo, que no pasa nada si te escribe los días laborables, pero que los fines de semana son exclusivamente para la familia.

Pete se puso tenso: lo noté en su pecho y en los brazos que me rodeaban.

—Estamos a punto de conseguirlo, ¿sabes? Creo que nos falta muy poco para que todo este esfuerzo dé sus frutos. Lo único que tenemos que conseguir es que uno o dos de los grandes minoristas de cajas apuesten por nosotros. —Hasta entonces los clientes de Mycoship eran solo pequeños negocios de lujo que apostaban claramente por un producto ecológico: empresas que hacían ginebra artesanal o velas de cera de abejas natural. Pero Pete quería que el embalaje hecho con micelio, que además una vez desechado servía para enriquecer el suelo, se convirtiera en algo tan común como el porexpán—. Te voy a proponer algo: todos los fines de semana vamos a reservar un día para pasar en familia, ¿te parece bien?

—Es un buen comienzo. —Cuando lo abracé y le masajeé un poco la espalda con los nudillos, me llegó su olor familiar y reconfortante a cáscara de cítricos y lápices recién afilados—. Igual así consigues enseñar a Stella a hacer surf —murmuré mirando la tabla de *bodyboard*—. Si conseguiste enseñarme a mí...

Pete rio con sorna.

—No se te daba tan mal.

Cuando llevábamos saliendo un mes, me convenció de que probara el surf. «Coger una ola es como volar, te va a encantar», dijo.

Pero daba igual cuántas veces lo hiciera bien sobre la arena, no lograba «levantarme» (pasar de estar tumbada sobre la tabla a ponerme de pie) cuando estaba en el agua. Me caía una y otra vez.

Una tarde cuando estábamos en el mar, remando de nuevo hacia las olas después de que me cayera una vez más, Pete me dijo:

—Solo tienes que creer en ti misma.

Y yo no pude evitarlo y le contesté enfadada:

—Eso te ha quedado muy californiano. Pero también hace falta saber cuándo es el momento de dejarlo, ¿sabes? Esto no es para mí y ya está.

Me preparé para que él se cabreara también, pero solo asintió.

—Tienes razón. No me importa que nunca llegues a coger una ola porque simplemente estar aquí, en el mar, contigo, ya me parece perfecto.

Me cogió la mano y todo mi cuerpo se relajó. Nos tumbamos sobre la tabla y sentimos el movimiento del océano. Un pelícano voló cerca de la superficie. Entonces una ola vino hacia nosotros y supe que podría hacerlo. Salté para ponerme de pie con un movimiento ágil y surfeé la ola casi hasta la orilla. Pete se bajó de la tabla a mi lado con la cara llena de ilusión. El agua nos llegaba a las rodillas y la espuma burbujeaba alrededor de nuestras piernas como si fuera champán.

# 9

Por la mañana, Pete no se levantó y se fue corriendo a trabajar. Le pidió perdón a Stella utilizando una versión de la disculpa de verdad que me dio a mí la noche anterior: que había reaccionado de esa forma porque no le gustaba nada verla pasarlo mal y porque estaba cansado y había trabajado demasiado. Y le aseguró que quería pasar más tiempo con ella.

—¿Me perdonas, cariño? —concluyó.

—Oh, claro —contestó Stella.

Pete me cogió la mano y Stella examinó nuestras manos unidas con una expresión inescrutable. Yo seguía con las náuseas, pero a la vez tenía mucha hambre. Me comí dos tostadas con mantequilla, pero no se me pasó. Entonces me llamó la atención la lata con el trineo y sentí un antojo repentino de pasteles, algo muy sabroso y saciante que llenara ese vacío de mi interior. Sin embargo, cuando abrí la lata descubrí que estaba vacía.

—Pete, ¿te has comido tú lo que había aquí? —pregunté.

Él enarcó ambas cejas.

—He estado en la cama contigo toda la noche.

Entonces miré a mi hija.

—¿Has sido tú, Stella?

—Alguien entró sifilosamente y se los comió —contestó ella.

No pude evitar sonreír al oír ese «sifilosamente». Stella era tan precoz que me alegraba que de vez en cuando cometiera alguno de esos típicos errores infantiles.

—Pues espero que quien quiera que fuera se lavara los dientes después —dije porque no quería regañarla por eso.

—¿Es que no comiste suficiente en la cena? —preguntó Pete—. ¿Por eso viniste después a darte un festín a medianoche?

Stella negó con la cabeza.

—No fui yo quien se dio el festín.

Fruncí el ceño. Cuando Stella hacía algo mal, normalmente defendía su comportamiento. Una mentira tan flagrante no era propia de ella. Pero tal vez era una forma de reafirmar su independencia.

Algo debía estar yendo bien porque se preparó para ir al colegio en la mitad del tiempo que solía tardar. Para mi asombro, se puso el uniforme por su propia voluntad, cuando antes se negaba incluso a probárselo. Y había una diferencia más: en general por la mañana tenía el pelo desgreñado y salía disparado en todas direcciones, como si tuviera vida propia, pero aquel día lo tenía muy liso y lacio.

—¿Qué le ha pasado a tu pelo? —quise saber.

—¡Me lo he cepillado! —contestó Stella indignada.

Pete y yo nos miramos, completamente desconcertados. Ella tenía el cuero cabelludo tan sensible que yo solo podía cepillarle unos cuantos mechones cada vez y tenía que sujetarlos casi por la punta para evitar que le dieran ni el más mínimo tirón. No iba a negar que estaba mucho mejor así, pero no pude evitar una punzada de decepción: me había quitado una de las pocas excusas que tenía para tocarla.

Después de dejar a Stella en el colegio, volví a mirar el teléfono para comprobar si tenía algún mensaje de Cherie, pero nada. Supuse que Zach se negaba a ir al colegio otra vez y que ella estaba demasiado sobrecargada y no tenía tiempo para escribir mensajes. Pero a la hora de salir la vi de lejos, aparcada en doble fila y metiendo en su monovolumen a Zach con su ukelele. La saludé con la mano, pero seguramente no me vio. Noté que la bilis me subía por la garganta. Cherie se merecía algo más que una disculpa en una tarjeta. Debería haber ido a verla.

Tragué con dificultad y me obligué a centrarme en lo que importaba: Stella había pasado su segundo día de colegio sin que el profesor me pidiera que hablara con él y sin que la cara de la niña amenazara tormenta a la hora de salir. Incluso se despidió tímidamente de Lulu con la mano.

Estaba tan orgullosa de Stella que la llevé paseando hasta nuestra cafetería favorita de Muswell Hill Broadway para tomar un dulce, pero cuando llegamos allí me dijo que no tenía hambre. No me di cuenta de que el camino a casa desde la cafetería pasaba por delante de la casa de Irina hasta que la vi sentada junto a la ventana del salón, mirando hacia la calle. Me pregunté si podría escabullirme y coger un camino diferente para ir a casa, pero Stella la saludó e Irina nos hizo un gesto para que entráramos.

Cuando abrió la puerta, no se le veía buen aspecto. Tenía las piernas al aire llenas de varices, los pies metidos en unas zapatillas de borreguito sucias y parecía que se había puesto lápiz y sombra solo en un ojo. Me sentí fatal por ella, pero no quería estar allí mucho rato. Para empeorar las cosas, me llegó el olor de la basura de sus contenedores y el del plástico duro del que estaban hechos.

Irina sacó otra lata de galletas. Fue como si la tuviera detrás de la puerta, preparada.

—¿Haber por aquí algún lobito hambriento? —le preguntó a Stella.

—¡Auuuuuu! ¡Auuu! —aulló mi hija y yo di un respingo. No era nada propio de ella mostrarse tan juguetona con los desconocidos. Pero recordé que a Irina sí la conocía: Blanka la había llevado allí.

—Mami, vamos a entrar a comer algo —pidió e intentó tirar de mí para que cruzara el umbral.

—Pero si me acabas de decir que no tenías hambre —le dije a Stella y después me dirigí a Irina—. Gracias, pero tenemos que volver —me disculpé. ¿Quién sabía qué comentario inapropiado podía hacer Irina sobre Blanka? Pero la mujer hundió los hombros y yo me sentí muy culpable—. ¿Por qué no vienes a nuestra casa a tomar un té? —sugerí—. Así podré ir preparando la cena de Stella mientras charlamos.

—Tú ser muy amable —contestó Irina.

Y aunque yo sentía que estaba haciendo lo correcto, mientras esperábamos a que fuera a por su bolso se me cayó el alma a los pies. Me veía en la obligación de decirle que no mencionara a Blanka, pero no quería sonar insensible: «Siento la trágica muerte de tu hija, pero no quiero entristecer a la mía, que está viva todavía, ¿así que te importa seguirme el juego en esto?».

Al llegar al umbral de nuestra casa, Irina dudó y vi que una sombra cruzaba su cara. La pobre mujer debía estar acordándose de Blanka, que había pasado tanto tiempo allí. Le puse una mano en el brazo.

—Pasa —la animé—. Voy a preparar té.

En el interior, Irina miró alrededor y parpadeó varias veces. La casa era muy minimalista en general, pero además todavía teníamos las estanterías completamente vacías. Antes de quedarme embarazada pasé muchas horas renovándolas, pero cuando empecé a encontrarme mal me faltaron las fuerzas para colocar en ellas todos los libros y los adornos. De hecho había descubierto que me gustaba mirar aquellos estantes vacíos.

En la cocina, Stella me sorprendió cuando le pidió a Irina que le leyera el último libro que había sacado de la biblioteca: *Shipwreck: A History of Disasters at Sea* (Naufragios: historias de desastres en el mar). A pesar de que le costaba hablar nuestro idioma, Irina accedió y lo hizo lo mejor que pudo. Le serví a Stella macarrones, chips de kale y arándanos en recipientes separados y, para mi gran alivio, ella se lo comió todo. Tomé nota mentalmente de probar a leerle durante las comidas. Pete me escribió un mensaje para decirme que llegaría tarde; como había salido pronto el día anterior, tenía muchas cosas pendientes. De la despensa salía el olor a pretzels rancios y el estómago me dio un vuelco.

—Muchas gracias por venir —le dije a Irina alegremente—, pero tengo que bañar a Stella.

Estaba bastante segura de que se iba a negar a bañarse una vez más y tendría que lavarla con la esponja mientras se quedaba de pie en la alfombrilla, pero no hacía falta que le explicara eso a Irina.

Pero ella no se levantó. Yo me tapé la boca con la mano. Ni siquiera le había permitido a Pete verme vomitar. Noté la frente cubierta de sudor e Irina se me quedó mirando un momento. Entonces se puso de pie.

—Yo bañar.

—Eres muy amable, pero... —Intenté pensar en cómo explicarle que estaba segura de que Stella no iba a querer que una mujer que era prácticamente una extraña la ayudara a bañarse.

Entonces miró a Stella:

—Podemos hacer barco. Titanic.

Stella empezó a dar saltitos.

—¡Y yo puedo ser un calamar gigante! ¡Me comeré a todos los que van a bordo!

¿Era posible que Stella se hubiera bañado alguna vez en casa de Irina? Ella me miró el torso.

—Tú descansar. —Y me puso una mano en el hombro.

—Le gusta el agua tibia, no caliente —empecé a explicar mientras tragaba saliva con dificultad—. Tienes que...

—Yo entender. —Irina señaló mi vientre con la barbilla—. Tú deber descansar.

Estaba a punto de decirle que Stella necesitaba que cerrara la puerta mientras llenaba la bañera, pero noté un fuerte mareo y tuve que dejarme caer en el sofá. Irina subió las escaleras con Stella y a mí se me fueron pasando las náuseas. Edith nunca se había ofrecido a bañar a Stella. Cuando era un bebé, pasó por una fase en que se negaba a llevar pañales (las cinturillas ajustadas eran una tortura para ella), así que tenía que vigilarla como un halcón y llevarla corriendo al orinal cada vez que parecía que lo necesitaba. Estuve dos días sin ducharme y sin poder sentarme a una mesa a comer algo. Me pasaba todo el tiempo en el suelo, esperando cualquier gesto revelador de Stella, mientras mi madre me miraba desde el sofá con un té Earl Grey poco cargado («Que la bolsita solo roce el agua»), lo que me resultaba todavía más agobiante que lo de la niña. Su forma de animarme fue decirme: «Parece difícil ahora, si bien la maternidad es solo una fase de tu vida».

Pero de repente otra persona se estaba haciendo cargo y estaba decidida a disfrutarlo, aunque fuera solo un minuto. Cogí el móvil y me puse a ver un episodio antiguo de *Neighbours*, la serie australiana que veía después del colegio con Maureen, nuestra asistenta. Incluso cuando ya fui lo bastante mayor como para no necesitar una niñera y Maureen empezó a venir solo una vez a la semana, ella se quedaba después de terminar su trabajo para ver ese programa conmigo.

Otros días iba a la biblioteca después del colegio para sacar libros de cocina y me imaginaba haciendo platos pensados para compartirlos. A Edith le gustaba la comida cuanto más sencilla mejor, pero un día, para conmemorar un episodio especial en que dos personajes se casaban, se me ocurrió hacer pavlova para Maureen. Y se comió tres raciones.

A la semana siguiente trajo los ingredientes para cocinar pastel de pastores y me preguntó si quería aprender a hacerlo. Pelamos y cortamos codo con codo. Me atreví a preguntarle si podíamos añadir un poco de mostaza de Dijon y Maureen se mostró intrigada. Cuando acabamos el pastel, ella lo puso en la mesa con una reverencia:

—¡Señora, la cena está servida! —Y tras unos cuantos bocados dijo—: La mostaza ha sido un acierto. —Se besó la punta de los dedos unidos para indicar lo rico que estaba—. Deberíamos abrir un restaurante en el que este fuera nuestro plato estrella.

Yo me sentí muy orgullosa, me levanté, hice una reverencia ridícula, cogí los cubiertos de la ensalada y dije:

—¿Desea la señora un poco de *salade verte*?

—*Oh lá lá!* —exclamó ella y me tendió el plato.

Mientras nos comíamos la ensalada yo pregunté:

—¿Y qué nombre le pondríamos al restaurante?

Vi un brillo en los ojos de Maureen.

—Algo francés, porque suena elegante. Pero yo no sé ni una palabra de francés.

—Sabes decir *oh lá lá* —comenté—. Y seguramente también *bonjour*.

Maureen se echó a reír.

—Podríamos llamarlo Restaurante Oh Lá Lá Bonjour.

Después de ese día preparábamos la cena juntas casi todos los jueves. Y cuando Maureen limpiaba una gota de salsa del borde de un plato o echaba un poco de perejil por encima de algo, decía: «Todo tiene que estar perfecto en el Restaurante Oh Lá Lá Bonjour».

Edith no llegaba a casa hasta las siete, así que cenábamos temprano y así teníamos toda la cocina para nosotras. Cuando ella llegaba yo le decía que ya había cenado, aunque no le comentaba que lo había hecho en compañía de Maureen. En el fondo sabía que no lo aprobaría.

Una noche fingí que era un camarero francés muy estirado, le serví un sorbo de agua a Maureen en el vaso y la hice probarlo como si fuera vino.

—¿Nota usted el delicioso toque que le dan las tuberías de Londres? ¡Solo lo mejor para la señora!

Pero de repente Edith apareció a nuestro lado; nos estábamos riendo tanto que no la habíamos oído entrar. Parecía muy demacrada, con los pómulos protuberantes y las mejillas enrojecidas; sería por el frío. Miró fijamente a Maureen.

—¿Qué haces aquí todavía? El horario que acordamos era de nueve a cuatro.

—Le hacía compañía a Charlotte mientras comía algo.

—No te puedo pagar las horas extras.

—No te iba a pedir que me las pagaras. —Maureen se levantó y llevó el plato al fregadero. Mantuvo una postura muy regia mientras ponía un poco de lavaplatos en el estropajo.

—Ya fregará Charlotte los platos de la «cena» —dijo Edith—. Seguro que prefieres irte cuanto antes a casa con tu familia.

El *boeuf bourguignon* que habíamos preparado se convirtió en piedra en mi estómago. Era como si mi madre hubiera dicho: «Tu familia de verdad». Cuando Maureen se fue, yo tuve ganas de salir corriendo tras ella, abrazarla y prometerle que iba a decir «comer algo» en vez de «cenar» durante el resto de mi vida.

Después de eso, aunque Maureen y yo charlábamos un rato una vez que terminaba su trabajo, nunca se quedaba. Cuando me fui de casa, la llamaba de tanto en tanto y tuvimos unas cuantas conversaciones telefónicas incómodas, pero pronto nuestro contacto se limitó a intercambiar felicitaciones de Navidad. Un año la suya tenía mi nombre en el sobre, aunque no había nada escrito dentro. Me sentí dolida porque le importaba tan poco que no se había molestado en escribir algo, pero después, durante una de mis llamadas mensuales a mi madre, ella me dijo que Maureen tenía alzhéimer precoz y que había tenido que instalarse en una residencia. En mi siguiente visita al Reino Unido fui a verla, pero ella ya no se acordaba de mi nombre.

Paré el episodio de la serie y me enjugué los ojos. Entonces oí un ruido de chapoteo y me llegó la voz de Stella parloteando en el baño. Estaba metida en la bañera y sonaba feliz. No me lo podía creer. ¿Cómo lo había conseguido Irina?

Stella estaba tumbada boca abajo en la bañera e Irina sonreía sentada en el inodoro. Yo me acerqué a la bañera, metí la mano y di un respingo. El agua estaba muy caliente, o más bien a la temperatura de un baño normal. Una vez que Pete le preparó un baño a esa temperatura, Stella actuó como si él estuviera intentando cocerla viva. Pero en aquel momento estaba chapoteando y haciendo olas. No pude evitar sonreírle a Irina y ella me devolvió la sonrisa. Stella se puso boca arriba; tenía la piel rosada como la de un recién nacido. Sentí una oleada de felicidad. Verla así era como vislumbrar otro mundo. Se trataba de la misma sensación que tuve una vez que vi delfines entre las olas cuando estaba haciendo surf.

# 10

A la mañana siguiente, que era sábado, Stella se vistió antes de salir de su habitación (la primera vez que lo hacía), aunque eligió ponerse un vestido holgado que le llegaba casi hasta los pies. Miré la etiqueta: era la talla indicada para diez años, demasiado grande para ella. Me lo había enviado la prima de Pete, junto con otras prendas que Stella podía heredar. Como era negro lo había escondido en el fondo de un cajón; me parecía que las niñas pequeñas no debían vestir de negro.

—He preparado gofres, tus favoritos —anuncié—. Hoy es el día de la familia, así que papi va a estar todo el rato con nosotras.

Pete ya estaba sentado a la mesa comiéndose su segundo gofre.

—¿Puedo comer en mi habitación? —pidió Stella.

—Si te quedas aquí, te puedo leer mientras comes —propuse. Como le había funcionado a Irina, tenía el libro de los naufragios a mano. Pero Stella negó con la cabeza.

—Vale —acepté.

Una familia debería comer en la misma mesa, pero no quería crear una marejada que hiciera naufragar el barco cuando todo iba tan bien. Los éxitos se acumulaban: dos días de colegio sin incidentes, un baño de verdad y se había cepillado sola el pelo. En aquel momento me atrevía a esperar que lo de la sensibilidad extrema fuera solo una fase.

—Vamos a ir a un refugio de fauna salvaje —anuncié—. Allí tienen halcones peregrinos.

A Stella no le gustaba nada ver animales salvajes en cautividad, pero no tendría problemas con ese refugio porque la mayoría estaba allí de forma temporal, para que los atendieran en el hospital antes de volver a liberarlos, y los que vivían allí permanentemente era porque no podrían sobrevivir en la naturaleza. Había llamado por la mañana para confirmar que no tenían jaulas.

—¡Qué bien! —exclamó Stella.

Pete le cogió las manos y la hizo girar. El corazón se me llenó de felicidad.

Pero cuando llegamos allí, el aire era un palimpsesto de olores desagradables: lejía y arena de gato, además de los olores de los champús, cremas y suavizantes de todos los visitantes. La gente no tenía ni idea de lo fuerte que olía. La vida debe de ser terrible para los perros. Oí el sonido de mi móvil y cuando vi que era un mensaje de Cherie sentí que un peso desaparecía de mi corazón. Pero solo decía: «¡Gracias por el regalo y la tarjeta!».

«De nada. ¿Todo arreglado entonces?», contesté.

Y su única respuesta fue el icono del pulgar hacia arriba. Me quedé mirando la pantalla, esperando que apareciera algo más. En el contexto, un pulgar hacia arriba y nada más (así, solo) era equivalente a uno hacia abajo. Estaba claro que no quería tener más comunicación, al menos por el momento.

Los recintos de las aves estaban abiertos por la parte superior y los cernícalos y los halcones podían llegar volando hasta los sitios para posarse que había allí y mirar a los visitantes. Stella los contemplaba embelesada. Me alegré de que los pájaros parecieran estar bien allí, pero lamenté que no tuvieran libertad. Una parte de mí deseaba que recorrieran el refugio, atacando a la gente, hasta que encontraran una ventana abierta por la que escapar.

—¿Tienes ganas de vomitar? —me preguntó Pete en voz baja y me di cuenta de que tenía la mano sobre la boca otra vez. Negué con la cabeza. El castigo sisífico de las náuseas consistía en que me sentía todo el rato como si estuviera a punto de vomitar, pero nunca llegaba a hacerlo.

—Estoy bien. Muy bien. —Entrelacé los dedos con los suyos. Estaba encantada porque él apenas había sacado el teléfono del bolsillo.

Mientras Stella estudiaba un cormorán aproveché la oportunidad, me llevé a Pete un poco más allá, donde la niña no podía oírnos, y le conté que la noche anterior Stella se había dado un baño acompañada por Irina.

—Vaya, parece que le viene bien pasar tiempo con otro adulto —comentó—. Vosotras dos tenéis una relación muy intensa.

Me molestó ese comentario. ¿Qué quería decir con eso? Pero me obligué a respirar hondo. Seguro que no pretendía criticar mi relación con Stella, sino que solo era una observación.

—Sí que parece que lo pasó bien estando con Irina —respondí.

—A ti también te viene bien un poco de descanso. —Miró a Stella para asegurarse de que no nos oía. Ella no sabía lo de los abortos—. Después de lo que has pasado con los otros embarazos, deberías relajarte con este. Por eso has dejado el trabajo, ¿no?

Fruncí el ceño. Me provocaba un pánico atroz solo pensar en pasar muchas horas sola, sin Stella, o incluso sin las tareas relacionadas con ella. No me gustaba nada estar sola. Cuando tenía siete años y los médicos me descubrieron el tumor en el tiroides, el paso posterior a la cirugía para extirparlo fue el yodo radiactivo, que era un líquido que me tenía que beber. El médico nos explicó que después de tomármelo en el hospital sería radiactiva y por eso debía mantener una distancia de al menos dos metros con el resto de la gente durante cinco días.

Mi madre no me explicó qué era el tiroides ni cómo funcionaba esa medicina. Su vaguedad me hizo sentir que estaba ocultándome la verdad: que me pasaba algo muy malo y por eso tenía que permanecer alejada de los demás.

Maureen venía a verme durante el día y mi madre pasaba a darme las buenas noches, pero el resto del tiempo me quedaba sola mirando por la ventana. Las madres del otro lado de la calle llevaban a sus hijos al colegio por la mañana e iban a buscarlos por la tarde. Después los veía en el salón iluminado, comiendo bollos con mantequilla delante de la televisión. Todos muy juntos. Yo notaba la boca seca y me caían lágrimas sin parar.

Después de dos días de soledad me di cuenta de que había gente observándome desde el interior de mi casa de muñecas, que los crujidos del radiador tenían un patrón que repetía un mensaje urgente y las paredes se agitaban como si fueran de tela. La vida y la energía se me escapaban y todo lo que tenía alrededor cobraba vida.

Al quinto día ya no podía hablar.

Volví a la normalidad después de una semana más o menos, pero aprendí que aunque creas que tu personalidad es algo esencial e inalterable, la verdad es que para mantener su forma depende de la presión de las demás personalidades. Sin los demás, los límites se difuminan. No eres más tú mismo cuando estás completamente solo, sino que te vuelves cada vez menos.

Así que contesté a Pete sin vacilar:

—Quiero estar con Stella. Eso es lo que me hace feliz.

A la hora de comer, en la cafetería, Stella se negó a tocar su comida, aunque era su favorita: hamburguesa vegetariana (que yo me había apresurado a deconstruir) y patatas fritas. Como no quería tener una bronca ese día que estábamos de excursión, le pedí al camarero que la metiera en un recipiente para llevar y la guardé en el bolso. Cuando salíamos de la cafetería, oí que Pete exclamaba:

—¡Hola!

Era Nick, el marido de Emmy. Él estuvo en el cumpleaños de Stella y nos saludó con un cariño excesivo, seguramente por compensación. Señaló con la cabeza a Lulu, que estaba bebiendo un brik de zumo.

—Hoy es Pá-bado —explicó—. Todos los sábados por la mañana yo me llevo a Lulu para que Emmy pueda dedicarle un poco de tiempo exclusivamente al bebé.

—Un tiempo solo para el bebé —repetí—. Seguro que le viene muy bien.

Para mi sorpresa, Stella se acercó sin que la llamáramos e incluso levantó la mano para saludar. Lulu solo movió un poco los dedos, pero Nick dijo:

—Vete a jugar con Stella.

Lulu se fue con Stella con ciertas reservas, pero mi hija encontró una palanca que hacía que las mandíbulas del cráneo de un puma se cerraran y contempló cómo Lulu hacía que la mandíbula se cerrara una y otra vez.

Nick y Pete se pusieron a hablar y enseguida se enfrascaron en una conversación sobre si a Nick le parecía que Pete debería dejarse barba o no. Yo fui al baño y tuve unas cuantas arcadas sobre la taza, aunque no vomité. Cuando volví, Lulu le cogía la mano a Stella y ella, para mi sorpresa, le permitía hacerlo.

—¿Podemos ir al parque infantil por favor, por favor, por favor? —pidió Lulu.

Yo intenté poner una excusa, pero Pete se me adelantó.

—¡Genial! —contestó. Y cuando íbamos de camino me dijo en voz baja—: Necesita hacer más ejercicio físico. Cuando yo tenía su edad, le daba la vuelta a todo el barrio con la bici.

En el parque Pete y Nick se pusieron a perseguir a las niñas. Otros niños se unieron al juego, encantados de que hubiera unos adultos que no estaban pegados a sus teléfonos. El único banco que había estaba ocupado, así que tuve que encaramarme como pude a una roca de fibra de vidrio donde era imposible ponerse cómoda. Normalmente Stella no soportaba los parques infantiles, pero cuando los dos padres levantaron los brazos y empezaron a rugir como monstruos, Stella echó a correr gritando junto a los demás niños.

Después Pete fue a por un café y Stella dejó de jugar y simplemente se quedó allí plantada mirando. Blanka vigilaba a Stella con la misma expresión impasible. Por alguna razón que no comprendía, cuando estaba en casa casi nunca se sentaba, siempre se quedaba de pie. Y jamás miraba su teléfono. No era el tipo de persona que se sentaba en el suelo para hacer manualidades, pero tampoco se distraía. La suya era una presencia inquebrantable, aunque a la vez, y por raro que resultara, también parecía siempre un poco ausente.

No me gustó ver esa expresión en la cara de Stella, así que fui con ella. Una vez en el coche, cuando íbamos de vuelta a casa las dos solas, Stella me preguntó:

—¿Cuándo dicen miau las vacas? —Le dije que no sabía la respuesta y ella explicó—: Cuando se creen que son gatos.

Eso nos llevó a imaginar una serie de libros protagonizados por animales que se creían de otra especie. Los títulos podrían ser:

*Miau, soy una vaca.*

*Guau, tengo pezuñas.*

*Hiii, voy a poner un huevo.*

De vez en cuando una de las dos iniciaba ese juego de nuevo.

—Miau, soy una vaca —empecé entonces. Stella no dijo nada. No me habría oído—. Miau, soy una vaca —insistí.

Normalmente me daba una respuesta automática, sin pensárselo. Pero aquel día siguió sin decir nada. ¿Cómo podía ser que se hubiera olvidado de nuestro juego?

—¿Stella? —intenté llamar su atención, pero ella ni siquiera reaccionó al oír su nombre—. ¡Miau, soy una vaca! —exclamé con voz exigente.

Stella parpadeó y sacudió la cabeza como si se acabara de despertar de una siesta.

—Croac, soy un conejo —respondió por fin.

# 11

*En el presente*

—No te gustaban los cambios de Stella —concluye la doctora Beaufort.

Solo son las dos y media, pero al otro lado de la ventana la luz ya está desapareciendo del cielo invernal. Después de la sesión de la mañana apareció Rosemary, la directora, para describirme todas las actividades terapéuticas que podía hacer por la tarde. Pero no quiero perder el tiempo haciendo yoga recuperativo o cestería; lo que necesito es convencer a la doctora Beaufort de la verdad. Y como me temo que hasta ahora no lo he conseguido, he solicitado otra sesión con ella.

—No tengo problemas con que Stella cambie —explico—, pero es que estos cambios estaban haciendo que no pareciera ella.

La doctora Beaufort ladea la cabeza.

—Stella estaba empezando a encajar. —Se queda callada un momento—. Pero eso a ti te costaba.

—Yo estaba deseando que encajara. Me aterraba que estuviera siempre sola. Soñaba con verla hacer volteretas laterales en la playa y con trenzarle el pelo. —Me llevo la mano ilesa a la boca. Nunca he admitido eso en voz alta—. Solo que no quiero que lo haga a costa de perder lo que es en realidad.

La doctora Beaufort se encoge de hombros.

—Los niños están cambiando constantemente, ¿no? Cuando se trata de ellos, personas que todavía están en proceso de formación, es difícil saber con seguridad cuál es la esencia de su naturaleza.

La mano herida me late. Entiendo su argumento y el sentido común me dice que esta nueva Stella es la de verdad y que aquella niña que era como una llama incandescente, curiosa, divertida y brillante, era solo una fase, que esta personalidad aburrida e imperturbable es su verdadero ser.

La noche del nacimiento de Stella olí esa dulzura secreta que hay en lo más profundo de todo y pensé que, aunque se convirtiera en una asesina en serie, yo la iba a querer igual. No puedo dejar que mi amor por ella flaquee solo porque ha perdido toda su chispa.

Apoyo la mano herida en el regazo. Tal vez se me está infectando; si ese es el caso, me lo merezco. Tengo que hacer las cosas mejor, pero estoy muy cansada. Me dejo caer sobre los cojines del sofá de la doctora Beaufort y me tapo con la manta llena de protuberancias. Prometí que haría cualquier cosa por Stella, que me tiraría delante de un tren si hiciera falta, pero ese sacrificio fugaz me resultaría mucho más fácil que ser testigo de cómo mi hija se convierte en alguien a quien no reconozco.

# 12

*En el pasado*

En el coche, en el trayecto de vuelta desde el refugio de fauna salvaje, Pete estaba claramente entusiasmado.

—Nick me ha dicho que le va a decir a Emmy que busque un día para que las niñas se vean para jugar —dijo, evidentemente pensando que eso significaba que podíamos olvidarnos por fin de lo de la fiesta de cumpleaños. Mientras conducía se acariciaba el principio de barba de la barbilla—. ¿Sabes? Creo que me voy a dejar barba.

Al llegar a casa, dijo que se ocupaba de la cena.

—Hay un poco de brócoli que ya hay que cocinar —comenté—. Y Stella tiene que comer algo lo antes posible.

—No, no —exclamó Pete señalándome con un dedo—. Tienes que aprender a dejar que los demás te cuiden, Charlotte. Ve a tumbarte un rato.

—Gracias, cielo —contesté.

Pensé que seguramente el rato que había estado jugando a ser un monstruo en el parque infantil era la única contribución a la crianza de la niña que Nick hacía en toda la semana. Retuiteaba mensajes de activistas por los derechos de los hombres, así que dudaba que él cocinara o fregara los platos, y mucho menos ambas cosas la misma noche.

Me tumbé en el sofá del salón y Stella se sentó junto a la mesita de café con un cuaderno que le había regalado la madre de Pete, Dianne, que tenía en la tapa el gracioso mensaje: «Planes para dominar el mundo», y se puso a escribir en él.

—¿Qué escribes, cariño? —quise saber.

—Es un secreto.

Me sentí incómoda. Si era un secreto, ¿sería algo que ella creía que yo no aprobaría? Tal vez escribía cosas sobre Pete y sobre mí. Entonces su padre anunció que ya estaba la cena: burritos.

Stella dijo que no tenía hambre y Pete le dio permiso para irse a su habitación. Yo estaba demasiado cansada para protestar.

—Creo que a Stella le iría mejor a nivel social si le diéramos un poco más de espacio —sugirió Pete mientras yo cogía un burrito.

—¿Qué quieres decir?

—Mira lo que ha pasado hoy. Mientras tú estabas en el baño con las náuseas y yo hablando con Nick hemos dejado que las niñas se las apañaran solas y a Stella le ha ido muy bien con Lulu.

El burrito olía a comida para gatos. No pude comérmelo.

—Hace unos días estabas muy preocupado y querías llevar a Stella al médico. Y ahora, basándote solamente en la evidencia del único día que has pasado con ella, te parece que necesita más espacio…

Pete me miró preocupado.

—No estaba criticando tu forma de cuidarla.

Stella apareció en el umbral de la cocina.

—¿Puedo bañarme, mami?

—Pero si te bañaste ayer —contesté. Como Stella tenía esa aversión al agua caliente, no la bañábamos todos los días.

Pete me miró fijamente para insistir en su mensaje: «Vamos a darle un poco más de espacio».

—Tú le preparas el baño y yo friego los platos —propuso.

Subí al baño de Stella, cerré la puerta y abrí el grifo. Siempre ponía primero solo agua caliente, porque cuando nos mudamos allí se nos acababa muy rápido. Después cambiamos la caldera y dejó de ser un problema, pero ya teníamos la costumbre de hacerlo así. Cerré la puerta al salir y fui al dormitorio de la niña a por el camisón, pero en ese momento me di cuenta de que la ropa limpia seguía en un montón sobre nuestra cama.

Cuando volví al baño, encontré la puerta abierta. Pete debía haber entrado para ver cómo iba y tal vez había decidido que Stella ya estaba preparada para soportar el ruido del agua corriente. Sin embargo, cuando entré me quedé muda al ver que Stella ya se había metido en la bañera. ¡Y con el grifo abierto! Solté una exclamación: esa agua tenía que estar hirviendo. Cerré el grifo y me arrodillé a su lado.

—Cariño, ¿estás bien?

Fue como si no me hubiera oído. Estaba tumbada con las orejas metidas bajo el agua, solo asomaba su cara por encima de la superficie. Metí la mano y noté que el agua estaba lo bastante caliente para que me picara la piel, pero no tanto como para quemar. No le iba a pasar nada.

—Bañarse estupendo —dijo con tono de satisfacción.

—¿Qué? —Cuando Stella empezó a hablar ya lo hizo formando frases completas. Nunca la había oído comerse ni una palabra. Le tiré un poco del brazo para que se sentara—. ¿Qué es lo que has dicho?

Stella se incorporó para sentarse con el pelo goteando.

—Qué baño estupendo. Gracias por preparármelo.

Ella estudió su reflejo en el grifo mientras yo le lavaba el pelo. Incluso me dejó enjuagarle el champú sin quejarse. Tal vez Pete tenía razón y a ella le iría mejor si no estuviéramos siempre tan pendientes. Noté una presión en el corazón al recordar lo que había dicho: «Vosotras dos tenéis una relación muy intensa».

Cuando volví a la cocina, Pete había fregado los platos, limpiado la encimera y estaba retirando las rejillas de la cocina para quitar la suciedad de debajo.

—Gracias por hacer eso —dije—. ¿Sabías que Stella tiene un diario secreto? Es como *Harriet, la espía*.

—¿Quién?

—Una niña de un libro infantil que siempre está escribiendo en su diario. Escribe muchas cosas sobre la gente que la rodea y no todas son buenas. ¿No tienes curiosidad por saber lo que escribe? Me siento tentada de echar un vistazo a escondidas.

—Ni hablar —se negó Pete—. Aunque dejara el diario abierto sobre la mesa de café, yo no lo leería. No estarás pensando en hacerlo, ¿no?

—¡Era broma! Por supuesto que yo tampoco lo miraría.

Él asintió.

—Por cierto, veo que no has podido quitar la marca.

Me quedé muy desconcertada al ver que la cruz había vuelto a aparecer y esta vez parecía hecha con rotulador. La primera vez estaba más o menos a la altura de la nariz de un niño, pero la segunda estaba casi donde yo tenía la mía.

—Tenemos que hablar con ella de eso —propuso Pete.

—Stella sabe que no puede dibujar en la pared —respondí.

Fui al fregadero y eché jabón en la esponja, pero Pete me la quitó.

—Que lo limpie ella —afirmó—. Tiene que aprender a responsabilizarse de sus acciones.

No se me ocurrió una buena razón para llevarle la contraria en ese tema, aunque no me gustaba la idea de dejar la cruz ahí toda la noche. Era ridículo, pero me daba la impresión de que la única forma que tenía de asegurarme de que no siguiera ascendiendo por la pared era quedarme sentada en la cocina para vigilarla.

Sonó el teléfono de Pete y él gruñó.

—Es Nathan —dijo—. Este tío no entiende lo que significa tener una familia. —Rechazó la llamada, pero al instante siguiente el teléfono volvió a sonar.

—Cógelo, no pasa nada —accedí—. Hemos pasado todo el día juntos.

Recordé que la comida que no había querido Stella seguía metida en una caja en mi bolso. Estaba aplastada y poco apetecible y estuve a punto de tirarla al cubo de la basura orgánica, pero obedeciendo un impulso, subí a su habitación y llamé.

—Stella, te dejo comida delante de la puerta. —Me quedé allí un momento, preguntándome si debería entrar y dársela, pero me recordé lo que Pete decía siempre: «Ya comerá cuando tenga hambre».

Volví al salón, saqué el cuadernillo *50 dibujos para liberar el estrés* y empecé a colorear un búho posado en una rama cuyo cuerpo estaba formado por una intrincada red de cachemires. Mi madre pensaba que los libros para colorear atrofiaban el intelecto, pero justo el día después de su muerte sentí una necesidad incontrolable de comprarme un libro de colorear para adultos en una librería y había seguido haciéndolo desde entonces.

Pete vino a sentarse conmigo en el sofá. Tenía noticias frescas que contarme.

—Nathan nos ha conseguido una reunión con Home Depot en Atlanta.

Le di un abrazo.

—Es genial, mi amor.

Nathan llevaba meses intentando conseguir esa reunión con ellos. El primer distribuidor grande de cajas que se interesaba por Mycoship. Por fin.

—El problema es que tenemos que salir ahora mismo para coger el vuelo nocturno. Quieren vernos el lunes a primera hora.

—¿Ahora mismo? —Se me cayó el alma a los pies. El resto del fin de semana tendría que cuidar yo sola de la niña, se me acababa de terminar el descanso. Si me encontraba mal, no podría llamar a nadie—. Si la reunión es el lunes, ¿por qué no puedes coger el vuelo el domingo por la noche?

—Lo siento, cariño. No me gusta nada dejarte sola cuando sé que no estás bien, pero necesitamos el día de mañana para preparar la presentación.

Quería pedirle que no fuera, pero los grandes distribuidores estaban empezando a utilizar materiales de embalaje biodegradables y algo así sería un avance enorme para Mycoship y para los océanos, que ya estaban hasta arriba de plásticos de un solo uso. Pete seguía contando la historia de la vez en que, cuando estaba surfeando, se encontró un cachorro de nutria muerto, con la anilla de un pack de seis cervezas alrededor del cuello.

Mientras él metía sus cosas en una maleta a toda velocidad, yo pedí un Uber y fui a ver a Stella: la caja de cartón con las sobras había desaparecido. La puerta de su dormitorio estaba entornada y se oían ruidos de masticación dentro. Asomé la cabeza por la rendija: Stella estaba sentada en su cama con la boca llena de patatas lacias y hamburguesa vegetariana fría.

Estaba tan concentrada que tardó un poco en darse cuenta de que yo estaba ahí. Cuando lo hizo, fue como si no me reconociera: se me quedó mirando con cara de desconfianza y abrazó la caja grasienta contra el pecho, como si yo tuviera intención de quitársela. Decidí salir y dejarla tranquila. Sobre la colcha había trozos de comida que habían caído mientras engullía. «Lobito», así era como la había llamado Irina.

# 13

A la mañana siguiente salí de la cama como pude, tosté un gofre que había sobrado del día anterior y fui a llamar a la puerta de Stella.

—Servicio de habitaciones.

Por el momento iba a aceptar que quisiera comer a solas, aunque no me gustaba. Stella me abrió la puerta: llevaba el vestido del día anterior y el pelo tan liso como si estuviera húmedo.

—Gracias, mami —dijo, y me cerró la puerta en las narices.

Me agobié pensando en qué hacer con la reunión de AEPMH, que era a las cinco de la tarde. En «Palabra de Charlotte» había dicho: «La informalidad es la peor plaga de la época moderna; no canceles nunca, a no ser que se trate de una emergencia». Pero ya no tenía niñera y no podía llevar a Stella a la reunión, porque allí habría básicamente proseco y cotilleos, aunque también hablaríamos un poco de los planes para recaudar fondos. Y no podía permitirme no asistir a la reunión tampoco, porque necesitaba esa conexión regular con las otras madres para organizar quedadas para que Stella fuera a jugar con sus hijos. Ojalá tuviera a alguien con quien pudiera dejar a mi hija, pero la única persona a la que podría pedirle ese favor era Cherie.

La cruz de la pared me llamó la atención de nuevo. ¿Podría

estar vinculada con la insistencia de Stella en comer en su habitación? Cuando apareció por allí, le señalé la cruz.

—Yo no la he dibujado y papá tampoco. ¿Se te ocurre quién ha podido ser? Dime la verdad.

—Todo el mundo debería decir la verdad siempre —respondió Stella muy formal.

Resoplé.

—¿Y cuál es la verdad? ¿Por qué no quieres comer aquí sentada conmigo? ¿Y por qué sigue apareciendo eso en la pared?

Stella se quedó callada, como si esas preguntas no tuvieran respuesta, igual que muchas de las que hacía ella: «¿A los árboles les importan otros árboles?», «¿De dónde viene el océano?», «¿Se va a calentar cada vez más la Tierra hasta que llegue a los cuatrocientos sesenta y cuatro grados como Venus?».

—¿Puedo volver a mi habitación? —preguntó y yo asentí, derrotada.

Pete había dicho que tenía que limpiarlo ella, pero yo no tenía fuerzas para insistir si se negaba a hacerlo.

El timbre de la puerta me sobresaltó. En el umbral apareció Emmy, con un vestido de rayas combinado con un par de botines marrones y el flequillo tan recto como si hubiera medido cada mechón con una regla. A su lado había otra madre del colegio que siempre llevaba *leggings* de yoga de colores fluorescentes y cuyo nombre no recordaba.

Estaba claro que Emmy no había venido para organizar una quedada para que Stella jugara con Lulu, como había sugerido Nick el día anterior. Me miraba con una desagradable expresión de autosuficiencia y se me cayó el alma a los pies.

—Hemos venido a decirte que no estás invitada a las reuniones de AEPMH de ahora en adelante. Y eso se aplica desde hoy mismo —anunció Emmy. Su aliento olía muchísimo a batido verde—. Me acabo de enterar de lo que le has hecho a Cherie.

—¿Te lo ha contado ella? —contesté en voz baja—. Pero si ya ha aceptado mis disculpas.

—No me lo ha dicho ella. —Emmy me enseñó un vídeo en su teléfono: en el fotograma congelado se me veía a mí, plantada con los pies separados y blandiendo las tijeras, mientras Cherie me miraba desde el suelo, a mis pies.

—¿De dónde ha salido eso?

—Yo vivo en la casa de al lado —aclaró la de los *leggings* fluorescentes.

Emmy le dio al play. Habían editado el vídeo. Me oí gritar: «¡Stella no es como Zach! ¡No tiene nada que ver con Zach!». Oh, no. Y después empujaba a Cherie, o eso parecía. Ella soltaba un gritito, algo que yo no recordaba, y caía de culo en su propio camino de entrada.

—Eso ha sido una agresión física —añadió Emmy.

—Fue un accidente —protesté.

—Y además has insultado a un niño con necesidades especiales.

Miré a la de los *leggings* fluorescentes.

—Has editado el vídeo.

Y ella contestó con arrogancia:

—La gente tiene una capacidad de atención muy limitada.

—Emmy, por favor, sí que dije eso sobre Zach, pero fue dentro de un contexto.

—Así que lo reconoces —contestó Emmy. Estaba muy segura de que tenía razón. En el aseo de la planta baja de su casa tenía una copia enmarcada del poema «Desiderata» y en aquel momento recordé el verso: «Sin duda el universo se desarrolla como debe». Estaba claro que era a eso a lo que se aferraba Emmy; era más fácil creer algo así si nunca habías tenido problemas de verdad.

—Yo estaba allí —exclamó Stella, que apareció a mi lado— y la madre de Zach estaba siendo mala con mi madre. —En aquel momento la quise muchísimo, pero continuó—: Si alguien invade tu espacio personal, lo que tienes que hacer es darle un buen puñetazo en la cara a quien sea.

Me quedé con la boca abierta.

—¡Stella! ¿Qué forma de hablar es esa? Vete a tu habitación.

Ella se fue y yo cerré los ojos. Tenía calor y notaba que me hervía la sangre.

—Está bien, ya he comprendido el mensaje. —Me sentía muy avergonzada y estaba deseando que se fueran. Cuando cerré la puerta oí claramente que Emmy decía: «Está como una cabra».

Era cierto que en ese vídeo parecía que estaba completamente loca. Pensé en todos los que yo había visto de rabietas de niños. Y ahora los demás habían visto ese vídeo mío. Pero los de los niños eran anónimos y los habían grabado los padres para ayudar a los demás; el mío lo habían hecho para advertir a las demás madres sobre mí, porque era una amenaza a la que había que excluir de AEPMH.

Llamé a Pete, aunque era todavía muy temprano en Atlanta, e hice todo lo que pude por contarle lo que había pasado como si fuera una historia divertida.

—Esas madres están mal de la cabeza. Te han tratado como si fueras una psicópata —dijo él.

Intenté echarme a reír.

—¡Lo sé! Pero saben que no lo soy. He salido a tomar margaritas con ellas.

Incluso en una ocasión nos estuvimos partiendo de risa porque empezamos a bromear sobre organizar una fiesta para quitar piojos, a la que dijimos que invitaríamos a la gente diciendo: «Se requiere el placer de su compañía para pasar una velada entre cócteles y piojos...». No sabía por qué, pero la frase «venga provisto de su Propio Peine para Piojos», abreviada en PPP, nos resultó especialmente graciosa.

Cuando me paré a pensarlo recordé que lo de la fiesta de los piojos había surgido cuando yo propuse hacer una reunión en mi casa y nos pusimos a aportar ideas sobre qué tipo de reunión podía hacer. «Una fiesta de organización de cajones», dijo alguien y yo me reí. Después fue Emmy quien sugirió lo de la fiesta de quitar piojos. Creí que se estaban riendo conmigo, pero me acababa de dar cuenta de que en realidad se reían de mí.

Me senté en el sofá y abracé un cojín contra el pecho.

—Me parece que nunca les he caído bien. Les parezco demasiado neurótica.

—Solo conocen una diminuta parte de ti. En San Francisco habrían matado para que les invitaras a una de tus fiestas.

—¿Piensas mucho en aquello? —pregunté.

—¿En qué?

—¿Aquella gente era amiga nuestra de verdad? He perdido el contacto con casi todos.

—Las amistades a larga distancia son complicadas —intentó animarme Pete.

Pero, después de colgarle, me acordé de que él siempre estaba escribiendo mensajes y llamando a sus amigos de antes. Era yo la que tenía unas amistades tan endebles que se habían diluido con la distancia. La época que pasé en San Francisco había demostrado que podía hacer amigos, aunque al pensar en aquellas fiestas y cenas, me di cuenta de que yo siempre estaba muy liada para sentarme y hablar con alguien de verdad. No recordaba ni una sola conversación.

Tal vez no sabía cómo relacionarme con la gente y las madres del AEPMH eran las que habían descubierto la verdad.

Saqué el alcohol de limpieza del armario, eché un poco en un trapo limpio y fui a donde estaba la cruz. No se quitó, así que lo intenté con quitaesmalte y después con pasta de dientes. Al final saqué un cuchillo de cocina y rasqué la pintura. Tendría que pintar el trozo descascarillado, pero por el momento me sentí mejor, tan bien como si acabara de rascarme una picadura de mosquito hasta hacerme sangre.

# 14

Para cuando terminé de estropear la pared había llegado la hora de comer, así que me obligué a preparar algo para Stella. Cuando cocinaba, a veces me daba la sensación de que mi madre estaba allí, en medio de la cocina, observándome. Lo hacía cuando era pequeña y también después, en las pocas ocasiones en que venía de visita o nosotras íbamos a su casa. A veces decía: «¿Así es como cortas las cebollas?» o «¿Y Stella se va a comer eso?». Seguramente a otra persona esos comentarios no le parecerían críticas, pero yo sabía que lo eran. Aunque la mayor parte del tiempo lo pasaba solo mirándome: sus ojos me seguían cuando elegía un cuchillo, cortaba, calentaba el aceite o rallaba queso. Entonces pensé: «Si tienes algo que decir, suéltalo ya», pero después me sorprendí un poco cuando mi cerebro se dio cuenta de que ese tipo de pensamientos ya no tenían sentido. Pete me había dicho que, tras la muerte de su padre, durante meses todavía se le ocurrían cosas divertidas o interesantes que quería decirle y luego recordaba de repente que estaba muerto. Yo, en cambio, me acordaba de Edith criticándome por no utilizar la espátula correcta.

Intenté concentrarme un poco, pero todo me olía fatal. La esponja tenía olor a moho, aunque era nueva, la había sacado del paquete el día anterior, y se mezclaba con el olor a menta del jabón biodegradable. Le mandé un mensaje a Cherie y le conté lo del vídeo de la de los *leggings* fluorescentes. «Emmy me ha echado de AEPMH. ¡Soy una paria!», escribí y añadí una carita de confusión y otra triste.

La antigua Cherie me habría respondido con una carita que lloraba de risa y un: «Oh, Dios mío, ojalá me echara a mí también. Por cierto, ¿viste lo que llevaba puesto ayer? Parecía un paso de cebra».

Pero no dijo nada.

Cherie podría haberse ofrecido a escribirle a Emmy y explicarle lo que pasó, pero no me sorprendió que no lo hiciera. Ese pulgar hacia arriba que me había enviado el día anterior evidentemente significaba lo que yo pensaba: que no me había perdonado, ni mucho menos.

Estaba empezando a arrepentirme de haberme disculpado. Siempre estaba pidiendo disculpas por todo, incluso por cosas que no había hecho. Lo hacía cuando alguien se colaba delante de mí para coger la última cesta en el supermercado, también con Pete cuando él llegaba tarde a casa y con Stella cuando la temperatura del baño no estaba a su gusto. En «Palabra de Charlotte» había dicho: «Si no estás segura, discúlpate. No te cuesta nada».

Pero me daba la sensación de que esa disculpa sí que me había costado algo: me había autoacusado de haber hecho algo malo. Pero Cherie también debería haberse disculpado por la parte que le tocaba.

Terminé de preparar la comida de Stella y se la llevé a su habitación. Después me dejé caer en mi cama. Si mi amistad con Cherie siguiera intacta, podría haber recurrido a esa broma recurrente que teníamos y enviarle otro mensaje diciendo: «No importa, una cita para arreglarme las cejas seguro que me anima». Pero lo que hice fue ponerme a mirar fotos de organización doméstica con los ojos llenos de lágrimas. Yo aspiraba a tener armarios y cajones donde todo el contenido se viera de un solo vistazo. Me ponía de los nervios perder cosas que sabía que estaban en casa en alguna parte.

La puerta de mi dormitorio se cerró de golpe por culpa de una corriente que llegó desde el pasillo. ¿Cuánto tiempo llevaba tumbada allí?

—¡Stella!

Fui a su habitación. Todo estaba igual que siempre: el póster de los pájaros de California, su colección de cáscaras de mejillón que parecían todas idénticas, pero no lo eran (se dio cuenta cuando yo intenté tirar un par de ellas), el búho de peluche que habíamos hecho juntas con una tela suave que soltaba pelo por todas partes. Pero Stella no estaba. Una gota de sudor se deslizó por mi pecho.

¿Estaría en su armario para estar sola? No. Volví otra vez al salón. ¿Se habría metido detrás de las cortinas mientras yo estaba durmiendo?

La puerta principal estaba abierta de par en par; por eso había surgido esa corriente.

Tuve la extraña sensación de que aquello estaba predestinado, que siempre estuvo claro que iba a ocurrir. Desde su primera noche de vida yo me pregunté cómo me podía merecer algo tan extraordinario. Cuando la llevé a casa desde el hospital casi no me lo podía creer. Era como una criatura mítica que había cobrado vida entre nosotros, como un ave fénix. Y de repente había volado.

Salí corriendo por la puerta. No vi a nadie en la calle.

—¡Stella!

No había rastro de ella. ¿Adónde habría ido? ¿Podría haberse dirigido a alguna parte ella sola? Tenía ocho años y nunca había salido sola. Ni siquiera la dejábamos ir sola al baño en los restaurantes.

—¡Stella! —volví a gritar.

En todas las casas parecía haber gente observando y pensando: «Ahí va la loca». No había nadie a quien pudiera pedirle ayuda. Sentí como si me cayera agua fría por la garganta hasta el estómago a una velocidad tan terrible que parecía que iba a explotar en cualquier momento.

Dos manzanas más arriba una mujer mayor que llevaba una falda marrón y el pelo como una muñeca rusa giró la esquina para entrar en nuestra calle.

—¡Socorro! —le grité. La mujer me saludó con la mano. Era Irina.

Y entonces apareció Stella, que volvió la esquina bailoteando. Yo corrí por la calle y me lancé a abrazarla, apreté la cara contra su pelo deseando poder volver a meterla en el interior de mi cuerpo, que formara de nuevo parte de mi carne porque allí estaría a salvo. Ella me dejó abrazarla, aunque no me devolvió el abrazo.

Me costaba respirar.

—¿Adónde has ido, cariño?

—A clase de natación, pero Irina me ha dicho que era mejor que volviera a casa.

Me había olvidado de la clase particular de natación que tenía los domingos por la tarde. Normalmente tenía que llevarla arrastrando a la piscina, pero daba igual.

—No puedes ir tú sola, ya lo sabes —expliqué.

No lograba que el corazón dejara de latirme con mucha fuerza. ¿Y si hubiera intentado cruzar una calle con mucho tráfico?

—He salido sola un montón de veces —contestó Stella con gran serenidad.

Eso era del todo falso, su primera mentira evidente. No sabía qué hacer. ¿Debería castigarla? No conocía la técnica de crianza correcta para algo así. Los castigos habituales no suponían un problema para ella. ¿Me estaba desafiando abiertamente, intentando provocarme algún tipo de reacción? ¿Eso era lo que pretendía con la cruz? ¿Y con lo de negarse a comer en la mesa?

Miré a Irina desesperada. Ella pareció entender lo que yo necesitaba. Se agachó para que su cara quedara a la misma altura que la de Stella y la agarró con fuerza por los hombros.

—Tú escucharme bien —dijo con una voz que daba miedo.

Yo me quedé mirándola. Nunca le había hablado a Stella en ese tono. Estuve a punto de intervenir: ¿cómo se atrevía esa mujer a hablarle así a mi hija? Pero algo me detuvo. Irina se aseguró de que Stella le estuviera prestando toda su atención y después le gritó:

—En este país un niño no poder andar solo por ahí, ¿comprender?

Esperé que Stella reaccionara mal, pero lo único que hizo fue asentir muy seria. Me quedé asombrada. ¿Era eso lo que yo debería haber estado haciendo desde el principio? Cuando Stella se portó mal delante de la madre de Pete, Dianne, ella nos sugirió que utilizáramos aceite de CBD, porque estaba convencida de que servía para todos los males. Cuando lo hizo estando mi madre, ella me miraba y decía cosas del estilo de: «Habla demasiado» o «¿No va a comer nada más?». En aquellas ocasiones Stella puso mala cara y no aceptó las gominolas con CBD que le ofreció Dianne y los comentarios de mi madre solo servían para ponerla peor. Pero parecía que las palabras de Irina sí habían surtido efecto.

—Vale —respondió.

La mujer se levantó y me puso una mano en el hombro. La noté pesada y caliente. Se me llenaron los ojos de lágrimas, pero logré mantener la compostura.

—Gracias. ¿Ibas a alguna parte?

Estaba mejor arreglada que la última vez que la vi. Llevaba el pelo más oscuro, bien teñido y recogido con cuidado. Se había vestido con una blusa blanca y una falda oscura, medias negras y lo que parecían unos zapatos de vestir de hombre. Y en aquella ocasión llevaba la misma sombra azul que le vi el viernes, pero en los dos párpados por igual.

—Yo venir a verte —reconoció Irina. Me tendió algo envuelto en una gasa y señaló a Stella con la cabeza—. Y al lobito también, claro.

Stella aulló muy obedientemente.

—¿Qué tienes en la mano?

—No, esto no ser *nazook*. Yo hacer para tu madre —contestó Irina—. Esto es... —Y a continuación dijo algo que sonó como si estuviera intentando quitarse un pelo pegado en la lengua. Stella y yo nos quedamos mirándola, desconcertadas, y ella continuó—: Traducirse como pan de aceite.

—Me gustan los *nazook* —añadió Stella.

Irina sonrió.

—La próxima vez tal vez traer. Hoy pan de aceite. Receta de mi marido. Ayudar a madres a estar mejor.

No sonaba nada apetecible, pero me sentí agradecida.

—Muchas gracias, eres muy amable —contesté con total sinceridad—. Estoy deseando probarlo. —Extendí la mano para coger el pan, pero ella no lo soltó.

—El padre de Blanka ser panadero. Hacer mucho tiempo de eso. Él enseñarme a hacer muchos panes. Yo hacer pan de aceite así: extender masa por toda la mesa, muy muy fina. Después enrollar y hacer... —Sacudió la cabeza—. ¿Forma de caracol?

—¡Una espiral! —exclamó Stella.

Ella asintió.

—Y después estirar en toda la mesa otra vez y volver a formar caracol. —Se acercó el pan al pecho—. Con este hacer eso siete veces.

—Siete —repetí—, madre mía.

Obviamente quería verme probar algo que le había costado tanto trabajo. Era lo menos que podía hacer después de todo lo que me había ayudado con Stella. Y como acababa de mencionar a Blanka, no podía mandarla a su casa sin más; era una madre de luto que, a pesar de todo, había encontrado la energía para hacerme un pan.

—Stella, ¿tú hacerme un dibujo? —preguntó Irina cuando llegamos a la casa—. ¿Uno bonito que yo poder llevarme a mi casa?

Stella sonrió de oreja a oreja y se fue trotando a buscar sus cosas para dibujar. Irina se sentó en el sofá y desenvolvió el pan. Era parecido a un pan de pita, pero más gris y grasiento. Yo había escrito una columna sobre cómo comerse por educación alimentos que no te gustan. En «Palabra de Charlotte» había dicho: «Dale un mordisco pequeño para poder tragarlo sin notar el sabor, como si fuera una pastilla».

Entonces me llegó el olor y, por primera vez en varios días, mi estómago rugió. Olía como los pasteles de las ferias una tarde de verano o las patatas fritas cuando estás borracho. Lo cogí con las dos manos y lo partí. Era denso y hojaldrado y estaba increíblemente delicioso.

—Está buenísimo —dije con la boca llena y después seguí comiendo hasta que no quedó nada.

A continuación me dejé caer en el sofá. No tenía náuseas. Me sentía como un marinero con escorbuto que acababa de comerse una naranja. No sabía cómo agradecérselo.

—En el sitio de donde yo venir, pan ser sagrado —comentó Irina.

—Aquí es justo lo contrario —contesté distraída.

Emmy decía que el gluten era malo para las personas, tanto si eras celiaco como si no, y Lulu tenía que llevar su propia «tarta» a las fiestas de cumpleaños de los demás niños: una masa redonda de semillas de girasol y psyllium que era como uno de esos alimentos especiales con una gran cantidad de nutrientes que alguien se llevaría para hacer una larga caminata en la Antártida.

—En las bodas, poner pan en hombros de maridos y mujeres, como si ser capas. Para tener suerte —explicó Irina.

—¿Te pusieron una capa así en tu boda? —Stella había bajado las escaleras tan sigilosamente que no la había oído.

—Claro —confirmó ella—. Mi marido y yo ser muy felices. Vivir en una casita en el bosque.

Me sorprendió oír eso. ¿Una casita en el bosque? Parecía el principio de un cuento de hadas.

Como era de esperar, Stella preguntó:

—¿Y qué pasó después? ¿Ocurrió algo malo? ¿Hubo algún

conflicto en la historia? —Lo del conflicto era algo que le habían enseñado en el colegio.

—Cariño, Irina nos estaba contando su vida, no un cuento.

Aunque pensé que, como su marido ya no estaba entre nosotros e Irina había tenido que dejar su país, estaba claro que sí que ocurrió algo malo. Me sentí incómoda. No quería ignorar su sufrimiento, pero tampoco me parecía necesario que reviviera su trauma. O peor, que diera la impresión de que yo tenía un interés morboso en él.

Era mejor dejar que ella decidiera cuánto quería contar. Y aparentemente ya era más que suficiente.

—Tú descansar. —Miró a Stella—. Lobito, ¿tú querer hacer muñeca?

Me puse tensa. A Stella no le gustaban nada las muñecas. Pero la niña se levantó de un salto y dijo, casi chillando:

—¡Sí, sí, sí!

—¿De verdad? —pregunté.

Irina cogió *50 dibujos para liberar el estrés* de la mesita de café y lo abrió por una página en la que había un mandala que ya había coloreado.

—¿Tú hacer esto? Muy bonito. Como la ventana de una iglesia. —Asintió con gesto de aprobación, me dio el libro y fue con Stella a su habitación. Desde el salón oí la voz alegre de Stella y la tranquila de Irina respondiéndole. Mi madre nunca había jugado así con Stella. Todavía no le había dicho a Irina que no mencionara la muerte de Blanka, pero seguro que no iba a surgir el tema en ese contexto. No quería entristecerla hablándole de Blanka, porque estaba claro que la distracción le venía bien. Decidí darme un capricho y llevarme *50 dibujos para liberar el estrés* a la cama.

Normalmente estaba en modo de alerta todo el tiempo, por si había alguna señal de que Stella me necesitaba, pero como Irina se estaba ocupando de ella, yo desconecté y me sumí en un torbellino de amarillo y magenta.

Un golpecito en la puerta me sacó de mi trance. Había pasado poco más de una hora.

—Stella querer enseñarte algo —explicó Irina.

Yo fui con ella hasta la habitación de mi hija, donde Stella me mostró algo como si fuera un trofeo.

—Hemos cogido cosas de afuera ¡y mira lo que he hecho!

Parecía un montoncito de ramas unidas con hierba seca. No me lo podía creer: ¿por qué no había utilizado sus cosas para manualidades? Me dio el objeto y, mientras lo examinaba, vi que sobresalían brazos y piernas. Al mirarlo con detenimiento, vi que el vestido era una hoja seca, una bellota hacía las veces de cabeza y el pelo estaba hecho con musgo y pegado con savia. Sonreí y se la devolví.

—¿Cómo se va a llamar? ¿Es un chico o una chica?

—Palito —anunció Stella.

Irina sonrió.

—Ser bueno hacer muñeca cuando bebé estar por venir.

Stella extendió su sudadera más suave sobre la cama y arropó con ella a Palito. Resultaba un poco raro verla jugando con ese fardo oscuro con ramitas sobresaliendo, pero me dije que era mi condicionamiento cultural el que me hacía pensar que las muñecas tenían que ser bonitas y parecer de verdad. Tal vez era una tradición folclórica del país de Irina que la futura hermana mayor hiciera una muñeca antes de la llegada del bebé.

Le había contado a Stella lo del bebé cuando llegué al final del primer trimestre. Ella no me preguntó cómo lo íbamos a llamar ni si tendría que compartir su habitación; lo que quiso saber fue qué pasaría si el bebé llegaba demasiado pronto. Se centró en la posibilidad de que pasara algo malo. Irina le estaba enseñando que el nuevo bebé era algo bueno con lo que ilusionarse.

Además me resultaba absolutamente increíble ver a Stella jugar con una muñeca. Se pasaba la mayor parte del tiempo leyendo y me di cuenta de que tal vez Pete tenía razón cuando decía que no jugaba lo suficiente. Pensé que si aprendía a jugar quizá lograra conectar mejor con los otros niños.

Irina dijo que tenía que irse y me percaté de que era la hora de preparar la cena de Stella. La tarde había pasado volando con la visita de Irina. La acompañé a la puerta.

—No sé cómo darte las gracias. —Por el pan, por conseguir que Stella se comportara como una niña para variar y por la hora de descanso en que había podido librarme de la ansiedad que me causaba preocuparme por mi hija.

Irina se detuvo en el umbral.

—En mi país, si la madre no estar bien, nunca estar sola, tener madres, tías, abuela. —Estaba lo bastante cerca para que me llegara su olor y no era desagradable: jabón común, té, y algo que parecía una especia. Levantó la mano y me acarició la mejilla. Y sin saber cómo ni por qué, recordé una vez que mi madre me trajo dos tarros de mostaza como regalo doble, de Navidad y de cumpleaños. Era una mostaza gourmet, pero estaba claro que era algo que le habían regalado y de lo que quería librarse. Ella no era capaz ni de comprarme un regalo, mucho menos de hacerlo con sus propias manos. Me limpié los ojos con el dorso de la mano.

—¿Podrías venir otro día? —pregunté—. ¿Mañana, por ejemplo?

# 15

El lunes por la mañana me desperté deseando tener ese pan de aceite. Pensar en cualquier alimento me daba náuseas, pero tenía un fortísimo antojo de ese pan en concreto. Irina me había dicho que volvería ese día, pero no habíamos quedado en una hora. Estaba tan llena cuando me despedí de ella que no se me ocurrió pedirle que me trajera más pan.

De todas formas no estaba bien pedir un regalo, sobre todo uno como ese. Sin embargo, seguro que ella entendería por qué necesitaba más. Quise buscar la receta en internet, pero no recordaba el nombre.

Dejé a Stella en la puerta del colegio y, por una vez, me permitió que le diera un beso en la cabeza. Mientras entraba me di cuenta de que, aunque llevaba el uniforme y se había cepillado el pelo, seguía pareciendo fuera de lugar. El pelo se le veía grasiento y caminaba arrastrando los pies.

Volví a casa corriendo, mientras recordaba lo difíciles que eran antes las mañanas. Debería estar encantada con el cambio. Pero cuando llegué a casa no logré concentrarme en ninguna actividad. Solo podía pensar en el pan. Llamé a Irina, y me saltó el contestador. Quise decirle con un gruñido: «Tráeme más pan», pero me obligué a inspirar hondo y le dejé el siguiente mensaje: «Cuando vengas luego, bueno, si vas a venir, me encantaría que me trajeras un poco más de ese pan de ayer, si te queda algo».

Para distraerme me puse a doblar la colada. Utilizaba la funda del edredón como sobre para meter las fundas de almohada y la sábana bajera ajustable, de manera que cada juego de sábanas quedaba formando un paquetito perfecto. No dejaba de mirar el teléfono: sin respuesta de Irina. En mi columna me quejaba de las personas que siempre decían al despedirse: «Tenemos que quedar algún día para tomar café» o «Deberíamos tomarnos una copa juntas». Por ello, en «Palabra de Charlotte» había escrito: «Si no tienes intención de acudir a los planes, no los hagas. Muérdete la lengua». ¿Irina habría dicho que vendría solo por pura educación?

Le dejé otro mensaje: «No sé si has oído mi primer mensaje, pero me pareció entender que ibas a venir hoy. Y con más pan, si tienes». Las náuseas se habían vuelto tan fuertes que era como si la habitación se moviera bajo mis pies. Antes de arrastrarme para ir a recoger a Stella del colegio le dejé un tercer mensaje: «¿Podrías venir a casa, por favor, por favor, y traer un poco de pan?».

Apareció a las cinco de la tarde, cuando yo ya estaba desesperada. Prácticamente le arrebaté el paquete envuelto en muselina que tenía en la mano.

—¡Irina! —Stella fue corriendo a la puerta—. ¡Qué bien, más *nazook*! —dijo con voz cantarina porque se había fijado en la lata con el trineo que asomaba en su bolso.

En la cocina Irina puso unos cuantos pastelitos en un plato para Stella sin preguntarme si me parecía bien, pero a mí me gustó el gesto: estaba bien que se sintiera como en su casa y alimentara a mi hija. Las madres del colegio preguntaban si teníamos algún requisito alimentario especial antes de ofrecer cualquier tipo de comida. Cuando Dianne, la madre de Pete, venía de visita siempre nos preguntaba: «¿Puedo darle esto?» y «¿Os parece bien?» antes de darle nada a Stella. Y luego estaba mi madre, a quien en su vida se le había ocurrido prepararle nada de comer a Stella.

El pan todavía estaba caliente y aún más delicioso que el día anterior. Irina me vio comerme todo el pan y Stella inhaló el aroma de los *nazook*. Irina sonrió de oreja a oreja, como si fuera una madre viendo a su hijo engullendo hojas de kale. Ese día llevaba un moño impresionante y complicado y pensé que seguramente sería un postizo. ¿Y dónde se compraban esas cosas? Se había maquillado toda la cara y llevaba una chaqueta de lana negra, una blusa blanca y una falda negra con la cintura elástica. También se había dibujado con mucho cuidado las cejas.

Cuando terminé de comer me sentí avergonzada; tenía grasa en la cara. Limpié las migas de la mesa con la palma de la mano. Estaba tan desesperada por comerme el pan que ni siquiera había sacado un plato. Sacudí el trozo de muselina con el que envolvía el pan; era como los arrullos que utilizaba para envolver a Stella cuando era un bebé, aunque aquel trozo de tela cuadrado era tan frágil como una telaraña por culpa de los lavados. De repente entendí lo que significaba que el pan todavía estuviera caliente: que Irina había hecho pan de aceite otra vez. Había vuelto a amasarlo siete veces para mí. Por eso había tardado tanto en llegar a casa. Se me llenaron los ojos de lágrimas e Irina me dio unas palmaditas en la mano.

Después del pan nos quedamos sentadas a la mesa de la cocina, pero yo no podía parar de bostezar. Irina cogió su bolso de tela de tapicería, que había dejado debajo de la mesa. Lo abrió y me enseñó que estaba lleno de hilo de colores.

—Yo enseñar a Stella ganchillo —aseguró—. En mi familia las niñas aprender con tres o cuatro años. Ya ser tarde para empezar con ella.

—Es muy amable por tu parte, pero no sé si eso le va a gustar —dije.

A mi hija no le gustaban las instrucciones, prefería hacer las cosas a su manera, pero se sacudió las migas de *nazook* de los dedos y saltó de la silla para ir a examinar el interior del bolso.

—¿Y qué vamos a hacer?

—Lo que tú querer —contestó Irina mientras sacaba unas agujas que no eran de plástico. Parecían de metal y antiguas—. Hace mucho tiempo yo aprender con estas mismas agujas —contó—. Ser de la madre de la madre de mi madre.

Las dos se fueron al salón y se acomodaron en el sofá. Stella parecía muy atenta a las instrucciones de la mujer mayor.

Cuando la aguja de Stella encontró el ritmo, la expresión «la madre de la madre de mi madre» empezó a resonar en mi cabeza. Habían desaparecido las náuseas y las sensaciones más comunes me parecían extraordinarias. Subí al piso de arriba, me metí en la cama y las sábanas nunca me habían parecido tan suaves; era como si las hubieran lavado a mano en un arroyo y después secado al sol.

Cuando me desperté eran las 6.30 de la tarde. Entré en pánico en cuanto me di cuenta de que aún no había empezado a preparar la cena, pero entonces oí que Irina y Stella hablaban en la cocina. Después me llegó el ruido de alguien cortando algo y el clic del gas al encender la cocina. Me quedé dormida otra vez. Algo más tarde un olor se coló en mi habitación: profundo y delicioso, mejor que cualquiera que se pudiera comprar.

Seguí ese aroma hasta la cocina. Irina estaba revolviendo algo en la olla de hierro fundido Le Creuset Dutch, un regalo de boda que hacía años que no usaba.

—*Gomgush* —anunció, aunque yo no entendí nada. Tenía las mejillas sonrosadas por el calor—. Guiso especial para banquetes.

Entonces identifiqué el olor tan profundo y delicioso.

—Vaya, Stella te lo debería haber dicho —comencé a explicar—. Nosotros no comemos… —Pero me interrumpí.

Stella estaba poniendo los cubiertos y las servilletas en la mesa. Doblaba cada una de ellas en un triángulo perfecto. Yo olí menta y tal vez pimentón también. Algo en ese olor me resultó familiar, como si se tratara de la comida casera de mi infancia, aunque en mi infancia de verdad Edith solo se limitaba a abrir latas y paquetes. La cocina resultaba muy acogedora; los cristales de las ventanas estaban cubiertos de vapor. ¿Qué problema había en que Stella comiera carne solo una vez? Eso era mejor que llenarse la boca de patatas fritas frías detrás de una puerta cerrada. En la mesa estaba la labor de ganchillo de Stella, un tapete de color crema, casi terminado. Pero ¿no había aprendido a hacer eso solo un par de horas antes?

—Es impresionante —exclamé.

—Labor de principiante —contradijo Irina. Stella no pareció molestarse por la crítica, algo raro porque se había pasado toda la infancia oyéndome decir a mí: «Buen trabajo» aunque todo lo que hiciera saliera al revés.

—Irina dice que yo no ganaría el concurso de las siete bellezas —comentó Stella mientras Irina llevaba la cacerola a la mesa.

No entendía nada.

—¿Un concurso de belleza?

—Ganchillo —corrigió Irina—. Las niñas intentar hacer con ganchillo los mejores calcetines en el menor tiempo.

—Ah, qué...

—Comer —ordenó Irina.

Stella se sentó y entonces entendí lo que decidía si ella se sentaba a la mesa a comer o no: la presencia de Irina. Pero ya analizaría eso más tarde; por el momento tenía bastante con contemplar el milagro de Stella comiendo estofado. Y lo comía con ganas. Yo me puse a comerme las zanahorias de mi ración mientras la miraba sin apartar la vista.

—Ahora ella crecer —aseguró Irina con satisfacción.

Sonreí. No tenía intención de empezar a comer carne, pero sí que podía esforzarme un poco más en preparar comida casera y hacer cosas especiales para cenar. Tomábamos demasiada comida preparada de nuestra tienda gourmet favorita, que tenía una calidad decente, pero no había alma en ella. ¿Sería por eso que Stella no quería comer en la mesa cuando estábamos nosotras dos solas?

Oí que se abría la puerta y entró Pete, que parecía cansado pero estaba muy guapo con el principio de barba que le salía para esa hora de la noche. Durante un segundo me arrepentí de que toda la planta baja fuera un enorme espacio abierto, porque no teníamos un pasillo en donde pudiera interceptarlo y explicarle lo que estaba pasando.

—Cariño, no me puedo creer que ya hayas vuelto. —Me acerqué a abrazarlo—. Esta es Irina, la madre de Blanka.

Ella se levantó y se limpió las manos en un trapo que tenía sujeto a la cintura a modo de delantal. Los dos se estrecharon la mano. Pete era unos treinta centímetros más alto que ella. En algún momento ella se había enjugado la frente y con ese gesto se había corrido el maquillaje del ojo derecho. Me sentí mal por ella.

—Hola, bella Stella —dijo Pete y la niña se levantó, se limpió la boca con el dorso de la mano y se plantó delante de él como si esperara que le diera un abrazo.

Pete se la quedó mirando un momento y después la envolvió con sus brazos. Nos miramos: eso era un milagro, porque ella nunca aceptaba los abrazos. Pero también lo era que Irina estuviera allí y que nuestra hija comiera carne. Teníamos suerte de haber sido siempre una pareja que se lo decía todo con la mirada.

—Discúlpanos un momento —le dije a Irina.

Subí con él arriba, a nuestro dormitorio, donde abrió la maleta y sacó varias bolsitas con cremallera en las que guardaba todas sus cosas ordenadas para viajar.

Me senté en la cama.

—Creía que la reunión era esta mañana. ¿Cómo es que ya estás aquí?

—Nathan convenció a los peces gordos de que quedáramos para jugar al golf el domingo.

—¿Y cómo fue?

—Bien —aseguró Pete—. Es genial que intercambiáramos la información básica con ellos, pero tenemos que volver a contactar para confirmar los detalles más inmediatos. —Pete siempre hablaba así cuando volvía de un viaje de trabajo con Nathan.

—Suena a que quieren hacer negocios con vosotros. Es genial.

—Vamos en la dirección correcta —replicó Pete.

—Encantados, pero con cierta cautela, lo entiendo —respondí.

Pete se rascó la barba.

—¿Stella está comiendo carne?

—Irina ha preparado estofado —expliqué— y parece que a Stella le encanta, así que he decidido dejar que lo tome solo esta vez. Ya sabes que a veces no quiere nada, así que lo importante es que coma algo.

—Vale —accedió Pete—. El animal ya está muerto, supongo. ¿No crees que la visita de esa mujer es un poco... rara? No la conocemos, pero de un día para otro está preparando la cena en nuestra cocina...

—Me da lástima. Bueno, al menos por eso vino ayer.

—¿También estuvo aquí ayer? —Vació la bolsa de la ropa sucia en la cesta—. Estás quedando mucho con ella.

—¿Y por qué no? —dije, aunque entendía perfectamente lo que quería decir. Llevaba tiempo sin hacer amigas, ¿por qué había elegido llevarme bien con una mujer mayor que no hablaba bien el idioma y que tenía unos valores totalmente diferentes?

—Perdona, cariño, tienes razón. Es que estoy cansado —se disculpó Pete—. Estaba deseando teneros a las dos para mí solo. No quiero ser descortés, pero tal vez sería mejor que viniera de visita otro día. ¿Podemos utilizar eso de «antes de que te vayas» de tu columna para librarnos de ella? «Antes de que te vayas, me gustaría agradecerte que hayas preparado este estofado tan delicioso».

En «Palabra de Charlotte» había dicho: «Cuando los invitados se quedan más de lo aconsejable, una sugerencia sutil es mejor que mostrarles la puerta. Es fácil: solo hay que dejar caer en la conversación la frase “antes de que te vayas”».

Pero no quería hacer eso. Irina había conseguido que Stella jugara con una muñeca y se diera un baño. Y le había enseñado ganchillo. No iba a pedirle que se fuera, ni siquiera de forma sutil.

Pete lo vio todo en mi cara.

—Es verdad, no podemos echarla. Es que me parece un poco raro que sea tan maja. Me siento mal, porque es verdad que Blanka estuvo con nosotros mucho tiempo, pero a ella apenas la conocemos.

—Tal vez esa mujer nos necesite. —Y yo también la necesitaba a ella—. Y además le tiene mucho cariño a Stella.

Resultaba extraño mostrar tanto interés por alguien que no era de tu familia. Era algo que había aprendido por las malas, cuando fui a visitar a Maureen en la residencia, poco después de enterarme de que estaba allí. Una enfermera me acompañó hasta la sala donde estaba sentada. Todavía llevaba el pelo teñido de un rubio llamativo, como siempre, pero había perdido peso. Se le veían los tendones del cuello. Sentada con ella había una mujer de mediana edad rechoncha y con apariencia de tranquila, como había sido ella antes: era la hija de Maureen. Me dijo que se llamaba Sharon cuando me estrechó la mano. Le había escrito un email para decirle que iría de visita.

Me senté en una butaca al lado de la de Maureen. Como la de ella, estaba tapizada con una tela de cuadros apretados en la que no se notaban las manchas. Maureen sacudió la mano, como para coger algo en el aire.

—¡Ha venido Charlotte, mamá! —dijo Sharon—. ¿Te acuerdas de ella? La hija de Edith.

Maureen levantó la barbilla y no había forma de saber si ese gesto era un asentimiento o algo involuntario.

—Voy a traer té —se ofreció Sharon—. Así podéis poneros al día.

Las manos de Maureen antes eran muy hábiles: picaba el perejil el doble de rápido que yo. Deseé poder hacer que dejara las manos quietas y tranquilas. Saqué la caja de *macarons* decorada con un lazo que le había llevado y se la enseñé.

—Lo bastante elegante para el Restaurante Oh Lá Lá Bonjour, ¿no te parece?

Nada. Maureen parpadeó e intentó levantarse.

—Tengo que terminar de planchar —murmuró—. No puedo quedarme después de las cuatro.

Le cubrí la mano con la mía. ¿Es que creía que era Edith?

—No te levantes. Ya has acabado de planchar.

Se sentó de nuevo, pero siguió moviendo las manos.

—Sharon parece muy buena —comenté por decir algo.

Maureen parpadeó.

—Cuando no duermes, puedes perder la cabeza. Sharon tuvo depresión posparto. Le pasa como a ti, es que está sola.

Estaba claro que creía que era Edith.

—Yo me las arreglo bien —contesté—. Y seguro que Sharon lo hará también.

Si Sharon había tenido esa depresión, hacía mucho que se había recuperado; me había mencionado a sus hijos adolescentes en su email.

La hija volvió con una bandeja con té. Lo sirvió y me preguntó:

—¿Qué otros planes tienes ahora que has venido de visita desde California?

—He venido solo a ver a Maureen. —Edith estaba en Yorkshire, rebuscando en los archivos de las Brontë, y había dicho que tendríamos que vernos en otra ocasión.

—¿Solo para eso? —preguntó Sharon sorprendida—. Qué amable. Mucho, de verdad.

—Quería venir.

—No hacía falta. Ninguno de los otros empleadores de mi madre han querido venir y mucho menos sus hijos.

Se me hizo un nudo en las entrañas. Maureen nunca le había hablado a Sharon de mí. Ese tiempo que pasé con ella había significado muchísimo para mí, pero para ella no fue lo bastante importante ni para mencionarlo de pasada. Yo solo era la hija de alguien cuya casa limpiaba. No me quedé mucho tiempo. Cuando le di un beso a la mejilla delicada de Maureen para despedirme, ella asintió otra vez, como si yo fuera una extraña que le hubiera cedido el paso para que cruzara la puerta primero. Fue la última vez que la vi. Murió de neumonía justo antes de que naciera Stella y cuando me enteré, me pasé tres días viendo *Neighbours* e imaginando que estaba sentada a su lado.

—¿Tierra a Charlotte? —Pete se sentó conmigo—. ¿Estás bien?

—Estaba pensando en lo bien que huele el estofado de Irina —confesé. Era un aroma profundo y complejo que se había colado en nuestro dormitorio. A esa mujer no le importaba que nosotros no fuéramos de su familia.

Pete inhaló el aroma.

—Sí que huele delicioso. ¿Sabes qué? Me estoy portando como un gilipollas. Esa pobre mujer acaba de perder a su hija y yo ni siquiera le he dado el pésame.

—Le enviaste azucenas —concedí—. Además no puedes decirle nada ahora mismo. Stella no sabe lo de Blanka.

—¿Y a Irina le parece bien eso?

—Por ahora no ha surgido el problema porque solo usa el infinitivo cuando habla de ella —expliqué.

Volvimos a la cocina. Pete no quiso una ración de estofado, pero se sentó a la mesa con Stella mientras esta se comía la segunda ración e Irina la miraba con aprobación. Stella normalmente era muy especial con la comida, si bien esto se lo estaba comiendo sin rechistar. Pete asaba beicon en las fogatas cuando íbamos de camping, haciendo una excepción a su vegetarianismo en homenaje a su padre, pero aparte de eso Stella no había probado la carne en su vida. Al verla comer me pregunté si en realidad no era tan especial con la comida, sino que era carnívora.

—A Blanka encantar este plato —dijo Irina.

Se produjo un silencio mientras Stella seguía comiendo. Pete se masajeó el cuello, seguramente todavía tenso por culpa del largo viaje desde Atlanta. Era comprensible que no tuviera ganas de darle conversación a una desconocida si estaba cansado. Entonces se me ocurrió algo. Le enseñé a Pete el trozo de muselina que había utilizado Irina para envolver el pan.

—Irina utiliza esto para envolver un pan que me trae. Es estupendo, ¿verdad? Su propio envoltorio reutilizable.

—El plástico ser una pérdida de dinero —añadió Irina—. Una fuente poder taparse con plato y el pan envolverse en trapo.

—Acabemos con el plástico —la apoyó Pete y se relajó un poco—. Stella no comía tan bien desde hace mucho tiempo. Gracias, Irina. —Le sonrió y yo sentí una oleada de placer muy poco habitual en mí porque estábamos allí los cuatro, sentados a la mesa, con Stella comiendo con ganas una comida de verdad sin exigir que le separáramos los componentes ni dando unos bocados minúsculos.

—¿Cuándo puedes volver? —le pregunté a Irina sin pensarlo.

Ella sonrió.

—Yo decidir. Venir por la tarde los días laborables hasta que tú estar mejor.

—Eso es fantástico. Pero ¿estás segura? —Noté que un peso desaparecía de mi corazón—. Sé que es mucho pedir, pero ¿te parecería bien ir a recogerla al colegio? —Si Irina podía hacerlo, ya no tendría que ver a Emmy ni a las otras madres de AEPMH.

Irina asintió.

—Yo ir a buscar al colegio. Pedir permiso en hospital de terminales. Y traer pan también.

Seguía sin poder creérmelo.

—¿De verdad? ¿Todos los días de colegio?

Ella me tocó el hombro.

—Ser bueno para mí. Niños suponer esperanza, ¿entender?

—Así podrás relajarte y cuidar de tu embarazo —dijo Pete y yo asentí.

Podría centrarme en mi cuerpo para tener un embarazo sano mientras esa mujer increíble cuidaba de mi hija y no como una niñera, sino como un abuela.

Le dije a Irina que la acompañaba a la puerta. Me detuve al llegar al porche.

—Stella no sabe que Blanka ya no está con nosotros.

Irina me miró fijamente. Tal vez no había entendido el eufemismo.

—Stella no sabe que Blanka ha muerto —repetí en un susurro, aunque Stella estaba en el piso de arriba—. ¿Te importaría no mencionárselo?

Irina pareció casi furiosa durante un momento.

—Yo decirle que Blanka está bien, que irse de vacaciones —contestó.

—No hace falta que mientas. Basta con no mencionarlo —repliqué.

Me di cuenta de que mi petición era totalmente razonable y a la vez absurda. O más bien que era demasiado. Podía pedirle que cuidara de mi hija o que no mencionara el fallecimiento de la suya, pero no las dos cosas.

Irina empezó a bajar los escalones. Cuando iba por la mitad, se volvió.

—Los niños necesitar la verdad.

Se me puso la piel de gallina. Debía ser cosa mía decidir lo que necesitaba mi hija y en qué momento, pero Irina ya se alejaba. Seguramente por su poco dominio del idioma sonaba más dura y más crítica de lo que pretendía.

Cuando volví adentro, Stella y Pete estaban jugando a *Conecta 4*. Yo me serví un vaso de agua con hielo y me puse a bebérmelo despacio. Antes de tener a Stella mis amigas con hijos me contaban que ir a hacerse la pedicura se convertía en un lujo que se daba muy pocas veces. Con una niña como Stella, lo de las pedicuras quedaba descartado para siempre. Sus hijos se podían poner a gritar si no querían darse un baño, pero no se tiraban al suelo y se iban dando golpes hasta que su cabeza se estrellaba con el pie del lavabo y empezaba a sangrar.

Era un milagro que Stella estuviera mejorando y yo iba a hacer todo lo posible por mantener a Irina cerca, pero tal vez debía volver a plantearme mi forma de criar a mi hija. Además, Irina acababa de irse y yo ya estaba empezando a sentir náuseas otra vez. Cuando Pete dijo: «Así podrás relajarte y cuidar de tu embarazo», sonó como si las dos cosas fueran equivalentes. No había nada relajante en lo de sentirse mal a todas horas. Estaba molesta, pero me obligué a no darle importancia. Pete solo quería protegernos a mí y al nuevo bebé.

Cuando él entró en la cocina para preparar té, le dije en voz muy baja:

—Me parece que deberíamos decirle la verdad sobre Blanka. Podría ser bueno para ella asumir algo así.

—No sé —contradijo Pete—. Nos va a hacer muchas preguntas.

Di otro sorbo de agua y me quedé pensando. Cuando nuestro pez koi se asfixió porque no nos dimos cuenta de que la bomba se había apagado, Stella estuvo llorando hasta que vomitó y después solo ver el estanque la entristecía tanto que tuvimos que llenarlo de tierra. Pero eso había ocurrido un año antes, y aunque lo de Blanka seguro que alteraba y enfadaba a Stella, merecía la pena contárselo si servía para que Irina siguiera viniendo.

—Pues se las responderemos.

Fuimos al salón y Pete se puso a Stella en el regazo.

—Cariño, tenemos que darte malas noticias sobre Blanka. —Se quedó callado un momento—. Ha muerto.

Stella apretó mucho los labios y yo me sentí igual que cuando la vi pasándolo mal en el agua mientras aprendía a nadar a estilo perrito, cuando la boca y la barbilla se le hundían a veces bajo la superficie y ella tenía cara de agobio: quería ir a por ella y salvarla, pero sabía que tenía que dejar que llegara a la parte más profunda por su cuenta.

Parpadeé y me cayeron las lágrimas. Pero Stella no lloró.

—¿Estás seguro?

Pete asintió.

—Lo sentimos mucho. Y seguro que tienes muchas preguntas.

Pero ella negó con la cabeza. Tenía una expresión tan imperturbable que yo le dije:

—¿Lo entiendes, cariño? ¿Que Blanka esté muerta?

Ella me miró fijamente.

—Oh, claro.

Otra vez esas dos palabras, las que utilizaba Blanka. Pero aquella vez no parecía una forma de mostrar su acuerdo, sino de que yo no siguiera hablando.

Su reacción fue muy extraña. ¿Cómo podía volverse loca por una babosa o un pez koi pero después tomarse la muerte de Blanka como si nada? Tal vez le importaban mucho los demás seres vivos, pero no tanto las personas. O quizá a cierto nivel no era capaz de sentir algo de verdad... Pero no, no quería ni pensar en ello.

—Es una cosa muy impactante —le dije—. Tiene que ser un gran shock para ti.

Ella se zafó de los brazos de Pete y se encogió de hombros.

—Yo no estoy muerta.

Pete y yo nos miramos, desconcertados.

—Supongo que necesita tiempo para asimilarlo —dijo Pete.

Yo asentí sin dejar de analizar lo que acababa de decir: «Yo no estoy muerta». ¿Quería decir que la muerte de Blanka no importaba porque ella, Stella, seguía viva? Creía que iba a preguntar si Pete, yo o incluso ella íbamos a morir también, por qué había muerto una hija antes que su madre y qué le había pasado a Blanka. Pero no hizo ni una sola pregunta.

Stella estaba muy animada cuando Irina se encontraba en casa, pero después, cuando nos quedamos los tres solos, noté algo diferente en ella, algo que no podía identificar, una especie de vacío. Una ausencia que también era una presencia. Stella cogió su tapete a medio hacer de la mesa de la cocina, y se fue al sofá para seguir trabajando en él casi sin mirar la aguja, que daba un punto tras otro. Era casi increíble que hubiera aprendido a hacerlo aquella tarde.

# 16

Cuando Irina vino a casa la tarde siguiente, Stella le suplicó inmediatamente que se pusiera a hacer ganchillo con ella.

—Espera un momento, cariño, que tengo que hablar con Irina —intervine.

En plena noche me había dado cuenta de que tenía que ofrecerme a pagarle algo. Que pasara todas las tardes de los días laborables sin pedirnos nada era un regalo que no podía aceptar. Pero primero quería que supiera que le habíamos dicho a la niña la verdad.

—Por cierto, Stella ya sabe lo de Blanka.

Irina asintió.

—Bien.

Si ella esperaba que la niña le diera el pésame, se iba a llevar una decepción. Entonces me pregunté algo: ¿de verdad había entendido Stella que Blanka estaba muerta? En cualquier caso, tenía que dejar claro el tema del dinero antes de nada.

—Mira, Irina, he estado pensando mucho. Espero que esto no te parezca incómodo, pero ¿puedo pagarte?

Irina pareció confusa.

—¿Por el ganchillo?

—Por cuidar de Stella.

Irina se estiró la falda.

—Esto no ser trabajo. Yo ser enfermera. No hacer por dinero —aclaró.

Oh, Dios, había cometido un error garrafal; había dejado caer que ella necesitaba trabajo, como si pensara que todos los inmigrantes que hablaban mal el idioma debían necesitar dinero.

—¡Claro que no! Perdona —balbuceé como pude—. Lo digo porque estoy muy agradecida. Mucho.

Irina asintió muy seca, una sola vez.

—¡Ah! ¡Casi olvidar! —Irina sacó un pequeño icono de madera de su bolso: era un ángel con las manos unidas—. El ángel de la guarda de Blanka —anunció—. Para la habitación de Stella.

—Gracias —dije de nuevo e Irina torció la boca. No le gustaba que estuviera todo el tiempo agradeciéndole lo que hacía.

—Para que me proteja —dijo Stella maravillada mientras acariciaba con un dedo el fondo de pan de oro un poco descascarillado. Yo la miré sin poder creérmelo: no era posible que mi hija, que era tan científica, creyera en los ángeles. Pero miraba a Irina sonriéndole y ella la devolvía la sonrisa, como si las dos compartieran un secreto—. ¡Vamos a colgarlo encima de mi cama ahora mismo! —exclamó mi hija.

Irina me miró.

—¿Dónde tener clavos y martillo?

Fui a buscar la caja de herramientas de Pete y ella subió corriendo a la habitación de Stella. ¡Qué diferencia con la mujer de unos días atrás! Cuando la conocí, Irina se movía como si llevara todo el peso del océano sobre los hombros. Y daba la sensación de que iba a acabar aplastándola. Pero lo que había hecho para remediarlo era decidir pasar las tardes con Stella; ahora tenía a alguien que la necesitaba.

Ese viernes, cuando Stella ya estaba en la cama, Pete llegó a casa con una botella de champán y anunció que teníamos algo que celebrar.

—¡Dieciséis semanas! —gritó. Mi peor aborto ocurrió a las quince semanas—. Hemos llegado más lejos que en todas las ocasiones anteriores. Creo que esta vez lo vamos a conseguir, de verdad.

—No lo gafes —pedí—. Además no puedo beber alcohol.

—La aplicación dice que puedes tomarte solo una copa. Y he traído zumo de granada para mezclarlo con el champán, porque tiene muchos antioxidantes —anunció. Le estaba creciendo la barba y le quedaba muy bien; le daba un aire de autoridad que antes no tenía—. Por cierto, también tenemos que celebrar que Stella lleva más de una semana en el colegio sin quejas, ni por su parte ni por la del profesor.

Llevó las copas a la mesita de café.

—¿Un líquido rojo cerca del sofá blanco? —advertí.

Pete cogió una manta de ganchillo que nos había regalado Irina y tapó los cojines con ella para protegerlos. Fue un regalo muy generoso por su parte, pero era del color del lodo del fondo de un estanque.

Yo me senté sobre la manta. Pete y yo brindamos con las copas y él dijo:

—Por ti y por el bebé.

—Y también por ti y por Stella.

—Sí, por Stella. Le va muy bien desde que está Irina.

Últimamente Irina había empezado a planchar todas nuestras prendas, la ropa interior incluida. Además había hecho un montón de tapetes con Stella y le daba carne para comer. Stella tenía mejor color y me parecía que había ganado algo de peso. Ya se preparaba sola para ir al colegio sin rechistar y se bañaba sin la más mínima protesta.

—Es pronto para decirlo, pero me parece que no vamos a necesitar esa lista de médicos de la hoja de cálculo que he preparado. Creo que tenías razón en lo de no precipitarnos para hacerle una evaluación.

—Lo está haciendo muy bien —tuve que reconocer—, pero sigue empeñada en comer en su habitación cuando no está Irina. Sería agradable que comiera en la mesa también cuando estamos nosotros tres, o ella y yo solas.

Pete me colocó un rizo de pelo detrás de la oreja.

—Por mucho que adore a Stella, me encanta poder pasar más tiempo contigo.

Sonreí y le di un beso en la palma de la mano. Para ser sinceros, las cosas iban sobre ruedas. Lo único que podía pedir era no estar tan cansada todo el tiempo. Estaba deseando que llegara el subidón de energía propio del segundo trimestre. El pan que me traía Irina era una maravilla para las náuseas, pero la verdad era que me pasaba todo el día durmiendo.

# 17

Una tarde, después de echarme una siesta, fui al cuarto de Stella e inhalé profundamente el aire. Me gustaba entrar allí cuando ella estaba en el colegio, porque el olor a madreselva se notaba incluso durante el día. Iba desapareciendo con los años, pero aún quedaba, aunque aquel día, por mucho que lo intenté, no logré percibirlo. Solo olía a estofado de cordero. Ya estábamos a mediados de octubre y Stella llevaba cinco semanas comiendo lo que preparaba Irina todos los días después del colegio.

El libro que yo le había comprado, *Flight: The Complete History of Aviation* (El vuelo: la historia completa de la aviación), estaba sobre su mesa, en el mismo sitio donde yo lo había dejado una semana antes. No lo había abierto, estaba intacto. Eso era muy raro en ella. Su habitación también estaba diferente, muy ordenada y con la funda del edredón estirada, nada que ver con lo habitual. Acaricié con el dedo la almohada ahuecada. Durante años había tenido que insistirle mucho para que hiciera la cama. Estaba claro que ocultaba algo.

Aparté el edredón. Un libro asomaba por debajo de la almohada. Tiré de él: era el cuaderno que tenía escrito en la tapa «Planes para dominar el mundo», el que le había visto usar como diario. Llevaba tiempo sin verla escribir algo en él y comprendí que debía estar haciéndolo en su habitación.

Yo nunca leería su diario, claro.

¿Pero explicaría en él por qué se había vuelto tan callada, por qué ya no tenía en la cara la expresión juguetona de antes, por qué hacía semanas que no tenía un episodio de modo histérico? Tal vez no se había puesto así porque quería agradar a Irina, a la que se le daba mejor que a mí lo de la crianza, simplemente. O tal vez era solo que conectaba bien con mi hija. Mi madre aseguraba que yo no la reconocí hasta que tenía diez meses. Quizá había algo en mí que no funcionaba.

La pata de una silla arañó el suelo y yo di un respingo. Cuando me di la vuelta, vi que Stella estaba debajo de su escritorio con un recipiente con sobras de estofado, llenándose la boca de trozos de cordero, una cucharada tras otra sin descanso. Noté el ácido dándome vueltas en el estómago y tuve miedo. Normalmente Stella era muy tiquismiquis e insistía en utilizar una servilleta limpia en cada comida. Y cuando le ponía sobras para cenar, me miraba como si acabara de pedirle que lamiera el fondo del cubo de la basura orgánica.

—¿Dónde está Irina? Creía que habíais salido las dos juntas. —Un músculo tembló bajo uno de mis ojos, como si fuera una burbuja de unas gachas que hervían, y me lo toqué con la mano para evitar que se repitiera.

—Se ha ido a casa.

—Cariño, sal de ahí debajo. Si tenías hambre, deberías haber ido a buscarme. Te habría preparado algo. —Algo más apetecible que un plato lleno de cartílagos y grasa fría. Me arrodillé y le quité el recipiente del estofado. Stella permaneció bajo la mesa un momento, vacilante, y después salió y se quedó plantada delante de mí, con los hombros hundidos. Últimamente se la veía mucho más corpulenta e incluso empezaba a sobresalirle un poco la barriga. Su pelo estaba perdiendo las ondas naturales y, aunque siempre me quejaba de su melena incontrolable, de repente la echaba de menos.

—¿Por qué no te has leído el libro nuevo que te he traído?

Stella se encogió de hombros.

—Es muy difícil.

Me quedé mirándola fijamente. Esa era la misma niña que había aprendido a leer a los tres años y medio sola, sin ningún tipo de ayuda por mi parte. Los niños con una inteligencia extraordinaria aprenden cosas muy rápido, casi de un día para otro, un fenómeno que se denomina adquisición repentina de competencias. ¿Pero una pérdida de competencias repentina? Nunca había oído hablar de algo así.

Tenía la cara más redonda que antes, casi un poco hinchada. Entonces se me ocurrió. Estaba enferma. Por eso había perdido la chispa y le costaba leer. Por extraño que pueda parecer, me sentí aliviada. Si le pasaba algo malo a nivel físico, podríamos arreglarlo. No la dejaría ni un minuto hasta que mejorara. Le leería en voz alta sobre naufragios históricos y jugaríamos al *Hundir la flota* durante horas. Y cuando se curara, volvería a ser ella.

A la mañana siguiente llevé a Stella al pediatra. Estaba muy agradecida de que pudiéramos permitirnos la sanidad privada y así tener la posibilidad de que nos dieran cita el mismo día. La doctora Fleishman era una mujer con los dientes muy protuberantes que tendría unos diez años más que yo, que solo llevaba vestidos holgados y sandalias de la marca Dr. Scholl. Yo no me sentía cómoda cerca de ningún médico, pero podía tolerar a la doctora Fleishman. Al principio de la consulta siempre se pasaba varios minutos soltando exclamaciones sobre lo preciosa que estaba Stella y lo maravilloso que era que le gustara leer libros de adultos tan interesantes. Además no me decía cómo debía criar a mi hija. Cuando llegó el momento de enseñar a Stella los horarios de sueño o de destetarla, ella solo me recomendó qué estudios debía leer para que sacara mis propias conclusiones. Una vez, harta de que la doctora le ofreciera pegatinas, Stella le dijo que las pegatinas eran una forma de malgastar los recursos de la Tierra; la doctora se rio, pero después de eso no volví a ver pegatinas en su consulta.

—Siéntate en la camilla, cariño. —Stella obedeció y se sentó en la camilla cubierta por un papel nuevo. La enfermera ya la había medido y pesado. La doctora Fleishman miró el historial.

—Suele estar en el segundo percentil de peso, pero ahora ha subido..., vaya, hasta el décimo. De altura estaba en el undécimo y ha pasado al decimosexto. Está creciendo estupendamente.

—Por eso estamos aquí. —Le expliqué mi preocupación por la rápida subida de peso.

—Como también está aumentando su altura, estoy segura de que solo está creciendo —aseguró la doctora Fleishman. Después examinó mi expresión—. Y eso es algo bueno.

—¿No le parece que tiene la cara un poco hinchada?

La doctora le palpó las glándulas del cuello.

—Todo normal.

Stella estaba mirando al vacío; no le habían llamado la atención las criaturas marinas de papel de colores que colgaban del techo: un delfín, un tiburón y una medusa. La última vez que estuvimos en la consulta, un par de meses antes, la doctora le dijo que a ella le gustaba la medusa porque era un animal muy bonito, y le preguntó a Stella si le gustaban las medusas también, a lo que la niña respondió: «Me gusta la *Turritopsis dohrnii*, porque puede revertir su ciclo biótico y convertirse en un pólipo». Pero en aquel momento parecía ausente, como si fuera ella la que se estuviera convirtiendo en un pólipo.

—Como está viendo, no parece la de siempre —insistí—. No se muestra curiosa, no quiere hacer lo que antes le encantaba, como por ejemplo leer. Y tiene la cara diferente, como más redonda.

—La cara cambia cuando crecemos. —La doctora miró detenidamente la cara de Stella—. ¿Te encuentras bien, cariño? ¿Duermes bien? ¿Tienes energía suficiente?

—Oh, claro —contestó Stella con un tono cantarín que me puso los nervios de punta.

—Pero también han cambiado sus hábitos alimentarios —continué—. No deja de comer. Me preocupa que una subida de peso tan rápida no sea normal. Pasar del segundo percentil al decimosexto...

—Al décimo en el peso.

—Bueno, sigue siendo un salto enorme.

—Pero está dentro de los límites de la normalidad.

—Creo que deberíamos hacerle pruebas para comprobar la función de su tiroides. De verdad que creo que tiene la cara hinchada. Y tiene la voz más ronca. ¿No lo ha notado?

La doctora Fleishman negó con la cabeza.

—Si fuera hipotiroidismo, veríamos un crecimiento frenado, no un aumento de todo como el que tenemos aquí.

Convencí a la doctora de que le hiciera un análisis de sangre para comprobar sus niveles hormonales, aunque a Stella no le gustaban nada las agujas.

—¿Podría ser... —Las siguientes palabras solo las pronuncié, pero sin llegar a emitir ningún sonido— un tumor cerebral?

La doctora volvió a negar.

—No hay ninguna evidencia para sospechar algo así.

—Tal vez sea el síndrome de Prader-Willi —añadí. La noche anterior había estado leyendo sobre esa enfermedad rara que causa un apetito anormal en los niños.

La doctora suspiró.

—Siempre les aconsejo a los padres que no busquen en Google los síntomas de sus hijos. —Sonrió—. A veces pasa que el niño solo tiene un poco de grasa infantil, pero si los padres lo buscan en internet, acaban leyendo sobre fallo renal.

—¿Cree que podría ser un fallo renal? —pregunté.

Ella volvió a negar.

—Claro que no, solo era un ejemplo.

—¿Le parece que tendríamos que poner un candado en la nevera?

La doctora me miró asombrada.

—Claro que no. A su edad no es recomendable restringir la

cantidad de comida que ingiere. Vamos a ver qué dicen los análisis, pero la verdad es que yo la veo muy sana. —Escribió algo en el historial de Stella y después nos acompañó a la puerta con la amabilidad habitual.

Stella ni se inmutó cuando la enfermera le introdujo la aguja en la otra consulta. Tal vez la doctora Fleishman tenía razón y no le pasaba nada malo, pero no podía evitar pensar en las aves del refugio de vida salvaje que estaban posadas en las ramas en vez de volando. No eran los mismos pájaros que habían sido antes: habían perdido su parte salvaje.

# 18

Le dije a Irina que Pete y yo nos ocuparíamos de ir a recoger a Stella al colegio al día siguiente. Había pedido una cita urgente para que Pete y yo pudiéramos ir a ver al señor McNaughton, el profesor de Stella. Si no estaba enferma, es que le pasaba algo en el colegio.

A las tres y media Stella salió del edificio con Lulu; sus calcetines y sus zapatillas de deporte mugrientas contrastaban con los calcetines tobilleros con volantes de Lulu y sus bailarinas de charol. Ella le susurró algo al oído a otra niña y las dos se echaron a reír, pero Stella solo sonrió un poco. Noté una presión en el corazón. Dos meses atrás habría estado sentada con las piernas cruzadas en la mesa de pícnic, con la cabeza metida en un libro grueso y el pelo caído hacia delante, como formando una especie de cueva privada.

—¡Pete, me encanta tu barba! —dijo Emmy, que aquel día llevaba un vestido ajustado de rayas. Yo hice una mueca. Los últimos días había dejado a Stella en el colegio lo más rápido posible y, como era Irina quien la recogía, había conseguido evitarla desde que me echó del grupo de AEPMH. Entonces me saludó con un gesto de la cabeza, como si no hubiera dicho que estaba como una cabra.

Vale, así era como quería que fueran las cosas: que todos fingiéramos que no había pasado nada. Yo la saludé de la misma forma. Emmy se mantuvo más cerca de Pete que de mí.

—A Lulu le gustaría preparar un disfraz a juego con Stella para Halloween —le dijo.

A ella siempre le había llamado la atención Pete, que destacaba entre los demás padres de mediana edad por sus pómulos marcados y su familiaridad estadounidense. Además era aún más adorable porque parecía que no se daba cuenta de nada de eso.

—¡Vaya, qué bien! —exclamó Pete—. Claro. ¿Y de qué quieren ir?

—Tú no tienes que hacer nada, Charlotte —se apresuró a decir Emmy, como si quisiera ser amable, pero lo que de verdad pretendía decir era que no quería que participara. Continuó mirando a Pete—. Es que a mí me encanta hacer este tipo cosas. —Ella ponía post en Instagram, bajo el nombre @LittleHiccups, sobre excursiones y fiestas infantiles y también, claro, con los disfraces adorables que hacía para Lulu y su hermanita.

—¿Podría venir Stella a casa con nosotros unas cuantas horas? Le tomaré medidas y después Lulu y ella podrán jugar un rato.

—Se lo preguntaremos a Stella —contesté yo.

Me imaginé a mi hija obligada a practicar volteretas y a ver vídeos de peinados japoneses. Lulu actuaba como una adolescente desde que tenía seis años. Me llevé a Stella aparte y le dije en voz baja:

—¿Quieres ir a casa de Lulu para jugar un rato?

Antes de que respondiera, ya sabía lo que iba a decir.

—Oh, claro.

Cuando Emmy metió a Stella y a Lulu en su monovolumen, Pete se limpió una lágrima de los ojos.

—¿Estás bien? —pregunté.

—Perdona —dijo Pete parpadeando—. Es que no me puedo creer que vaya a casa de alguien a jugar, sola. Ha mejorado mucho sus habilidades sociales.

Asentí, pero sentí un enorme vacío en mi interior. «Oh, claro». En los últimos tiempos Blanka decía eso cada vez que yo le pedía que hiciera algo, pero después no lo hacía.

El señor McNaughton nos saludó y nos indicó que entráramos en la clase. Era bajito y rechoncho, con una barba poblada y gafas con montura negra. Me recordaba a un personaje de Beatrix Potter. Incluso llevaba una chaqueta de tweed marrón; a mí me hizo gracia pensar que debajo tenía el cuerpo cubierto de pelo gris y que vivía en un agujero bajo un seto al que se entraba por una puertecita azul.

Todos nos sentamos en sillas diminutas alrededor de una mesa pequeña. El señor McNaughton sonrió.

—Lo primero que quiero decirles es que no tienen que preocuparse por nada. A Stella le va muy bien. He preparado algunas de las cosas que ha hecho para que las vean.

Nos enseñó unas divisiones que ella ya sabía hacer desde hacía dos años, un dibujo poco detallado de un barco vikingo, un ejercicio de escritura en el que tenía que poner comas y después escribir una frase con ellas. La letra no parecía la suya: era grande, imprecisa e impaciente. Su letra era diminuta y muy detallada. «Para cenar, tomaron rosbif, patatas, guisantes y tarta».

—Su letra es excelente —continuó—. Como sabrán, la caligrafía es muy importante…

—Pero si la gente ya no escribe nada a mano —lo interrumpí.

¿Rosbif? ¿Pero de dónde había sacado eso? Stella nunca había cenado ternera en su vida. Y ese barco vikingo que tenía un extremo distinto del otro… Stella sabía perfectamente que ese tipo de barcos tenían igual la proa que la popa para que los vikingos pudieran girar con facilidad si se encontraban con algún iceberg.

—Stella está a punto de conseguir la aprobación para pasar a escribir a bolígrafo —anunció el señor McNaughton.

—¡Qué bien! —exclamó Pete, porque la mayoría de los niños habían llegado a ese nivel el curso anterior. Pero ¿qué importaba que tuvieras una letra muy bien hecha si solo la usabas para copiar frases banales?

—¿No le está dando trabajo extra? —pregunté—. Le escribí unos emails antes de principio de curso. Ella es muy inteligente, necesita retos. Si no los tiene...

El señor McNaughton recogió los trabajos de Stella.

—Por ahora parece que lo que hacemos es suficiente para ella.

Señaló una pared que había cerca de la puerta, donde había fijado un rectángulo de cartulina con unos bolsillos de papel de colores. Nos explicó que todas las mañanas los niños cogían un palito de helado y lo metían en el bolsillo cuyo color correspondía con su estado de ánimo: azul era triste o agobiado, rojo enfadado o de mal humor, amarillo significaba que no sabían cómo estaban y verde era feliz y deseando aprender.

—Stella siempre lo pone en el verde —aseguró y nos miró sonriendo como si el sueño de cualquier padre fuera tener una hija que se identificaba siempre con el verde.

Miré los trabajos de Stella y de repente comprendí lo que estaba pasando: lo de la letra irregular y el rosbif, las patatas, los guisantes y la tarta.

—¿Está seguro de que no se ha confundido de niña? Mire, es esta. —Le enseñé una foto de mi teléfono de Stella con la cara pálida y pensativa y el pelo alborotado.

—Eh... Sí, es ella —confirmó el señor McNaughton.

—¿Por qué ha dudado? —pregunté suspicaz.

—¿Se ha hecho algo en el pelo?

—Se lo cepilla —aportó Pete.

Yo estaba empezando a enfadarme mucho.

—Pues si estamos hablando de la misma niña, usted no conoce nada a Stella. Mi hija tiene un coeficiente intelectual muy alto. Fuera de lo común.

El profesor sonrió, pero era obvio que acababa de degradarnos de la categoría de padres normales a la de pesados exigentes.

—¿Le han hecho algún test de inteligencia?

—No, no nos pareció que hiciera falta, pero tiene un nivel

de lectura altísimo, ya se habrá dado cuenta. ¿Pete? —Le di una palmadita en la rodilla para que me apoyara—. No para de leer, ¿verdad? Historia, ciencia. Es prácticamente una experta en aerodinámica.

—Pues en clase tengo que insistirle para que lea —contradijo el señor McNaughton.

—La verdad es que no sabemos si de verdad lee todos esos libros —reconoció Pete mientras se rascaba la cabeza—. A lo mejor solo los está hojeando. Tal vez eran como una red de seguridad y ahora que encaja mejor, ya no los necesita.

—Sí que se los lee —respondí, alucinada—. Tú estás trabajando, yo estoy con ella. Se queda sentada durante horas con el libro en la mano y pasa las páginas. Y después habla de lo que ha leído.

El señor McNaughton no quería seguir con aquella conversación.

—Va muy bien, de verdad. Su nivel de lectura está donde tiene que estar. No tienen ninguna razón para preocuparse. Y también la ortografía, la puntuación y el vocabulario están como deben.

—Pero si ella conoce más palabras que muchos adultos —exclamé.

Me tembló la voz. El señor McNaughton ya no me recordaba a un personaje rechoncho y adorable de Beatrix Potter, sino al señor McGregor, el granjero gordo al que le gustaba matar conejitos.

—Cariño —intervino Pete, me dio una palmadita en la rodilla y después miró al señor McNaughton—, la verdad es que parece que ha empezado el curso muy bien.

Mientras los dos hombres se despedían con un apretón de manos, yo me quedé mirando la cartulina de los estados de ánimo con ganas de arrancarla de la pared. ¿Quién demonios podía sentir solo un color cada vez? Ser el mismo color todo el tiempo era una señal de estupidez. Stella no era así. Ella sentía todo tipo de emociones y de forma muy intensa. Era color índigo, carmesí y dorado. Tenía toda la variedad de tonos de un atardecer.

De camino a casa, yo estaba furiosa.

—Básicamente nos ha dicho que Stella es una más del montón. Y no lo es. Es que no se ha esforzado lo más mínimo en conocerla.

—Parece que es muy importante para ti que Stella sea más inteligente que los demás.

—Su inteligencia no es importante para mí, es algo evidente, como el hecho de que sea pelirroja.

—Es muy espabilada, pero tal vez no sea tan inteligente como creíamos. Y eso tiene sus ventajas. He estado investigando: los niños prodigio suelen ser muy infelices. Y ni siquiera acaban teniendo mucho éxito. ¿No preferirías que fuera feliz aunque no tuviera la inteligencia de un genio?

—No es normal que una niña cambie tanto en unas pocas semanas. Tú tienes tantas ganas de que encaje que me parece que no ves lo que está pasando con ella.

—No digas eso —replicó Pete—. Yo estoy muy pendiente de mi hija.

La verdad era que el plan de Pete de tener libres los sábados para pasarlos en familia solo se mantuvo un sábado, porque justo después de nuestra primera salida juntos había conseguido la aprobación de Home Depot y eso iba a suponer más trabajo.

Pensé que Pete me acompañaría a casa y después volvería a trabajar, pero se quedó conmigo mientras yo comía un poco de pan de aceite.

—¿Comes algo aparte de eso?

—Me ayuda con las náuseas —le expliqué con tono impaciente—. Pero lo importante es ¿por qué está comiendo tanto Stella?

—La pediatra ha dicho que está bien. Oye, te voy a preparar algo decente para comer, que tenga proteínas…

Sacudí la mano para rechazar su oferta.

—Siempre está escribiendo en su diario. Podría ser hipergrafía, que es un síntoma de…

Pete sacudió la cabeza.

—Es como si la ansiedad fuera tu estado natural.

Mi teléfono pitó: era un mensaje de la pediatra.

—El análisis de sangre de Stella está bien. No tiene problemas de tiroides —anuncié.

Pete no dijo nada; no hacía falta.

—Vale, voy a intentar… ¿Cómo dijiste? Relajarme y cuidar de mi embarazo.

Subí al dormitorio a descansar, pero en vez de dormir, me metí en Mumsnet y me puse a leer post sobre qué podía causar los cambios de comportamiento. La adrenarquia (un aumento de las hormonas que provoca un desequilibrio emocional y que ocurre más o menos a la edad de siete años) podía hacer que los niños tuvieran rabietas y chillaran. La exposición a metales pesados podía provocar ansiedad y rebeldía. Pero cuanto más leía, más sola me sentía. No había nada que hiciera que tu hija estuviera más tranquila y se comportara mejor. Porque nadie más, ni una sola persona en todo internet, se había preocupado nunca por algo así.

# 19

*En el presente*

Tras la segunda sesión con la doctora Beaufort, no tengo ganas de estar en mi habitación a solas, dándole vueltas a la cabeza. Me pongo el sacaleches, obedientemente, y consigo extraer unas gotas de calostro para Luna que dejo en recepción. Tienen una nevera especial para la leche de las madres, que etiquetan con mucho cuidado. Al menos no tengo que sentirme culpable por no estar a su lado para poder darle el pecho: es demasiado prematura, no ha desarrollado el reflejo de succión y tienen que alimentarla con un tubo.

Voy a la sala, donde hay un árbol de Navidad decorado con mucho gusto, con lucecitas, cintas plateadas y unos carámbanos de cristal muy delicados. No es el árbol que tendría cualquier madre con niños pequeños: le faltan los bombones envueltos en papel de aluminio y las piñas cubiertas de brillantina por unos deditos torpes. Pero sirve para conmemorar la fiesta sin recordarnos a las madres lo que nos estamos perdiendo.

Una mujer con una coleta muy tirante ha acorralado a otra junto a la chimenea (moderna y falsa, a juzgar por la falta de olor a leña) y le está contando algo con una voz baja e intensa. Me siento en una butaca junto a la ventana, pero sigo oyendo todo lo que esa mujer dice. Está hablando de lo importante que es lavarse bien las manos después de cambiar un pañal. Algo absolutamente esencial. Su marido no lo entiende. Él no se molesta en lavarse bien las manos y por eso ella está encerrada allí. Y le aterra que, en su ausencia, ese hombre esté contaminando toda la casa con la materia fecal de los mellizos, y que eso esté haciendo que enfermen todos. Tiene las manos rojas y estropeadas y se las frota continuamente mientras habla. La madre con la que está hablando intenta leer la revista *Elle Decor*.

Me quedo mirando los campos que se van oscureciendo. Me siento vacía por dentro. ¿Me ha consumido tanto mi obsesión que ya es imposible vivir conmigo?

Me voy a mi habitación y llamo a Pete.

—¿Cómo estás? ¿Cómo está Stella? —Se me quiebra la voz. Nunca me hace falta hacer esa pregunta porque siempre estoy con ellos. No he pasado ni una noche lejos de Stella hasta ahora. Esta noche va a ser la segunda.

Pete me cuenta que Luna está aumentando de peso y que Stella también está bien. Él está trabajando desde casa para poder cuidarla.

—¿Y tú cómo estás? —me pregunta con cautela.

—Te echo de menos —confieso.

Él inspira hondo con dificultad. Suena como si estuviera intentando no llorar.

Yo debí parecerle muy diferente cuando nos conocimos, un día con niebla en una concentración de voluntarios para limpiar Ocean Beach, en San Francisco. Briks de zumo vacíos, bolsas de Doritos y un pañal usado asomaban en la arena. Los demás voluntarios y yo no sabíamos por dónde empezar, pero entonces Pete se acercó corriendo con un montón de conos. Nos organizó a todos en equipos y dividió la playa en cuadrantes: el primer equipo que acabara de limpiar su cuadrante ganaría una botella de champán. «¿Quieres formar equipo conmigo?», me preguntó y yo intenté no quedarme mirando sus labios perfilados y sus hombros fuertes.

Pete iba corriendo de un lado a otro con una energía inagotable y yo era metódica y recogía absolutamente todo. Al atardecer toda la playa estaba limpia y los triunfantes voluntarios nos reunimos para bebernos unas cervezas que trajo Pete. Después nos sentamos en unas rocas, alejados de los demás.

—Sabía que haríamos un buen equipo —aseguró Pete—. Por eso te elegí a ti.

—Pero si no hemos sido ni de los tres primeros en acabar —dije mientras me metía las manos bajo las axilas para calentarlas.

—Porque somos unos perfeccionistas —repuso Pete. Me cogió las manos y las cubrió con las suyas, que estaban calientes. Tenía unos ojos de un azul ridículo.

En nuestra tercera cita fuimos de camping. Él me señaló la Osa Mayor y me contó historias de su infancia en el pueblecito costero de Mendocino, donde tenía que levantarse muy temprano para alimentar a las cabras que tenían de mascota. Y no dejó de hablar de que sus padres eran geniales. Después insistió en que uniéramos los dos sacos de dormir para hacer uno grande y poder acostarnos abrazados.

Me pongo a llorar al recordar todo eso. Ya no sé qué es verdad, ni si estoy cuerda o no, pero sí sé que he hecho sufrir a Pete.

—Lo siento —digo—. De verdad.

Pete carraspea y me lo imagino apretándose con los dedos el puente de la nariz durante un momento para recuperar la compostura. Como estoy llorando yo, él no quiere hacerlo también y me siento culpable por negarle esa forma de alivio.

—No es culpa tuya —contesta—. Más bien es mía. He estado trabajando demasiado y no he prestado atención a lo que pasaba en casa. La doctora Beaufort dice que la depresión preparto puede ser tan mala como la posparto. Ya la tuviste antes de que naciera Stella también.

—No es cierto.

—Tenías pensamientos negativos todo el tiempo. ¿No te acuerdas de lo que pasó cuando acampamos en Humboldt Redwoods?

Eso se me había olvidado.

Cuando estaba embarazada de siete meses de Stella, fuimos en avión a ver a Dianne y después hicimos una escapada, nuestra última salida de camping como pareja. Después de conducir por un camino de tierra, llegamos a lo que creímos que era la zona de acampada, pero resultó ser solo el principio del camino que llevaba al lugar, que estaba más adentro, a menos de un kilómetro de allí. Vadeamos un arroyo y después cogimos un sendero que cruzaba una parte del bosque que tenía la vegetación muy densa.

El sol se estaba poniendo, pero todavía quedaba luz suficiente para montar la tienda. Pete estuvo haciendo el largo camino hasta el coche una y otra vez para llevar todo lo necesario. Para avisar a los osos de que se acercaba, cantaba a voz en grito *Here Comes the Sun* (había heredado de su padre su amor por los Beatles). Yo me quedé sentada en la tienda mientras iba cayendo la noche. Cuando Pete por fin trajo todas las cosas, nos dimos cuenta de que nos habíamos dejado la almohada para el embarazo Moonlight Slumber en el coche. Yo estaba de siete meses y dormía mal; solo estaba cómoda si apoyaba una rodilla en la almohada para no sentir que me apretaba la barriga. Pete insistió en que no tenía problema en volver al coche y yo oí cómo la canción que canturreaba se iba alejando entre los árboles.

Pero tardó mucho en volver.

No sabía cuánto tiempo hacía que se había ido, porque me había dejado el teléfono en el coche y no llevaba reloj. ¿Veinte minutos?

—¿Pete? —lo llamé—. ¿Pete? ¡Pete!

Sentí pánico. ¿Y si no había vuelto ya porque no podía? Tal vez se había perdido o se había torcido un tobillo. O lo había atacado un oso muerto de hambre tras la sequía.

Estuve gritando su nombre hasta que me quedé ronca. Miré a mi espalda y me pareció que los árboles que tenía detrás se habían cerrado todavía más. Un minuto antes había un claro detrás de mí y de repente solo veía un bosque denso. Tropecé con algo y me caí con todo el peso sobre manos y rodillas. Me levanté como pude, gimiendo.

Estaba atrapada; aunque pudiera encontrar la forma de volver al inicio del camino, había casi dos kilómetros hasta la carretera asfaltada y seguro que no iba a pasar un coche por allí en medio de la noche. Estábamos a mucha distancia de la civilización. Habría amanecido para cuando lograra encontrar a otro ser humano, si es que lo conseguía, porque podría perderme en el bosque.

Volví a la tienda antes de que todo estuviera demasiado oscuro y no pudiera ver nada y me quedé allí sentada, temblando. De repente se me pasó por la cabeza que Pete no se había perdido, que me había dejado porque era demasiado neurótica y exigente, porque era una tirana egoísta que no podía dormir sin su almohada especial. Se había ido. Nadie me había cuidado como él antes y seguro que nadie volvería a hacerlo.

Al final me metí en el saco de dormir que había hecho Pete uniendo dos sacos individuales. Me acurruqué dentro y me quedé allí tumbada, temblando. Estaba sola otra vez en aquella habitación, con la radiación atravesando mi piel, sin amor y sin posibilidad de que alguien me quisiera.

Cuando Pete volvió a la tienda, me pareció que habían pasado horas. Él me rodeó con los brazos y se deshizo en disculpas.

—Lo siento, cariño. Iba de camino al coche, y supongo que no estaba prestando atención, porque me he perdido en la oscuridad. Estaba muy preocupado. ¿Me has oído cuando te he llamado?

—Yo te he llamado a ti. Una y otra y otra vez.

Pete gimió.

—Debía estar muy lejos entonces. Estaba completamente perdido. Creía que me iba a pasar toda la noche dando vueltas, pero entonces me topé con el arroyo y seguí el curso hasta que reconocí el lugar por el que cruzamos. Desde allí ya he podido volver. Lo siento mucho, cielo.

—Has desaparecido durante muchísimo tiempo —me quejé.

—No han sido más que cuarenta y cinco minutos, amor —contestó Pete.

—Pues a mí me han parecido varias horas.

Pete suspiró tembloroso.

—Me siento como un idiota. Se supone que yo soy el que está acostumbrado a estar en la naturaleza y me he perdido a un kilómetro de nuestra tienda.

Me eché a llorar.

—Creía que me habías dejado.

Pete me abrazó.

—Nunca. Te quiero. ¿Cómo se te ha ocurrido pensar una cosa así?

Tiré de él para que se metiera en el saco doble y me acurruqué contra su cuerpo. Él murmuró contra mi pelo:

—No te voy a dejar nunca, nunca, nunca.

Ahora me aprieto el teléfono contra la oreja, deseando poder estar en ese momento acurrucada con Pete. No tiene que ser fácil estar casado conmigo.

—Todavía me siento mal por haber dudado de ti —confieso.

—No pasa nada, no te lo tengo en cuenta. Y también te daba terror el esmalte de uñas, ¿te acuerdas?

—Tiene ftalatos. —Tiré todo el maquillaje y la mayoría de los productos de higiene porque estaba segura de que por su culpa Stella nacería deforme. Eso fue en el segundo trimestre.

Después de despedirme de Pete, me siento en la cama y me apoyo en el cabecero. El bordado que sobresale de uno de los cojines decorativos se me clava dolorosamente en la espalda. También estaba en el segundo trimestre cuando me convencí de que el pan de aceite me estaba haciendo daño.

# 20

*Unos meses antes*

Mi ginecóloga me pasó la sonda por el vientre un poco protuberante y redondeado.

—Me preocupa un poco el tamaño para estar de veintiuna semanas. —Miró la imagen de la ecografía con el ceño fruncido—. Tienes que ingerir más calorías.

Me quedé preocupada. Tras el tiempo que llevaba preocupándome solo de relajarme y cuidar del embarazo, solo quería oír buenas noticias.

—¿Pero el bebé está bien?

—¿Notas que se mueve?

Asentí.

—¿Y las náuseas? ¿Han mejorado?

—Tengo todo el tiempo la sensación de que quiero vomitar, pero nunca llego a hacerlo.

Tenía un corcho cubierto de fotos de bebés: niñas con cintas con adornos de tul rosa en la cabeza, niños con pijamitas de robots. El embarazo me parecía una larga batalla contra las náuseas y el agotamiento. Era casi una novedad recordar que tenía un bebé como esos en mi interior: el hermanito o hermanita de Stella.

La doctora volvió a fruncir el ceño.

—Las náuseas normalmente desaparecen en el segundo trimestre. ¿Has encontrado algo que te sirva para calmarlas?

—Miró mi historial—. Veo que has probado la prometazina en el primer trimestre, ¿te ha hecho efecto?

Negué con la cabeza.

—Solo me siento mejor cuando como un pan especial.

—Las embarazadas a veces tienen unos antojos muy específicos. —Sonrió para sí—. El mío era el zumo de naranja recién exprimido. No me valía ningún otro. Tenía que estar recién hecho. —Miró fijamente los huesos de mi cadera, que sobresalían bastante—. ¿Qué más comes?

—Ese pan es lo único que me alivia. Aunque después me paso horas durmiendo.

—Últimamente mucha gente tiene problemas con el pan.

Un músculo debajo del ojo se puso a temblar: de un tiempo a esta parte cada vez me pasaba con más frecuencia. Me puso los dedos fríos en la mejilla.

—A mí nunca me ha sentado mal.

—El embarazo cambia el cuerpo. ¿Qué otras cosas comes?

—Poca cosa —reconocí.

La doctora chasqueó la lengua.

—No me extraña que estés tan cansada. Tienes que comer algo de los cuatro grupos de alimentos. Cuando te comes ese pan, el cuerpo metaboliza el azúcar muy rápido y después te quedas sin nada. Por eso te da tanto sueño. —Me dio un folleto con información sobre comer bien durante el embarazo—. Te recomiendo que dejes el gluten unos días. Si eres alérgica, el gluten puede empeorar la depresión y la ansiedad.

Me senté sujetando la sábana de papel que me cubría de cintura para abajo.

—No estoy deprimida, estoy feliz. Por fin voy a tener otro hijo. Y ya tengo una maravillosa. Es que no podría estar más contenta... —Me callé porque me di cuenta de que estaba divagando.

Tenía que dejar de comer el pan.

Siempre me había burlado de aquellos que no tomaban gluten porque me parecía que la mayoría de la gente que decía que tenía una alergia lo hacía porque quería encontrar una forma rápida de perder peso. Pero como me había dicho la ginecóloga, si comía mucho pan (nada más que eso en realidad) y también dormía mucho, lo lógico era pensar que había una conexión.

Cuando llegué a casa fui a la cocina, donde encontré el último trocito de pan de aceite que quedaba en la casa del día anterior. Tenía hambre y casi podía notar su sabor grasiento, delicioso y salado. Pero apreté los dientes, lo metí en una bolsa biodegradable y lo tiré al cubo de basura orgánica que había afuera. Después fui a la nevera, decidida a prepararme una comida que incluyera alimentos de los cuatro grupos.

Pero no me apetecía nada de lo que había. Mientras que el pan seguía allí, a mano, perfectamente comestible porque estaba bien envuelto en su bolsa. No estaba bien tirar comida y un último trozo seguro que no me iba a sentar mal. Volví a salir, abrí el cubo y me llamó la atención un hueso. Me acordé de que Stella ya comía carne mordisqueándola directamente del hueso con los ojos iluminados por el placer y el estómago me dio un vuelco. Podía ser que Pete tuviera razón y no había nada de lo que preocuparse, pero yo debía seguir alerta por si pasaba algo malo. Rasgué la bolsa para abrirla y utilicé el palo de una escoba para meter el pan debajo de unas cáscaras de plátano y algo de avena de algún otro día.

Otra vez en la cocina, me comí un florete de brócoli y estuve a punto de tomarme unos garbanzos directamente del frasco. Tener algo de comida en el estómago, algo que Irina no había preparado, me hizo sentir un poco más fuerte. No la necesitábamos tanto como yo creía. Sin el pan volvieron las náuseas, pero parecía que tenía el cerebro un poco más despierto.

Cuando Irina y Stella volvieron a casa desde el colegio, estaban muy emocionadas. Irina tenía una funda para trajes.

—¡Irina trae un regalo para mí! —anunció Stella—. Me ha dicho que tenía que esperar a llegar a casa para abrirlo.

—¿Otro regalo?

Eso me hacía sentir incómoda. Además de la manta del sofá, Irina nos había regalado un mantel con estampado de granadas y varias figuritas de animales. Y la casa empezaba a oler igual que ella: jabón común, té y esa especia tan fuerte que no sabía identificar.

Irina dejó la bolsa estirada sobre el sofá.

—Lobito, ¿tú querer abrir ya?

Stella tiró de la cremallera y yo tuve una visión inesperada de que al abrirla de ella asomaría la cara de Blanka, con sus mejillas redondas y las cejas pobladas. Pero lo que sacó Stella fue un montón de tela blanca y brillante. Era un vestido de cuello alto con mangas jamón. El chaleco de brocado blanco tenía un bordado con hilo dorado en el borde. Y había un fez también de color blanco con un velo. Todas las partes del vestido parecían tener algo de decoración: un bordado plateado, trenzas doradas, volantes… Hasta había un par de guantes de encaje.

Yo me quedé mirándolo perpleja.

—¿Un vestido de novia?

—Ser de mi madre y después mío. Ahora regalo para Stella. —Irina tenía los ojos empañados.

—Oh, no —contesté. No me podía imaginar a Stella llevando ese vestido, que para empezar parecía muy ceñido y tenía pinta de rascar mucho, pero además contaba con un cuello de encaje que llegaba hasta la barbilla y unas mangas que alcanzaban las muñecas. Con ese vestido la única piel que quedaba a la vista era la de la cara. Era como una camisa de fuerza. Una novia no podría moverse con eso puesto—. Bueno, te lo agradezco mucho, pero no creo…

—¿Yo me voy a casar algún día? —preguntó Stella.

Me quedé mirándola con los ojos como platos. En otro momento habría dejado claro que no se iba a casar jamás, y mucho menos con ese vestido horrible, pero la tenía delante de mí acariciando con aire nostálgico la tela sintética barata (que si intentabas lavar, seguro que un montón de microfibras tóxicas acabarían en el mar).

—Sí, cariño. —Irina sonrió como si lo normal fuera que una niña de ocho años ya soñara con su boda.

—La verdad es que puede que no te cases —intervine—. Últimamente la gente prefiere no hacerlo. Y además tienes por delante muchas otras cosas en la vida, así que…

Irina me interrumpió.

—Mi madre llevar vestido y después yo. Ahora tú guardar en la habitación de Stella para que ella llevar también algún día.

En «Palabra de Charlotte» había escrito que no había ninguna forma educada de rechazar un regalo, pero de ninguna manera pensaba aceptar aquel.

—La verdad es que no tenemos mucho sitio —contesté.

La casa era grande, pero después de abrir el espacio tirando todas las paredes interiores, no teníamos muchos armarios. Ese vestido ocuparía la mitad del de Stella, igual que la olla negra de Irina reducía el espacio de las encimeras y su manta para el sofá destrozaba la estética de limpieza minimalista.

—Yo ser la última de mi familia —insistió Irina—. Y ahora querer dar vestido a Stella.

Miré a la niña.

—Cariño, vete a tu cuarto a leer o… a hacer ganchillo.

Obedeció como uno de esos niños dóciles de las series de televisión, que se van sin rechistar cuando los adultos quieren hablar, aunque todo el mundo sabe que los niños nunca hacen eso en la vida real, porque saben que los adultos quieren hablar de algo interesante y por eso protestan para quedarse. Pero ¿quién era esa niña tan sumisa y desconocida? ¿Qué había pasado con el modo histérico? Me tragué el miedo para centrarme en el asunto que tenía entre manos.

No podía decirle solamente «No, gracias», porque lo que

me ofrecía Irina no era una segunda ración de puré de patatas. Lo que traía era un regalo valioso para ella, una parte de su vida. Además nos estábamos aprovechando mucho de ella. Debería haber insistido en pagarle, porque ahora teníamos con ella un deuda difícil de medir, así que nada que le diéramos a cambio sería suficiente.

Pero si aceptaba el vestido, eso podría establecer un vínculo permanente.

—Lo siento, no puedo aceptar ese regalo —le dije y fue como si Irina encogiera. De repente se la veía muy pequeña y cansada.

—Mi abuela hacer el vestido. Ya no haber nadie para llevarlo. Se lo daré a beneficencia, a Dresses for Angels. Ellos arreglar y convertir en ropa para bebés muertos.

Me quedé mirándola. ¿De verdad existía esa organización? Estaba llevando la cosa demasiado lejos. Esa forma de hundir los hombros para dar pena… Me recordaba a una gaviota que vimos una vez, cuando estábamos de pícnic en la playa. Stella siempre nos decía que no le diéramos de comer a los animales salvajes y espantaba a las gaviotas, pero había una allí que estaba apartada del grupo: era gris, cuando las demás eran todas blancas, y tenía el plumaje desaliñado. Cojeaba y llevaba la cabeza demasiado cerca del cuerpo, de una forma poco natural: parecía que le pasaba algo en el cuello. Tal vez era deforme o había sufrido alguna herida. Moriría si no la alimentábamos. Pero cuando ya nos quedamos sin nada más que darle, sufrió una transformación. Extendió el cuello y levantó la cabeza, empezó a caminar con una confianza casi arrogante e incluso las plumas se veían más brillantes. Entonces abrió las alas y echó a volar. Estaba bien, todo lo de antes había sido una actuación.

—Pues creo que sí, que el vestido tendrá que ir a Dresses for Angels —contesté con seguridad.

—Yo dejar aquí —insistió Irina.

A mí me costaba respirar. Me parecía que si no ponía un

límite, cada vez traería más cosas hasta que acabara viviendo con nosotros y tuviéramos que cargar con ella para siempre.

Le di unas palmaditas al cojín del sofá para que se sentara a mi lado.

—Oye, Irina, ya me encuentro mejor. Y no me siento cómoda imponiéndome de esta forma.

—¿Imponer? ¿Qué significar?

—No hace falta que vengas todos los días. Puedes visitarnos solo de vez en cuando, seguro que eso sería menos exigente para ti. Una vez a la semana estaría bien.

Irina acarició el vestido como si estuviera hecho de la mejor seda y no de un simple rayón barato.

—Querer venir todos los días.

En «Palabra de Charlotte» había dicho: «Si quieres librarte de alguien, transmíteselo como algo positivo en vez de negativo. No digas: "No quiero tomar una copa contigo", sino: "He reservado esa noche para tener un poco de tiempo para mí misma"».

—Necesito aprovechar para pasar tiempo con Stella antes de que llegue el bebé —aseguré.

—Yo recoger dos días —siguió peleando Irina—. Tú ir a buscarla tres.

—Está bien. —Realmente una transición gradual sería más fácil para la niña—. Y hay algo más. Has sido muy amable haciéndomelo, pero ya no necesito el pan que me traes. Me encuentro mejor. —O mejoraría pronto, más bien.

—Vale —contestó Irina.

Se puso el chubasquero muy despacio; parecía que le costaba abrocharse los botones que seguro que había utilizado muchas veces, por lo vieja que parecía la prenda. Esperaba que lo de rechazar su pan no fuera un enorme insulto para ella.

Esa noche Pete calentó un poco de *tajine* vegetariano de nuestra tienda favorita y un poco de cuscús para acompañar. Como había prometido que iba a comer alimentos nutritivos, me lo comí todo, intentando no poner cara de asco, aunque estaba segura de que esa salsa no tenía que saber amarga.

—Es estupendo verte comer —reconoció Pete mientras yo reunía las fuerzas necesarias para tragar. Me di cuenta de que estaba deseando contarme algo.

—¿Qué pasa?

—Home Depot ha aceptado. Van a firmar. Por fin puedo pagarle a todos los de la empresa lo que se merecen.

—¡Es fantástico, amor! ¿Significa eso que ya puedes relajarte un poco?

Pete se recolocó las gafas.

—Quería hablar contigo de ese tema. No he pensado bien todo esto. Este acuerdo significa que tenemos que aumentar la producción, y rápido. El momento en que yo pueda trabajar un poco menos aún queda lejos. Por eso me alegro de que tengas a Irina para ayudarte.

—La verdad es que he decidido que quiero pasar más tiempo con Stella —dije mientras tragaba cucharadas de cuscús—. Le he dicho a Irina que voy a recogerla del colegio tres días a la semana.

Pete dejó el tenedor.

—Pero si a Stella le va muy bien y quiere mucho a Irina.

—No tanto como a su propia madre, seguro.

Yo dejé la cuchara, incapaz de continuar. Los granos de cuscús parecían huevos diminutos, como los que Pete tenía que quitar de su kale en primavera.

# 21

Sonó la alarma que había puesto Pete.

—Vale. Ahora dice que lo extiendas durante tres minutos y lo dejes —explicó.

Estaba de rodillas en medio del suelo de la cocina con un trapo que no dejaba de pasar sobre la mancha más clara que había quedado tras el incidente del cumpleaños de Stella. Miró la zona con los ojos entornados. Ya casi no se veía; solo se apreciaba la marca con una luz concreta y si sabías dónde mirar.

—Gracias a Dios por los trucos de internet —exclamó triunfante—. Debería haber hecho esto hace mucho. —Levantó el espray que tenía en la mano: trementina mineral—. He traído de la que no huele a propósito para que no te moleste.

—Ya se ve mucho menos la marca —reconocí.

—Oye, he invitado a unas personas a pasar aquí Acción de Gracias. Pero tú no tienes que hacer nada de nada —aseguró Pete.

Aunque se suponía que esa trementina era inodora, olía tan fuerte como el disolvente de pinturas. Tuve que respirar por la boca mientras Pete me explicaba que había invitado a gente del trabajo en un impulso, pero que no era complicado porque cada uno de ellos iba a traer algo de comer, así que yo no tenía que mover un dedo.

—Pero ¿cómo has invitado a gente sin preguntarme antes? Es el último Acción de Gracias que vamos a pasar los tres. Creo que estaría bien estar los tres solos este año.

Su sonrisa desapareció.

—Creía que te haría ilusión si no suponía trabajo para ti. Te encanta Acción de Gracias.

Era cierto. Adoraba la tradición que manteníamos antes de mudarnos a Reino Unido, cuando me pasaba todo el día cocinando para después comer rodeada de familia y amigos.

—Es verdad que una cena de Acción de Gracias solo con tres personas es un poco triste… —tuve que admitir. Desde que había dejado de comer pan y sus derivados notaba que tenía más energía.

—¡Sí! Va a ser estupendo. Así los británicos de la empresa podrán vivir un verdadero Acción de Gracias. Y servirá de celebración del contrato con Home Depot también. Y de lo bien que le va a Stella. Gracias, cariño. —Me dio un beso sonoro en los labios—. Oh, y he invitado a Irina. Stella estará contenta de que venga.

Era cierto. Stella había estado bastante tristona desde que le dije que Irina solo iba a ir a recogerla al colegio dos días a la semana. Y tampoco parecía que la animara mucho que yo la recogiera los otros tres días. Creí que si pasaba más tiempo con ella volvería a ser la que era e insistiría en que hiciéramos competiciones de avioncitos de papel o que me volvería loca explicándome por qué el ala de las cigüeñas era la más aerodinámica. Pero se limitaba a hacer ganchillo o a acunar a Palito, la muñeca que había hecho con Irina, mientras le cantaba unas nanas incomprensibles en voz muy baja.

Diez días después, mientras atábamos las servilletas con un cordel muy rústico como último toque de la decoración de la mesa para Acción de Gracias, Stella bajó corriendo las escaleras con Irina detrás de ella.

—¿Qué te parecer? —preguntó Irina con tono de orgullo—. Yo arreglar para la cena.

Me la quedé mirando, perpleja: tenía el pelo recogido en dos trenzas. Stella nunca le había dejado tocarle el pelo a nadie excepto a mí y jamás me había permitido que le hiciera ni siquiera una coleta. Pero Irina había conseguido, no sabía cómo, domesticar su melena abundante para hacer dos trenzas delgadas sujetas con unas gomas elásticas decoradas con dos borlas de plástico rosas.

No podían ser las mismas que llevaba Blanka, ¿verdad?

—Muy guapa, cariño —dije bastante tensa.

Iban a venir ocho invitados, cinco de Mycoship: Nathan, el presidente; Kia, que se ocupaba del departamento comercial y era estadounidense como Pete, y tres empleados más jóvenes. Mi marido también había invitado a Nick y a Emmy para evitar que se pasaran toda la noche hablando de trabajo (iban a dejar a sus hijas con una niñera). Y por supuesto estaba Irina, que iba de acá para allá calentando los platos que había traído la gente, aunque Pete no dejaba de pedirle que se relajara. El olor de todo aquello era casi demasiado para mí. Era como todo un año de sobras de cena de colegio que se habían mezclado y hervido hasta conseguir un concentrado.

La salsa de arándanos de Kia me tentaba con su leve aroma a cáscara de naranja (dijo que era la receta de su madre). Era una mujer musculosa gracias a su entrenamiento de triatleta y en su pelo rubio y largo asomaban ya unas canas muy naturales.

—Tienes un pelo precioso —comenté.

Kia sacudió la cabeza.

—¿Quién tiene tiempo para teñirse el pelo? Yo prefiero coger la bici y salir a dar una vuelta. —Olía a gel de relajación muscular con magnesio y desodorante deportivo, nada desagradable—. Seguro que estás muy ilusionada con lo del bebé.

Sonreí.

—Venga ya. Pero si sé que estás pensando que deberíamos pagar una tasa de carbono.

Kia me había confesado una vez que no podía tener hijos por culpa de una insuficiencia ovárica prematura, pero que además se había dado cuenta de que no quería tenerlos por razones medioambientales.

—No critico a la gente que tiene hijos, pero para mí la crisis climática es una razón por la que me siento bien por no tenerlos —me dijo en su momento.

Kia miró a Stella, que estaba de pie en un extremo de la cocina.

—¿Te acuerdas de mí? Nos conocimos hace un par de años, tú tendrías cinco o seis. ¿Te siguen interesando los desastres? Me estuviste contado todo lo relacionado con el del Titanic.

—No me acuerdo —contestó Stella.

¿Cómo podía ser? Si se sabía cuánta gente había sobrevivido, e incluso cuántos perros y sus razas (dos pomeranias y un pequinés).

Kia sonrió.

—¿Tienes ganas de que llegue tu hermanito o hermanita?

—Oh, claro —respondió, y yo hice una mueca. ¿Podría encontrar la forma de pedirle que dejara de utilizar esas dos palabras tan absurdamente comunes?

Pete vino a unirse a nosotras y me rodeó los hombros con el brazo. Llevaba una camisa bien planchada en vez de su habitual camisa informal estilo californiano. Y parecía que se había recortado la barba y se había puesto algún producto en ella, un acondicionador o algo así. Noté el olor: fresco y limpio, como una mañana después de nevar.

—¿Habéis elegido ya nombre? —le preguntó Kia a Pete.

—No sabemos aún, pero tiene que ser algo que pueda convertir en un tatuaje. Ya llevo una estrella por Stella. —Se remangó la camisa y le enseñó el bíceps, donde llevaba una estrella náutica blanca y negra, que parecía una rosa de los vientos—. Perdón por la cursilería, pero siempre me guía para volver a casa. Es mi norte.

Noté una presión en el corazón. No le había enseñado ese

tatuaje a nadie desde la fiesta de cumpleaños. Pete cogió a Stella en brazos, pero ella, en vez de abrazarlo y pegarse a él se quedó allí quieta, como un peso muerto, así que él volvió a dejarla en el suelo.

—Bella Stella, estás creciendo mucho. Estoy muy orgulloso de lo bien que te va en el colegio. ¿Quieres que vayamos los dos a nadar el sábado?

Ella asintió.

Yo la miré perpleja. ¿De verdad? ¿De repente le parecía bien lo de jugar en el agua y salpicar? ¿Y si se encontraba una tirita flotando en el agua?

Entonces se nos acercó Emmy y le cogió una trenza a Stella.

—¡Qué peinado más chulo!

—¿A que está guapa? —dijo Pete orgulloso.

Emmy miró al suelo perfecto durante un segundo y yo me pregunté si estaría recordando lo que pasó. Estaba ahí mismo cuando ocurrió.

En la fiesta de cumpleaños de Stella, cuando ella ya no pudo soportar más que el animador de los animales siguiera torturando a esas criaturas, ni a los desconocidos tan ruidosos que llenaban la casa, subió a su habitación y se quitó la ropa interior. Después volvió a bajar a la cocina, donde estaba la mayor concentración de invitados, se puso en cuclillas y... Bueno, lo hizo allí mismo, en el suelo.

Yo estaba en el baño, echándome un poco de agua fría en la cara. Oí las exclamaciones y fui corriendo a la cocina. La zona se quedó vacía en un segundo. Me llevé a Stella arriba mientras Pete bromeaba con el incidente. Lo recogió y limpió todo, pero los invitados se fueron enseguida sin llegar a cantarle el *Cumpleaños feliz*. Mientras se dirigían a la puerta, Pete le fue diciendo a todo el mundo que la niña tenía un problema estomacal. Todo el mundo dijo que lo entendía perfectamente, que era normal que los niños tuvieran accidentes y que todos habían pasado por eso.

Pero no se trataba de una niña de tres años que no había

aprendido a hacer sus cosas en el baño, era una niña de ocho años. Y no había perdido el control de sus funciones corporales; Stella había demostrado tener un control total de su cuerpo. Y lo más preocupante era que no se mostró avergonzada ni se echó a llorar. Los miraba a todos con un aire de superioridad cuando se quedó allí, en medio de la cocina, después de llevar a cabo ese acto deliberado.

Pete y yo sabíamos que Stella se iba a convertir en la historia que se contarían todos los demás padres para sentirse mejor: «Es verdad que a Cyrus le aterran los tráileres de las películas y que tiene un sarpullido porque se lame la barbilla compulsivamente, pero nunca se cagaría en medio del suelo en su fiesta de cumpleaños». Y esa misma gente después se habría reído a carcajadas diciendo que era una aguafiestas, pero de las que hacían aguas mayores.

Pero en aquel momento Pete sonreía. Teníamos invitados otra vez y Stella se estaba portando muy bien: se había sentado a la mesa y se había comido todo lo que le habían puesto en el plato en vez de hacerlo a escondidas en su habitación. Sin embargo, era solo porque estaba allí Irina. ¿Por eso la había invitado Pete?

Nathan se giró y me miró.

—Pete dice que antes escribías una columna sobre etiqueta. ¿Y de qué hablabas, de qué tenedor es el que hay que utilizar?

—Nada que ver —intervino Pete—, no era nada estirada. Charlotte es muy graciosa.

—«Las notas de agradecimiento no deberían empezar con la palabra "gracias" porque...» —empecé a citarme.

—¿Notas de agradecimiento? —intervino uno de los empleados más jóvenes, el que tenía un *piercing* en la lengua—. Ahora somos demasiado vagos para hacer esas cosas. Yo mando un mensaje y nada más. O, bueno, simplemente doy las gracias en el momento.

—El mundo se desmorona —comentó Nathan con aire apocalíptico—. Al final toda la educación va a desaparecer y todos nos pondremos a pegarnos tiros para quedarnos con el último trozo de tierra inhabitable. —Se quedó callado un momento—. Pero ¿qué es lo que te apasiona a ti, Charlotte?

—No se puede decir que no me apasionara la etiqueta —respondí—. ¿Es que no la necesitamos aún más si estamos a las puertas del desastre?

—Por supuesto, pero lo digo en serio, ¿qué cosas te apasionan de verdad? —insistió Nathan.

—Yo creía que los británicos no se preguntaban esas cosas —intervino Kia y me guiñó un ojo—. ¿Eso no es como preguntarle a alguien cuánto dinero gana?

Le sonreí.

—¿Y qué es lo que te apasiona a ti, Nathan? —Que probara su propia medicina y experimentara lo que era que te pongan en un compromiso.

—Los champiñones —contestó Nathan sin dudar—. Van a salvar el mundo.

La conversación pasó a centrarse en los poderes de reciclaje de los champiñones (había especies que se comían incluso el plástico) y yo me quedé allí sentada, escuchando y deshaciendo un trocito de pan de maíz.

Después Pete se levantó y le dio unos golpecitos a su copa con un cuchillo.

—Acción de Gracias es tradicionalmente un día para agradecer, así que quiero decir que me siento agradecido por mi guapísima esposa, mi increíble hija y mi segundo bebé, que está en camino. Y también por los amigos nuevos y los de toda la vida. —Alzó su copa—. Me siento agradecido por todos vosotros. Y de poder ser parte de Mycoship, una empresa increíble que está haciendo algo bueno por el mundo.

Brindé con los demás y le di un sorbo testimonial al champán. Stella no hizo caso a lo que dijo Pete; estaba engullendo su comida y después le dejé tomarse también el postre para que pudiera irse a su habitación.

—Es estupendo tomar una comida casera —comentó Nathan—. Casi no he tenido tiempo ni para hervir el agua para los fideos de sobre desde que Home Depot aceptó la propuesta. —Los empleados estuvieron de acuerdo.

Cuando el resto nos comimos nuestra ración de pastel de calabaza, Kia se volvió hacia Irina, que no había participado en la conversación hasta el momento.

—Irina, háblanos un poco de ti. ¿De dónde eres?

—De Azerbaiyán —contestó Irina. Después hubo un silencio mientras todos los demás rebuscaban en su cerebro algún dato sobre ese país tan lejano, pero no encontraban nada.

Yo me había equivocado: no era ni Kirguistán ni Uzbekistán, aunque tampoco es que supiera nada sobre esos lugares. Sentí vergüenza por no saberlo. Me prometí que iba a buscar información sobre Azerbaiyán después.

—¿Y por qué viniste a Inglaterra? —siguió preguntando Kia.

—El pogromo —respondió la mujer.

Kia tardó un segundo en tragar lo que tenía en la boca y después contestó con lo único que podía decir:

—Lo siento mucho. Debió de ser horrible.

—¿Eso no fue en los noventa, Irina? —añadió Emmy—. Los rusos... —No terminó la frase, porque hasta ahí llegaba su conocimiento del tema.

—La Unión Soviética hundirse —explicó Irina—. Los armenios vivir en Azerbaiyán durante muchos años. Pensar que no haber problema, pero de repente los azerbaiyanos empezar a matarnos. Asesinar al padre de Blanka.

Nunca me había fijado en lo que pesaba esa lámpara hecha con una traviesa ferroviaria. Me dio la sensación de que estaba a punto de caer con todo su peso sobre nuestras velas artesanales y los platos hechos a mano.

—Qué horror, Irina —exclamó Pete—. No hace falta que nos hables de eso. Mejor cambiamos de tema.

¿Quería él respetar su silencio o intentaba volver a encauzar la conversación de la cena?

—¿Qué le ocurrió? —pregunté porque estaba segura de que ella no había terminado su historia. Yo había asumido que él había muerto de algo normal, como un ataque al corazón después de comer demasiado estofado.

—Meterlo en un horno —aclaró Irina—. Lo quemaron.

Me cubrí la boca con la mano porque sentí que estaba a punto de vomitar lo poco que había comido.

Todo el mundo murmuró que lo sentía mucho y hubo un largo silencio que la gente aprovechó para beber de sus copas.

—Pero ¿cómo se puede meter a alguien en un horno? —preguntó Nathan.

—¿Cómo? —Irina lo miró con la mirada perdida, como si regresara de un lugar muy lejano.

—Es demasiado pequeño, ¿no?

—Pero ¿qué sabrás tú de hornos? —comentó uno de los veinteañeros.

Kia asintió.

—Dudo que hayas llegado ni a encender uno, ¿a que no?

Yo fulminé con la mirada a Nathan, aunque entendía por qué había hecho esa pregunta. Era esa forma tan críptica de hablar que tenía Irina. La casita en el bosque. El marido en el horno. Todo parecía sacado de una historia inventada.

—Ser horno de pan —contestó Irina sin vacilar—. Mucho espacio.

—¿Y qué pasó después? —siguió preguntando Kia.

Irina se irguió en su silla, con aire de dignidad.

—Después yo cruzar las montañas con Blanka, mi hija. Ella tener tres años. Yo solo llevarme mi vestido de novia y a Blanka. Durante tres días no tener nada que comer, solo dientes de león.

—Pues yo agradezco que estés aquí esta noche —le dijo Kia a Irina—. ¿Y dónde está tu hija ahora?

—Falleció —susurró Emmy lo bastante algo para que pudieran oírla.

—Muerta —dijo Irina al mismo tiempo.

Kia le cubrió la mano a Irina con la suya. Tenía que reconocerle que no había intentado provocar lástima. Yo me sentía fatal. Había considerado a Irina una gaviota que fingía estar débil y había intentado librarme de ella, pero no tenía ni idea de lo profundo que era su sufrimiento.

Los invitados se fueron poco después de terminar el postre y yo fui a la habitación de Stella para ver cómo estaba. Tenía la luz apagada. Estuve escuchando para oír su respiración pero lo que oí fue un sonido de roce repetitivo. Ris-ras. Ris-ras. ¿Un ratón? Encendí la luz y pillé a Stella intentando esconder algo bajo la almohada. Estaba segura de que era su diario porque vi el boli en la mesita.

—No tienes que escribir a oscuras, cariño. ¿No prefieres encender la luz de tu mesita? —Siempre había odiado la oscuridad total, pero negó con la cabeza—. Si no enciendes la lamparilla, está oscuro del todo —añadí.

—Me gusta que esté oscuro del todo —contestó.

Otro cambio, pensé.

—Buenas noches, preciosa.

Me dejó acercarme a darle un beso, pero entonces yo me aparté un poco: aunque hacía días que no iba a nadar y desde entonces se había bañado todos los días, sin fallar ni uno, olía un poco a cloro.

Pete insistió en recogerlo todo solo, así que yo me tumbé en el sofá. Sin darme cuenta me vi buscando en internet «hornos de pan de Azerbaiyán» y me enteré de que cocían el pan en unos hornos de arcilla gigantes bajo los que encendían un fuego. Después los panaderos metían las manos y pegaban el pan a las paredes. Los hornos no parecían lo bastante grandes para que dentro cupiera una persona; seguramente lo descuartizaron primero... Pero no estábamos hablando de un cuento de los hermanos Grimm; esas cosas no pasaban en la vida real. Después seguí leyendo información sobre el pogromo de Bakú y tuve que dejar el teléfono por culpa de las náuseas.

Seguro que Irina todavía recordaba la muerte de su marido y años después se veía obligada a pensar en la de Blanka también, pero seguía adelante. En comparación yo era muy débil. Seguro que a ella yo le parecía absurda, demasiado frágil para salir de la cama algunos días, estresándome porque mi hija solo leía como los demás niños de su edad y porque no me gustaba que llevara trenzas. Debería estar agradecida por lo que tenía. Mi hija estaba viva. Me dormí pensando que tenía que ser más amable con Irina. Podía dejar que fuera casi como un miembro de la familia. De todas formas, se les pueden poner límites a los familiares.

De madrugada oí un ruidito bajo pero persistente. Fui a la puerta de nuestro dormitorio y me quedé escuchando. Silencio. Volví a la cama y me quedé dormida otra vez, pero en mis sueños no dejaba de oír ese ruido, ris-ras, como si hubiera una criatura detrás de la pared haciéndose una casita dentro de la nuestra.

# 22

Me pasé por casa de Irina después de dejar a Stella en el colegio a la mañana siguiente (los niños ingleses no tenían el día siguiente a Acción de Gracias libre, evidentemente) para decirle que aceptábamos el vestido de novia. Ella solo asintió una vez, como si eso hubiera estado decidido desde el principio.

—Tú tomar aquí el té —dijo y se fue a la cocina.

Me senté y me pregunté de qué demonios íbamos a hablar. Aparte de Stella, no teníamos nada más en común. Me quedé mirando una fotografía escolar de Blanka, en la que tenía una sonrisa un poco forzada.

Cuando volvió con la bandeja, Irina vio que estaba mirando la foto, así que me vi en la obligación de decir algo sobre Blanka.

—Crecen muy rápido —se me ocurrió.

—Blanka no.

Asentí y pensé que seguramente tenía ganas de hablar sobre Blanka. Yo estaba tan desesperada por conseguir que me ayudara y tan enferma que no me había dado cuenta, pero se acababa de presentar la oportunidad.

—¿Cómo era de pequeña?

—Blanka tardar mucho en crecer —explicó Irina. Sirvió el té que había traído en una horrible tetera con forma de mono: la cola era el asa y la cabeza, que parecía apoyar sobre la tapa, era el tirador—. Ella no... sangrar, ¿sabes?

—¿Que no sangraba? —pregunté desconcertada.

—Menstruación —aclaró Irina.

—Ah —contesté. Yo esperaba que me contara el primer día de colegio de Blanka, que me hablara del osito con una sola oreja que llevaba a todas partes o de las horas felices que pasaban haciendo ganchillo juntas, pero no eso.

—No tener menstruación, en toda su vida —continuó—. No saber por qué. Pero no sangrar, muchos años.

Me sentía incómoda. En la vida se me habría ocurrido hablar con Blanka de eso cuando estaba viva y me parecía que los muertos merecían mantener su privacidad más que antes incluso.

—No menstruaba —repetí. Volví a recurrir a la técnica de la repetición. Pero si ya tenía treinta y tantos años, era una mujer adulta—. ¿No fuisteis a ver a un médico?

Irina negó con la cabeza.

—Yo decir, pero ella negarse: no, no, no, no pasar nada.

Me pareció extraño, pero Blanka era una mujer reservada que no hablaba muy bien el idioma ni siquiera después de haber pasado dos décadas en el país. Era muy hermética, muy poco comunicativa. Seguramente no quería hablarle a un médico de algo tan íntimo o, peor, tener que quitarse la falda larga y la sudadera holgada y someterse a una exploración física.

—Pero cuatro días antes de morir convertirse en mujer —prosiguió Irina, sujetando su taza.

—¿Sangrar? Quiero decir, ¿empezó a menstruar?

Irina asintió. La mermelada me pareció muy roja cuando la vi echarse un poco más en el té. No se me ocurría nada que decir. Durante toda mi adolescencia nunca había pronunciado la palabra «regla» delante de mi madre. Ella se ocupaba de ir rellenando el armario de debajo del lavabo con lo necesario sin comentar nada. Así que me resultaba muy raro oír a Irina hablar sobre ese tema de una forma tan abierta.

Me dio lástima Blanka, que se pasó años sin menstruar y sin saber por qué. Era una tragedia que no hubiera podido hacer lo que estaría en la mano de cualquier persona rica y privilegiada, lo que yo había hecho con Stella (aunque no había servido para nada): ir directa a la consulta del médico para pedirle que averiguara qué le ocurría.

—¿Blanka te lo contó? —quise saber.

—Yo ver sangre en su ropa interior al hacer la colada.

Me revolví en mi asiento, cada vez más incómoda. ¿No era raro que Blanka no le hubiera dicho a su madre que por fin le había venido la regla?

Irina me miraba como si esperara algo más de mí. Seguramente solo quería compartir esa trágica ironía con alguien más: Blanka había acabado de madurar, de alguna forma, justo antes de morir. Tal vez le bastara con contármelo. O quizá se sentía culpable por no haber estado más pendiente de Blanka.

—¿Crees que podría haber una conexión entre eso y su enfermedad cardiaca? —pregunté.

Irina pareció no entender.

—¿Qué enfermedad?

—La que…, bueno, le produjo la muerte.

—Charlotte, ella suicidarse —corrigió Irina.

Toda la sangre se me subió a la cabeza y me atronó en los oídos, latiendo con fuerza.

—No, tuvo un ataque al corazón. Eso fue lo que me dijiste. En el jacuzzi.

Ella negó con la cabeza.

—El vecino tener dolores de espalda. Blanka cuidar su casa. Tomar todos sus relajantes musculares, meterse en el jacuzzi y beber una botella de vodka entera.

—Pero me dijiste que tenía una enfermedad en el corazón.

—Ella estar mal aquí —dijo llevándose el puño al esternón—. Yo decirte que ella desmayar y hundir. Eso decirte. Tú entender otra cosa.

—Oh, Dios —exclamé y pensé que ella debió de creer que mi reacción había sido poco adecuada. Debió de considerarme insensible y superficial—. Lo siento mucho. El día que me enseñaste el jacuzzi no entendí lo que me dijiste. Creí que había sido un accidente. No comprendí que se había suicidado. Lo siento, no fui consciente... del nivel de tragedia, no sé si me entiendes.

Irina se agachó para coger su labor de ganchillo con los labios apretados. Tal vez esa era su forma de sobrevivir: centrarse en la siguiente puntada y después en la siguiente. Así podías contarle a alguien que tu hija se suicidó y no acabar tirada en el suelo llorando hasta desgarrarte las entrañas.

Estaba demasiado alterada para volver a casa. Necesitaba movimiento, así que fui a Alexandra Park, donde Blanka y Stella pasaban tanto tiempo. Le di varias vueltas al estanque de los patos, donde unas algas marrones cubrían el agua grasienta. Hacía frío y el cielo estaba gris y cubierto. Después no sé cómo llegué a esos cilindros de hormigón de diferentes alturas que eran lo bastante grandes para meterse dentro. Stella los llamaba «las ollas de sopa». Una vez cuando volví a casa, Blanka y Stella seguían por ahí. Era más tarde de la hora en que Blanka se suponía que terminaba su jornada, así que fui corriendo al parque y las encontré allí. Stella estaba agachada dentro de uno de esos cilindros y Blanka hacía el movimiento de revolver con la mano mientras decía: «¡Y ahora añado perejil, chop, chop, chop! ¡Y sal y pimienta! ¡Voy a calentar agua y a hervirte!», y Stella se echó a reír de forma histérica, se levantó con dificultad y salió corriendo del cilindro.

¿Estaría Blanka deprimida durante todo el tiempo que pasó cuidando a Stella, cuatro años en los que solo se fue poniendo cada vez peor? ¿Pero por qué no me lo dijo? Si Blanka se sentía tan mal que acabó suicidándose, ¿por qué no pidió ayuda nunca? No estábamos unidas, apenas nos conocíamos, pero la habría ayudado si me lo hubiera pedido. Repasé los últimos meses que había pasado con nosotros, los últimos de su vida también, intentando encontrar alguna pista en su comportamiento.

En esa época se volvió más descuidada. Se llevaba a Stella al parque y se olvidaba de la crema solar y del sombrero, aunque yo le dejaba una bolsa con todo preparada y al lado de la puerta. Le tenía que recordar a menudo que pusiera una gota de disolución de lejía dentro de los juguetes para el baño de Stella para evitar que les saliera moho, sin embargo un día, cuando se me ocurrió apretar la ballena azul de la niña, salió un chorro negro.

Pero yo no tenía intención de buscar a otra persona. Stella estaba contenta con Blanka y la niñera mantenía la calma hiciera Stella lo que hiciera.

El último día que trabajó en casa, yo tenía que cumplir un plazo y estuve trabajando hasta tarde. Cuando salí del despacho que tenía en casa, me encontré a Blanka atada a una de las sillas del comedor. Stella había utilizado la cinta de embalar y varias cintas de colores de mi equipo para envolver regalos. Alrededor del vientre tenía una cuerda hecha con un par de sujetadores y un par de medias.

No sabría decir si a Blanka se le daba muy bien ese juego o si estaba increíblemente apática. Pero yo me sentía cansada, embarazada de doce semanas, y me encontraba muy mal, así que no tenía ganas de enfrentarme a esa situación; quería que Blanka hiciera el trabajo por el que le pagaba. Stella tenía las mejillas enrojecidas y el aliento le olía a chocolate. La niñera le había dejado atracar mi alijo secreto. Empezó a dolerme la cabeza.

—¿Ha cenado al menos? —pregunté.

—No quiere —contestó Blanka y yo pensé: «No me extraña. ¿Quién querría verduras después de comerse una tableta de chocolate con caramelo salado de Green & Black's?».

La verdad es que yo le había dicho a Blanka que no obligara a Stella a comer, pero también le había indicado que le pusiera en la mesa una cena sana y equilibrada todas las noches (tanto si se la comía como si no) y ese día no estaba viendo ni rastro de que hubiera cocinado.

—¿Por qué no estás en la cama, cariño? —le pregunté a Stella.

—Estamos jugando a Houdini —explicó la niña—. Blanka tiene que escaparse.

Al mirarla más de cerca, vi que había nudos sobre nudos y sobre otros nudos; lana del proyecto de fabricación de pompones que a Stella ya no le interesaba, e incluso las correas elásticas que Pete utilizaba para fijar la bicicleta al coche.

Yo tenía hambre y náuseas al mismo tiempo, así que fui a buscar las tijeras de costura más afiladas que tenía.

—Voy a tener que cortar para liberarte —anuncié.

Empecé por abajo. Tenía los tobillos atados a la silla con cordel de cocina. Cuando metí las tijeras en el círculo de cordel, Stella gritó:

—¡No, mami! Estás estropeando el juego.

Ras.

—Me ha costado mucho —continuó Stella.

Ras. A ese ritmo iba a tardar cuarenta y cinco minutos en soltar a Blanka y Stella no estaría acostada hasta cerca de las once. Si se acostaba tarde, eso significaba que al día siguiente entraría en modo histérico y yo era capaz de hacer cualquier cosa para evitar eso.

—Perdona, Blanka, pero vas a tener que esperar.

—Oh, claro —contestó ella.

—¿Quieres el móvil? —pregunté y ella negó con la cabeza. ¿Por qué aquella mujer nunca aceptaba ninguno de mis ofrecimientos? Me habría sentido mejor si me hubiera dejado al menos intentar que estuviera cómoda—. ¿Un vaso de agua? ¿Algo de comer? ¿Vino?

Blanka me señaló con la cabeza las muñecas atadas y yo entendí que estaba claro que no podía ni beber ni comer, pero tampoco daba la impresión de que le importara demasiado quedarse sentada allí sin hacer nada. Parecía que había ido reduciendo la lista de cosas que estaba dispuesta a hacer hasta que no le quedó nada más que simplemente existir.

Cuando bajé de nuevo después de acostar a Stella, cogí las tijeras y la solté lo más rápido que pude porque me sentía muy culpable de que hubiera tenido que quedarse esperando, aunque ella había sido quien había permitido que Stella la pusiera en aquella situación.

Cuando por fin la liberé, no se levantó enseguida. De hecho, no lo hizo hasta que yo le dije:

—Gracias, ya puedes irte a casa.

Entonces cogió sus cosas mientras yo me arrodillaba para recoger los restos de lana y cordel. Por fin se dirigió a la puerta y se quedó parada en el umbral. Hubo un momento en que pude haberle preguntado cómo estaba, en qué ocupaba de verdad sus ratos libres, porque nadie podía pasarse todos los fines de semana haciendo «poca cosa». Debería haber sabido que si a una persona no le importa quedarse sentada a solas, atada de pies y manos a una silla, es que algo no va bien. Tal vez si hubiera hecho algo, podría haber evitado el desenlace: no hace falta tanto para evitar que una persona se suicide. Había leído que lo único que hace falta es sonreírle a alguien que va de camino al Golden Gate, que eso es suficiente para hacer que dé la vuelta.

Pero yo estaba harta de sonreír. Al final se dio la vuelta, recorrió el camino de entrada y se despidió con la mano, siempre la misma forma para saludar y despedirse: con un movimiento circular de la mano, como si estuviera limpiando un cristal invisible.

Volvió dos días después, aunque era domingo, porque quería recoger el cheque de su salario, que me había olvidado de darle. Aunque a ella muchas veces se le olvidaba llevárselo. ¿Sería la excusa que utilizaba para pasar por allí los días que no tenía que trabajar? ¿Es que nos necesitaba? ¿Estaría pidiéndonos algo? Pero el día que vino a por el cheque yo estaba en clase de yoga prenatal y era Pete quien se encontraba en casa con Stella.

Y al día siguiente solo supe lo que decía su mensaje: «Ya no puedo seguir yendo a trabajar».

Me sentía fatal por no haberme dado cuenta. Tal vez la depresión no era siempre algo obvio, pero Irina sabía que Blanka no tenía la regla. Cuanto más lo pensaba, más convencida estaba de que Irina debería haber insistido para que Blanka fuera a ver a un médico, aunque le resultara incómodo. Podía ser que Blanka tuviera un desequilibrio hormonal que le provocara la depresión. La podrían haber tratado. Pensé en la foto escolar de Blanka: llevaba el pelo recogido con trenzas, el mismo peinado que había llevado hasta el día de su muerte. Tal vez a Irina le gustaba tener una hija adulta que era como una niña que no iba a crecer nunca ni se iría de casa.

Quizá Irina no era el tipo de madre que yo creía.

# 23

—¡Hooola, Charlotte! —Emmy se acercó a mí a la hora de salida del colegio, empujando el cochecito de Madeleine. Lulu y Stella estaban por allí cerca. Era el día sin uniformes en el colegio (una actividad para recaudar fondos de AEPMH: todos los padres donaban una libra para que sus hijos pudieran ir al colegio con su ropa de calle). Emmy y Lulu llevaban conjuntos a juego: vestidos de rayas azul marino y blanco y el pelo recogido en moños como los de las bailarinas de ballet. Cherie pasó por nuestro lado, con Zach pisándole los talones, y nos saludó moviendo los dedos. Yo sentí una punzada de culpa.

—Qué bien te veo —dijo Emmy mirándome de arriba abajo—. ¿Cómo logras mantenerte tan delgada? Si ni siquiera se te nota el embarazo.

Hice un ruido indefinible en respuesta y pensé que si seguía diciendo cosas así, Lulu acabaría siendo anoréxica antes de llegar a la pubertad.

—Lulu y yo queremos probar la nueva pastelería —continuó Emmy—. Ya lo sé, ¡qué falta hacía otra pastelería en Muswell Hill! Pero me han dicho que sus cruasanes con frambuesa sin gluten están muy buenos. ¿Queréis venir?

—Gracias, pero tenemos que volver a casa. —No quería ir a la pastelería con Emmy y tener con ella una conversación superficial. Habían pasado casi dos semanas desde que Irina me contó lo del suicidio de Blanka, pero todavía no había podido dejar de reproducir en bucle en mi cabeza la última vez que la vi. Si hubiera sonreído, si le hubiera dicho algo...

Pero Stella ya había asentido y dejó que Lulu la llevara con ella.

—Pues parece que las niñas han decidido por nosotras —comentó Emmy y a mí no me quedó más remedio que acompañarla.

Cuando encontramos una mesa, Emmy fue a hacer el pedido y dejó con nosotras a Madeleine, que estaba en su cochecito. Lulu le susurró algo a Stella y ella asintió y empezó a repetir algo entre dientes. Stella llevaba el pelo recogido en unas trenzas delgadas sujetas con las gomas con las bolitas de plástico. Lulu la escuchó con mucho interés. Yo capté alguna frase suelta. «Su pobre padre y su pobre madre...». Stella siguió hablando en voz y baja y de repente Lulu soltó una exclamación y se tapó la boca con la mano, pero se le escapó una risita nerviosa.

—No puede ser. ¿Un horno? ¿Y cómo lo metieron ahí?

Se me tensó el vientre, apretujando al bebé.

—Ya basta —regañé a Stella—. Ni una palabra más.

Ella obedeció y cerró la boca.

—Pero ¿cómo...? —empezó a preguntar Lulu.

—Es un cuento y por eso no tiene que tener sentido —la corté.

—¿Qué pasa? —preguntó Emmy cuando volvió con lo que habíamos pedido, pero yo logré distraer a todo el mundo hablando del cruasán sin gluten de Lulu.

—Es increíble que sea idéntico al normal. El mismo color y las mismas capas aireadas. Tiene que costarles mucho diferenciar unos de otros. ¿Puede ser que se les mezclen alguna vez?

Ese comentario causó cierta consternación y para cuando las cosas se calmaron, Lulu se había olvidado de que quería oír el resto de la historia de Stella.

De camino a casa le pregunté a Stella:

—He oído que le estabas contando a Lulu cómo murió el padre de Blanka. ¿Cómo sabes lo que pasó?

—Irina me lo contó.

—¿Irina? —Me quedé perpleja. ¿Cómo podía pensar que el pogromo era un tema adecuado para tratarlo con una niña de ocho años?

—También sé lo que le pasó a Blanka —continuó Stella—. Se tomó muchas pastillas a propósito y luego se durmió y se ahogó. —Después se quedó callada y siguió caminando.

Me latía la cabeza. Que Stella supiera ese tipo de cosas hacía que de alguna forma me pareciera que había quedado dañada, que se había estropeado su inocencia infantil. Hablaba del horror de una forma muy despreocupada, como si no sintiera nada. Era como una superviviente de un desastre que todavía seguía en shock. Y de repente comprendí que realmente Stella estaba en shock y se había cerrado en banda porque Irina le había contado lo peor que podía hacer un ser humano. Seguro que era por eso por lo que apenas hablaba (conmigo al menos), se iba arrastrando por ahí y su mente trabajaba a una fracción de su velocidad normal.

Tenía que librarme de Irina. Se acabó lo de negociar cuántos días iba a ir a recogerla. Tenía que sacarla de nuestras vidas para siempre.

Al día siguiente le tocaba a Irina ir buscar a Stella. Cuando llegaron a casa, ella entró en la cocina y empezó a sacar las cosas del almuerzo de Stella, algo que Blanka nunca hacía. Entonces me volví para decirle a mi hija:

—¿Por qué no te vas a tu habitación? Llévate algo para comer.

—Oh, claro —accedió y se fue.

—Tengo que hablar contigo —añadí dirigiéndome a Irina.

Ella asintió y empezó a llenar da agua la olla del estofado, así que tuve que elevar la voz por encima del ruido del agua.

—No deberías haberle contado a Stella esas cosas tan horribles —empecé.

Llevó la olla hasta la cocina.

—Los niños necesitar la verdad.

—Pero no toda la verdad, Irina. No tiene edad para eso. ¿Es que no ves lo cambiada que está? La has traumatizado.

Irina asintió, como si lo que acababa de decirle fuera que nos habíamos quedado sin bolsas de basura, y siguió con lo que estaba haciendo: se puso a encender el gas para calentar la olla. Yo lo apagué y me situé entre la cocina y ella.

Irina cogió una cebolla de la cesta que tenía en la encimera, decidida a ignorarme. Yo me quedé donde estaba, sin saber qué hacer. En las opiniones de mi columna siempre aparecía algún trol que decía: «Mejor decir las cosas como son». Si los invitados de tu cena alargan la sobremesa demasiado, si alguien te sirve un plato que no te gusta nada o te pregunta si puede ir a tu fiesta de cumpleaños aunque no lo hayas invitado, hay que decir la verdad. Quiero que te vayas de una vez. No me gusta esta comida. No te he invitado porque no me caes bien.

Pero yo no era capaz de «decirle las cosas como son» a Irina. A nadie en general, pero mucho menos a ella. No podía soltarle sin más: «Vete de mi casa. No confío en ti lo bastante para dejar que cuides a mi hija, porque ya le has fallado a la tuya».

Ella me observaba con los hombros hacia delante y los ojos hundidos. No podía «decirle las cosas como son» porque la haría sufrir demasiado.

Las dos nos quedamos así, petrificadas, durante un momento. Entonces vacié la olla y se la puse en las manos. Después fui a la puerta principal, la abrí de par en par y me quedé allí esperando. Tendría que salir en algún momento y después lo único que debería hacer yo era no permitir que volviera a entrar.

Irina por fin se dirigió a la puerta con los labios tan apretados que parecía que los tenía metidos hacia dentro. Afuera llovía. Me miró la barriga.

—¿Tú tener bebé en el hospital?

—Seguramente —contesté un poco descolocada por ese cambio de tema.

—Ser mala idea. Muy peligroso.

—Los hospitales en este país son muy seguros —afirmé.

—En mi país yo ayudar a nacer a muchos bebés en casa —continuó Irina—. Solo necesitar una cortina de ducha vieja y unas tijeras. —Hizo el gesto de cortar con dos dedos y sonrió—. Yo hervir antes. Ser bueno por Stella también. Ella poder ayudar.

—No me parece buena idea. —Subí al piso de arriba para decirle a Stella que Irina se iba ya—. Va a tener que dejar de venir durante una temporada —dije porque no tenía la energía suficiente para darle una explicación mejor.

Al llegar a la puerta, Stella abrazó a Irina.

—Adiós, Lobito —dijo Irina.

Cuando se hubo ido, Stella no protestó, lo que hizo que estuviera más segura de que estaba haciendo lo correcto. Algo muy malo le estaba pasando si ya no podía ni llorar ni gritar.

Después de que Irina se fuera, saqué una bolsa de plástico y recorrí toda la casa retirando la manta del sofá, el soporte de cerámica de la tetera, al carrito para té, el bote pegajoso de la mermelada y los paquetes de hierbas y especias. Até el extremo de la bolsa y la guardé en un armario que había debajo de la escalera. En algún momento se lo llevaría a casa a Irina, pero por ahora la quería fuera de mi vista.

Fui al lavado y me lavé las manos despacio. Luego volví a la cocina y vi que la cruz había vuelto a aparecer. No estaba en la zona en donde había rascado la pintura, sino más arriba. Stella habría tenido que subirse a una silla para dibujarla. Creía que se había quedado en su habitación todo el tiempo, pero obviamente se había escabullido mientras yo me lavaba las manos. La llamé y ella bajó la escalera arrastrando los pies (como un elefante, cuando por lo general iba trotando y dando saltitos).

—Veo que has dibujado otra cruz en la pared aunque te lo había prohibido —dije—. ¿Por qué lo has hecho?

—No he sido yo —respondió Stella—. Estaba arriba.

—Stella, en cuanto a todas esas cosas de las que te ha hablado Irina, sobre cómo murieron Blanka y su padre, sé que son un poco tristes. ¿Quieres que hablemos de ellas?

Se encogió de hombros.

—Yo no estoy muerta.

De nuevo esa frase tan desconcertante, la que sonaba muy frívola pero seguro que ocultaba unos sentimientos profundos reprimidos. A no ser que realmente no fuera capaz de sentir nada, pero decidí apartar ese pensamiento.

Señalé la cruz.

—¿Es una forma que tienes de decirme algo?

—Oh, claro. —Stella acercó un taburete desde la barra de desayuno y se subió encima.

—No es seguro que te subas ahí —la regañé, pero ella se puso de puntillas y apoyó la nariz en la cruz—. No hagas eso —le ordené.

Ella se bajó muy obedientemente, pero no le pedí que limpiara la pared y decidí que tampoco lo haría yo. Estaba claro que la cruz aparecería de nuevo, con independencia de lo que le dijera. Tal vez era su forma de suplicar ayuda. Se trataba de la única explicación que tenía sentido para mí. Si era ese el caso, la única manera de evitar que siguiera apareciendo era ayudarla.

Pete entró en casa en el momento en que yo acostaba a Stella. Cuando salí de su habitación estaba en el jardín, hablando por teléfono. Se hallaba en cuclillas arrancando un diente de león con una escardadora manual (no quería usar ningún tipo de pesticida). Mientras revolvía la tierra, hablaba por el teléfono en voz baja. Nathan era incapaz de resolver ningún problema solo. Cuando me vio, colgó, se levantó y vino a abrazarme.

—¿Qué pasa, cariño?

—He tenido que echar a Irina —confesé.

Pete se apartó.

—¿Qué? ¿Por qué demonios lo has hecho? Después de todo lo que ha sufrido…

—Le contó a Stella que Blanka se suicidó.

—Pobre Blanka —exclamó Pete. Ya le había contado lo del suicidio.

—También le habló del pogromo.

—Es mucha información que procesar —respondió Pete con cautela—. Pero Stella parece estar bien.

Probé otra forma de convencerlo de que había hecho lo correcto.

—Irina me ha preguntado sobre nuestros planes para el parto. Me ha dicho que debería tener el bebé en casa.

—Es verdad que no te gustan nada los médicos.

—Y se ofreció para ser la comadrona.

—Muy generoso por su parte.

—¡Es raro, Pete! Y además me ha dicho que Stella podría ayudar. No me parece muy recomendable a nivel psicológico.

A Pete empezó a latirle una vena en la frente.

—¿Sabes? A veces llego a casa antes de que Irina se vaya y todas las veces Stella va hasta la ventana y se queda despidiéndose con la mano hasta que deja de verla. ¿Te has fijado?

—Ya no lo va a hacer más —aseguré.

Y de repente me di cuenta de que a mí no me gustaban las barbas, aunque no tenía intención de decírselo a Pete.

—En Acción de Gracias Nick me dijo que no se podía creer lo cambiada que estaba, tan educada y comportándose tan bien.

Me dieron ganas de ponerme a pisotear su huerto.

—Nick es un machista, ¿has visto alguna vez lo que escribe en las redes sociales? Yo no quiero una niñita bien educada que sea siempre dulce y perfecta.

—¿No quieres que se porte bien?

—Te acabo de decir que Irina le ha causado algún daño.

—Dios, Charlotte. ¿Has pensado en cómo le va a afectar a Stella?

—Ya he visto cómo la afecta —insistí—. Estaba aquí cuando la eché. No hubo ninguna reacción, ni tampoco emociones. ¿Reconoces a tu hija?

Pete se quedó callado y yo aproveché esa ventaja.

—Quiero buscarle un terapeuta. Necesita hablar con alguien y apoyo para procesar todo el horror que le ha transmitido esa mujer.

Pete se rascó la barba.

—Hace unos meses eras tú el que querías buscarle ayuda profesional. Seguro que le viene bien —proseguí.

—No estoy de acuerdo —contradijo—. Si tiene que hablar con un psiquiatra sobre el tema, acabará pensando que es algo que tiene mucha importancia. Y eso podría ser traumático en sí mismo. Es como cuando era pequeña y se caía; si la recogías y decías «No ha pasado nada» ella seguía sin más, pero si ibas corriendo y decías: «Oh, Dios mío, pobrecita», ella se ponía a chillar sin parar.

No contesté. Ojalá pudiera hacerle entender lo que pensaba de Irina y sobre todo de su loquísima oferta de hacerme de comadrona. Era como si, no contenta con haber perjudicado a su hija y a la mía, quisiera también dirigir el parto de mi bebé y meter la mano en lo más profundo de mí en el momento en que era más vulnerable.

Más tarde, cuando Pete estaba contestando un email de trabajo, busqué el documento que había compartido conmigo cuando insistía en que evaluaran a Stella. Encontré la pestaña de los psicoterapeutas infantiles y sentí una duda repentina.

Cuando vivíamos en California, daba la sensación de que todo el mundo iba a terapia, en general para superar cosas de poca importancia que simplemente formaban parte de la vida:

un hombre que quería a su esposa pero no estaba «enamorado» de ella y otra que, aunque era una doctora a la que le iba muy bien, no sentía la «pasión» suficiente por su trabajo. Parecía que la terapia se estaba instalando en todos los ámbitos, aunque no era necesaria, como la irrigación del colon. En mi caso no veía la necesidad de volver a darle vueltas a las cosas de mi infancia cuando ya había llegado más o menos bien a la vida adulta.

Pero Stella estaba afectada por algo mucho más grande que esas cosas de poca importancia. Consulté las páginas web de los terapeutas y descarté a todos los que me parecían poco serios. Una mujer sonreía demasiado y enseñaba unos dientes que claramente se había arreglado. Otro hombre decía que el «perfeccionismo» era uno de los problemas que él ayudaba a analizar, cuando cualquier persona que haya hecho una entrevista de trabajo sabe que no es más que un defecto que fingimos tener todos.

Wesley Bachman era un hombre de cuarenta y tantos que se estaba quedando calvo y tenía una cara amable. Su lista de estudios era larga y contaba con muchas abreviaturas detrás de su nombre. Estaba especializado en el trauma. Parecía serio. Lo llamé al día siguiente y le conté que creía que el shock tras haberse enterado del suicidio de Blanka y de la muerte trágica del padre de esta había provocado los cambios en el comportamiento de Stella.

—Y no consigo que hable de ello. Lo único que dice es «oh, claro» y «yo no estoy muerta». Y actúa como si no fuera gran cosa, pero yo sé que sí que lo es. Además solo come en la mesa si la madre de Blanka está presente; si no, se empeña en comer en su habitación. ¿No le parece raro?

—A veces los niños no cuentan con las palabras necesarias para comunicarnos cómo se sienten, así que utilizan las herramientas que tienen a su disposición, las pocas cosas que pueden controlar, como por ejemplo dónde y cuándo comen.

—Espero que usted pueda conseguir que le hable de sus sentimientos.

—¿Qué edad tiene? —preguntó Wesley y cuando le contesté continuó—. A los niños no les funciona bien la terapia conversacional a esa edad, así que lo que voy a hacer es observar cómo juega sobre todo.

—Stella es una niña muy poco corriente. Es hipercomunicativa. —Pero un segundo después rectifiqué—: Al menos antes lo era.

Wesley contestaba con ruidos de comprensión.

—Sobre todo en los casos de niños muy sensibles, la pérdida de una niñera por un suicidio supone una gran crisis.

Wesley me habló de un niño que había tratado que antes era el delegado de clase, lleno de confianza y muy extrovertido, pero que sufrió un acoso escolar tan grave en el colegio que pasó a quedarse en casa y se pasaba el día en internet recreando la Segunda Guerra Mundial, obsesionado con encontrar una solución diferente al conflicto.

—El trauma puede provocar un cambio radical de personalidad —aseguró Wesley—. Hasta el punto de que los padres ya no reconocen a sus hijos.

Por fin alguien que lo entendía.

# 24

Tuve suerte: a Wesley le habían cancelado una sesión a última hora, así que pude llevar a Stella a verlo al día siguiente, después de ir a recogerla al colegio. En el coche, de camino, ella me preguntó:

—¿Cuándo va a volver Irina?

—Se ha ido de vacaciones —improvisé. Le diría la verdad cuando volviera a ser la de siempre. Aunque seguro que para entonces ya se habría acostumbrado a no ver a Irina.

—¿Durante cuánto tiempo?

Me encogí de hombros y Stella se hundió en su asiento. Me partía el corazón verla así, pero tenía que hacer lo que era mejor para ella.

Acabábamos de llegar a la sala de espera cuando Wesley Bachman abrió la puerta de su consulta, con una puntualidad exquisita. Iba bien afeitado, con la cara resplandeciente, vestido con chaqueta, camisa y pantalones chinos bien planchados. Proyectaba una imagen de competencia profesional. Yo me sentí muy mal vestida con mi jersey viejo y los pantalones de embarazada.

—Perdonad por el jaleo de ahí fuera —se disculpó—. Están podando para que las ramas de los árboles no choquen con una línea de alta tensión. Una tarea necesaria, pero ojalá no lo hicieran durante la jornada laboral.

Le dije que no pasaba nada. Era una oficina bonita y las paredes estaban pintadas de azul con nubes blancas. Había una casa de muñecas de madera y un baúl del que asomaban varios disfraces. También una mesa con elementos de manualidades y una tienda muy colorida con una bandera en la parte de arriba. En un rincón había un sofá pequeño con dos sillas enfrente donde podían acomodarse los adultos para hablar.

Wesley me hizo un gesto para que me sentara en el sofá.

—Stella, tú puedes hacer lo que quieras: sentarte con nosotros o ir a jugar.

Stella se arrodilló delante de una cocina de juguete de madera. A mí me sorprendió. Yo nunca había tenido que intentar fomentar los juegos sin sesgo de género porque Stella nunca se había interesado por jugar a cocinar y servir comida, mucho menos limpiar o el cuidado de bebés. Siempre me había parecido un poco absurda la forma que tenían otras niñas como Lulu y sus amigas de empeñarse en jugar a cocinar y servir comidas, las actividades de las que sus madres se quejaban entre ellas todo el tiempo. De repente Stella se cubrió la mano con la manga de la chaqueta y limpió con ella la encimera.

—¿Qué haces, cariño? —le pregunté.

—Limpiar —murmuró Stella.

—No uses la manga para hacerlo, cielo —pedí.

Wesley me hizo preguntas sobre Stella y apuntó cosas en una hoja que tenía apoyada en un portapapeles. Me costaba oír lo que decía por el ruido que hacía la sierra afuera. Estaba esperando todo el rato que Stella se tapara las orejas con las manos, pero ella estaba concentrada en sacar todas las sartenes y tazas de plástico de un estante para poder limpiarlo, esta vez con la falda. Seguro que el estante estaría pegajoso y tendría polvo, pero decidí dejar que lo hiciera. Wesley me hizo preguntas básicas y después dijo:

—¿Cómo fue el parto?

—No fue fácil, ¿pero hay alguno que lo sea? Aunque cómo lo va a saber usted. —Dejé que él interpretara mi tono como quisiera. No tenía intención de hacerle a ese desconocido una descripción detallada de mi episiotomía.

—Es una de las preguntas que tengo que hacer —respondió Wesley—. ¿Y sus amigos? ¿Juega Stella con otros niños?

—Hasta hace poco no.

—Lulu me invita a ir a su casa —añadió Stella.

Wesley sonrió.

—¡Qué bien! Quedar para jugar con las amigas en su casa es muy divertido. Y dígame, ¿tiene Stella sensibilidad a los ruidos, problemas con la ropa ajustada, cosas así?

Le expliqué que antes las cosas no eran fáciles, pero que últimamente era distinto.

—Excelente. Vamos a ver, hábitos de comida y de sueño, ¿diría que son normales o...?

Admití que comía más variedad de alimentos.

—Y antes le costaba mucho conciliar el sueño, pero ahora duerme bien.

Wesley asintió.

—Parece que está muy sana.

—Ya... —contesté—. ¿«Muy sana» es una forma de decir «gordita»?

Wesley pulsó el botón de su bolígrafo.

—¿A usted no le gusta cómo está?

—Es muy inesperado, un gran cambio. Somos una familia muy delgada.

Vi la expresión en la cara de Wesley y le expliqué que me daba igual que Stella fuera corpulenta, siempre y cuando esa fuera su constitución natural. Pete era atlético, yo bastante delgada, así que si Stella estaba un poco rechoncha seguramente no era algo natural en ella.

Wesley ladeó la cabeza.

—¿Estar delgada es lo único que es natural?

—Claro que no. Solo quiero que ella sea como yo. Quiero decir, como es. —La zona de juegos olía de una forma desagradable, empalagosa como a zumo de manzana y pegamento en barra. Me tapé la boca con la mano—. Perdón, me he equivocado.

—¿Se encuentra bien? —preguntó Wesley.

—Sí. —No hacía falta que le contara que desde que dejé de tomar el pan de Irina volvía a tener náuseas a todas horas. No quería parecer debilucha.

—¿Qué cosas les gusta a Stella y a usted hacer juntas?

Le conté que, incluso cuando trabajaba a jornada completa, pasaba con ella todo el tiempo que podía y leíamos, íbamos a dar paseos y jugábamos a juegos que eran un secreto entre las dos.

—Como el SkyPo —concluí. Wesley asintió y sonrió y yo le expliqué en qué consistía.

Los SkyPo eran enemigos misteriosos que había en el cielo y que querían destruirnos. Nos escondíamos de ellos bajo los arbustos y los árboles. A veces los pájaros estaban del lado de los SkyPo, porque estos tenían una tecnología para controlar el cerebro de los pájaros, y otras nos ayudaban a nosotras deseando transmitirnos mensajes en su lenguaje propio.

Dejé de hablar cuando vi que la sonrisa de Wesley había desaparecido. SkyPo siempre servía para transformar las cosas ordinarias del mundo (las palomas, los arbustos, las nubes) en parte de una aventura épica. ¿Pero habría conseguido con eso que Stella le tuviera miedo al mundo, a las nubes y a los pájaros? Tal vez no era un juego tan divertido en realidad.

—Me ha comentado que ha notado otros cambios en Stella que le preocupan —continuó Wesley—. Aparte de lo de la comida y el patrón de sueño.

—Ya casi no lee y habla menos —expliqué—. Mucho menos. Siempre ha sido hipercomunicativa y hasta hace poco no paraba de leer. Y utilizaba frases elaboradas, con subordinadas. Ahora es como si… como si su capacidad de lenguaje hubiera empeorado. Como si se le estuviera olvidando.

Antes Stella habría escuchado nuestra conversación y habría entendido todo lo que decíamos, por muchos circunloquios que utilizáramos. Pero en aquel momento, mientras hablábamos de ella, Stella se dedicaba a sacarle brillo a la cocina con la manga de nuevo y no parecía que nos estuviera prestando ni la más mínima atención. De repente tuve muchas ganas de ponerla a prueba. ¿Se acordaría del nombre de aquella medusa que podía convertirse en un bebé?

—Dígame, ¿le han hecho algún test de inteligencia? —preguntó Wesley.

—No era necesario. Utilizaba expresiones como *memento mori* cuando tenía cinco años.

—¿Ha oído hablar del aprendizaje asincrónico? —preguntó Wesley—. Las diferentes partes del cerebro se desarrollan a distintas velocidades. A veces si una parte se desarrolla más rápido, las otras no pueden mantener el ritmo. Por eso tenemos niños que utilizan estructuras sintácticas sofisticadas pero que todavía no han aprendido a compartir. Es posible que la parte verbal del cerebro de Stella se haya desarrollado muy rápido y ahora las demás partes estén recuperando el terreno perdido. El juego y la socialización son tan importantes como la lectura.

—Pero no es que la parte verbal de su cerebro haya dejado de desarrollarse a esa velocidad. Es como si se hubiera desconectado.

—La maternidad puede darnos sorpresas inesperadas —comentó Wesley—. Nuestros pequeños están intentando saber quiénes son todo el tiempo. Tengo una cliente cuya hija antes se negaba a ir al colegio, lo evitó durante un año en el que apenas salía de su habitación y lo único que hacía eran unos óleos muy realistas de peces muertos. Pero ya ha vuelto al colegio y se va a presentar a la selectividad con la especialidad de geografía e informática. Su madre está exultante.

—Pues a mí me parece más interesante lo de los cuadros de los peces —respondí.

—Ya veo —contestó Wesley. Revisó su lista de preguntas—. ¿Y la relación con su madre?

Pero ¿qué importaba eso? Como no quería que pareciera que estaba a la defensiva, le di mi respuesta habitual cuando me preguntaban por Edith.

—Mi madre y yo éramos dos personas muy diferentes.

—¿Ha fallecido?

—Hace nueve meses, más o menos.

Wesley asintió y se inclinó hacia delante de una forma que me hizo pensar que era algo que había aprendido en la facultad de psiquiatría. «Inclinarse en un ángulo de unos cuarenta y cinco grados demuestra compasión».

—Eso puede haber sido otro factor estresante para Stella —comentó.

—Ellas tampoco tenían mucha relación. Fue cuando se enteró de lo de Blanka cuando Stella empezó a cambiar, ya se lo dije. Cuando supo lo que le pasó a Blanka y al padre de ella.

La habitación tenía un olor insoportable y deseé poder abrir una ventana. Saqué un pañuelo y me cubrí con él la nariz y la boca.

—Disculpe.

Cherie me mandó una vez un enlace a un artículo muy famoso sobre la adaptación cuando tienes un hijo con problemas. En él se hacía la comparación con el caso en el que crees que te vas a ir a Italia de vacaciones y al final adonde vas es a Holanda; siempre y cuando te decidas a disfrutar de Holanda, todavía tendrás la posibilidad de pasar unas vacaciones estupendas. Pero eso no era Holanda. Era como estar flotando en una balsa en medio del Atlántico. Pensé en alguna forma concreta de convencer a Wesley de que el cambio de Stella era a peor.

—Ha empezado a escribir un diario. Se pasa el día escribiéndolo, es como una compulsión —revelé.

—Y eso la hace sentir incómoda a usted —respondió Wesley.

—Nadie escribe en su diario sobre lo perfecta que es su vida, ¿no? —Miré a la niña para asegurarme de que estaba distraída y después dije en un susurro—: Y huele diferente.

Wesley pareció desconcertado.

—¿En qué sentido?

No quería hablarle de la vainilla y la madreselva, ni del momento más maravilloso y más privado de mi vida. Lo que le dije fue que olía a un detergente diferente y *gomgush*, aunque yo seguía utilizando el mismo detergente de siempre y hacía días que no comía ese plato.

—Me gusta el *gomgush* —aseguró Stella—, pero ya no me dejas comerlo.

—Somos vegetarianos, ¿te acuerdas? —Y mirando a Wesley añadí—: Que no le dejo comerlo... —Y puse los ojos en blanco.

Wesley no sonrió.

—¿Qué es el *gomgush*? No sé si lo he pronunciado bien.

—Es un estofado de cordero —aclaré—. Tradicional en los banquetes.

—Qué interesante —contestó—. ¿Y cómo...?

—Estamos aquí para hablar de Stella, no de cocina —repliqué.

—Me gustaría saber lo que tiene que decir ella. ¿Puedes venir y sentarte con nosotros, Stella?

Ella se levantó, vino arrastrando los pies y se sentó en el sofá muy despacio. También quería decirle eso a Wesley: ya no se movía como una niña de ocho años, sino como una adulta con sobrepeso.

—Tu madre me ha dicho que te interesan los pájaros —empezó Wesley—. Son la policía del cielo, ¿no?

—¿La policía? —Stella pareció alarmada.

—Lo dice por SkyPo —le expliqué—. ¿Te acuerdas? Los malos en el cielo que vienen a por nosotras.

Un músculo se tensó en la cara de Wesley. Stella negó con la cabeza, confundida.

—Sé que te acuerdas —insistí—. Te tienes que acordar. ¿De verdad que no te acuerdas de SkyPo?

Ella no parecía entender nada. La sierra chirrió cuando entró en contacto con la rama. Pobre árbol, le estaban talando una de sus ramas.

—Me he enterado de que has perdido a tu niñera hace poco —continuó Wesley—. ¿Cómo te sientes ahora?

—No estoy perdida —dijo Stella y se encogió de hombros—. No estoy muerta. —Decía esas cosas de una forma un poco beligerante, poniendo énfasis en el «no».

«No» estoy perdida. «No» estoy muerta.

Como si nosotros le estuviéramos diciendo que era ella la que estaba muerta y tuviera que rebatir esa mentira: «Estoy aquí».

Le apreté la mano. Tenía la piel fría como si acabara de salir de un río helado. Miré a Wesley.

—Tiene que ayudarnos. Por favor.

—Es muy complicado asumir los cambios y las pérdidas. Se trata de las cosas más difíciles en realidad. Es algo que no dejamos de hacer durante toda la vida.

¿Y para qué se suponía que me servía eso? El estrépito de la sierra era insoportable, ciertamente. Me incliné hacia él y susurré:

—Tiene que ayudarnos. Estoy desesperada. Soy capaz de hacer cualquier cosa por ella. Me tiraría delante de un tren si creyera que serviría para algo.

Wesley inspiró hondo.

—Stella, ¿por qué no sales a mirar los libros que hay en la sala de espera mientras yo arreglo unas cosas con tu mamá?

Cuando ella salió, Wesley dijo:

—Tengo que preguntarle una cosa, Charlotte: ¿cree que podría hacer daño a alguien o autolesionarse? ¿Está teniendo pensamientos suicidas?

Me quedé mirándolo fijamente.

—Pero ¿de qué está hablando?

—A veces la mejor forma de ayudar a los hijos es ayudándonos a nosotros mismos. Creo que a usted le vendría muy bien hacer terapia.

Me puse de pie.

—Creo que ya es suficiente.

Wesley también se levantó y se colocó entre la puerta y yo.

—¿Es que no le caigo bien?

—Eso es una pregunta trampa —contesté. Estaba claro que así era.

Wesley me estudió.

—Tal vez le sirva de ayuda a Stella.

—¿Que yo le diga que no me cae bien?

—Exactamente. Explíquemelo.

No tenía tiempo para eso. Era como si un rollo de una noche me estuviera pidiendo que tuviéramos una conversación profunda sobre la ruptura. Pero también me parecía que si no se lo explicaba, parecería una mujer trastornada que odiaba a todos los terapeutas que sugerían que el problema lo tenía ella y no su hija.

Inspiré hondo.

—Porque no dice más que cosas demasiado obvias como si fueran muy profundas. Porque me ha contado detalles privados de otros clientes que seguro que no quieren que usted los vaya divulgando. Y lo peor de todo, porque el problema de Stella no encaja en ninguna casilla y en vez de intentar arreglarlo, está tomando la vía de escape más fácil que es decir que yo soy el problema. O que lo es mi madre. —Me quedé callada un momento—. O tal vez la madre de ella.

Me sentí orgullosa al ver que Wesley necesitó un momento para recuperarse. Cuando lo hizo, asintió y dijo:

—Por fin estamos siendo sinceros.

Abrí la puerta que daba a la sala de espera, donde Stella estaba escribiendo muy concentrada con una pintura de cera.

—Nos vamos, Stella.

Wesley no podía ayudarme a descubrir qué le pasaba. Pero cuando bajaba las escaleras con mi hija se me ocurrió cómo podía hacerlo: el diario. Ahí debía escribir sus miedos y sus pensamientos secretos. En el diario estaría la explicación de por qué había cambiado tanto.

Esa noche, cuando Stella estaba en el piso de abajo haciendo ganchillo, me colé en su habitación. Le había prometido a Pete que no leería su diario, pero estaba en riesgo el bienestar de mi hija. Lo encontré en su mesa, a la vista. Era como si ella quisiera que lo leyera. Lo abrí por una página cualquiera, más o menos por la mitad. Entonces fue como si la habitación diera vueltas a mi alrededor y se me cayó el diario al suelo.

En ese momento oí que se abría la puerta principal y Pete subía las escaleras de dos en dos. Volví a dejar el diario en la mesa, pero no me dio tiempo a salir de la habitación.

—Venía a ver si había platos y vasos sucios —le dije cuando me lo encontré al salir.

—¿Y no había ninguno? —preguntó Pete.

Negué con la cabeza, pero él miró por encima de mi hombro y vio que el cuenco de las gachas de esa mañana estaba en el suelo junto a su cama, al lado de un vaso de zumo medio lleno.

La expresión de su cara cambió.

—Estabas leyendo su diario. ¿Por eso estabas en su habitación?

Fijé la vista en el suelo. Pete estaba furioso.

—Ya hemos hablado del tema y acordamos que no lo leeríamos aunque nos lo encontráramos abierto. Stella necesita tener privacidad.

—¿Y también ocultarme cosas a mí?

Él salió al pasillo.

—Vamos a nuestra habitación para poder hablar a solas. —Lo seguí. Cuando llegamos él continuó—. He visto a Stella abajo y le he preguntado qué habéis hecho esta tarde y me ha contado que la has llevado a ver a alguien que se llama Wesley. Supongo que será Wesley Bachman, el de mi hoja de cálculo. Ya decidimos que no es buena idea llevarla a terapia ahora mismo.

—Lo decidiste tú, yo no —repuse—. Siento haberlo hecho a tus espaldas, pero te lo iba a decir. —En el momento adecuado—. Me pareció que si íbamos a verlo, Wesley podría confirmar que necesita ayuda.

—¿Y lo ha hecho?

Me quedé callada y Pete respiró hondo por la nariz y expulsó el aire despacio por la boca.

—Me preocupa que estés tan obsesionada con Stella. ¿No puedes dejarlo? Tienes que encontrar tiempo para ti. Colorea, eso se te da bien.

No lo dijo para insultarme, pero eso hizo que me doliera aún más.

—También se me da muy bien ser madre —contesté.

—Tal vez debería pedirle a mi madre que venga, dado que con el embarazo tan avanzado todavía te encuentras mal. Tienes que recuperarte y volver a comer. Ella puede venir y quedarse una temporada.

—No quiero que haya nadie en la casa ahora mismo. —Alguien que viniera a juzgar cómo criaba a Stella. Dianne, la madre de Pete, seguro que decía que Stella «está estupenda». Después me pondría una mano en el brazo y me invitaría a hacer un ejercicio de respiración para la apertura de los chakras con ella.

Pete cerró el puño y después volvió a abrirlo.

—Esto sería mucho más fácil si estuviera Irina.

—Ya te he dicho por qué he tenido que pedirle que se fuera.

—Pero no te molestarse en preguntarme qué me parecía a mí. Tomas las decisiones parentales de forma unilateral.

—¡Porque yo soy la que está con Stella todo el tiempo! Si quieres que las decisiones se tomen al cincuenta por ciento, tendrías que ocuparte de la mitad de la crianza.

Pete me agarró por los hombros.

—Entonces déjame hacer más. Mañana no hay colegio por la formación de los profesores. Me la llevaré por ahí todo el día. Tú vete a ver a Cherie o lo que más te apetezca. Puedes ir a hacer yoga.

Me acordé de que había intentado convencer a Wesley hablándole del cambio de olor, aunque obviamente él no podía notar la diferencia. Pero Pete estaba allí cuando nació y olió el azúcar caramelizado y la madreselva.

—¿Y qué pasa con su olor? Tienes que haber notado la diferencia. ¿Cómo explicas eso?

Pete se rascó insistentemente la barba.

—¿Su olor? —Sonaba confundido, casi asustado, ¿pero de qué tenía miedo?

Esa reacción hizo que estuviera aún más desesperada por convencerlo de que tenía razón. Pero cuanto más tranquila y racional intentaba sonar, más parecía que estaba insistiendo demasiado. Me quedé un momento pensando.

—Ya sé que no tienes el sentido del olfato como yo desde que estoy embarazada, pero es muy evidente. Lo estoy oliendo ahora mismo. —Cordero, cloro y algo dulzón, pero no en el buen sentido—. ¿Es que no lo hueles?

Pete inspiró lleno de dudas.

—¿Te acuerdas cómo olía su primera noche de vida? Era algo maravilloso. Estuve toda la noche despierta disfrutándolo.

—¿Su primera noche? Sí que me di cuenta de cómo olía. —Pete pareció un poco avergonzado—. Yo siempre he pensado que olía como..., bueno, el canal del parto. Tal vez eran las hormonas las que hacían que a ti te oliera tan bien.

Me quedé mirándolo fijamente. Estaba claro que no entendía a qué me refería. Esa noche fue el momento en que más cerca estuve del núcleo de amor profundo que hay en el centro de todo, de mi verdadero propósito en el orden del universo. Era más que la oxitocina. Siempre había asumido que los dos amábamos a Stella igual, pero acababa de ver que su amor por ella no era tan grande como el mío.

Pete se quedó levantado trabajando y yo me fui a dormir sola. Cuando cerré los ojos, vi su letra, pequeña y deliberada, como si alguien le fuera a dar un golpe en la mano con una regla si algún trazo se salía de su sitio. Pero no había reconocido casi ninguna letra de las que había escrito. A Stella no le importaba dejar el diario a plena vista porque escribía utilizando un código.

# 25

*En el presente*

En el frutero ahora solo hay unas peras moteadas rojas y amarillas que parecen reales. Examino la habitación, pero han desaparecido las peras Williams de cerámica que había esta mañana. Le doy un mordisco a cada una de las que hay ahora para comprobarlo: real, real, real.

Me dejo caer en la silla que hay junto a la ventana. Sé que no tiene importancia y que debería olvidarlo, pero no puedo. Tal vez alguien haya puesto las peras de mentira en el frutero por error, se han dado cuenta cuando han venido a hacer la cama, han dejado las peras rojas y amarillas y se han llevado las de adorno. ¿Pero por qué no ponerlas en el alféizar de la ventana? Ahí quedarían perfectas.

Quizá toda la fruta era real desde el principio y nunca fue una prueba, eso era todo una paranoia y yo estaba confundiendo la realidad con una imitación de sí misma. Noto que me estoy dejando llevar por el pánico: ¿puedo confiar en lo que percibo?

Debería ponerme el sacaleches para hacer que me suba la leche, pero tengo que estar relajada para poder hacer eso. Voy al baño y me sirvo un vaso de agua. Cuando me miro en el espejo, durante un segundo solo veo un montón de rasgos descolocados: una nariz aquí, una boca seria allá y dos ojos desorbitados en otro lado. Necesito un momento para reorganizarlos y que formen una cara. Seguramente será porque no llevo maquillaje. Se me cruza el extraño pensamiento de que la del espejo no soy yo y que tal vez yo tampoco soy real. No puedo seguir sola. Tengo que hablar con alguien.

Escucho desde el otro lado de la puerta de la doctora Beaufort y no oigo nada, así que no está con una paciente. Llamo y entro. La encuentro sentada en la butaca, mirando algo en su teléfono y comiéndose una rebanada de *stollen*, ese pan dulce alemán, que parece mucho más apetecible que las magdalenas de manzana y chirivía que había en el bufé de la comida. Se levanta y se sacude el azúcar glas que le ha caído en el poncho.

—Charlotte, no es un buen...

Me siento en su sofá.

—Tengo que hablar con usted.

Ella sigue de pie.

—Sé que tu preocupación por tu hija te parece muy urgente, pero creo que deberías descansar el resto del día. Lo mejor que puedes hacer ahora mismo es cuidarte. Dormir bien y comer en condiciones.

—Por favor... No soy una idiota rica y privilegiada que espera que su terapeuta esté disponible siempre que quiera. Es que... —Me tiembla todo el cuerpo y tengo que taparme la cara con las manos.

Me habla con voz amable.

—Las cosas te parecerán diferentes cuando hayas descansado un poco.

—¿Cómo puede estar tan segura?

—Cuando estás deprimida, la mente te juega malas pasadas.

—No estoy deprimida. ¿Por qué todo el mundo me dice eso?

La doctora Beaufort vuelve a sentarse en su silla y suspira.

—Tener una madre que sufrió depresión posparto es un factor de riesgo importante. He estado mirando tu historial.

Me aparto las manos de la cara.

—Mi madre tampoco tuvo depresión.

La doctora Beaufort mira el historial que tiene en su teléfono.

—Tu marido nos ha informado de que a tu madre tuvieron que hospitalizarla tres semanas después de tu nacimiento. También tuvo depresiones graves a lo largo de su vida y fue hospitalizada de nuevo varias veces.

—Asistía a muchas conferencias académicas —corrijo—. Mi marido debe haberse confundido.

Me aprieto el puño contra la frente. Cuando era pequeña no podía soportar la sensación de la cucharita al rozar el interior de la cáscara del huevo cocido que me estaba comiendo. Y ahora no aguanto tener esa misma sensación dentro de la cabeza: es como si algo duro estuviera arañando el delicado interior.

Las conferencias académicas de mi madre nunca estaban apuntadas en ningún calendario. Siempre se acordaba de que había una justo después de haber perdido los nervios. Nunca hacía fiestas de cumpleaños ni cocinaba comidas sanas. Le parecía que decir «de nada» era algo innecesario. ¿A qué tipo de persona que no estuviera deprimida le costaba salir de la cama y pensaba que decir «de nada» suponía demasiado esfuerzo?

—Mi madre sí que estaba deprimida —reconocí por primera vez.

—Tal vez eso afectó a la forma en que te crio.

Mi madre me trataba como si no fuera Charlotte, no era la hija que esperaba. Me hacía sentir que no hacía las cosas bien o no tenía la imagen adecuada. Tal vez yo tampoco olía bien, como la Stella que no es Stella y que a mí no me huele como debería.

Es posible que el problema sea yo y no ella.

La doctora Beaufort me mira como si ella supiera algo pero quiere que yo descubra por mí misma. Yo lo sé, pero no quiero decirlo: al final resulta que mi madre y yo no somos tan diferentes.

Vuelvo a mi habitación y llamo a Pete por segunda vez hoy.

—¿Cómo sabías que mi madre tuvo depresión posparto?

Él suspira, como si ya hubiéramos hablado del tema.

—Me lo contó ella durante tu primer embarazo. No fue una gran confesión. Solo me dijo que tuvo que ingresar en el hospital varias veces porque tenía «problemas con los nervios».

—¿Y por qué te lo dijo a ti y no a mí? —pregunto, aunque ya sé la respuesta: eso se habría parecido demasiado a una disculpa. No ha dejado de dolerme la cabeza, así que apoyo la frente en la pared—. ¿Por qué no me lo habías mencionado tú?

Pete habla con voz suave.

—Te lo dije, cariño. Se te habrá olvidado.

Se me cae el teléfono de la mano. Maureen también intentó decírmelo cuando fui a visitarla a la residencia aquella vez y me confundió con Edith. «Sharon tuvo depresión posparto. Le pasa como a ti, es que está sola».

Pero al pensarlo detenidamente, me doy cuenta de que lo que dijo fue: «Sharon tuvo depresión posparto, le pasa como a ti. Es que está sola». Ella no sabía quién era, pero sí sabía lo que necesitaba saber. Pero yo no quería oírlo.

Estaba segurísima de que conocía a Stella como la palma de mi mano, que sabía quién era y quién no. Pero las hormonas me habían alterado la mente. Nadie sabe lo que hay en el corazón de su hijo.

# 26

*Unas semanas antes*

Al día siguiente Pete dijo que se iba a llevar a Stella a nadar. En cuanto se fueron, subí a la habitación de Stella para buscar su diario. Ya no estaba en su mesa, ni tampoco bajo la almohada o el colchón. Rebusqué en los cajones, saqué los libros de las estanterías y los sacudí.

Después me senté en los talones. No estaba allí porque no había sido Stella quien lo había escondido. Lo había hecho Pete. Busqué en nuestra habitación, pero nada. Lo habría guardado en algún lugar complicado y no lo iba a encontrar si no ponía la casa patas arriba.

Fui a la cocina porque iba a prepararme un té y entonces pensé en Cherie. Si había alguien que entendería que tenía que seguir luchando por mi hija era ella. Ella estaba todo el tiempo luchando por Zach. Le mandé un mensaje para preguntarle si podía pasarme por su casa. «Vale», respondió. Una sola palabra, sin emoticonos. Al menos me había respondido. Fui a comprar pepitos de chocolate en una de las tres pastelerías de Muswell Hill.

Cuando Cherie me vio, me miró de arriba abajo y dijo:

—Estás...

—¿Demacrada? —Le expliqué lo de las náuseas y que no me apetecía comer, aunque el bebé estaba bien—. Yo a ti te veo bien —admití. Por una vez Cherie llevaba el pelo suelto y no recogido en una coleta. Y además se lo había teñido para taparse las canas—. Sobre lo que pasó aquel día —continué—, cuando insististe en que debía evaluar a Stella, me puse a la defensiva. Lo siento. —En aquel momento la cuestión de si había que evaluar o no a Stella era irrelevante, así que no me costó disculparme. Tenía otros problemas más importantes a esas alturas—. Y mi intención no era insultar a Zach —añadí.

Cherie me abrazó.

—Yo también lo siento. Te presioné demasiado con lo de Stella. La primera evaluación puede suponer una enorme carga psicológica, sobre todo si hay alguna posibilidad de que el progenitor también esté dentro del espectro.

—Espera, ¿ahora yo también soy autista? —pregunté enfadada. En la actualidad la definición del autismo era más amplia, pero eso no era razón para que ella pudiera ir por ahí diagnosticando a todos los que tenía alrededor. Sin embargo, me paré a pensarlo y tuve que admitirlo—. La verdad es que tengo algunos de los síntomas —reconocí.

Cherie suspiró.

—O tal vez yo soy como un martillo y para mí todo el mundo es como un clavo, o como sea esa expresión.

—La verdad es que ahora mismo no tengo tiempo para pensar en eso —sentencié.

Cherie asintió. No nos estábamos entendiendo del todo, pero ella lo estaba intentando. Yo también debía esforzarme un poco más.

Me llevó a la cocina, donde Zach estaba machacando un poco de jabón en un mortero. Él levantó la vista y me miró a los ojos, lo que me sorprendió. Los tenía de un verde claro, como el de los helechos recién salidos. Me di cuenta de que debía saludarlo, aunque él no me contestara.

—Hola, Zach —probé.

—Hola, Charlotte —le presionó Cherie.

—Hola —dijo él.

Nunca me había hablado directamente a mí. Cherie sonrió para sus adentros.

—¿Eso que tienes ahí es *slime*? —pregunté.

Él asintió.

—He cambiado el agente activador y así he conseguido una sustancia superpegajosa, como un pegamento de nivel industrial.

—Asombroso —exclamé. Resultaba irónico que alguien a quien le costaba tanto conectar con los demás tuviera tanto interés en pegar cosas.

Cherie estaba encantada. Llevó el té al salón.

—Lo hemos llevado a un terapeuta especializado en habilidades sociales y hemos estado haciendo este tipo de ejercicios.

—Me alegro de que esté mejorando.

—¿Y cómo está Stella?

Lo conté cómo había cambiado y Cherie se mostró encantada.

—Es fantástico.

Le di un mordisco al pepito de chocolate. Me supo amargo y a la vez demasiado dulce.

—¿Cuál es el problema? —preguntó Cherie.

Me temblaban las manos, así que dejé el pastel.

—Tengo miedo. Está cambiando de una forma... Sé que suena muy bien, pero no es nada bueno. Para serte sincera, estoy aterrada.

—No lo entiendo —continuó Cherie—. ¿Ahora Stella se viste sola y va al colegio sin resistirse? Yo mataría por tener solo un día así.

Miré alrededor pensando en una forma de explicárselo.

—Sé que algo no va bien. Es como cuando Stella tiene fiebre; no necesito el termómetro, me vale con la mano para saber que está enferma. La mano de una madre no duda; lo sabe.

Cherie se tomó un momento para limpiarse el chocolate de los dedos con una servilleta de papel.

—No entiendo muy bien lo que quieres decir.

—Es el instinto maternal. Acuérdate de lo que pasaba cuando Zach era pequeño. La gente decía que tenía una discapacidad mental porque no hablaba, pero tú sabías que no era verdad. Tú eras la única que sabía lo que necesitaba.

Cherie dejó su servilleta sucia sobre la mesa y habló despacio, pero con tono muy firme.

—Yo sabía lo que necesitaba porque llevé a Zach a que lo evaluaran. Y este terapeuta de habilidades sociales no es el primero al que va. He leído docenas de libros y estoy en tres grupos online diferentes. Y tú sabrías todo esto si me hubieras escuchado alguna vez. No hace falta solo la mano de una madre; es necesario un maldito pueblo entero.

Me ardía la garganta.

—¿Entonces mi problema con Stella es que no hago caso a los demás? ¿Porque los demás saben mejor lo que ella necesita que yo? Tú también, supongo.

—Oye, olvida lo que te he dicho. —Cherie dio marcha atrás—. Vamos a cambiar de tema.

—No pasa nada, de verdad —contesté con una sonrisa forzada—. Pero no me encuentro muy bien. Y tengo que irme de todas formas.

Cherie me acompañó a la puerta sin dejar de prometerme que tomaríamos café pronto. Tal vez Zach tenía razón al mostrarse reticente en lo que respectaba a aprender habilidades sociales. La mayor parte de las veces exigía ocultar lo que sientes en realidad. Yo estaba totalmente segura de que la base inamovible de mi amistad con Cherie era que éramos muy parecidas, porque estábamos decididas a hacer todo lo que necesitaban nuestros niños peculiares, sin que nos importara lo que pensaban los demás. Pero en el fondo ella me estaba juzgando. Tampoco es que yo lo hiciera todo bien: ella tenía razón, no la había escuchado con atención. Si no, me habría dado cuenta de que no teníamos nada que ver.

Cuando ya casi había llegado a casa, mi teléfono pitó. Era un mensaje de Pete: «¡De vuelta a casa desde Coral Reef Waterworld! Emmy me sugirió que quedáramos para que jugaran las niñas y las invité a venir a nadar».

Hice una mueca. ¿Pero en qué estaba pensando? Eso no era una piscina normal. Tenía un barco pirata y cinco toboganes: era una pesadilla sensorial. Mi teléfono pitó otra vez y apareció una foto: Stella con una sonrisita y el pelo pegado a los hombros, y a su lado Lulu, que sonreía enseñando mucho los dientes y rodeando a Stella con el brazo. Me quedé mirando la foto y estudiando los ojos de Stella. Quizá de verdad estaba disfrutando de algo que unos meses atrás habría aborrecido. O solo fingía pero por dentro estaba pensando sin parar en la entrada del diario que iba a escribir cuando llegara a casa.

Una revelación empezó a tomar forma en mi cabeza. Ese cambio que se estaba produciendo en ella no era algo impuesto desde fuera. No había ocurrido por Irina y el trauma del suicidio de Blanka. Stella había cambiado su forma de ser, al menos aparentemente, por pura fuerza de voluntad.

Pero ¿por qué?

Estudié la foto una vez más. Lulu mostraba todos los dientes, pero la sonrisa de Stella era tensa. Pete creía que era de verdad, pero yo notaba que no. Quería ofrecerle a su padre una foto muy bonita para que él creyera que se lo estaba pasando bien. Quizá también por eso de repente le encantaba la piscina: Pete quería que ella fuera una buena nadadora. Había avergonzado a su padre en su fiesta de cumpleaños y ahora se comportaba de forma perfecta cuando estaban sus amigos delante. La última vez que entró en modo histérico, Pete salió como una tromba de la casa y por eso ella había dejado de hacerlo para siempre.

Era tan obvio que no sabía cómo no lo había visto antes. Stella estaba deseando agradar a Pete, volver a ser su verdadero norte. Estaba fingiendo ser la hija que creía que Pete quería.

El diario era la única pista que indicaba que en su interior todo seguía en ebullición.

Cuando llegué a casa, Emmy recorría nuestro camino de entrada con Lulu. Pete estaba en el escalón de la entrada con Stella, despidiéndose con la mano.

Emmy pareció sorprendida de verme. El vestido de rayas que llevaba ese día tenía unas bandas anchas de colores, frambuesa, naranja y amarillo limón, y me recordaba a un polo de frutas. Su pelo mojado tenía unas suaves ondas que hacían que pareciera más joven y menos estirada.

—¡Hola, Charlotte! —exclamó—. Solo estoy de paso. Todavía nos queda un rato para llegar a casa, así que Lulu y yo hemos entrado para ir al baño. Las niñas se lo han pasado en grande.

Pete estaba de pie en el umbral, despidiendo a Emmy y a Lulu. Tenía los rizos mojados y pegados a la cabeza y detrás de las gafas los ojos se le veían muy azules, como cuando iba a hacer surf. Le daba la mano a Stella, que se despedía con la otra.

Cuando Emmy y Lulu se fueron, todos entramos.

—Nos lo hemos pasado estupendamente —contó Pete con un brillo en la cara—. Stella ha estado genial.

—¿De verdad?

—Ni siquiera le ha molestado la máquina de olas. Ha sido muy valiente. Incluso ha metido la cabeza debajo del agua. Y se ha convertido en una experta en hacer burbujas con la nariz. Le encanta bucear. Casi ni salía a respirar.

No le estaba dejando hablar a ella.

—¿Te lo has pasado bien, cielo? —le pregunté a Stella y estudié su cara en busca de señales de tensión.

—Oh, claro. El agua está bien —contestó Stella.

—Estaba bien —corregí con brusquedad—. Estaba, querías decir, porque ya no estás en el agua. —La miré fijamente a los ojos, intentando ver algún destello de su personalidad anterior.

—Me voy a mi cuarto —fue su respuesta y en ese momento estuve segura de que solo quería alejarse de Pete. Toda esa farsa tenía que ser agotadora.

Pete trajo comida tailandesa (había encontrado un sitio en que te ponían la comida en los recipientes que llevabas tú de casa) y Stella se llevó su comida a su habitación.

—¿Te resulta molesto que Stella no quiera comer con nosotros? —le pregunté mientras él encendía unas velas—. Lleva meses haciéndolo.

—Ha comido con nosotros unas cuantas veces —contestó—. Cuando Irina estaba... —No acabó la frase. Los dos sabíamos que en un matrimonio hay que saber cuándo dejar estar algunas cosas. Irina no iba a volver.

—Al menos ahora acepta la comida de verdad —apunté.

Pete me cogió la mano y la besó.

—¿Te encuentras mejor? ¿Qué tal estaba Cherie?

—Muy bien. Ella... Da igual. —No quería reproducir la conversación que había tenido con Cherie, porque entonces Pete sabría que ella estaba de acuerdo con él en lo que respectaba a Stella y que nadie me apoyaba a mí.

—La ensalada de papaya verde está buenísima —comentó Pete sin parar de comer. Entonces se fijó en que yo solo estaba jugando con la comida—. ¿Las náuseas otra vez?

—No tengo hambre —respondí.

—Pobrecita —exclamó mirándome con cara de pena.

Para que no se preocupara me serví un poco de ensalada de papaya en el plato. Era muy tierno y cariñoso conmigo. Entendía por qué Stella era capaz de cualquier cosa para contentarlo. Pero tenía que hacerle entender que cambiar por completo su personalidad no era la forma adecuada de lograrlo.

—Hora de dormir, cariño —le dije a Stella cuando todos terminaron de comer.

—¿Me puedes leer un rato?

Me quedé sorprendida. Hacía años que había dejado de leerle, porque ella me lo pidió. Pero aquella noche se metió en la cama y se apartó un poco para hacerme sitio. Antes se habría sentido agobiadísima por compartir la cama conmigo, porque habría arrugado la colcha de una forma que le resultaba inaceptable o me habría sentado accidentalmente en un pliegue de su pijama, o leería muy despacio o demasiado rápido. En esa época habría dado lo que fuera por tener esa cercanía con ella.

Eligió un libro de cuando era muy pequeña, *Silvestre y la piedrecita mágica*, que trataba de un burro que encontraba una piedrecita que concedía deseos y el deseo tonto que se le ocurría era que le gustaría ser una piedra. Dejaba caer la piedrecita y deseo concedido: quedaba convertido en una piedra para siempre. Al final escapaba de su situación, pero casi nunca había llegado a leérselo hasta el final: la descripción del pobre burro convertido en roca, solo en medio de la nieve, dejándose llevar por un suelo eterno hacía que Stella se echara a llorar siempre, así que me sorprendió que lo eligiera.

Pero en esa ocasión ella lo escuchó todo sin inmutarse.

El póster de los pájaros de California que tenía en la pared me llamó la atención. El libro sobre la historia de la aviación que le había regalado yo seguía en su mesa, intacto. Hasta hacía muy pocos meses estaba obsesionada con los aviones. Y se ilusionó muchísimo cuando encontró el alcatraz en la playa; por fin una oportunidad de analizar el ala de un pájaro y estudiar la biomecánica del vuelo como su héroe, Otto Lilienthal.

De repente se me ocurrió una idea. No necesitaba leer su diario para descubrir lo que estaba sintiendo mi hija interiormente. Había otra forma de tentar a la verdadera Stella para que saliera a la luz.

Me pasé un par de horas buscando en internet y al final colgué un anuncio en lo que me parecía que era una página adecuada. Creí que era lo mejor, una forma de volver a cuando empezó todo para tomar otro camino diferente.

Unas horas más tarde miré la página y tenía una oferta. Era algo más grande de lo que necesitaba y no estaba segura de que aquello fuera legal, pero se trataba de una emergencia.

# 27

La caja tardó cinco días en llegar, porque ya estaba empezando la época de más concentración de envíos para Navidad. Por suerte la caja era aislante.

—¿Por qué no vas a bañarte, cariño? —le dije a Stella y ella lo hizo. Antes no se habría quedado tranquila hasta que no le enseñara lo que había en la caja.

Cogí un cuchillo de cocina y llevé la caja a su habitación. La puse sobre su cama y la abrí. Primero tuve que sacar varios trozos de porexpán. Era irónico que el embalaje que utilizaban para enviar un pájaro marino muerto fuera exactamente el mismo que los asfixiaba a diario (aunque tal vez no era nada irónico en realidad).

El pájaro era mucho más grande de lo que esperaba. Estaba congelado, pero desprendía un olor fortísimo: potente y salado. Tenía unas plumas de color gris pizarra, el pecho y el cuello blancos y el pico amarillo con su característico punto rojo (era un adulto en edad de reproducción) y las patas rosas, dobladas debajo del cuerpo. El único ojo que le veía, que cuando estaba vivo estaría enrojecido, se veía hundido y amarillento. Me pregunté por qué habría muerto. No encontré heridas evidentes. El vendedor me había dicho que era un gavión atlántico que había muerto «de causas naturales» y yo no quise preguntar más.

Yo consideraba al pájaro un espécimen científico, algo que Stella podía diseccionar, como tenía tantas ganas de hacer con el alcatraz. Le iba a decir que era un regalo de su padre y mío y así entendería que significaba que aceptábamos quién era, sin importar lo difícil que eso les resultara a los demás. Que apoyábamos su gran curiosidad, que podría parecerle morbosa a las otras personas. Y que aceptábamos que teníamos una hija para la que un cadáver de pájaro era un regalo mejor que un juego para fabricar joyería.

Pero mientras miraba el pájaro, sentí una oleada de pena. Era una criatura salvaje que en algún momento estuvo viva, pavoneándose por la costa y planeando llevada por las corrientes de aire. Había gaviotas por todas partes cuando Stella y yo fuimos a la playa en Mendocino, hacía más o menos un año. Las olas rompían con unas franjas de espuma cremosa y poco profunda y cuando nos acercamos para meter los pies y dejar que el agua nos los envolviera, fue como si estuviéramos sumergidas hasta los tobillos en resplandecientes nenúfares.

Stella corría en círculos y le gritaba a las gaviotas citas de *El arte de la guerra*, que había insistido en leer. ¡«Conoce al enemigo y conócete a ti mismo»! ¡«Los guerreros victoriosos primero ganan la guerra y después van a la guerra»! ¡«La táctica sin estrategia es el ruido que precede a la derrota»! Cada vez que una se acercaba a nuestras mochilas, cosa que hacían siempre si nos alejábamos lo bastante, Stella corría hacia ellas agitando los brazos y chillando. Había otros niños en la playa que construían castillos de arena, jugaban al voleibol o también corrían en círculos. Pero Stella estaba contenta siendo ella misma aquel día y yo me alegraba por ella.

Quería que volviera esa niña.

Saqué el pájaro, lo coloqué sobre la cama y después volví a meter todo el embalaje en la caja y lo escondí todo en su armario. Tendría que tirarlo luego para que Pete no viera el porexpán. Después bajé al salón y cogí mi libro para colorear. Intenté concentrarme en terminar un mandala. Oí que se cerraba la puerta del baño y que crujían las tablas del pasillo. Iba a entrar en su habitación. Estaba nerviosa por la anticipación.

Desde la planta de arriba llegó una exclamación de sorpresa, «¡Oh!», y después silencio.

¿Era una sorpresa buena? Subí corriendo a su habitación. Me la encontré en un rincón, cubriéndose la cara con las manos. Oh, no. No le gustaba. ¿Cómo podía ser? Tres meses antes había entrado en modo histérico porque su padre había tirado un alcatraz muerto. Pero yo le había traído un botín mayor y en mejores condiciones.

—Stella, cariño, no pasa nada. Es un regalo —dije. Estaba claro que lo de la sorpresa no había sido buena idea. Me arrodillé delante de ella y la agarré por los hombros—. Lo he comprado para que puedas usarlo para tu ciencia.

Pero no quiso apartarse las manos de la cara. Estaba aterrada, no ilusionada ni llena de curiosidad. Me sentí mal. ¿Dónde estaba mi hija rara, la científica valiente? Apreté la cara contra su pecho sólido y tenso.

—Stella, Stella, mi Stella. Pero ¿qué te está pasando? —gimoteé.

—¡Joder! ¿Cómo ha llegado eso aquí? —Pete había vuelto a casa y estaba junto a la cama.

Me puse de pie.

—No pasa nada, todo está bien. Y no hables así delante de ella. —Estaba temblando. Me limpié las lágrimas—. Lo he comprado y he sido yo quien lo ha puesto ahí. Creía que a Stella le gustaría. —Me volví para mirarla y sorbí por la nariz—. Cariño, ¿es que no te acuerdas del alcatraz? Es para sustituirlo. Es más grande y mejor.

Pero se encogió e intentó alejarse de mí. Tal vez es que tenía que ser un pájaro que encontrara ella, en su hábitat natural. O había algo que le parecía mal, sospechoso, en un pájaro muerto que salía de una caja. ¿Cómo habría muerto en realidad? Pero recordé lo ilusionada que estaba con el alcatraz.

—¿Papi? —llamó Stella con un hilo de voz.

—Stella, cielo. No mires a papi, mírame a mí —pedí—. No hace falta que finjas ser otra persona. Sé que estás ahí dentro. Muuu, soy una cacatúa. ¿Qué respondes? Por favor, Stella, por favor. Muuu, soy una cacatúa. Y tú me dices... —Nada—. Por favor, Stella —le supliqué, pero ella se me quedó mirando sin más.

Sus ojos también eran diferentes. Los iris se veían más oscuros y los ojos más cerrados. Entendí sin lugar a dudas que no estaba fingiendo ser otra para agradar a su padre. Es que de verdad era otra. Pero eso no era posible. Me dejé caer en la alfombra.

—¿Stella? —Pete le dio la mano—. Vete abajo hasta que limpie esto. Ven, te llevo en brazos.

Volvió con los guantes de goma puestos y metió el pájaro en una bolsa de basura. Yo me levanté de la alfombra. Después él se puso a cambiar la cama con la cara muy seria. Cuando hizo un montón con las sábanas, me miró y dijo:

—¿Podrías al menos explicarme por qué has pensado que le gustaría encontrar un pájaro muerto en su cama?

—Encima de su cama, no dentro —corregí—. Y obviamente se lo he comprado porque esas cosas le encantan. Ya viste lo que pasó cuando tiraste el alcatraz. Quería compensarla por haber perdido el otro.

Él recogió el montón de sábanas y después la bolsa con el pájaro.

—Vete a tumbarte o lo que quieras. Ahora vuelvo para hablar contigo.

Fui a nuestra habitación, me metí en la cama con la ropa puesta e intenté cerrar los ojos y desconectar de todo. Sin embargo, aunque nuestras sábanas eran de sarga cruzada de bambú, que se suponía que era un tejido suave y sostenible, yo notaba que se me clavaban cada una de las fibras diagonales.

—Estoy muy preocupado por ti —dijo Pete cuando llegó—. Te estás comportando de una forma muy hostil con Stella. Y conmigo también. Le corriges la gramática, no le dices nada por sus progresos con la natación, ni agradeces que me la lleve todo el día o que haga la cena. Y ahora lo de ese pájaro. Pero qué coño te pasa.

—Era un gavión atlántico. —Me parecía que llamarlo «ese pájaro» era tenerle muy poco respeto a esa criatura salvaje y hermosa. Como si nada tuviera importancia—. Pero bueno, no era consciente de que cuidar a Stella era algo tan difícil para ti.

—Hay que reconocer que es agotador, por mucho que la queramos. Las niñas de ocho años cansan. He estado hablando con Emmy de lo duro que resulta criarlas.

Me quedé mirándolo. ¿Por qué la metía en el mismo saco que a los otros niños? ¿Por qué se desahogaba con Emmy? Me pregunté si sabría lo de @LittleHiccups, una cuenta donde no podía haber ni el más mínimo contratiempo nunca. Emmy había llegado a cambiar la celebración del cumpleaños de Lulu en el último minuto porque la luz ese día no era buena para las fotos.

Me tapé la cabeza con la sábana, me hice un ovillo y me abracé la tripa, preguntándome cómo iba a sobrevivir el bebé que tenía dentro a todo eso. Era posible que el estrés me provocara otro aborto. Y tal vez no sería tan malo. ¿Cómo podía criar otro hijo cuando sentía que había perdido a la primera?

La cama crujió cuando Pete se sentó en ella. Me dio un apretón en el hombro por encima de la sábana.

—¿De verdad quieres volver a tener todos los días una pelea para que se bañe y se ponga el pijama? ¿Que el profesor quiera hablar contigo dos veces por semana? ¿Tener que llevarla a urgencias porque está gritando de una forma excesiva?

—Sí, quiero —murmuré—. Está demasiado cambiada.

Él hizo crujir los nudillos, una mala costumbre que pensé que había abandonado.

—Pues a mí lo que me parece es que la que has cambiado eres tú.

No estaba entendiendo nada. Me incorporé para sentarme, salí de la cama y saqué una sudadera de la cómoda.

—Necesito tomar el aire.

Pete asintió, aunque era de noche y estaba lloviendo. Era como si se sintiera aliviado porque Stella y él se iban a poder tomar un respiro.

Afuera las luces de los árboles de Navidad parpadeaban junto a las ventanas. Me llamó la atención uno en concreto, cargadísimo de un espumillón estridente, lucecitas multicolores y con un montón de regalos apilados debajo. Yo había pedido los regalos de Stella con antelación, como siempre, y estaban guardados en el estante de arriba de mi armario: una biografía de Earhart, *Piloto de guerra* de Antoine de Saint-Exupéry, una copia de un manual del Spitfire de 1940 y una brújula de bolsillo. Todos ellos regalos para la Stella que era antes. Y había disfrutado mucho eligiéndolos e imaginando cuánto le gustarían. Las lucecitas se emborronaron ante mis ojos y empezaron a caerme lágrimas por la cara.

Irina me miró con cara de enfadada cuando abrió la puerta.

—Tú estar horrible.

—Lo sé. —Llovía y los mechones mojados del pelo se me pegaban a la cara. Ella llevaba el pelo peinado hacia atrás, pero parecía que tenía menos de lo habitual: no llevaba el postizo que utilizaba normalmente para darle un poco más de volumen al moño—. Pero yo no diría que esta es tu mejor versión tampoco —dije sin pensarlo.

Irina se encogió de hombros y se tocó el pelo.

—Hasta ahora a mí parecerme una disculpa muy mala.

—Oye, hace mucho frío aquí fuera.

Había intentado hablar con Cherie y no me había ido bien, así que Irina era la única persona que me quedaba, aunque me odiara.

Me acompañó a la cocina, que tenía un olor a caballo entre el pan de jengibre rancio y el fondo de un armario viejo.

—¿Qué querer? —preguntó.

La cocina tenía una luz muy desagradable que provenía de unos fluorescentes.

—Tú no tienes la culpa de lo que le pasa a Stella —reconocí—. No debería haberte echado como lo hice.

Los hombros de la mujer se relajaron un poco. Me hizo un gesto para que me sentara a la mesa de la cocina, que estaba cubierta con un mantel bordado. En las otras ocasiones me había llevado al salón, pero era allí donde ella comía. Sentí que se encendía una pequeña chispa en mi pecho. Tal vez eso significaba que ya no era una invitada a la que había que tratar de una manera formal. Ya nos conocíamos demasiado bien para eso.

—Me preocupa que me esté pasando algo a mí —confesé—. Pete cree... —Intenté reírme—. Cree que me estoy volviendo un poco loca.

Irina asintió.

—Tú estar... Cómo decir..., ¿demasiado rígida?

—Tensa. —Esas luces me estaban provocando dolor de cabeza—. Pero no me refiero a eso. Cuando Blanka era un bebé, o incluso cuando estabas embarazada, ¿alguna vez sentiste que te ibas a volver loca?

Irina rio entre dientes.

—Muchas veces.

Esperaba que dijera algo sobre que muchas mujeres lo pasaban mal después de dar a luz, pero que pronto mejoraría. Sin embargo, lo que dijo fue:

—La madre de mi madre decir que espíritu malvado instalar dentro.

—Un espíritu malvado. —Asentí. Parecía una forma de describir la depresión, pero me gustaba cómo sonaba. Si había un espíritu malvado en tu interior, entonces el problema no eras tú y lo único que tenías que hacer era expulsarlo, como una lombriz—. ¿Y cómo puedes librarte de él?

—Yo mostrar —ofreció Irina y yo asentí y noté que desaparecía un peso de mi corazón. Seguía pensando que era Stella la que tenía la lombriz, pero no había nada de malo en probar aquello y yo estaba dispuesta a intentarlo todo.

Irina cogió un salero metálico muy ornamentado que había en la mesa, desenroscó la tapa y sacó la sal.

—Tú quedar ahí sentada —dijo.

Yo no tenía ni idea de lo que estaba haciendo, pero me sentí aliviada al ponerme en sus manos. Al lado de la sal colocó un vaso de agua.

—No ser bendita, pero poder funcionar aun así.

Le brillaban los ojos mientras dibujaba algo en la sal: una cruz. Se levantó y me roció el pelo con agua y yo me eché para atrás. Cogió una pizca de sal, cerró la mano, hizo un círculo con ella sobre mi cabeza y murmuró algo. Había hablado en otro idioma.

—¿Eso es ruso?

—Armenio.

—Creía que cuando Azerbaiyán quedó bajo el control de la Unión Soviética obligaron a todo el mundo a hablar ruso. —Me había enterado de eso en la investigación que hice después de la cena de Acción de Gracias.

—Nosotros no olvidar nuestra lengua —exclamó Irina—. Además, después de Azerbaiyán, Blanka y yo vivir en Armenia muchos años.

—Perdón, ya me callo.

Ella se limpió la mano.

—No importar, yo ya terminar.

Me sacudí sal del pelo.

—¿Ya está? ¿Con eso me he librado de mi... espíritu malvado?

Irina se rio bajito y me dedicó una mirada fría.

—Claro que no. Yo solo..., cómo se dice...

—Me estás tomando el pelo —concluí para evitar que ella dijera algo peor. Algunos granos de sal se habían colado por debajo de mi blusa y me molestaban todos y cada uno de ellos.

—Tú aceptar mi vestido de novia —exclamó Irina airada—.

Y después así —chasqueó los dedos—, de repente, yo no ser lo bastante buena.

—Ya he admitido que no debería haberte echado.

—Palabras —gruñó—. Ahora yo echarte de mi casa.

Cuando me levanté, algo que tenía pegado en la puerta de la nevera me llamó la atención: era una lista o algo así. La letra me resultaba familiar. Pero no estaba escrito en alfabeto latino.

—¿Quién ha escrito eso?

Irina lo cogió antes de que pudiera examinarlo.

—¿Quién crees? Lista de la compra vieja, pero no poder tirarla ahora. —Abrazó el papel contra su pecho, como si fuera algo infinitamente precioso.

Noté el terror invadiendo mi corazón. Los extremos redondeados. El espaciado milimétrico. Reconocí la letra y me parecía que también esos símbolos.

# 28

*En el presente*

Unas velas de color amarillento coronan la repisa de la chimenea georgiana y desde unos altavoces que hay colgados muy arriba en las paredes de color rosado llega el sonido que emiten las ballenas. Presidiendo la chimenea hay un enorme jarrón de barro cocido lleno de ramitas con brotes por todas partes. Debe ser lo último en plantas artificiales, porque no sé cómo soy capaz de estar segura de que son de mentira. Pero de alguna forma lo sé.

Rain, mi masajista, saca un líquido de un tarro y lo calienta entre las manos.

—Esto es manteca corporal que hacemos aquí con caléndula, aloe vera y aceite de escaramujo.

—Qué maravilla —digo, pero mi pierna se sacude involuntariamente cuando ella me toca la pantorrilla.

—Estás muy tensa —apunta.

—Estoy trabajando en ello.

Hablo con una voz dulce, pero no puedo dejar de fruncir el ceño mientras estoy con la cara metida en el agujero de la camilla de masajes. Después de entrar de improviso en la consulta de la doctora Beaufort antes e interrumpir su momento de descanso, ella insistió en que me sometiera a un tratamiento de relajación.

—Hace falta tiempo para generar la confianza que necesitas para ser totalmente sincera —aseguró.

Era cierto. Si hubiera sido totalmente sincera con ella en mi primera sesión, me habría recetado antipsicóticos sin dudarlo ni un segundo. Tengo que ir defendiendo mi caso poco a poco. Pero estoy tardando demasiado. No puedo esperar hasta mañana. Me pregunto si podría decir en recepción que es una emergencia y pedir que me den su número de teléfono.

—Intenta respirar profundamente —me pide Rain mientras me clava los dedos huesudos en la piel.

—Vale —accedo, pero solo soy capaz de hacer inhalaciones cortas.

Esa sala está diseñada para ser como un útero, pero en vez de hacerme sentir segura, lo que consigue es que me encuentre horriblemente vulnerable, allí, boca abajo y cubierta solo por unas toallas. Ni siquiera sé dónde están mis zapatos.

—Olvídate de los zapatos —dice Rain y me doy cuenta de que lo he dicho en voz alta.

—Solo necesito saber dónde están.

—Tú respira —insiste con voz tranquila.

Noto una punzada de dolor en la pantorrilla y la pierna se sacude de nuevo. Rain se aparta un poco; creo que le he dado una patada sin querer.

—¿Se supone que me tiene que doler? —pregunto.

—Pero si casi ni te estoy rozando —replica.

—Esto no me está sirviendo de nada.

Me envuelvo en las toallas, salgo corriendo de la sala y me dirijo con prisa a la consulta de la doctora Beaufort. Aporreo la puerta. No me responde. La puerta está cerrada. Desde el vestíbulo llega una ráfaga de aire frío que hace que se me ponga la piel de gallina en los brazos y las piernas y echo a correr de nuevo en esa dirección. La doctora Beaufort va de camino a la puerta principal, con el bolso al hombro y envuelta en un abrigo muy cómodo y práctico, una especie de edredón para ponerse encima que es cualquier cosa menos elegante.

—Charlotte. Oh, Dios mío. —Se da cuenta de que solo tengo una toalla envuelta alrededor del cuerpo desnudo, pero yo no estoy de humor para preocuparme por esas cosas. Mira alrededor en busca de ayuda. Rain llega corriendo y me pone un suave albornoz sobre los hombros.

—Me ha dicho que me relaje —digo agarrándole la manga a la doctora Beaufort—, pero no puedo hacerlo si estoy tan preocupada por Stella. ¿Se podría esperar que alguien se relajara si su bebé está atrapado debajo de un coche? Pero aun así lo he intentado. Pregúntele a Rain. —Me giro y Rain se está alejando despacio de mí, pero no me contradice—. Necesito que haga el esfuerzo de escucharme —le pido a la doctora Beaufort.

—Tengo que enviar un mensaje primero.

Me abre la puerta de su consulta y yo me dejo caer en el sofá. Estoy segura de que le está escribiendo a su pareja para decirle que llegará tarde. Siento una punzada de culpa al imaginarme lo que está escribiendo: «No te olvides de que Eddie tiene kárate esta noche. ¡Y guardadme espaguetis a la boloñesa!», y después una carita sonriente, un plato de espaguetis con el tenedor suspendido encima, un corazón, otro y otro. ¿Sabrá lo afortunada que es por tener una vida familiar normal?

Por fin entra, cierra la puerta y se sienta.

—Tiene razón —empiezo—. Necesito contarle toda la historia. Pero ¿cómo sé que puedo confiar en usted?

Ella se acomoda en su silla. Me mira con una expresión amable y sincera.

—Quiero contarte una cosa que me pasó a mí. Mi madre se me apareció una vez después de morir.

—Metafóricamente —respondí y me preparé para alguna teoría sobre que todas tenemos que exorcizar los espíritus de nuestras madres para llegar a ser quienes somos en realidad.

La doctora Beaufort niega con la cabeza.

—La vi a los pies de mi cama. Era tan real como tú y como yo.

Estoy perpleja. Probablemente las experiencias sobrenaturales son más comunes de lo que yo creía, pero nadie habla de ellas, seguro que por la misma razón que hace que a mí me cueste contarle la mía a la doctora Beaufort.

—De hecho —continúa—, conozco a varias personas que han tenido encuentros muy reales con los muertos. Y no he sacado inmediatamente la conclusión de que sufren una enfermedad mental.

La miro con la boca abierta. Tal vez sea posible decírselo y conseguir que me crea. Me sonríe y me relajo un poco. Estoy segura de que, cuando sus hijos tienen pesadillas, ella les lleva leche con miel y les cuenta cómo fue el día en que nacieron hasta que se vuelven a dormir.

—¿Y si el espíritu que regresa no es el de tu madre? —pregunto solo para asegurarme—. ¿Y si es alguien que te parecía una figura muy tangencial en tu vida?

—Yo estoy aquí para escucharte, no para juzgar —afirma.

Entonces yo me atrevo a contarle la parte más peliaguda de la historia.

# 29

*Unas semanas antes*

Cuando volví de casa de Irina, Pete estaba en la cocina teniendo una reunión nocturna virtual por Zoom. Lo saludé con la mano, contenta de que no pudiera frenarme. Debía ver a Stella y no me importaba tener que despertarla si era necesario. Cuando llegué al final de las escaleras, me apoyé en la pared para recuperar el aliento. El bebé que estaba instalado bajo mi caja torácica empezaba a reducir el tamaño de mis pulmones.

Abrí la puerta del cuarto de Stella. Como vivíamos en Londres, una ciudad con mucha contaminación lumínica, su habitación nunca estaba totalmente a oscuras y había suficiente luz para ver que la cama estaba vacía y el edredón apartado a un lado. Di un respingo cuando la vi de pie en medio de la habitación. ¿Estaría sonámbula? Por si acaso era eso, no quise sobresaltarla encendiendo la luz. Fui de puntillas hasta donde se encontraba. Tenía los ojos abiertos, pero eso no aseguraba que estuviera despierta. Le puse una mano en el hombro mientras me preguntaba si podría volver a llevarla a la cama, pero no logré moverla. Seguro que los sonámbulos no tenían esa extraña densidad. Tiré del hombro: nada. Y me pareció que aunque le diera un empujón brusco, no se caería. No había duda de que estaba despierta.

—¿Pero qué haces? —pregunté en un susurro.

—Poca cosa.

Me estremecí. Eso era lo que Blanka decía que hacía los fines de semana.

La abuela de Irina creía que un espíritu malvado podía invadir el cuerpo de una mujer embarazada. ¿Podría hacerlo también con una niña?

—Escúchame. ¿Por qué no comes en la mesa cuando solo estamos papá y yo?

—No me gusta comer delante de vosotros.

Nunca vi a Blanka comer absolutamente nada.

—¿Por qué escribes con la letra de Blanka?

—Es mi letra —contestó.

—¿En qué idioma está escrito el diario?

—En mi idioma.

—¿En armenio? —pregunté casi en un susurro.

El fuerte olor del cloro parecía emanar de ella, más fuerte que cuando me acerqué al jacuzzi en el que Blanka se ahogó. Encendí la luz.

El año anterior Pete hizo disfraces de Halloween de zombis para Stella y para él. Utilizó látex líquido para hacer unas heridas muy realistas. Los dos estaban convencidos de que me darían mucho miedo, pero yo tuve que fingir porque no fue así. Stella estaba muy ella, con su melena pelirroja y su vocecilla. Igual que entonces supe que a pesar de todo ese maquillaje era Stella, en este caso sabía que no era ella. Tragué saliva para controlar las ganas de vomitar. Stella no estaba actuando como si fuera Blanka para llamar la atención de Irina o de Pete. Lo hacía porque, de alguna forma que no podía entender, ella era Blanka.

Respira, me recordé, como le decía a Stella que hiciera cuando entraba en modo histérico. Ella nunca conseguía respirar hondo y despacio y de repente entendí que el terror te hace perder el control de tu cuerpo; me había convertido únicamente en una observadora y no tenía ni el más mínimo poder para hacer que mis pulmones se llenaran de aire.

Pero Blanka era una persona, o al menos lo fue. Solo con

pensar eso, fui capaz de respirar otra vez. Se había convertido en un espíritu, pero yo podía hablar con ella, como si fuera una persona. La agarré por los hombros.

—Quiero ayudarte, pero para eso tienes que colaborar conmigo. ¿Por qué haces esto? —Como no me respondió, la sacudí, pero casi ni se movió—. Dime qué es lo que quieres. —Me miró con unos ojos fríos e indiferentes y volví a sacudirla—. ¿Qué quieres? Joder, dime lo que quieres. ¿Qué es?

Pete entró como una tromba en la habitación.

—Pero ¿qué coño le estás haciendo a Stella?

Me aparté de los dos. Me acababa de dar cuenta de cuánto estaba gritando. Me limpié salpicaduras de saliva de la barbilla y Pete cogió a la niña en brazos.

—¿Qué demonios está pasando? —preguntó.

Yo solo sacudí la cabeza. Podía suplicarle que mirara el diario, pero solo lo haría si la vida de su hija estuviera en peligro. No podía convencerlo de que era así sin demostrarle que Blanka la había poseído, pero la única evidencia que tenía era el diario.

Stella se zafó de los brazos de Pete y me acusó:

—Me has agarrado muy fuerte. Me hacías daño.

Me miró, pero vi claramente que, aunque volvía a sonar como Stella, era Blanka la que estaba allí, la que hablaba y conspiraba contra mí. Entendí enseguida que Blanka no quería que Pete tuviera nada que ver; eso era algo entre nosotras dos. Fingiría ser Stella delante de Pete mientras yo intentaba descubrir qué era lo que quería. Bien, le seguiría el juego.

—Lo siento, cariño —me disculpé—. Estaba intentando despertarte. —Miré a Pete—. Estaba sonámbula.

Pete negó con la cabeza.

—Dicen que no es recomendable despertar a los sonámbulos.

Me sentía agotada, pero no podía dormir sabiendo que Blanka estaba en casa, y no solo allí, sino también viviendo en el cuerpo de mi hija. Al pensarlo me di cuenta de lo hábil que había sido. No había dado ningún paso de forma brusca, fue poco a poco. Y para cuando yo me di cuenta de lo que ocurría, ya era demasiado tarde.

Dejé a Pete dormido, bajé las escaleras y miré por la ventana, pero el cielo de la ciudad, que reflejaba un cierto brillo apagado, estaba totalmente cubierto. Cerré los ojos y apoyé la frente contra el cristal frío. Stella tenía que estar ahí dentro, en alguna parte, compartiendo el espacio con Blanka. Esperaba que se hallara como dormida y que no tuviera ni idea de lo que estaba pasando. O quizá sí que sabía algo y era más bien como un paciente bajo los efectos de la anestesia, paralizado pero consciente.

O puede que fuera como si estuviera enterrada en vida.

Golpeé el cristal con la frente, pero al instante me obligué a parar. No podía permitirme dejarme llevar por el pánico. Ahora que ya sabía lo que le pasaba a Stella, tal vez hubiera algo en internet que me ayudara. Me senté con mi teléfono en la mano y me enteré de que normalmente los responsables de las posesiones eran los demonios, que era raro que un espíritu entrara en el cuerpo de otra persona. Era una lástima que a Stella le hubiera tocado lo del espíritu, porque lo de los demonios resultaba más fácil de abordar. La abuela de Irina no iba muy desencaminada: el principal tratamiento consistía en leerle la Biblia y echar agua bendita. Fui abriendo un enlace tras otro. La gente tenía muchos consejos que dar sobre los demonios, pero nadie sabía cómo sacarle el espíritu de una persona muerta a tu hija.

Afuera empezó a cantar el primer pájaro, aunque todavía estaba oscuro. Comprendí que estaba enfocando el tema de la forma incorrecta. Me recordé que Blanka no era solo un espíritu, que antes fue una persona. Se trataba de algo más sutil, más complicado. En cierta forma era una cuestión de etiqueta, de descubrir lo que quería y dárselo sin que se sintiera mal. ¿Y no era yo experta precisamente en eso?

No era más que un caso de conseguir que se vaya una visita

que se ha quedado demasiado tiempo. Pero yo tenía que hacerlo «sin que la visita se dé cuenta de que ha estado más de lo que debía» (eso era lo que los troles nunca habían entendido). «Apágales la luz y ya pillarán el mensaje», había dicho uno de los troles. «Vete a la cama y déjalos ahí», propuso otro. No, porque no quería hacer sentir mal al invitado, y sobre todo en este caso, que la invitada era Blanka.

Caminé arriba y abajo. Obviamente Blanka había vuelto porque necesitaba algo y tenía que ser una cosa vinculada con Stella. Quizá quería trasmitirnos algún mensaje, pero eso sería raro teniendo en cuenta lo poco comunicativa que era cuando estaba viva. Ella quería a Stella, así que podría tratarse de algo que era una amenaza para ella y Blanka la estaba protegiendo, pero no tenía claro cómo podía ayudarla tomando posesión de su cuerpo.

La cruz que había frente a la nevera seguía allí, pero esta vez dibujada con rotulador. Juraría que estaba hecha a lápiz la última vez que la vi. La toqué con la yema del dedo. Pensé en lo que dijo Wesley; cuando los niños no conocen las palabras necesarias para decirnos cómo se sienten, utilizan las herramientas que tienen a su disposición. Blanka no era una niña, pero podía ser que esa marca fuera su forma de decirme cómo se sentía. Cuando era pequeña y había hecho algo mal, su madre la obligaba a quedarse de pie con la nariz pegada a la cruz y tenía que quedarse así hasta que lo compensaba.

Como la cruz no paraba de aparecer en nuestra cocina, lo lógico era pensar que estaba dirigida a alguien de la casa. No era para Stella, porque Blanka la quería. Tampoco para Blanka, porque para qué volver de entre los muertos para autocastigarte. Tenía que ser por mí o por Pete. Uno de los dos le había hecho algo malo a Blanka.

Perpleja entendí que solo podía haber sido yo. Pete apenas la veía en realidad. Pero yo sí que le había hecho algo: cuando ella rechazó mis esfuerzos por llegar a conocerla mejor, enseguida desistí y la dejé en paz. Pensé que no quería hablar conmigo, pero en realidad esa frase que repetía, «poca cosa», era el verdadero mensaje. Cuando no decía nada más que «oh, claro» yo debería haberme dado cuenta de que había mucho más ahí. Pero lo que hice fue aceptar el servicio tan íntimo que suponía cuidar de mi hija, pero sin molestarme en conocerla porque en el fondo me había parecido que no importaba.

Y ahora tenía a mi hija como rehén. Era su forma de decir: «Yo sé que importo».

En «Palabra de Charlotte» decía: «Si no estás segura, discúlpate».

Y debía hacerlo de forma profunda. Una nota o un regalo no iban a funcionar. Tenía que demostrarle a Blanka que sí que me preocupaba quién era, que me importaba. Necesitaba reflexionar sobre lo que le habría gustado a Blanka. La noche se iba desvaneciendo y subí a acostarme para dormir un poco. Tenía un día muy ajetreado por delante.

# 30

Después de que Pete se fuera a trabajar, fui a la habitación de Stella y le dije que había planeado una sorpresa especial.

—Tengo que dejarte sola un rato mientras hago unos recados —expliqué.

Era el primer día de las dos semanas de vacaciones de Navidad. Normalmente no la dejaría sola, pero las dos sabíamos que solo tenía ocho años exteriormente.

—No puedo llevarte conmigo porque no quiero que adivines la sorpresa —añadí.

Ella asintió.

—Palito me hará compañía. —Cogió la muñeca de ramitas que hizo con Irina.

Fui a Muswell Hill Broadway para buscar los ingredientes para el *gomgush*. Encontré una receta en internet. Compré patatas y cerveza e hice cola en una carnicería cara, un sitio en el que no había entrado nunca, para comprar casi un kilo y medio de cordero troceado.

Cuando llegué a casa le dije a Stella que debía quedarse en su cuarto haciendo ganchillo.

—Estoy preparando la sorpresa. Cuando esté todo listo, vendré a buscarte.

Se suponía que había que hacer el guiso en un *tandir* usado, ese horno de arcilla que también utilizaban para hacer el pan.

Deseé tener a mano la olla negra de Irina, pero yo solo contaba con mi olla de hierro fundido Le Creuset de un pálido color merengue. Dejé el guiso a fuego lento durante varias horas. El toque final fue servirle un poco de vino armenio, solo un traguito; no había olvidado que este espíritu (Blanka) estaba dentro del cuerpo de una niña.

Puse la mesa solo para una persona: una servilleta doblada, una cuchara, un tenedor y un vaso. Calenté el pan *lavash* que había comprado. Esa comida solo para uno era lo opuesto a las comidas familiares que yo tanto echaba de menos. Las personas deberían comer juntas, pero de todas formas puse la mesa con mucho mimo. Quería demostrarle que la respetaba. El *gomgush* era para los banquetes. Perfecto, pues la Blanka que había en Stella se iba a dar uno. Por primera y última vez (al menos eso esperaba) iba a comer en nuestra mesa y en un cuenco de cerámica hecho a mano, no en un tarro de yogur.

Por fin fui a llamar a su puerta.

—Ya está listo.

Se había cambiado de ropa para la ocasión y se había puesto su vestido negro favorito. Cuando bajé no se extrañó porque nuestra mesa grande estaba puesta solo para una persona. Me pareció ver en su cara impasible un destello de algo (esperanza o ilusión), pero no estaba segura.

—Antes de que comas —empecé—, quiero darte las gracias por todo lo que has hecho. Nunca te lo he dicho, pero ya era hora. Gracias por tu duro trabajo. Gracias por todo.

Stella se sentó y me miró con esos ojos ahora oscuros entornados. Me di cuenta de que quería que la dejara sola.

—Te dejo comer tranquila —exclamé.

Me senté en el sofá y esperé mientras escuchaba cómo la cuchara tintineaba contra el cuenco y sus ruiditos al sorber y al chasquear los labios. ¿Se estaba chupando los dedos? En algunas culturas lo de sorber era de buena educación, una señal de placer. Yo esperaba con todas mis fuerzas que le gustara, porque iba a ser su última comida con nosotros (la de Blanka).

Cuando volví, el cuenco estaba limpio.

—¿Quieres más? —le pregunté y le serví muy solemnemente más *gomgush* en el cuenco.

Se comió tres raciones, sola en un extremo de la mesa y agachada sobre el cuenco, rodeándolo con un brazo, como si temiera que se lo fuera a quitar en cualquier momento. Me acordé de una pregunta sobre etiqueta que me hicieron una vez: «Querida Charlotte: soy una mujer con mucho apetito y a veces mis amigos me dicen: "Vaya, comes un montón". ¿Es de mala educación hacer comentarios sobre cuánto come una mujer?».

Para mi respuesta entrevisté a una investigadora feminista que me dijo que la gente temía la voracidad en las mujeres. «Es como si no debieran ocupar demasiado espacio o tener muchos deseos». En aquel momento me pareció absurdo: cuando alguien ve a una mujer comiéndose un plato contundente seguro que no teme que eso vaya a suponer la desestabilización del patriarcado.

Pero de repente entendía por qué había algo que daba miedo al ver a alguien comer mucho, demasiado, más de lo que podría caber en el estómago de una niña de ocho años. Después se levantó torpemente.

—¿Y ahora qué? —dijo e incluso su voz sonaba más grave.

—Nos vamos a uno de tus lugares favoritos —anuncié.

No me preguntó por qué íbamos a salir si ya era de noche y me dejó ponerle la parka sin protestar. La llevé al parque infantil. Ella caminaba en silencio. No me preguntó adónde íbamos: creo que lo sabía. Había elegido ese sitio por respeto a ella, para demostrarle que tenía en cuenta sus deseos por una vez. Pero también porque eso era algo solo entre nosotras dos y necesitaba un lugar en el que nadie nos viera ni nos interrumpiera. Mientras ella iba arrastrando los pies a mi lado, sentí una cercanía con Blanka que no había experimentado nunca antes. Estábamos trabajando juntas por un fin común.

El aire olía a hojas quemadas y las farolas emitían unos halos de luz difusa sobre la acera mojada. Miré al otro lado de las ventanas de la gente y sentí celos de sus vidas felices y normales en aquel barrio tan codiciado. No tenían ni idea del rito terrible que estaba sucediendo allí afuera.

El nombre Muswell provenía del Mossy Well (que significa «pozo musgoso»), un manantial natural que la gente creía que tenía propiedades curativas milagrosas. Ojalá pudiera llevar allí a Stella, sumergirla y dejar que el agua se llevara a Blanka. Adonde la llevé fue al estanque de los patos y después lo rodeamos. Nuestra respiración provocaba nubes de vapor que nos envolvían.

Stella se veía muy corpulenta con la parka y la capucha puesta; la falda larga le arrastraba por los charcos y se le estaban empapando las zapatillas de deporte. Tenía la cara con expresión fría, resignada.

Llegamos a un punto en que podías abandonar el sendero de hormigón y acercarte hasta el borde del agua. Noté una presión en el pecho al recordar las ocasiones en que íbamos allí cuando era pequeña. Ella les echaba avena y mijo a los patos y se preguntaba si SkyPo tendría una base en la isla llena de vegetación que había en medio del lago. Stella no paraba de hablar de sus retorcidos planes, después nos escondíamos en los arbustos por miedo y era maravilloso.

Pero en aquel momento debía centrar toda mi energía en la tarea que tenía por delante. Le cogí las manos frías y en medio de la oscuridad me parecieron muy grandes para una niña. Empecé a hablar.

—No me fijaba en ti, ni tampoco pensaba mucho en ello. Te he utilizado como mano de obra barata. No te pagaba suficiente y no te ofrecí más porque no lo pediste y también porque, sinceramente, me parecía que no hacías el trabajo muy bien. Pero yo le estaba otorgando valor a las cosas equivocadas. No importa que no limpiaras los juguetes del baño ni sacaras sus cosas de la comida. Tenías paciencia con Stella y la querías. No pudiste despedirte de ella. Yo dejé que renunciaras sin preguntarte por qué no estabas contenta.

En una disculpa de verdad tienes que desnudar tu alma. Analizas tu inseguridad, tu mezquindad, tu egoísmo..., todos esos sentimientos vergonzosos que te hicieron hacerle daño a la otra persona. Le dedicas tiempo y sacas a la luz la oscuridad interior. Solo así la otra persona puede saber que has hecho el esfuerzo de asegurarte de que no va a volver a pasar.

Estuve un rato hablando y le dije todo lo que se me ocurrió. Dejé de sentir los dedos. Bajo la capucha, la cara de Stella estaba impasible y helada.

—No te presté atención antes —susurré—, pero ahora te la estoy dedicando toda porque lo siento.

Ella dio un gran suspiro y cambió el peso de un pie a otro.

—¿Podemos volver a casa?

—No he acabado. —Ya había pensado que esa podía ser su reacción.

«Palabras», había dicho Irina cuando intenté disculparme con ella. Tenía que demostrarle que me arrepentía también de mis acciones.

Le di la mano y seguimos rodeando el lago hasta que llegamos a la cafetería, cerrada a esa hora, pero solo necesitábamos su muro de ladrillos. Saqué un trozo de tiza del bolsillo y dibujé una cruz ahí, a la altura de mi nariz.

—Lo siento y acepto mi castigo, ¿lo ves? —Dirigí la linterna de mi móvil a la pared para poder pegar la nariz a la cruz y después la apagué. Noté la rugosidad de la pared bajo mi nariz. Aunque estábamos a oscuras, sentí que Stella tenía la mirada fija en mí. Dándole la espalda al mundo de esa forma me sentía vulnerable, como una niña que esperaba que le dieran un azote.

Pero cuando estuve allí un rato, el miedo y la vergüenza fueron desapareciendo y sentí satisfacción porque estaba aceptando un castigo justo. ¿Sería así como se sentía Blanka? Tal vez había algo curativo, reconfortante incluso, en quedarse allí con la nariz pegada a la cruz. Así sabías lo que debías hacer, no como el resto de tu vida en una ciudad enorme y gris en la que el idioma es difícil y la comida extraña. Donde toda esa gente vive con sus lujos y sus privilegios, sin saber nada de un lugar en el que alguien sacó a tu padre de la cama a rastras en plena noche y lo quemó solo porque era armenio. Irina tenía tantas ganas de seguir adelante que logró llevarse a Blanka al otro lado de las montañas, a Armenia y después a Londres, pero al final seguramente resultó que ella tenía tanta fuerza vital que había dejado a Blanka sin nada.

—Ahora te entiendo —murmuré—, lo siento.

Apoyé la frente en la pared un momento, agotada, y después me volví.

No había nadie. Nada excepto una lluvia que empezaba a caer sobre la superficie de los charcos.

—¡Stella! —la llamé. Volví la esquina de la cafetería y le di la vuelta. Nadie—. ¿Stella?

No veía si había alguien rodeando el lago. Me resbalé con unas hojas muertas y caí a cuatro patas. Me hice daño en las palmas y las rodillas, tenía la respiración acelerada y noté un dolor en el vientre que no me dejaba respirar.

El dolor del vientre se desvaneció.

—¡Stella! —grité—. ¡Stella! ¡Stella!

Una silueta oscura asomó cerca de la barandilla…, pero no, era el árbol caído en el que solía jugar.

—¡Stella!

Le di dos vueltas al estanque sin dejar de gritar su nombre. Tenía que estar cerca, no se alejaría sola.

Llamé a Pete. Tenía la cara tan adormecida por el frío que casi no podía pronunciar las palabras.

—¡Dios, Charlotte! ¿Cómo has podido perderla? ¿Y qué hacíais en el parque de noche…? Déjalo, no importa. Voy para allá.

La presión que sentía alrededor del vientre se hizo tan tremenda que tuve que agacharme, jadeando. Las luces de las casas desaparecieron y ya no estaba en un parque de Londres, sino en un bosque oscuro con solo un par de puntos de luz en el horizonte lejano, donde había otras personas que tenían leña y refugio, pero yo no. Tenía mucho frío, lo notaba en lo más profundo.

El dolor volvió, un calambre que se intensificó hasta que tuve que agarrarme a la barandilla y después me dejé caer al suelo. Alguien pasó corriendo y quise detenerlo, pedirle ayuda, pero me dolía demasiado para hablar. Como vio que estaba alterada, quiso ser educado y dejarme pasar mi tormento en privado.

Di otra vuelta al estanque tambaleándome, gritando, con la cara manchada por las lágrimas y los mocos. No sentía los dedos. Era como si me hubieran cortado las puntas con unas tijeras gigantes. Me lo merecía. Y daría las yemas de todos los dedos para conseguir recuperarla. Renunciaría al bebé que no había nacido.

Entonces oí el pitido de mi teléfono: «Está aquí».

Pete abrió la puerta cuando yo intenté meter la llave.

—Ha vuelto a casa sola. Por suerte todavía no había salido a buscarte. ¿Qué coño ha pasado? ¿Cómo la has podido perder de vista?

—Oh, Dios mío. ¿Está bien?

—Tiene frío, pero está perfectamente. Está arriba.

Pero me miraba con una cara demasiado seria. Yo me miré en el espejo de la entrada: la cara pálida por el frío y manchada de barro y con hojas enredadas en el pelo.

—Necesito verla —fue lo único que dije.

Pero Pete me estaba señalando el cuenco vacío y la copa de vino que había dejado en la mesa.

—Un momento. ¿Le has dado vino?

Crucé los brazos.

—La copa es mía. —No había ninguna excusa para darle alcohol a una niña de ocho años aparte de una que no se iba a creer.

—¿Y cómo os habéis separado? ¿Y qué hacíais en el parque de noche?

—Blan... Quiero decir, Stella quiso ir. —Intenté pensar rápido—. Estábamos jugando y ella desapareció. Nos perdimos de vista.

—Gracias a Dios que es lo bastante inteligente para volver a casa sola.

—¿Está en su habitación?

—En el baño, intentando entrar en calor. Le he ofrecido hacerle compañía, pero quería estar sola. Tal vez ya tiene una edad en que se siente un poco avergonzada por su cuerpo.

—Voy a subir.

Tenía que descubrir si Blanka estaba satisfecha con mi castigo. Fui corriendo al baño de Stella. La vi tumbada en la bañera, con la cara bajo el agua. La superficie se encontraba totalmente lisa, así que debía de llevar así un rato. Era como si estuviera en un ataúd de cristal.

Grité y me lancé a por ella. Stella se sentó y parpadeó mientras le caía agua del pelo. La saqué de la bañera, aunque me empapé la ropa.

La apreté contra mi cuerpo mientras intentaba dejar de temblar. Después me aparté un poco para mirarle la cara.

—¿Por qué has hecho eso? Creí que te habías ahogado. ¿Es que quieres asustarme?

Pete entró corriendo.

—¿Qué pasa aquí?

—Me he preocupado —expliqué—. Stella estaba sumergida bajo el agua. Eso es peligroso, cariño.

—Está practicando la técnica de contener la respiración —intervino Pete—. Como le enseñó su profesor de natación. Por Dios. —Le tendió una toalla.

Me castañeteaban los dientes. Blanka me estaba enviando un mensaje: se le estaba agotando la paciencia. No iba a ahogar a Stella (todavía no), pero quería demostrarme que podía. No estaba allí para escuchar mis excusas o verme pegar la nariz a una cruz. Quería otra cosa y sería mejor que la descubriera pronto. Es que era muy difícil si no quería hablar. Pero había un sitio en el que se expresaba con palabras. Me había equivocado al no intentarlo antes.

—Si no quieres hablar conmigo, déjame leer el diario —le dije en un susurro.

Sus ojos oscuros me sostuvieron la mirada.

Pete me llevó una bandeja al dormitorio: una taza de té, una jarrita con leche caliente con una ramita de canela y una tira de piel de limón. «Té de California» llamábamos a esa mezcla. Hacía mucho tiempo, en nuestra luna de miel en España, me sirvieron el té así en una cafetería y me gustó tanto que Pete insistió en que lo tomara así en todas las cafeterías a las que fuimos después, donde siempre dejaba una propina generosa.

Pero a pesar del gesto, noté que algo era diferente; tal vez porque la barba le ocultaba la cara.

—No estoy enfadado —aclaró—. Solo preocupado por ti.

—Me voy a recuperar —dije, aunque no habían dejado de castañetearme los dientes.

Me incliné un poco hacia él y me di cuenta de lo que era distinto. Ya no tenía su olor a cítricos y lápices recién afilados. Olía a humedad y a tierra, el olor particular del micelio.

Él se fue abajo a hacer unas llamadas y yo me quité el jersey y los vaqueros manchados de barro. Cuando fui a meterme en la cama, noté otra contracción. Tenía que ser una de Braxton-Hicks porque era demasiado pronto para que naciera el bebé. Seguramente era por el estrés y, si descansaba, se me pasaría. De todas formas, esas señales de que se acercaba el parto me hicieron pensar en cómo iba a ser la vida cuando tuviera al bebé. Necesitaba todo mi tiempo y energía para descubrir lo que quería Blanka, no sabía cómo iba a poder hacerlo si también tenía que dar de mamar y cambiar pañales. Debía conseguir que se fuera antes de que llegara el bebé.

# 31

—Quiero mi diario. —Stella me zarandeó y noté su aliento caliente en la cara.

Me levanté sobresaltada y me quedé sentada. Ya era por la mañana.

—¿Dónde está papi?

—Haciendo el desayuno. Quiero mi diario. —Señaló en el armario de Pete.

—Ya lo he buscado ahí. —Aun así salí de la cama y lo abrí. Entonces señaló la balda de arriba, en la que Pete tenía su maleta. La bajé—. También he mirado aquí dentro. —En aquel momento recordé las bolsitas que utilizaba para guardar cosas cuando viajaba, que estaban bien dobladas en el bolsillo de malla de la maleta.

El diario estaba en la más pequeña. Se me había olvidado que se trataba de un cuaderno barato y con las esquinas dobladas. Esperaba que no fuera una idiotez por mi parte esperar que allí hubiera respuestas.

—¿Puedo mirarlo? —le pregunté y ella asintió.

Lo abrí por una página al azar: una sucesión de símbolos desconocidos. Tenía que ser el alfabeto armenio. Había muchas páginas que tenía que encontrar la forma de traducir. Me vi dibujando las letras en la alfombra: había algo parecido a una «te» y una «u». Después había un espacio y a continuación había otra que parecía una «eme» al revés. Tras cinco grupos de letras extrañas, me vi otra vez al principio. Estaba repitiendo la misma frase. Pasé la hoja para ver la página anterior: igual. Comprobé más atrás y más adelante y todo era igual. Llevaba meses escribiendo la misma frase.

—¿Qué significa? —le pregunté en un susurro. ¿Por qué repetir la misma frase una y otra vez y solo para ti?

—¡Stella! ¡Charlotte! —llamó—. El desayuno está preparado.

La agarré por el brazo.

—¿Se lo puedo enseñar a él?

Pero Stella negó con la cabeza.

—Vale, no lo haré. ¿Puedo quedármelo?

Otra negativa. Y se llevó el dedo a los labios.

Lo entendí: Pete no podía ver el diario y tampoco podía saber que yo lo había mirado. Fuera lo que fuera lo que quería Blanka, era algo entre nosotras dos.

—¿Puedo hacerle una foto por lo menos?

Ella asintió y lo hice antes de devolver el libro al lugar donde estaba escondido. Volví a subir la maleta a la balda y procuré dejarlo todo justo como lo encontramos.

Stella bajó para desayunar y yo cogí el teléfono para ver cómo podía traducir el diario.

—¿Charlotte? —Pete apareció en la puerta y yo escondí el teléfono bajo las sábanas. Venía con una bandeja: avena con rodajas de plátano—. Voy a llevar a Stella a casa de Lulu, para que no tengas que preocuparte de ella en todo el día, y después me iré al trabajo. Pero quiero asegurarme de que comas algo antes de que me vaya.

—¡Genial! —Tragué como pude la avena hasta que se quedó satisfecho y después fui corriendo a la habitación de Stella. Le metí prisa para que se vistiera y se lavara los dientes, desesperada por quedarme sola con el teléfono.

En cuanto se cerró la puerta, abrí el Google Translate. No podía escribir las palabras del diario porque no tenía esos símbolos en el teclado, pero vi el botón de imágenes y me di cuenta de que podía cargar directamente la foto. Lo hice, con manos temblorosas. Era armenio, por supuesto. En el alfabeto latino las palabras eran *yes atum yem ayd mardun*.

Traducción: «odio a esa persona».

Noté un relámpago de miedo. Si Blanka odiaba a alguien tanto, fuera lo que fuera lo que había hecho no iba a poder pagar por ello solamente pegando la nariz a la cruz. Ella quería que sufriera.

Comprendí en aquel momento que no era a mí a quien odiaba Blanka. Yo era su colaboradora, por eso me había enseñado el diario. Pero lo había escrito en armenio, así que quería que yo tuviera esa información, pero sin más detalles. Pretendía que me esforzara para descubrir la verdad. El diario me llevaba un paso más cerca de entender lo que quería, pero no me aportaba toda la información.

Di vueltas por la casa durante horas. No tenía la concentración suficiente para hacer de detective. Mis pensamientos parecían esas bolitas plateadas del juego en que tienes que ir ladeando una bandeja de plástico dentro de una caja para meterlas en las ranuras; iban rodando y rebotando entre ellos sin parar. No era capaz de hacer que solo surgieran de uno en uno ni de decidir con facilidad qué era lo más importante en lo que centrarme.

A primera hora de la tarde noté otra contracción y esa ya no parecía de Braxton-Hicks. Era como si un dispositivo de metal me apretara todo el cuerpo. Caí de rodillas y apoyé la frente en la cama. Era demasiado pronto, solo estaba de treinta semanas. Tenía que ir al hospital. Necesitaba tumbarme. Pero si me ocupaba de lo que estaba ocurriendo en mi cuerpo, eso lo absorbería todo. Seguro que me mandaban reposo. No podría salvar a Stella y el momento para hacerlo era ese.

Necesitaba más información sobre Blanka. Irina no me iba a contar nada más. Pero sí podía ir a su casa mientras ella no estaba, podría mirar la habitación de Blanka y sus cosas. Tal vez tenía un portátil con una contraseña lo bastante obvia o quizá habría escrito algo. No quiso dejar que la conociera en vida, pero podría forzar las cosas ahora que estaba muerta. Tenía que haber dejado alguna pista sobre a quién odiaba tanto.

Me quedé fuera de la casa de Irina un rato, intentando averiguar si estaba o no y esperando poder verla salir, para asegurarme. Me atreví a pasar por delante una vez, rápido, para comprobar si estaba sentada junto a la ventana. Tal vez había vuelto a trabajar como enfermera en el hospital de terminales, acompañando a los moribundos. No tenía sentido llamar al timbre si estaba en casa; la última vez que la vi me dejó claro lo que pensaba sobre mí.

Estaba oscureciendo y había empezado a llover otra vez. Me dolían las manos del frío. Me encontraba tan alterada que había salido de casa sin chaqueta y, como acababa de percatarme, también sin teléfono. La gente pasaba a mi lado deprisa, con las capuchas de las parkas puestas y las asas de unas bolsas muy llenas de comida para las fiestas clavándoseles en las manos.

Llamé al timbre una vez y después otra. Si Irina estaba, no quería oír lo que tenía que decirle. La acera se había vuelto negra por el agua de la lluvia. Llamé al timbre una tercera vez. La casa se hallaba a oscuras. Intenté abrir las ventanas de delante: tenían el pestillo. Busqué una llave oculta. Allí fuera no había ni una maceta de geranios.

Entonces me fijé en el callejón lateral que había entre la casa de Irina y la del vecino. La puerta que daba a la parte de atrás no estaba cerrada, así que pude entrar en el jardín trasero. Por encima de la valla se veía el jardín de los vecinos. Habían quitado el jacuzzi y en su lugar había una terraza de madera a medio terminar. Me puse furiosa. ¿El verano siguiente pretendían hacer chuletas de cerdo con romero a la barbacoa y sentarse en unos muebles aptos para interior y exterior justo en el lugar en que Blanka había perdido la consciencia y se había ahogado?

Recorrí el oscuro jardín de atrás. En medio de un cuadrado de baldosas de cemento había una mesa y unas sillas de plástico. Unas zarzas descuidadas ocultaban la valla del fondo. Probé la puerta de atrás: cerrada, claro. Cuando me di la vuelta, tropecé con una baldosa rota y me hice daño en el dedo del pie. Solté una maldición cuando el dolor se extendió por todo el pie. El vientre se tensó, más y más y tuve que ponerme a cuatro patas y se me escapó un gemido. Tenía que entrar en la casa y darme prisa en acabar para poder ir al hospital. Metí los dedos bajo la baldosa rota y se soltó un trozo. Rasqué y escarbé hasta que la solté.

Me quité el jersey y me envolví la mano derecha con él. Cogí el trozo de baldosa y me acerqué a la puerta de atrás. El cristal se hizo añicos a la primera. Solté la baldosa y con la mano protegida quité los cristales necesarios para poder meter la mano y palpar en busca de una llave. Pero no estaba en la cerradura, ¿qué tipo de idiota va a dejar la llave en la cerradura de la puerta de atrás? Volví a coger la baldosa y golpeé la parte de debajo de la puerta hasta que rompí y retiré la mayor parte del cristal. Tiré el jersey al otro lado para tener algo que me protegiera las manos del suelo cubierto de cristales como cuchillas.

Me puse a cuatro patas. No era un espacio muy grande para pasar con él, pero incluso con el vientre de embarazada, yo seguía siendo una mujer menuda. Sentí pinchazos en el cuero cabelludo y supe que me habían caído cristales en el pelo y me habían hecho cortes, y entonces noté un dolor agudo en la palma derecha cuando los cristales atravesaron el jersey. Un segundo después ya había entrado. Estaba en la cocina y me sentí prácticamente a salvo durante un momento. Podía encender las luces, ¿quién iba a saber que no era Irina? Encontré un trapo de cocina y lo presioné sobre mi mano herida.

Pasé al salón. Había un montón de fotos en la repisa de la chimenea que eran nuevas o en las que no me había fijado antes. Un momento, ¿era Stella? Había media docena de fotografías de una niña corpulenta con la cara redonda, vestidos largos muy feos, el pelo recogido en trenzas apretadas y que no sonreía. Cogí la que tenía más cerca: un lago gris enorme al fondo, una playa de guijarros. ¿Cuándo había llevado Irina a Stella a un lago así? Entonces parpadeé y me di cuenta de que no era Stella, claro. Era Blanka de niña. No había fotos en las que pareciera tener más de dieciocho. ¿Pero no tenía treinta y tantos cuando murió? Era como si Irina no quisiera reconocer que Blanka había crecido.

¿Podría ser Irina la persona a la que ella odiaba tanto?

Una puerta al final del pasillo daba a un dormitorio con una cama doble cubierta por una colcha de *patchwork*, que parecía que alguien había hecho utilizando los retales más feos que había encontrado. También había un tocador con un espejo, un armario enorme y pesado, cortinas de encaje para atenuar la luz y un crucifijo en la pared: la habitación de Irina. ¿Y dónde dormía Blanka? ¿No podía ser que lo hiciera en el salón, en ese diminuto sofá de terciopelo falso?

Volví al pasillo y entonces vi una puerta más pequeña. No me había fijado en ella porque estaba debajo de las escaleras. La abrí y vi unos escalones de hormigón que bajaban. Desde abajo llegó una ráfaga de aire frío que olía a humedad, a tierra. Noté de nuevo la presión de ese puño de acero y tuve que detenerme un momento. Cuando se relajó, noté que un líquido caliente me resbalaba por la pierna. Pero no podía prestarle atención a eso ahora. Estaba demasiado cerca de descubrir algo por fin, estaba segura. Si quería que mi hija se librara de Blanka, tenía que bajar esas escaleras.

Me llevaron hasta un dormitorio en el sótano con una ventanita a ras de suelo y una alfombra que olía a moho. En una silla había ropa amontonada. Una cama infantil: sábanas granates con una punta de flecha blanca sobre un círculo amarillo que creía que era el logo de Star Trek. Era la habitación de una niña, no de una mujer adulta.

En la pared había un póster de *Doctor Who*: la TARDIS flotando en el espacio, con la puerta abierta y una luz resplandeciente en su interior. *Allons-y* tenía escrito. «¡Vamos!». Lo estudié, desesperada por encontrar una pista. ¿Era eso lo que había detrás de su expresión impasible: sueños de aventuras en los confines del universo?

—Tú salir de aquí. —La voz de Irina sonó pragmática, pero su ira era como un muro de fuego. Algo me goteó por la pierna y durante un segundo creí que me había orinado de miedo y me dio vergüenza. Pero no era eso, claro; había demasiado líquido y formaba un charco en la alfombra y me empapaba los zapatos. Tenía que ir al hospital, pero ella estaba bloqueando las escaleras. Irina tendría veinte años más que yo, cincuenta y tantos. Pero era dura, una superviviente, y yo era una embarazada escuálida que había roto aguas diez semanas antes de lo previsto.

Me apoyé en la pared para mantener el equilibrio y me di cuenta de que había unas líneas desvaídas allí. Por fin pude distinguirlas: eran un enjambre de cruces. Parpadeé.

—¿Qué son estas marcas?

—De cuando ella ser pequeña. Ya contártelo. Si ella portarse mal, tener que quedarse de pie con la nariz pegada a la cruz hasta que yo decir.

Me estremecí. ¿Cuánto tiempo había pasado Blanka plantada allí cuando era niña? ¿Cómo de duros eran esos castigos? ¿Irina la hacía quedarse allí durante horas, pasando hambre o con ganas de ir al baño? Tal vez entonces fue cuando Blanka empezó a pensar que odiaba a esa persona.

Me dejé caer en la cama para descansar, pero la noté fría y húmeda. Era la cama en la que Blanka había dormido cuando era niña, con las mismas sábanas incluso. Irina debería haberle comprado unas nuevas o haberle animado a que lo hiciera ella. Detalles mínimos como mejorar el espacio que te rodea pueden servir para que te sientas mejor.

—¿Cómo pudiste dejar que viviera así? —pregunté señalando la cama infantil y los pósters.

Irina se rio con tono burlón.

—Ahora vosotros decir a vuestros hijos que poder hacer cualquier cosa. Pero eso no servir con Blanka. Ella no hablar bien el idioma y no dársele bien la gente. No tener muchas opciones de trabajo.

Miré la habitación. Me di cuenta de que entraba poca luz porque los cubos de basura y los de reciclaje bloqueaban parcialmente la ventana, que estaba a ras de suelo. Blanka podría haberlos movido, pero no lo hizo. No tenía suficiente energía para eso.

—¿Y qué era lo que hacía tan a menudo? —pregunté con un hilo de voz. Me dolía tanto que casi no podía hablar.

—Series de televisión. Ver las mismas muchas veces. Mirar en el ordenador y aprender muchas cosas de ese tal Doctor Who.

Si la vida de Blanka era así, no resultaba extraño que estuviera deprimida. En algún momento, años antes de morir, había dejado de vivir. ¿Culparía a su madre de ello?

Irina acarició el póster de la TARDIS flotando en el espacio con una puerta abierta, la luz en su interior, tan tentadora como una cocina en una noche de invierno.

—Creer que ella ser feliz. —Se limpió los ojos.

Irina podía haber ayudado a Blanka a llevar una vida más plena, pero ella también había hecho elecciones. Decidió quedarse en su dormitorio del sótano con las cruces desvaídas en la pared. No había vuelto de la tumba porque odiaba a su madre. ¿A quién entonces?

Me sentí como si alguien hubiera cogido un palo y estuviera revolviendo mis entrañas para recolocarlas a la fuerza. Me estaba quedando sin tiempo. Necesitaba una ambulancia. Tenía que ser directa.

Me puse de pie con mucha dificultad y le apreté tanto la mano que noté los huesos que crujían al rozarse.

—Blanka ha vuelto. Está dibujando cruces en mi pared y escribe en el diario de Stella algo sobre que odia a una persona. ¿A quién? Dímelo.

Irina negó con la cabeza.

—Si Blanka volver, hacerlo conmigo, no contigo.

Entonces volvió el dolor y fue de esos que te hacen pensar que vas a morir y que no te dejan pensar. Más agua cayó y empapó la alfombra.

—Necesito ir al hospital. No tengo el móvil. Llama a una ambulancia, por favor. —No estaba segura de que pudiera volver a subir las escaleras.

Irina se puso muy seria y desapareció. Yo me dejé caer de rodillas e intenté expulsar el dolor con un fuerte gruñido. No tenía suficiente aire para gritar. Por supuesto que ella quería castigarme, aunque esa no fuera la intención de Blanka; había muchas razones, pero la más simple de todas era que yo tenía a mi hija y ella no. El dolor surgió de nuevo, borrando todo pensamiento y provocándome un profundo sonido animal.

Cuando la contracción terminó, Irina estaba otra vez en la habitación. Llevaba un delantal y tenía en la mano una pila de cosas. Cerró la puerta del sótano y yo sentí una oleada de pánico. ¿Por qué acababa de cerrar esa puerta?

—No, no. Llama a una ambulancia. Y a Pete. Por favor. —Esas fueron las últimas palabras que pude decir antes de la siguiente oleada de dolor.

Tuve una arcada mientras ella, de rodillas, extendía la cortina de la ducha sobre la alfombra mohosa.

—Tú escucharme bien. Tranquila. Yo hacer esto muchas veces.

—No, no, no —repetía en los descansos entre contracciones—. No voy a tener al bebé. No puedo tenerlo. No puedo tener al bebé hasta que Stella esté a salvo. Es demasiado pronto. El bebé morirá. Y yo también.

Irina negó con la cabeza.

—Tú romper aguas. Demasiado tarde para parar. Demasiado tarde para ir al hospital.

—¿Qué? No. Por favor. Llama a una ambulancia. Al menos llama a Pete. Por favor.

Entonces el dolor me arrastró con su ola adonde nada existía ni importaba más que el propio dolor. No importaba ni yo. No había nada más que dolor y gemidos. Cuando dejé de sentirlo, intenté resistirme al ver que me había quitado las zapatillas de deporte y estaba tirando de los pantalones de embarazada; protesté un poco, pero cuando llegó la siguiente oleada de dolor, dejé que me los quitara, junto con la ropa interior.

Iba a tener a mi bebé demasiado pronto. Iba a morir y mi bebé también. Me iba a desangrar. Y el bebé sería un pedazo de carne lleno de bultos sin esperanza que Irina tiraría al cubo de la basura: mi bebé a cambio del suyo. Eso era lo que había querido todo el tiempo.

Las oleadas de dolor fueron llegando, una y otra y después otra. Vomité. Irina me dijo que me tumbara sobre el costado izquierdo y me dio agua que sabía a monedas sucias para que bebiera despacio.

—No me dejes —supliqué.

Se fue otra vez y volvió con un par de tijeras envueltas en un paño.

En un momento de claridad, vi unas protuberancias en el techo blanco que parecían culebrillas. Blanka había mirado ese techo y soñado con viajar a otros mundos, ir a otra galaxia en la TARDIS. Cerré los ojos y me vi de pie, al lado de Blanka, en medio de un desierto rojo donde aparecieron tres soles en el horizonte: un amanecer en un nuevo planeta.

Una bofetada en la cara me trajo de vuelta a la habitación fría y húmeda. Después otra.

—¡Charlotte! Escuchar. No poder dormir. Tener que empujar. Ya, Charlotte.

—No —gimoteé—. No puedo. No puedo. Por favor.

Cerré los ojos para volver con Blanka. Me lo merecía. Y lo aceptaba. Solo quería que todo terminara. Mi bebé estaba muerto. El vestido de novia de Irina se convertiría en su mortaja.

Se puso detrás de mí y me incorporó entre sus piernas con una fuerza sobrehumana. Después me cogió las manos.

—Charlotte, ya venir. Prepararte. Ahora empujar.

El dolor fue como un sol blanquecino abrasador y yo me sentí como si estuviera dentro. Me rodeaba un círculo de mujeres que rezaban en voz baja. No eran Edith ni Dianne, sino Irina, su madre y la madre de su madre. Yo era la hija de Irina y mi bebé era su nieta. Las mujeres de su familia pululaban a mi alrededor rezando, trayendo té y toallas. Olí pan recién sacado del horno. Tenía que continuar esa línea de mujeres que habían sobrevivido, que harían cualquier cosa por sus hijas. Blanka la había interrumpido, pero yo podía unirla de nuevo.

No era culpa de Irina que Blanka hubiera muerto. Tampoco mía. Yo sentí que estaba rodeada de amor. Y empujé. Empujé. Empujé otra vez.

Después Irina hizo un corte de una forma decidida y profesional y vi que tenía en brazos un bebé diminuto cubierto de vérnix, tan pequeño que me cabía en las manos.

—Ser una niña —anunció Irina, temblando un poco.

Ella no me odiaba a pesar de todo. Pero yo tenía miedo de mirar porque temía haberle fallado a mi hija.

Irina me agarró por el hombro.

—Tú ser una buena madre —aseguró.

La miré y algo se intercambió entre nosotras. La muerte de Blanka no era culpa suya. Podría haberlo hecho de otra forma, pero lo hizo lo mejor que pudo. Igual que estaba haciendo yo.

# 32

Recorrí con dificultad el pasillo de la unidad de neonatos. Iba muy despacio. Los médicos habían dicho que Irina lo había hecho todo bien, pero costó un poco coserme después de lo que había tenido que hacer con las tijeras. Me habían quitado cristales de la cabeza y también me dieron un par de puntos en la mano. Le dije a Pete que había sido un accidente: que me desmayé por el dolor y golpeé el cristal de la puerta con la cabeza. No sabía si me había creído, pero no me hizo más preguntas por el momento.

En la unidad de neonatos, mi bebé, que tenía un día, estaba acostada en un tanque de Perspex bajo una lámpara amarillenta, con tubos saliéndole de la boca y la nariz y cables pegados por todo el cuerpo. Además de ictericia, tenía los pulmones poco desarrollados. Una enfermera que llevaba una diadema con cuernos de reno se me acercó: era Nochebuena.

—Siéntese en la mecedora que está allí y yo se la traigo.

Coloqué al bebé contra mi pecho, debajo del camisón del hospital, para que estuviera en contacto piel con piel. Pero tenerla en brazos con todos esos tubos y cables no era lo mismo. Tampoco tenía ese olor increíble que noté en Stella. Olía salado y como a pescado. Y no hacía más que dormir, así que poco después se la devolví a la enfermera.

Pete venía de camino con Stella para que pudiera conocer a

su hermanita y a mí me ponía nerviosa su reacción. Para ser exactos, me preocupaba la reacción de la Blanka que había dentro de Stella. Estaba acostumbrada a acaparar toda mi atención, así que podía ser que no respondiera bien a la recién llegada, que me obligaba a estar en el hospital cuando debería estar ayudándola a ella. Agradecí que solo nos dejaran acceder a la unidad de cuidados intensivos neonatales a Pete y a mí. Por el momento Stella solo podía mirar desde lejos a su hermanita.

Fui a buscar a Stella y a Pete a la entrada de la unidad de neonatos. Abracé a Stella, pero no pude identificar su expresión. La llevé a la ventanita de la unidad y le señalé cuál era nuestra bebé. Justo en ese momento, la niña abrió los ojos y también las manitas, y después los cerró. La expresión de su cara era como la de alguien que intentaba recordar un sueño.

Stella le sonrió y yo sentí una oleada de alivio. A Blanka le gustaban los niños. No tenía que preocuparme. Stella tranquilizaría a ese bebé, igual que hizo Blanka con Stella cuando se conocieron.

Quise preguntarle: «¿Quién es esa persona a la que odias tanto?», pero las cosas no funcionaban así: Blanka estaba ahí, dentro de Stella, pero seguía siendo como siempre: no revelaba información ni respondía a preguntas directas.

Dejamos al bebé descansando y volvimos a mi habitación. Stella sacó su labor de ganchillo, una manta que parecía complicada, con bolitas y un patrón hexagonal. Se le había dado extraordinariamente bien desde que empezó... Pero, claro, eso también era cosa de Blanka. No quise acercarme a la manta.

Una enfermera nos trajo champán, té y pastelitos. Pete me había ingresado en el mejor hospital de maternidad que se podía pagar con dinero. Estaba a cuarenta minutos de metro de nuestra casa, pero la habitación tenía vistas a Regent's Park.

—¿Qué te parece si la llamamos Luna? —preguntó Pete.

Me obligué a fijarme en él. Estaba muy bien arreglado y se le veía muy masculino allí en el ala de maternidad, un sitio lleno de enfermeras y madres desaliñadas. Parecía uno de esos doctores guapos de la serie que veía con Maureen.

Stella y Luna, estrella y luna. Me parecía un poco demasiado, pero Luna era un nombre bonito y no tenía energía para pensar en alternativas. Me escocían y me picaban los puntos y me latía la mano.

—Bien —contesté. Me pregunté si ya tendría pensado el tatuaje.

Pete sirvió el champán, pero yo no tenía ganas de celebraciones. Antes de quedarme embarazada me preocupaba tener otro aborto, perder al bebé, pero nunca se me ocurrió que a quien iba a perder era a Stella. Ella cogió la nata y todos los bollos y se fue al baño de la habitación (una ventaja del hospital de maternidad privado) y cerró la puerta.

—Tengo que hablarte de ella —dije.

—No te preocupes, tenemos lo de la Navidad bajo control —aseguró Pete—. Seguro que en el hospital te traen mañana una comida propia de un restaurante con estrella Michelin y Stella y yo ya nos apañaremos. Anoche me quedé hasta tarde envolviendo regalos.

La Navidad anterior Stella se tapaba los oídos con las manos y se ponía a chillar cada vez que alguien tiraba un petardo. Pero cuando Edith le preguntó si «todavía» creía en Papá Noel, Stella le contestó que la física cuántica tenía una explicación evidente para Papá Noel: no suponía un problema para él repartir millones de regalos en veinticuatro horas porque era una partícula que podía estar en varios lugares al mismo tiempo.

Me incorporé para sentarme de forma brusca.

—Pete, ¿cuánto tiempo lleva en el baño?

Él estaba a punto de dormirse en la butaca para las visitas, pero lo agarré del brazo. El corazón estaba a punto de salírseme del pecho: Blanka podría estar haciéndole algo a Stella ahí dentro. Podría estar tragándose un montón de analgésicos. Ya me había demostrado que podía hacerle daño a Stella si era necesario.

—¡Sácala de ahí! —Aparté de un empujón la mesita y me levanté de la cama.

—Dios, Charlotte. Cálmate. Ya no le gusta que entre al baño cuando ella está dentro. Se está haciendo mayor. —Pete llamó a la puerta—. Stella, cariño, ¿estás bien?

Se oyó abrir el pestillo y Stella sacó la cabeza por la puerta.

—Estoy haciendo un pícnic. —Y volvió a cerrar la puerta.

Pete se me quedó mirando.

—Solo está comiéndose los bollos. Me has dado un susto de muerte con esos gritos. ¿Qué creías que estaba haciendo ahí dentro?

Me dejé caer sobre las almohadas.

—Tienes que vigilarla cuando yo no esté contigo, Pete. ¿Me lo prometes? No la dejes sola en el baño ni permitas que tenga cerca nada afilado ni medicinas.

Pete me miró con el ceño fruncido.

—No se va a autolesionar.

—Es capaz de todo. Está muy furiosa.

—Se acaba de comer tres bollos. No estará tan enfadada.

—¡No bromees sobre eso! Sé que está furiosa porque me ha enseñado su diario. Fue justo antes de tener al bebé…, a Luna en casa de Irina. Stella sabía dónde lo habías escondido y me dio permiso para leerlo. Y lo único que ha escrito en él es: «Odio a esa persona. Odio a esa persona. Odio a…».

—Ya lo he entendido. Así que utiliza el diario como forma de desahogarse. Pues a mí eso me parece una forma muy sana de gestionarlo.

—¿Pero cómo puedes decir eso?

—Sé que tú crees que es un genio, pero solo tiene ocho años. Me parece que no hace falta que nos volvamos locos porque su diario no sea precisamente alta literatura.

—Pero míralo. —Cogí el teléfono. Pete sacudió la cabeza pero yo le puse la foto delante de la cara—. Mira. Está en armenio. No es normal que una niña de ocho años escriba en armenio.

—Sabe usar Google Translate igual que tú. Seguro que quiere tomarnos el pelo.

—El armenio era la lengua materna de Blanka —exclamé con los dientes apretados—. Y eso no es todo. También escribe con la letra de Blanka. La he comparado con una lista de la compra antigua que ella escribió...

—¿Una lista de la compra vieja? Cariño, me estás asustando. Ya hablaremos de esto de nuevo cuando hayas descansado. Les voy a pedir que te miren la temperatura. Mientras, te prometo que Stella está a salvo conmigo.

Me dio un beso de despedida y le dijo a Stella que lo hiciera también. Cuando salió, oí cómo hablaba en voz baja con la enfermera.

Creía que iba a pasar sola el día de Navidad, pero por la mañana apareció Kia, la compañera de trabajo de Pete. Me sentí muy agradecida. Emmy me había enviado un mensaje con un montón de emoticonos y Cherie otro que decía «¡Enhorabuena!», pero sin emoticonos. Pero Kia fue la única que vino a verme. Trajo una cesta enorme y también una orquídea rosa. Me sorprendió; me caía bien, pero no me parecía el tipo de persona que va a visitar a la mujer de un compañero de trabajo al hospital, sobre todo justo después de un parto. Una vez me dijo entre risas que odiaba las fiestas prenatales. En una de ellas una amiga le había dado un diario muy elegante y le había pedido que le escribiera algo especial para darle la bienvenida al bebé. Los demás invitados habían escrito consejos para su vida o elogios de la futura madre, pero Kia se quedó allí sin saber qué poner. «Al final solo fui capaz de escribir: "¡Bienvenido, bebé!" con unas letras muy grandes y después me largué enseguida de allí».

—Sé que los bebés no son lo tuyo —dije agradecida—. Gracias por venir. ¿Es que no tienes planes para Navidad?

Kia sonrió.

—No he podido ir a pasarlas a Estados Unidos, así que voy a cenar con unos amigos después. Pero he querido pasarme para felicitarte primero. Pete me ha dicho que el embarazo ha sido difícil, que te has encontrado mal todo el tiempo. Y se siente fatal por haber tenido que trabajar tanto.

—Has sido muy amable al venir a verme.

Era cierto, pero había algo que me hacía sentir incómoda. No era que Pete le hubiera contado mis problemas con el embarazo a una compañera, porque entendía que necesitaba un hombro en el que apoyarse. Era la forma en que parecía estar defendiendo a Pete: que trabajaba mucho, que se sentía muy culpable.

Seguramente le estaba dando demasiada importancia. Algo en Kia me hacía pensar que ella estaba un poco sola también. Las dos necesitábamos una amiga. Así que le sonreí, aunque la cesta de regalo contenía cosas como un rodillo de jade para las ojeras y aceites de baño de aromaterapia. Ella no tenía hijos, así que era normal que no supiera que mi futuro como madre de una recién nacida y una niña pequeña no iba a incluir largos baños relajantes ni tratamientos para las antiestéticas ojeras.

Kia se sentó en la butaca que había junto a la cama. Sus mejillas estaban enrojecidas por el frío. Tenía un pendiente en la nariz, y su aire juvenil la hacía perfecta para llevarlo.

—Madre mía, lo del parto me ha sonado muy dramático. Quiero decir, traumático. Bueno, las dos cosas, supongo. —Me cogió la mano—. Charlotte, eres muy valiente.

—Gracias —respondí—. Pero tampoco es que tuviera elección.

—¿Puedo verla? —preguntó Kia.

—No es necesario, de verdad. —Le sonreí—. Le puedo decir: «¡Bienvenida, bebé!» de tu parte.

Ella también sonrió.

—No voy a superar ese trauma nunca. Pero me encantaría verla, de verdad.

Me puse la bata y fui poco a poco hasta la unidad de neonatos, donde le señalé a Luna desde el otro lado del cristal.

—¡Qué mona! —exclamó Kia—. Ojalá pudiera cogerla. Me encanta el olor de los bebés.

—Huele igual que el canal del parto —aseguré. Me sentía agotada y vieja—. Como mi vagina —aclaré.

Kia se echó a reír. Señaló a una enfermera que estaba acunando con suavidad a un bebé con la cabeza contra su pecho.

—Oh, mira, la posición de cuna.

—No sabía que esa forma de cogerlos tenía un nombre —reconocí.

—Hay cinco formas de coger a un recién nacido —me contó Kia—. Lo he visto en un vídeo de YouTube antes de venir.

Y había ido hasta allí el día de Navidad.

—Oye, de verdad que te agradezco la cesta y la visita.

—Encantada. —Kia sonrió y yo le respondí igual, aunque en una de las primeras columnas de «Palabra de Charlotte» había escrito: «Cuando dices "encantada" en respuesta a unas palabras de agradecimiento, lo que quieres transmitir es que podrías no estarlo, pero es una suerte que haya sido así. Si quieres transmitir una energía más positiva, mejor decir "de nada"».

Cuando Kia se fue, volví a la unidad de neonatos y cogí a Luna en brazos. Seguía prácticamente hecha un ovillo y pasaba durmiendo casi todo el tiempo. Y por mucho que intentara conectar con esa dulzura que hay en lo más profundo de todo, yo aún me sentía como si lo que tenía en los brazos fuera un bebé normal y corriente.

Llamé a Pete para desearle una feliz Navidad y me dijo que se sentía mal porque tuviera que pasar la Navidad sola.

—Quiero compensártelo. Te voy a llevar a comer mañana. Haré una reserva en algún sitio bonito y…

—Pete, acabo de dar a luz. Me quedaría dormida en los entrantes.

—No me refería a un sitio de esos, sino uno cómodo, donde podamos sentarnos junto al fuego. Eso es lo que me apetece:

los dos solos, sin distracciones. Hemos estado muy desconectados. —Su voz sonaba nostálgica.

—Tienes razón —reconocí y noté el calor de la esperanza en el pecho—. Te pillé desprevenido ayer cuando te conté lo del diario. No era un buen momento para explicártelo, con Stella allí al lado. No me digas nada todavía: quiero explicártelo bien. En un lugar tranquilo con buena comida. Eso es lo que necesitamos. Una oportunidad para hablar.

—Lo vamos a arreglar —aseguró Pete—. Somos un equipo.

—¿Sabes? Podrías pedirle a Kia que cuide a Stella —sugerí. No me parecía bien pedírselo a Irina, después de todo lo que había hecho ya.

A Pete le pareció muy buen idea y yo recuperé la esperanza. Pasar tiempo a solas, lejos de la niña, era algo que podíamos hacer muy pocas veces. Si pasábamos juntos unas cuantas horas, solo centrados en nosotros, creía que podría hacerle entender lo que estaba ocurriendo.

# 33

Al día siguiente una enfermera me llevó en silla de ruedas hasta la puerta principal del hospital y Pete me recogió allí con el coche. Yo me senté con cuidado, apoyando lo mínimo posible mi mano vendada.

—He encontrado un lugar perfecto en el campo —anunció Pete.

—¿El campo? Creía que íbamos a algún sitio de la ciudad.

—Los locales de por ahí son muy elegantes y he supuesto que no estarías de humor para eso.

Era cierto. Llevaba una túnica de embarazada y *leggings*. Pete me había traído una maleta de casa, pero se olvidó de meter otros zapatos, así que todavía llevaba las zapatillas con las que había ido a casa de Irina y que se habían empapado de líquido amniótico.

—Lo que me apetecía era estar lejos de todo y pasar tiempo juntos —aseguró Pete—. Nos vendrá bien salir un poco de Londres, ¿no te parece?

—No puedo caminar mucho —advertí. Todavía sangraba y tenía que llevar una compresa súper.

—Cielo, acabas de dar a luz. No espero que vayas andando a ninguna parte. Relájate, yo me ocupo de cuidarte —aseguró.

Pete puso a Paul Simon durante el trayecto y llevaba la calefacción encendida. Yo miré por la ventanilla y vi que los edificios grises daban paso a unos campos marrones con setos sin hojas. Después de vivir en California, me daba la sensación de que en pleno invierno en Inglaterra el cielo nunca llegaba a iluminarse del todo, ni siquiera a mediodía. Al final me dormí.

Cuando me desperté, Pete estaba acercándose a una cancela que había en medio de un enorme seto de ligustro. En un cartel muy discreto ponía THE COTTAGE. Pulsó un botón y se oyó el ruido de un intercomunicador.

—Pete Mason y Charlotte Mason. Tengo reserva —dijo y la puerta se abrió.

—¿Qué es este sitio? Parece muy exclusivo. —Estaba impresionada. Me había imaginado un restaurante vegetariano especial con un jardín biodinámico. Pete me dio un apretón en la mano.

—Lo es, cariño.

Su barba parecía algo descuidada; el parto había sido estresante para él también. Pero era muy tierno por su parte hacer todo ese esfuerzo para mimarme con una salida especial como esa.

El camino de entrada cruzaba unos campos perfectos hasta llegar a una casa georgiana con ventanas de guillotina con cuarterones y una glicinia marrón trepando por la pared. Había un farol encima de la puerta principal. Pete aparcó en la entrada del establo y una mujer mayor con una falda de color caqui y una camisa blanca bien planchada salió de la casa.

—Soy Rosemary —se presentó.

—Yo soy Pete Mason, hablamos por teléfono. —Se estrecharon las manos.

—Charlotte Mason —saludé yo, sin saber muy bien cuál era la etiqueta adecuada. ¿Yo también tenía que darle alguna explicación de quién era?

—¿Cómo encontraste este sitio? —le pregunté en voz baja a Pete mientras ella escribía algo en un portapapeles—. No había oído hablar de él nunca. ¿Habías leído algo sobre él o algo así?

—He buscado mucho, no lo dudes —respondió Pete tirando un poco del cuello de su camisa. Ese día había abandonado la camiseta habitual. Me sentí fatal por no haberme podido arreglar un poco más para la ocasión.

—Hay café e infusiones preparados para ustedes en el invernadero —explicó Rosemary e hizo un gesto para que la siguiéramos.

El invernadero tenía unas sillas de mimbre con cojines y unas mesitas de café de cristal organizadas en grupos pequeños con vista a un césped muy bien cortado que rodeaba un estanque rectangular con nenúfares. Había un par de grupos más que hablaban en voz baja: unos padres con el pelo blanco que conversaban con su hija ya adulta, una mujer que tomaba el té sola, otra también sola que estaba amamantando a un bebé muy discretamente. Me llamaba la atención que alguien decidiera ir a comer a un lugar como ese con su bebé.

Nos sentamos y otras persona con pantalones de color caqui y camisa sin una arruga nos trajo café y galletas y una infusión «que contribuye a la lactancia».

Miré a Pete, que estaba enfrascado en su teléfono.

—¿Cómo saben que estoy amamantando? —¿Lo sabrían solo con mirarme. Me revolví en el asiento y noté que salía más sangre. Esperaba que no llegara a empapar la compresa y traspasara los *leggings* de embarazada y acabara manchado los cojines impolutos del color de la avena—. Este sitio es un poco raro —susurré—. ¿Por qué ha venido a comer sola esa mujer, y con su bebé, el día después de Navidad? ¿Y dónde está la carta?

Volví a mirar a los padres que estaban con su hija y me di cuenta de que ella estaba llorando. Noté que se me emborronaba un poco la vista, pero no me iba a desmayar. Me clavé los dedos en el vendaje que me cubría el corte de la mano derecha y el dolor me despejó.

—¿Cómo saben que estoy amamantando? —le pregunté a Pete con los dientes apretados.

La madre de la mujer que lloraba miró alrededor y yo me di cuenta de que había hablado más alto de lo que pretendía.

Pete me miró con una cara que para mí era la de un extraño.

—He hablado con mi madre y con un par de personas más y creo que lo mejor es que te quedes aquí unos días a descansar. Luna está recibiendo los mejores cuidados posibles en la unidad neonatal de cuidados intensivos. Tú tienes que centrarte en recuperarte.

—¿Qué es este sitio? —susurré.

—Una clínica de recuperación. —Carraspeó—. Especializada en la salud maternal perinatal y posparto.

Se me escapó un gemido.

—No puedes hacerme esto. No lo entiendes. Stella está en peligro. Es de ella de quien te tienes que preocupar. Corre un peligro terrible, espantoso.

—Charlotte, este sitio es el mejor. No tienes ni idea de la suerte que hemos tenido de conseguirte una plaza. La mayoría de la gente no sabe que existen sitios como este. Aquí estarás cómoda y recibirás los mejores cuidados.

Me acordé de algo.

—Oye, ¿le has dicho a Kia que no pierda de vista a Stella cuando esté en la bañera?

Pete cogió una galleta y la partió por la mitad. Parecía que tenía ganas de machacarla hasta hacerla polvo.

—Ese terapeuta... ¿Wesley? Me llamó. Le preocupaba que tú intentaras hacerle daño a Stella. Y Cherie también estaba intranquila.

Todas las personas en las que había confiado me habían traicionado.

Me pareció que las mesas con la superficie de cristal y las sillas de mimbre con sus cojines elegantes se estaban acercando cada vez más. Afuera estaba oscureciendo, aunque no podían ser más de las tres de la tarde.

Pete se apartó un poco de mí y se sentó más erguido.

—Es mejor para todos que no estés cerca de Stella hasta que te recuperes.

—¿Qué quieres decir? ¿Que soy un peligro para mi propia hija? Pero si no dejo de pensar en ella, día y noche.

Pareció que Pete había llegado al límite de su paciencia.

—Le dejaste un pájaro muerto en la cama.

—Sobre su cama —corregí casi gritando, lo que provocó que los padres del pelo blanco me miraran.

Rosemary estaba de pie discretamente en el umbral, observando la conversación.

Pete continuó recitando todas las cosas que había hecho, una letanía que tenía guardada.

—Crees que escribe un diario en otro idioma.

—Está en otro idioma. En armenio.

—Le has dado alcohol y la has dejado sola por ahí en plena noche. A una niña de ocho años. Y la has maltratado físicamente.

—Admito que la he zarandeado una sola vez —contraataqué—, pero no la estaba sacudiendo a ella, sino a Blanka. —Me miró con la boca abierta y yo aclaré—: Blanka está dentro de Stella. Es lo que intenté decirte ayer.

Pete habló con voz muy baja.

—Está poseída.

—Exacto. —Resoplé—. Por fin lo has entendido. Ahora podemos hablar de cómo ayudarla.

—Es a ti a quien hay que ayudar, cielo —aseguró Pete con cariño—. Esto que te ocurre tiene un nombre: síndrome de Capgras. Es un delirio que te hace pensar que un ser querido ha sido sustituido por un duplicado exacto.

—Has planificado este discurso —concluí, dolida por la enormidad de su traición—. Pero da igual, no es eso. Sí que se trata de ella, pero solo su cuerpo. Es un recipiente. —No dije nada más porque perdí la voz.

Rosemary apareció junto a mi codo con un portapapeles, que le dio a Pete, y él me pasó a mí un bolígrafo.

—Firma para ingresarte aquí —pidió—. Quédate un par de noches y descansa. Por favor. Tienen terapia de masajes y una piscina de agua salada.

—No, no, no. Tengo que ver a Stella. Tengo que salvarla.

Era como si se me hubieran cerrado los pulmones. Una vez, cuando vivíamos en San Francisco, una amiga me convenció para nadar hasta la parte más profunda de Ocean Beach. Entonces el agua fría me provocó un reflejo de jadeo y no podía dejar de intentar coger aire; era como si mi cuerpo quisiera prepararme para una inmersión. Pero mi amiga me dijo que si contaba hasta quince mientras seguía nadando, cuando acabara la cuenta ya estaría respirando con normalidad y podría soportar el frío. En aquel instante me costaba respirar, y aunque no dejaba de pensar: «Estaré bien dentro de un momento», no fue así. Me sentía como si me estuviera hundiendo mientras Stella se quedaba en la superficie, fuera de mi alcance.

Rosemary me puso una mano en la espalda y dijo:

—Charlotte, todo va bien. Aquí estás a salvo.

Lo inoportuno de su intrusión me sacó de ese estado y me hizo saltar.

—¿Le importaría irse? Estábamos teniendo una conversación privada.

Pete se inclinó hacia mí.

—Cariño, si me prometes que vas a comer, dormir, descansar y quedarte aquí dos noches, yo te prometo a ti que escucharé todo lo que quieras decirme sobre Stella. Lo digo muy en serio: tienes que hacer tres comidas completas al día, nada de tortitas de arroz, darte masajes, hacer terapia y dormir toda la noche. Si todavía crees… —No terminó la frase.

—Que Blanka está dentro de Stella —concluí por él.

Hizo una mueca, pero continuó:

—Eso. Si sigues creyéndolo después, prometo que te tomaré en serio.

—Pero tienes que mantenerla a salvo hasta entonces —contesté—. ¿Me prometes eso también?

—Yo siempre cumplo mis promesas. Ya lo sabes —respondió Pete.

Era cierto: él no dejaría que le pasase nada a la niña. Y hasta entonces había estado centrado en mí, porque pensaba que yo era el problema. Si yo no estaba allí, podría centrarse más en Stella. Ella no tenía que ir al colegio durante dos semanas por las vacaciones de Navidad. Y esa era la primera oportunidad que tenían desde la muerte de Blanka para pasar juntos un periodo largo de tiempo. Así por fin vería que algo no iba bien. Quedarme allí un par de noches merecía la pena si era lo que hacía falta para que Pete se pusiera de mi lado. Lo necesitaba. Había intentado librarme de Blanka por mi cuenta y había fracasado.

—Está bien —concedí y firmé el formulario.

Pete se levantó.

—Te llamo luego para ver cómo estás. —Se alejó despacio y me recordó, por absurdo que pareciera, a un padre tras dejar a su hijo en el colegio en su primer día sabiendo que se va a poner a gritar y a pedir que lo saquen de allí antes de empezar.

—Espera, ¿y qué va a pasar con Luna? —pregunté.

—En el hospital cuidarán de Luna. Ha nacido nueve semanas antes de lo previsto. No se va a dar cuenta de que no estás.

—Tengo que darle el pecho —insistí.

Aunque Luna muy pocas veces se agarraba al pecho, en el hospital tenía que sacarme la leche cuatro veces al día; iba a tener que hacerlo otra vez pronto, pero en aquel lugar no la tenía cerca.

—Puedes usar el sacaleches. Aquí tienen el tuyo y una bolsa con tus cosas. —Evidentemente se había traído una bolsa de casa. Lo había planeado todo muy bien.

—Podemos enviar la leche por mensajería para tu bebé —aportó Rosemary.

Pero cuando Pete se giró para irse, yo fui medio corriendo tras él, aunque los puntos me estaban matando. No me podía creer cómo me estaba tratando, él precisamente, el amor de mi vida. Pero ¿qué había pasado entre nosotros? Pensé en todas esas veces que me había callado cosas o me las había guardado, esperando un momento en que estuviera más receptivo. Ya me había dado cuenta de que él también me había ocultado cosas o las había ido acumulando hasta que le pareció que había llegado la hora.

—Charlotte, no tengo elección. Se me parte el corazón.

Pero no parecía que eso fuera cierto. Se mostraba frío y eficiente. Con la camisa bien planchada y los pantalones chinos no tenía el aspecto de un desenfadado surfero californiano, sino más bien de un ejecutivo corporativo bien arreglado. Entonces entendí que no se había arreglado para mí, sino para que pareciera que él era quien estaba en su sano juicio.

# 34

*En el presente*

El último mensaje de Pete dice: «Las dos niñas comen bien. He ido a ver a Luna a primera hora de la mañana y después Stella me ha pedido que vayamos a nadar». Yo le contesto: «¡NO lleves a Stella a nadar! Ya han pasado dos días, como acordamos, y quiero irme. ¿Cuándo vas a venir a buscarme?». Veo los tres puntos que indican que está escribiendo un mensaje, pero no sale nada en la pantalla. Lo llamo, pero no me lo coge. Le dejo un mensaje diciéndole que venga a por mí lo antes posible. Lo llamo dos veces más, pero nada. Me saco la leche para Luna: sigue sin salir nada más que calostro. Tal vez el estrés está evitando que salga la leche. Pero no puedo preocuparme por eso ahora. Voy a ver a la doctora Beaufort.

Hoy se la ve más arreglada: no lleva el poncho, sino un traje entallado de lana oscura, un jersey color crema drapeado y tiene el pelo recogido con una pinza de carey. Ya no lleva la tirita de Peppa Pig. Le leo los últimos mensajes de Pete.

—Está cuidando bien a tus hijas —reconoce la doctora Beaufort.

Yo sacudo la cabeza.

—No me está tomando en serio. Stella no está a salvo cerca del agua. ¿Cómo ha podido acceder a llevarla a nadar? Ya ha intentado ahogarse una vez.

—¿En la bañera? —pregunta la doctora—. Ya me lo has

dicho, pero no sé si eso es posible. Haría falta una determinación increíble.

—Exacto. Blanka es muy determinada. —Pero detecto en sus ojos que, aunque se lo he contado todo, sigue sin ver las cosas como yo.

Me inclino un poco sobre la mano herida, que me late y me duele muchísimo.

—Anoche me dijo que conocía a gente que había tenido encuentros con los muertos y que no le parecía que esas personas estuvieran locas. Usted misma vio a su madre. ¿Por qué no me cree a mí entonces?

La doctora Beaufort pareció desconcertada.

—Sí que vi a mi madre claramente, es verdad. Pero me parece que ha habido un malentendido. Yo tuve lo que se denomina un sueño lúcido. Es algo muy común, incluso hay un término técnico para definirlo: alucinación hipnagógica. Lo que quería decir es que la gente que ha perdido a alguien puede tener unas experiencias en las que ven a los muertos que parecen muy reales. El dolor desbarata la mente.

Por fin entiendo que no la voy a convencer. Me equivoqué con ella anoche. A pesar de haberles mostrado todas las pruebas, los demás se negaban a creer algo que contradecía sus creencias más profundas: que la muerte es el final y que un espíritu no puede trascender los límites del cuerpo.

—Has dado a luz hace cinco días —continúa la doctora Beaufort—. Las hormonas tienen un efecto poderosísimo en el cerebro también. Pueden distorsionar tu visión de la realidad.

—¿No hemos hablado ya de esto? Las madres tienen hormonas, pero también instinto. Estamos programadas para saber cuándo están en peligro nuestros hijos.

Ella no dice nada y pienso que, si tuviera hijos, habría una foto de ellos en la consulta.

—¿Es usted madre? —pregunto a bocajarro. La doctora Beaufort abre la boca, pero yo le advierto—: Si me va a responder con otra pregunta, prefiero que no conteste. —Miro el feo jarrón con los cardos—. Solo dígame quién le hizo eso.

—Una paciente —dijo.

Ya estoy segura de que no tiene hijos. No lo puede entender. No me extraña que toda su estantería esté llena de libros sobre comprender la maternidad: es que ella no la ha experimentado personalmente.

Vuelvo a pensar en lo que le dije a Cherie: la mano de una madre no duda, sabe. Como soy su madre, siempre sé con seguridad cuándo le pasa algo a Stella. Y esa intuición es la que me dice que está en peligro ahora mismo.

—¿Qué pasaría si cruzara la puerta para irme de aquí? —pregunto.

La doctora Beaufort parece decepcionada conmigo.

—Como no sería algo aprobado por tus médicos, tendríamos que notificárselo a tu marido y tal vez incluso deberíamos iniciar el procedimiento para asegurarnos de que tú no supongas un peligro para ti misma ni para los demás.

—¿El procedimiento?

Suspira.

—Tu marido podría pedir que te ingresaran en un hospital psiquiátrico, tanto si accedes como si no.

—Él no me haría eso —aseguro—. Me quiere.

Pero me doy cuenta de que precisamente ahora no puedo estar segura de eso. Ha sido él quien me ha metido aquí, ¿no? Me ha prometido que cuidaría a Stella, pero la va a llevar adonde hay aguas profundas. Me prometió que me quedaría aquí solo dos noches y ahora no me contesta al teléfono.

Cojo un huevo de mármol, lo sopeso en la mano y la doctora Beaufort se encoge un poco. La consulta está en la planta baja. Podría saltar por la ventana y echar a correr. Pero la doctora me está observando mientras se agarra a los brazos de la silla con demasiada fuerza.

Pero si huyo, ¿qué voy a conseguir? Podrían enviar a dos hombres con una camisa de fuerza a perseguirme. Aunque lograra zafarme, llamarían a Pete y él intentaría ocultar a Stella para que no llegara hasta ella. Tengo que escaparme sin que se enteren y procurar estar bien lejos cuando descubran mi ausencia. Debo ser lista y hacerme la dócil y la obediente.

Me acerco a dejar el huevo y veo que ella suelta el aire que estaba conteniendo. Me había equivocado con lo de que la doctora Beaufort era madre, pero creo que mi suposición de que es bastante nueva en esto es correcta. Seguro que es novata, porque si hubiera tenido muchas pacientes, sabría que las madres separadas de sus hijos no quieren sostener huevos, sino tirar cosas. Una verdadera terapeuta no dejaría un cuenco lleno de proyectiles al alcance de una paciente.

—Tal vez no estoy viendo las cosas con claridad —empiezo a decir—. Acabo de dar a luz. Ha pasado menos de un año desde que perdí a mi madre. Tengo que dejar de preocuparme por Stella. —Y continúo repitiendo las mismas cosas que me ha dicho durante nuestras sesiones, pero ella actúa como si acabara de tener una importante revelación.

—Esto es un enorme paso adelante —me dice sonriendo.

Voy a yoga recuperativo y me paso el resto del día en mi habitación mirando por la ventana. Por fin recibo un mensaje de Pete: «No puedo ir hasta allí hoy. ¿Hablamos mañana?».

«¡¡¡Genial!!! Estoy mucho más relajada», le contesto. Emoticono de una mujer en la postura del loto, un corazón y después otro.

Ceno en el comedor con las otras madres. Hay unas diez, además de Kelly, la mujer alegre que obviamente está allí para tenernos vigiladas. Nuestros pijamas blancos parecen fuera de lugar en ese imponente comedor georgiano, con su chimenea de mármol y sus molduras con forma de rosas en el techo. Nos servimos de un bufé que hay en un lateral: ensalada de kale con semillas de granada y quinoa con verduras asadas.

Algunas madres han ido allí con sus bebés. Los niños están ya acostados (no se permiten bebés en la cena), pero sus madres están juntas en un extremo de la mesa y charlan sobre horarios de sueño y dificultades con la lactancia. Las que hemos venido sin nuestros hijos jugueteamos con la quinoa de nuestros platos. Somos ciudadanas de segunda que no pueden tener a sus hijos a su cargo. La mujer de las manos estropeadas que vi en el salón también está aquí y vuelve a repetir su historia, anunciándole a toda la mesa que la actitud descuidada de su padre en cuanto a la higiene de manos está poniendo en peligro a sus mellizos.

Cuando oí a esa mujer ayer pensé que sonaba como una loca, pero al escucharla ahora me doy cuenta de que no parece estar peor que otras madres que conozco. La mayoría de ellas tienen miedo. La maternidad es aterradora. A Emmy le asusta que Lulu toque un pájaro muerto o que coma algo que no debe. Todas las madres se vuelven un poco locas, cada una a su manera.

Pero ahora casi envidio a las demás madres. Lo único que tienen que hacer es relajarse y dejar de proteger tanto a sus hijos. Permitir que Lulu coma gluten y así descubrir que no será sanísimo, pero que a veces merece la pena para que pueda tomar un trozo de tarta de cumpleaños con los demás. Incluso la de las manos estropeadas puede hacerlo: solo tiene que dejar de lavarse las manos de forma obsesiva y permitir que sus hijos jueguen en el cajón de arena, cojan resfriados y se coman la tostada que se les ha caído, aunque haya aterrizado con el lado de la mermelada hacia abajo. Así se dará cuenta de que no enferman mortalmente, sino que se vuelven más fuertes.

Si yo pudiera salvar a Stella, juro que dejaría de cortarle la fruta en trozos diminutos, la obligaría a ir a las clases grupales de natación, aunque no le guste el ruido, y no la protegería de las dificultades y los desastres cotidianos.

Pero no puedo permitir que se enfrente sola al peligro que la amenaza ahora.

Subo a mi habitación y después Kelly llama a la puerta y me pregunta si necesito algo.

—Creo que me voy a acostar ya —digo fingiendo un enorme bostezo.

—¿Seguro? No son más que las siete y media —dice mirándome con el ceño fruncido.

Sonrío y me aseguro de que se refleje también en mis ojos. Necesito que me deje en paz.

—Supongo que todavía me estoy recuperando del parto.

—¿Quieres un poco de leche antes de dormir? —ofrece.

—¿Me vas a leer un cuento también?

Ella se ríe educadamente.

—¡No me refiero a leche corriente, sino a Golden Milk, leche dorada! Es una bebida que lleva cúrcuma y un buen chorrito de miel. Yo la tomo todas las noches.

—Suena maravilloso —exclamo. Más cúrcuma...

Cuando Kelly me trae la taza, le pregunto si va a volver a pasar por aquí.

—Por si necesito algo —aclaro, porque no quiero levantar sospechas.

—No te preocupes, querida. Me paso a eso de las nueve para llevarles a todas las madres un quemador de aceites esenciales con valeriana y otras cosas parecidas para contribuir a un sueño profundo.

Traducción: paso a comprobar que ninguna de vosotras está intentando autolesionarse.

—Puedes traérmelo ahora —aseguro—. Estaré totalmente desconectada del mundo a esa hora.

Kelly sonríe.

—Una habitación menos por la que pasar.

Vuelve con un quemador de aceite de cerámica y cerillas para encender la velita de dentro.

Cuando se va, utilizo los cojines decorativos para formar una silueta dormida debajo de las mantas. Abro la ventana. Afuera está oscuro y hace mucho frío. Mi habitación está en la primera planta, pero fuera hay un enrejado por el que sube la glicinia trepadora. Las pantalones que me han dado no tienen bolsillos, así que tengo que llevar el teléfono en la mano.

Acaricio el chal de cachemir que hay sobre la silla junto a

la ventana y pienso que estaría muy bien envolverse en él. Tengo miedo. Incluso después de haber pasado dos noches allí, noto el cuerpo exhausto por el parto. Pero aparto la silla e inspiro hondo el frío aire de la noche. El frío es vigorizante. Paso una pierna por encima del alféizar y busco un apoyo en el enrejado.

Como estamos en invierno, la glicinia es poco más que unos tallos casi secos y un tronco grueso. Si pongo un pie en el tronco y otro en el enrejado, no tendré que apoyar todo mi peso en este último. Voy buscando con el pie el siguiente apoyo. Me agarro a la glicinia. Encuentro el apoyo y hago una mueca porque me tiran los puntos. Me aferro a la planta un momento, pensando en que se me van a saltar y se me saldrán los órganos por ahí, sin embargo el dolor va desapareciendo. Se me clava una astilla en la yema del pulgar izquierdo, aunque no me duele. Lo noto, pero eso no es dolor.

La siguiente vez que me apoyo en la glicinia la rama cede, me resbalo, me araño el antebrazo y caigo sobre la gravilla. Me fallan las piernas y me encuentro tirada en el suelo. El teléfono sale volando. Me quedo allí un segundo, con la mejilla contra la gravilla, pero oigo pasos y salgo disparada hacia el lateral de la casa, me agacho y me pego a la pared. Me levanto otra vez, temblando. Me duele el tobillo, pero puedo andar bien. Solo ha sido una torcedura leve. Se abre la puerta principal. Alguien da unos pasos hacia la oscuridad, suspira y vuelve adentro.

Me limpio la gravilla de la barbilla. Tengo suerte: hay una luna menguante que ilumina lo justo para ver algo. Milagrosamente encuentro mi móvil. Se ha roto la pantalla, pero se enciende, aunque al segundo se apaga. Quizá sea por el frío. Me lo meto en el sujetador de lactancia para calentarlo. Ya encontraré algún sitio para cargarlo. Recorro el camino hacia las puertas, agitando los brazos para conservar el calor, y mi respiración forma volutas de vapor. Solo hay medio kilómetro hasta la puerta, pero está cerrada.

Podría ir a buscar a alguien y ponerme a gritar hasta que las abran, aunque llamarían a Pete. También puedo probar a saltar por encima del muro de piedra, pero tiene dos metros y medio de altura y con una torcedura de tobillo y la mano derecha todavía vendada por culpa de los cortes de los cristales en casa de Irina, no quiero arriesgarme a escalar otra vez.

¿Habrá alguien en la garita? Parece vacía. Creo que controlan la puerta de forma remota. Estoy atrapada. No puedo salir por aquí. Tendré que recorrer el perímetro de la finca con la esperanza de encontrar un sitio por donde pueda saltar el muro.

Entonces veo que un coche baja la velocidad y se acerca y de inmediato sé lo que tengo que hacer. Me acerco todo lo que puedo a la puerta y me agacho detrás de un arbusto sin hojas, como un conejo asustado. Espero que las luces del coche no me iluminen y que el arbusto me oculte lo suficiente. ¿Por eso nos hacen vestir de blanco, para que sea más fácil detectarnos si nos escapamos?

En cuanto el coche empieza a avanzar por el camino, yo salgo como una exhalación por la puerta justo antes de que se cierre, con los dedos de los pies agarrotados para mantener las zapatillas sin cordones en su sitio. Sigue siendo poco después de Navidad y todo el mundo está en su casa comiendo sobras y viendo programas especiales navideños. Y yo mientras estoy sola en una carretera a oscuras. Es tarde. Estoy temblando de frío. Y no tengo ni idea de qué hacer ahora. Veo una silueta que cruza la carretera: una hembra de zorro. No me presta ni la más mínima atención, está a lo suyo, pero verla me alegra: ella se las arregla bien aquí fuera, así que yo puedo hacerlo también. Tengo que seguir adelante. ¿Derecha o izquierda? Izquierda. Echo a correr para calentarme el cuerpo, aunque me tiran los puntos y me tiemblan las piernas por la debilidad.

La carretera sube una colinita y serpentea junto a varias casas; se me pasa por la cabeza parar en alguna de ellas, pero si hay un pueblo, seguramente también habrá un pub. Al final lo encuentro, el Hare & Hounds. Allí cerca hay muy pocas casas, hace poco que ha pasado Navidad y además es tarde, así que pienso que puede estar cerrado, pero tiene las luces encendidas. Me peino un poco el pelo con los dedos y echo atrás los hombros. Lo de que llevo algo que parece un pijama blanco, unas zapatillas sin cordones y que voy sin abrigo no puedo arreglarlo.

En el interior unas cuantas parejas mayores se están tomando algo tranquilamente. Todos oyen lo que le digo a la mujer con cara de cansada que hay detrás de la barra.

—Hola, discúlpeme, pero el teléfono se me ha quedado sin batería y necesito llamar a un taxi. ¿Tiene usted un teléfono que pueda usar? Puedo pagarle. —Pero en ese momento me doy cuenta de que la única forma de pagar que tengo es con mi teléfono y no estoy segura de que vaya a volver a encenderse después del golpe. Vuelve a aparecer el pánico: ¿cómo voy a regresar a Londres?

La mujer me mira con el ceño fruncido, suspicaz.

—¿Un taxi? ¿Adónde quiere ir? —¿Se estará preguntando si soy una enferma mental que se ha escapado? ¿Es eso lo que soy?

Me envuelvo con los brazos para intentar dejar de temblar. No tengo llaves ni dinero y parece que tampoco amigos. ¿Cómo he permitido que mi vida llegue a un punto en que no tengo nadie a quien llamar? La mujer me mira ahora con expresión preocupada.

—Oiga, parece que está a punto de desmayarse. Le voy a preparar una taza de té. —Y empieza a coger cosas de detrás de la barra.

El té me revive. Ya sé a quién llamar. Como solo hace cinco días que he dado a luz, todavía tengo el vientre lo bastante abultado para que parezca que estoy embarazada de seis meses, así que me apoyo la mano en él con actitud protectora.

—En mi estado se me olvidan las cosas —explico—. Cerebro de madre, supongo, pero qué tonta soy. He salido a comprar leche y me he olvidado las llaves, el dinero… todo. Tengo que llamar a mi madre y se va a reír cuando se entere del lío absurdo en el que me he metido.

La mujer se relaja.

—El teléfono está aquí, querida. ¿Tampoco se ha acordado de coger el abrigo? Parece que está helada. A mí me pasó lo mismo con el primero. No sabía ni qué día de la semana era.

Sigo sin tener ni idea de dónde estamos, así que le pido a la mujer que me escriba la dirección «para dársela a mi madre y que venga a por mí». Estamos en Surrey, a menos de dos horas de mi casa.

Tengo que llamar a información para conseguir el número de casa de Irina. Ahora la necesito yo, como antes me necesitó ella a mí. Y ella no dudó en demostrarlo; pues yo voy a hacer lo mismo.

—Necesito que me ayudes —le confieso—. ¿Puedes venir a buscarme?

—¿Cómo estar bebé?

—Está bien. Yo estoy en Surrey y necesito volver a casa.

—Llamar a un taxi.

—No puedo. No llevo dinero y se me ha apagado el teléfono. Te lo pagaré en cuanto tenga efectivo.

Irina se ríe con sorna porque no se lo cree.

—Este no ser mi trabajo.

—Por favor. No tengo a nadie más.

—Sí, yo ir, boba —contesta malhumorada.

—Gracias. —Espero que lo de «boba» lo haya dicho con cariño; con ella es difícil saber lo que piensa.

La mujer de detrás de la barra está allí cerca y no tengo la menor duda de que ha oído cada palabra de la conversación. Como cree que tengo una mala relación con mi madre, me ofrece unos paquetes de cacahuetes que no quiero e insiste en prestarme un polar viejo para que me caliente.

—Lo tengo aquí para sacar la basura.

Ahora que no está expuesto al frío, el teléfono muestra el

icono de batería baja y la mujer incluso me encuentra un cargador. Cierran el pub a las once y su marido y ella se van a acostar al piso de arriba, pero me dicen que me puedo quedar allí abajo a esperar a mi madre.

Cuando empiezo a entrar en calor, me siento un poco mejor. Pero en el espejo del baño del pub veo a una loca, pálida y muy delgada, con el vientre todavía protuberante. Tengo mechones de pelo disparados en todas direcciones y hay una mancha roja en el vendaje de la mano derecha. Ha debido empezar a sangrar cuando bajé por la glicinia. Me mojo la mano izquierda y me la paso por el pelo para intentar domesticarlo. Tengo que aguantar un poco más.

Irina me sacude para despertarme. Me he quedado dormida en el asiento pegajoso de uno de los reservados.

—¿Qué hora es?

Se señala las cejas, que se nota que se ha dibujado con mucho cuidado.

—¿Tú creer que esta cara arreglarse así de rápido? —Y chasquea los dedos.

—No me estaba quejando —replico—. Gracias por venir a buscarme.

—Yo no ser chófer —murmura cuando la acompaño al coche, que está fuera.

—Gracias por venir —repito.

Aunque hay pocos coches en la carretera, Irina conduce como una loca e ignora todas las normas de circulación. Se salta los Stop y acelera cada vez que ve un semáforo. La segunda vez que se salta uno que se ha puesto en rojo, pregunto:

—¿Así se conduce en Azerbaiyán?

—Claro. Allí utilizar los dos lados de la carretera para las dos direcciones y no haber semáforos. Si no quitarte de en medio, chocar. —Aparta las manos del volante y estrella la una contra la otra para enfatizar sus palabras. Yo extiendo el brazo para sujetarlo, pero ella me da un manotazo y lo agarra de nuevo—. Aunque allí no conducir coches, solo carros con burros. —Un músculo en su mejilla se mueve involuntariamente y me doy cuenta de que es un chiste, y reconozco que nunca antes la había oído contar uno—. Mi coche, mis normas. Si a ti no gustar, ir caminando.

—Solo me estresa un poco, nada más —aclaro.

—Yo nunca estresar —afirma—. Ahora tú comer. Abrir lata a tus pies.

Cojo una vieja lata de galletas saladas que hay a los pies del asiento del copiloto. Dentro hay unos rectángulos marrones que parecen galletas.

—*Ter khalvasy* —dice—. Buenas para dar energía.

Me como una; es muy dulce y sabe a canela y a algo floral, perfumado. Siento que el azúcar me activa el cerebro. Ella no se estresa nunca. ¿Esa es la clave para ser como ella? Explicaría cómo ha sobrevivido a tantas cosas, cómo logra seguir adelante y sobrellevar todo lo que le pasa.

Puedes querer a un hijo y no desmoronarte por su pérdida. También se puede querer a un niño y destrozarlo. Aun así, aunque el amor de Irina podía haber tenido un efecto indeseado en Blanka, no era eso lo que le había hecho quitarse la vida.

Abro la foto del diario en mi teléfono. No sé leer el alfabeto armenio, pero he memorizado las palabras.

—*Yes atum yem ayd mardun.* ¿Significa «odio a esa persona», como yo creo?

Irina se ríe al oír cómo maltrato su idioma. Entonces mira el teléfono y para el coche enseguida, sin señalizar nada. Se detiene en el arcén y me coge el teléfono para estudiar la foto.

—Esta ser la letra de Blanka. ¿De dónde sacar ese cuaderno?

—De la habitación de Stella —dije sin darle más detalles—. Lo único que contiene es esa frase en armenio: «Odio a esa persona», una, otra y otra vez.

—Esa traducción ser posible —aclara Irina—. Pero también poder traducirse por: «Odiar a ese hombre».

Me quedo mirándola. Eso reduce mucho las posibilidades.

—¿Por qué estar el cuaderno de Blanka en la habitación de Stella? —pregunta—. ¿Por qué dejarlo allí?

Pienso en la casita del bosque, el marido al que metieron en el horno y el viaje por las montañas. Si hay alguien que puede soportar la verdad, por difícil y fantástica que sea, esa es Irina.

—El cuaderno es de Stella —declaro—. Pero ahora ella escribe como Blanka. En armenio.

Espero a que Irina saque la conclusión obvia: que Blanka ha poseído a Stella.

—Seguro que ella ver a Blanka escribir y después copiar —dice y se me cae el alma a los pies—. Ser niña muy lista, espabilada. Poder encontrar armenio en internet. Por qué, yo no saber.

Es igual que con la doctora Beaufort. Yo creía que tenía pruebas irrefutables de que Blanka ha poseído a Stella, pero no; no hay nada que pueda demostrar algo así, ni siquiera que una niña de ocho años haya aprendido a hacer ganchillo de un día para otro, ni que escriba un diario con la letra de otra persona. El único ser humano que sabe con total seguridad que Stella está poseída soy yo.

El coche se estremece cuando un camión pasa muy cerca de él. Yo me apresuro a poner las luces de emergencia. Irina mira hacia la oscuridad invernal mientras las dos escuchamos el ruidito rítmico que hacen las luces.

—¿Y quién ser hombre al que odiar tanto? —pregunta por fin.

—Exacto —contesto y de repente me siento mejor. Aunque no le quepa en la cabeza la verdad, Irina puede ayudarme de todas formas—. ¿Quién es el hombre?

Se me ocurre algo horrible: si le hizo daño a Blanka, ¿se lo hará a Stella también? Tal vez lo que ha pretendido Blanka en todo momento ha sido avisarme.

Cuando Irina vuelve a la carretera, decido que iré a ver a Stella, o más bien a la Blanka que hay dentro de Stella, y se lo voy a preguntar. No le gusta dar respuestas directas, pero quizá así consiga otra pista.

—¿Adónde? —pregunta Irina—. ¿A casa?

—Pete no me puede ver —confieso.

—¿Qué ocurrir?

—Pete cree que no estoy bien. —¿Cómo le puedo explicar todo esto? Cuando me enseñó el jacuzzi en el que murió Blanka, me dijo que ella «estar mal aquí» y se señaló el corazón—. Él cree que yo estoy mal aquí —digo y me toco la cabeza—. Si me ve, seguro que intenta mandarme de vuelta... al sitio en el que estaba. Pero yo no tengo ningún problema en la cabeza. Estoy bien.

—Vale —dice Irina, que no es el tipo de mujer dispuesta a ofrecer palabras reconfortantes falsas, como habría hecho Cherie. No me dice que estoy bien ni que me encontraré mejor pronto. Ella no vive en ese mundo privilegiado en el que «sin duda el universo se desarrolla como debe». Los cataclismos son posibles y ella no va a decirme lo contrario.

# 35

Irina me prepara la cama en el sofá, pero después me pasa una toalla.

—Primero duchar. Oler como queso rancio. —Me señala la mano con un gesto de la cabeza—. Después yo arreglar eso.

Me había olvidado lo del corte. El vendaje está asqueroso. Tras la ducha, Irina me lo quita, lo tira, cura la herida y la cubre con una venda limpia. Después me quedo dormida durante unas cuantas horas en el sofá de terciopelo falso. A las seis y media me despierto y ella me prepara té. El personal de The Cottage todavía cree que estoy dormida en mi cama. No se percatarán de mi ausencia hasta que vean que no he bajado a desayunar. Me cierro hasta arriba el polar de la mujer del pub y voy andando desde casa de Irina a nuestro barrio. Recorro la vía ferroviaria en desuso que pasa junto a nuestro jardín y que ahora utiliza la gente que va a correr y a pasear el perro.

Hay una puertecita en la valla de atrás de nuestra casa y, si pasas la mano por encima, el pestillo se puede soltar (una cosa que siempre he tenido intención de arreglar). Resbalo en el camino lleno de barro que lleva a la puertecita, pero me levanto y después entro por ahí. La mañana es gris y llueve y en esta época del año no amanece del todo hasta las ocho y media, como pronto, pero me escondo detrás de un arbusto de todas formas. Como Pete insistió en que la pared del fondo del salón fuera toda de cristal y que no pusiéramos persianas, para no estropear las vistas, veo perfectamente el interior de la casa.

Kia está sentada en la isla de la cocina, vestida con un chaleco y un pantalón corto de correr. Lleva los rizos rubios salpicados de canas recogidos en la coronilla en un moño desaliñado. Qué amable por su parte interrumpir su entrenamiento matutino para pasar a ver a Pete y a Stella. Pero ese pensamiento agradable desaparece tan rápido como ha surgido, porque en ese instante soy consciente de la verdad. ¿Qué otra explicación puede haber a que esté sentada en nuestra encimera, con sus muslos sudorosos y nada higiénicos sobre la superficie donde preparamos la comida?

Pete, mi Pete... No puede ser.

No me siento capaz de moverme porque me he quedado sin la energía que me ha llevado a escapar de The Cottage y a llegar hasta aquí. No tengo pruebas de que haya habido nada entre ellos, pero al mismo tiempo sé que sí que ha pasado. No te sientas en la superficie donde prepara la comida tu compañero de trabajo vestida con pantalones cortos si no. Ese moño medio deshecho, los pantaloncitos... No son cosas posteriores al entrenamiento, sino al sexo. Ella es más que la mujer con la que se desahoga. Se ha quedado a pasar la noche.

Pete sonríe cuando Kia le ofrece un trozo de kale. Seguramente está preparando uno de sus revueltos de tofu con la «salsa secreta», que es una mezcla aleatoria de varias cosas que hay en la puerta de la nevera (soja, chile, aceite de sésamo, lo que haya) y que siempre resulta que le queda deliciosa. Pete le llevará un plato a Stella a su habitación y Kia y él desayunarán a solas: hablarán de lo beneficiosa que es la proteína para ganar músculo y que el tofu es bueno para el planeta. Y Pete no se preocupará de por qué a Stella le gusta comer siempre sola.

Me sorprende ver a Stella de pie junto a la ventana de su habitación, mirando al jardín. Está tan inmóvil que no me había fijado en ella. ¿Me ve? ¿O está esperando, vigilando en busca de algo? Desde este ángulo parece más grande y más ancha. Un monolito que lleva ahí cinco mil años y que seguirá en el mismo sitio hasta el final de los tiempos.

Es la niña que Pete quiere ahora, una que yo no comprendo. ¿Y si no logro librarme de Blanka? Me estremezco allí, frente a la casa, y me doy cuenta de que puedo irme ahora mismo y dejar a Stella con él. Y a Luna también. Todavía no ha creado ningún vínculo conmigo. Puedo irme y acabar con esto: dejar de intentar descubrir lo que quiere Blanka. Podría coger un tren que me llevara a otra ciudad y después... Pero la imaginación no llega más allá. No puedo ni pensar en una vida sin Stella. Aunque nunca salga de este estado, no puedo dejarla. Noto un hormigueo en los pechos: la leche, por fin.

Puedo ir al hospital a sacarme la leche mientras pienso en qué hacer a continuación. Así tendrán el alimento que necesita Luna. Llamo a un Uber y llego al hospital a eso de las ocho. En recepción recojo mi cartera y mis llaves. Me llama Pete y yo dejo que salte el contestador. Después llama otras dos veces. Y al final oigo los pitidos del móvil que indican que me está llegando un mensaje detrás de otro.

«¿Dónde estás?».

«Estoy muy preocupado por ti. ¿Estás bien?».

«The Cottage ha enviado gente a registrar la finca».

«Llámame. Necesito saber que estás a salvo».

Si no supiera lo que está pasando, me creería que está preocupadísimo. No soy capaz de contestarle, pero no quiero que los empleados de The Cottage se pasen la mitad del día buscándome, así que les dejo un mensaje muy breve para informarles de que estoy bien. Ellos pueden darle la buena noticia a Pete.

En la unidad de neonatos, la carita un poco chata de Luna está muy enrojecida, como si estuviera conteniendo la respiración. Está dormida, como siempre. Hay un par de madres allí, preguntándoles en voz baja a las enfermeras cuántos gramos han cogido sus bebés y cuándo podrán salir de la incubadora. Luna está tumbada con los bracitos y las piernas extendidos, como si estuviera tirada sobre la hierba un día de verano. Abro la ventanita de su incubadora y le acaricio la mejilla con el dedo. Ella no tiene ni idea de lo vulnerable que es y eso hace que quiera protegerla.

Cuando salgo de la sala de cuidados intensivos neonatales, me siento en una silla en el pasillo para pensar en un plan. Sigo llevando el uniforme blanco de The Cottage y no tengo más ropa. Tampoco tengo familiares a los que poder recurrir ni se me ocurre adónde ir ahora. ¿A un hotel?

Debería llamar a Pete, pienso llevada por la estupidez. Entonces lo recuerdo todo de repente.

Me llega un mensaje de Emmy: «¿Estás bien?».

Me rio entre dientes. Es obvio que Pete la ha unido también a su búsqueda. Le respondo: «¿Por qué lo preguntas?». Si me pregunta dónde estoy, sabré que está intentando localizarme. Pero lo que me responde es: «Tengo que hablar contigo lo antes posible. Es sobre Pete».

«¿Qué me tienes que contar de Pete?».

«Algo que ha hecho».

«¿Lo de Kia? Ya lo sé».

«¿Kia? No conozco a nadie que se llame así. ¿Cuándo podemos quedar?».

«Voy a tu casa», escribo.

«Espero que no te importe el desorden», responde Emmy, aunque sé que su casa está perfecta porque es el escenario que utiliza para @LittleHiccups. Después de escribir ese mensaje me envía un emoticono de un Papá Noel guiñando un ojo y yo recuerdo, asombrada, que todavía estamos en plenas fiestas de Navidad.

La casa de Emmy no es que esté patas arriba, pero tampoco está perfecta ni mucho menos: hay papel de los regalos de Navidad arrugado y tirado por todo el suelo del salón. Lo señala con un gesto de la mano.

—Han tenido aquí a las niñas en Navidad y después Nick se las llevó al día siguiente, y yo no he tenido energía para limpiar.

Estoy confundida.

—¿Adónde se las ha llevado?

Emmy tampoco es la versión perfecta de sí misma de siempre: lleva una chaqueta de lana holgada y las gafas en vez de las lentillas. Se cubre las manos con las mangas.

—¿Es que no te has enterado? Nick y yo nos vamos a separar. Es un capullo integral.

—Lo siento mucho. ¿Tú estás bien?

—Estoy harta de que la gente me pregunte eso. ¿Quieres algo de beber? —Me lleva a la cocina, donde hay una bandeja de asar pegajosa por los jugos de la carne en el escurridor y en el aire flota un olor agrio.

—Perdona el olor, es que no funciona el lavavajillas. —No es la hora de comer todavía, pero Emmy saca una botella de vino medio llena y la agita en mi dirección—. Espera, ¿estás dando el pecho?

—Puedo tomarme media copa. —Se me ha olvidado sacarme la leche en el hospital y tendré que hacerlo pronto. Aunque acabo de darme cuenta de que mi sacaleches está en The Cottage—. ¿Querías contarme algo de Pete?

Emmy llena dos copas hasta arriba y las dos nos sentamos a la mesa de la cocina. Ella aparta un cuenco de plástico rosa, donde hay un chupete en un charco de leche, y una caja de cereales Unicorn Froot Loops.

—No me juzgues, ¿vale? —empieza.

Me gustaría decirle que ella no tuvo reparo en juzgarme a mí cuando me echó de AEPMH, pero necesito que se centre, así que solo le sonrío.

—La verdad es que entendería que no quisieras volver a dirigirme la palabra —continúa.

Noto que el asiento de mi silla está lleno de migas.

—¿Por qué?

Emmy se envuelve con la chaqueta y se queda mirando fijamente el vino.

—Fue justo cuando las cosas con Nick se estaban desmoronando y yo estaba en caída libre. Sé que no es excusa.

Me levanto despacio y limpio el asiento. Vuelvo a sentarme y procuro mantener un tono sereno en la voz.

—¿Pete y tú?

Emmy se lleva los dedos a los labios un momento y después confiesa:

—Pete me besó. Bueno, nos besamos.

Es sorprendente que no sienta nada de nada. Me produce menos dolor que la astilla del pulgar.

—¿Cuándo?

—Justo después de llevar a las niñas a Coral Reef.

Cuando me encontré con Emmy aquel día, su pelo mojado tenía una onda suave y llevaba un vestido de rayas que parecía un polo de frutas.

—Lo besaste en mi casa —digo muy despacio—. Con las niñas allí. No me lo puedo creer.

Emmy se revuelve.

—Estaban jugando y nosotros estábamos en el baño de arriba.

La caja de Unicorn Froot Loops está abierta y los cereales se van a ablandar si los deja así. Enrollo la parte de arriba de la bolsa de plástico y después cierro la caja.

—Soy una persona terrible —sigue diciendo Emmy—. Lo sé, no te voy a poner excusas.

—¿Y por qué me lo cuentas? Podrías habértelo callado.

—Te mereces saberlo. Te lo iba a decir antes, pero quería darle a Pete la oportunidad de contártelo él. Le dije que si no te lo confesaba antes de Navidad, lo haría yo.

Sigo intentando procesarlo.

—El baño en que os besasteis… ¿Era el principal? ¿El que está junto al dormitorio? ¿O el de Stella?

Emmy cerró los ojos.

—El vuestro.

Yo le doy un buen trago al vino. ¿Cómo ocurrió? ¿La empujó contra la puerta? ¿La subió encima del lavabo y la besó mientras ella lo rodeaba con las piernas? ¿En el mismo sitio donde yo me apoyo para quitarme las lentillas?

Tal vez hacerlo en nuestra casa sea parte de la gracia. Apretarse contra otra mujer en el mismo sitio donde yo estoy cuando me lavo los dientes con el cepillo eléctrico, dejar que los muslos al aire de otra mujer se apoyen en el sitio donde yo le corto la fruta a nuestra hija. Ver lo fina que puede ser la membrana que separa su vida normal de la prohibida.

De repente la habitación empieza a dar vueltas. Aquella acampada, esa en la que sospeché que me había dejado. Hacía mucho que había asumido que no era más que una paranoia provocada por las hormonas, pero yo había aceptado que solo había estado fuera cuarenta y cinco minutos porque me lo había dicho Pete; me había dejado el teléfono en el coche y no tenía ninguna forma de contabilizar el tiempo. Puede que estuviera por ahí mucho más tiempo.

Ahora recuerdo que cuando acerqué la cara a su cuello esa mañana, su pelo olía a tostada quemada, aunque no habíamos encendido una fogata en el campamento la noche anterior. Y me encontré con una mujer joven en el inicio del camino. No he pensado en ella ni una vez desde ese día pero, por raro que resulte, la recuerdo perfectamente, como si mi cerebro hubiera archivado su imagen porque sabía que iba a llegar este momento. Iba con la cara lavada y tenía el pelo rubio oscuro recogido en una coleta, estaba un poco entrada en carnes y llevaba un pantalón de pijama a cuadros y una camiseta que decía UC Santa Cruz. Yo no le pregunté cómo había pasado la noche, pero ella me lo dijo de todas formas: que se había ido a dormir «superpronto» la noche anterior y yo pensé: ¿por qué me está contando esto? Y después añadió: «Y me he levantado superpronto también y he visto salir el sol. El amanecer ha sido muy inspirador».

Entonces salió Pete del bosque resoplando con una nevera, la tienda y los sacos de dormir y los dos nos concentramos enseguida en el rompecabezas que había que hacer para meter todo el equipo de camping en el maletero del Prius. Él no le prestó ni la más mínima atención. Pero tenía el olor de la fogata de otra persona en el pelo.

¿Y por qué la recuerdo con tanta claridad? Debí sospechar algo a cierto nivel, pero tengo que reconocer que en realidad no tenía ni la más mínima idea. Y ambas cosas son ciertas.

Aprieto la copa de vino, que he vaciado sin darme cuenta. Estaba embarazada de Stella entonces. Pete lleva toda la vida engañándome. ¿Lo sabrá ella? Es una niña tan intuitiva, tan sensible. También es posible que lo supiera y no fuera consciente al mismo tiempo. Tal vez vivir esa contradicción era demasiado para ella. Cuando estuve leyendo sobre las posesiones, aprendí el concepto «heridas del alma»; si las tienes, facilitan el acceso del espíritu. La traición de Pete podía haber hecho que Stella fuera más vulnerable a la posesión.

—La vas a romper —advierte Emmy y me separa los dedos de la copa. Me late la mano y creo que es porque me está sangrando la herida otra vez—. Intenta respirar, cariño. —Me da una palmadita en la mano, encima del vendaje—. ¿Qué te ha pasado aquí, por cierto?

—Es una historia muy larga.

—Voy a traerte un vaso de agua —se ofrece Emmy.

—Ahora todo parece muy obvio —digo.

Se llevaba el móvil a todas partes. Salía por la noche con la bicicleta. Hacía muchos viajes de trabajo, incluso los fines de semana. Pero a la vez era tan atento (los masajes de pies, el «té de California») que nunca se me ocurrió desconfiar de él. La única vez que he dudado fue en Navidad, cuando vi que Kia sabía demasiado sobre nuestra vida de pareja.

—Lo siento mucho —repite Emmy—. Y no espero que me perdones.

Ha hecho algo malo, pero su disculpa es sincera.

—Creo que tener que compartir la crianza de las niñas con Nick durante el resto de tu vida es castigo suficiente —afirmo.

Emmy se echa a reír.

—No me alegro de que Pete sea un cabrón también, pero la verdad es que se agradece no ser la única que está en el pozo. Oye, quiero ayudarte. ¿Qué puedo hacer?

Nada, pienso, por eso le resulta tan fácil hacer esa pregunta, porque no sirve para nada. Pero entonces pienso: «Espera un momento. Se lo puedo pedir». Por una vez puedo pedir algo. Blanka creía que no podía hacerlo, porque yo no la ayudaría, pero sí lo habría hecho. Así que es posible que Emmy me ayude a mí.

—Pues ahora que lo dices... Necesito pedirte prestada algo de ropa y también cualquier cosa que me pueda poner para dormir, porque necesito quedarme esta noche.

—Quédate todo lo que quieras —ofrece Emmy—. Nick se queda con las niñas el resto de las vacaciones.

—¿No tendrás por casualidad tu sacaleches?

—Lo he visto cuando he ido a sacar la decoración navideña —asegura Emmy—. No sé por qué lo conservo. Supongo que siempre pensé que el capullo y yo tendríamos un bebé número tres. Menos mal que he esquivado esa bala. —De repente su cara se arruga y se tapa los ojos con la mano.

No sé qué hacer. No tenemos tanta confianza como para darle un abrazo. Y está harta de que le pregunten si está bien. Pero se me ocurre algo.

—Veo que no estás bien —digo sin más.

Ella se me queda mirando con los ojos enrojecidos.

—¿Qué?

—Eso es lo que debería decirte la gente. No preguntarte si estás bien, sino afirmar que no lo estás. Como queriendo trasmitirte: «Lo veo y lo reconozco. No estás bien».

Ella sonríe un poco.

—Tú tampoco estás bien, Charlotte.

—No te haces una idea de lo mal que estoy —reconozco.

Me doy una ducha muy larga. Emmy me trae unos *leggings* y un vestido largo de lana a rayas. Me saco la leche y la guardo en el congelador. Y me como uno de sus pasteles de carne picada sin gluten. Después llamo a Irina.

—Tú otra vez —dice al otro lado de la línea. Suena cansada—. Yo cuidar a Stella muchas semanas, acompañarte en el parto de tu nueva hija, conducir en medio de la noche para ir a recogerte de hotel para la gente que estar mal en la mente en medio del campo. Y ahora tú pedirme que ayudarte otra vez.

—Tienes razón. Pero no te lo pido para mí, sino para Blanka.

—Estar muerta —contesta—. ¿Qué novedad poder decirme?

—Creo que sí que puedo contarte algo nuevo. Bueno, más bien necesito enseñártelo.

Al final Irina accede a llamar a Pete y quedar con él para ir a mi casa y ver a Stella, para felicitarla por haberse convertido en hermana mayor. Pete quiere aprovechar su visita para hacer cosas de trabajo, o eso le ha dicho a Irina, algo que ahora sé que puede significar cualquier cosa. Aparentemente tiene asuntos más importantes que atender y no le queda tiempo para buscarme. Cuando Irina esté segura de que Pete se ha ido, me escribirá un mensaje para que pueda entrar por la puertecita de atrás.

# 36

Cuando Irina me escribe el mensaje, yo entro en la casa por las puertas cristaleras. Me quedo sin aliento al verla, mi amor, mi niña con olor a madreselva, mi secreta dulzura que hay en lo más profundo. Pero parece que ella ni siquiera me reconoce. Tiene la cara impasible, como agotada. Ya no tiene esa forma de ser alegre y confiada de la niña rica blanca que ha nacido rodeada de privilegios. También parece un poco hinchada. Me la imagino engullendo comida en su cuarto mientras Pete está con Kia abajo; las migas afiladas caen sobre sus sábanas y su cama se llena de dagas diminutas sin que nadie se dé cuenta y, como ella es Blanka, no se queja.

Aunque no sé si Stella me oye, le hablo a ella.

—Cariño, siento haber tenido que dejarte. —La miro a los ojos, buscando algún destello de mi hija, pero es como contemplar el fondo de un pozo.

—¿Qué querer decirme? —pregunta Irina—. Por teléfono decir que tener algo especial que contar sobre Blanka.

Me doy cuenta de que está ilusionada porque espera que haya descubierto algún dato sobre su hija que no conoce. Le da igual lo que sea, lo importante es que es algo que no sabía. Entonces durante un segundo será como si Blanka estuviera viva otra vez, porque Irina habrá descubierto algo nuevo sobre ella.

—Espera un momento. —Subo corriendo a mi dormitorio, en el que, aunque ya ha desaparecido mi sensibilidad a los olores, noto el aroma de Pete: a corteza de cítricos, lápices afilados y un toque de acondicionador para la barba. No puedo estar segura ahora que no tengo el olfato superdesarrollado del embarazo, pero me parece que noto otro olor más fresco, deportivo y femenino. Pero tengo que centrarme en Stella. El diario está en el mismo sitio que antes, Pete no se ha molestado en cambiarlo de sitio. Lo llevo a la planta de abajo. Le muestro a Irina que es el cuaderno donde está la página que vio en mi teléfono. «Odio a ese hombre. Odio a ese hombre. Odio a ese hombre».

—Stella —pregunto—, este es tu diario y tu letra, ¿verdad? —Ella asiente—. Y este es tu idioma —continúo.

Stella murmura algo que no entiendo, pero no es mi idioma. Mira a Irina y su cara cambia por completo. Las arrugas desaparecen, sus ojos brillan y se la ve casi hermosa.

—*Blanka jan?* —dice con un hilo de voz—. *Im gandz.*

—¿De qué estáis hablando? —quiero saber—. ¿Qué le has dicho? —Estaba deseando que Irina viera a Blanka en Stella, pero ahora que por fin la reconoce, estoy muerta de miedo.

—Apodo cariñoso —contesta Irina. Después sigue hablando con un tono de voz tierno que no la he visto utilizar nunca antes, como el de una madre cuando canta una nana o el que utiliza alguien cuando solo le oye la persona que más quiere—. *Iskape? da du yes.*

—*Yes yem.* —Stella está totalmente centrada en Irina y, cuando habla, su voz ya no es la de una niña—. *Mamia, yes yem.*

La cara de Irina se llena de asombro, como si ella también hubiera descubierto la dulzura secreta que hay en lo más profundo de todo. Agarra a Stella, la abraza fuerte y le murmura palabras extrañas con la boca pegada al pelo; es la misma frase una y otra vez. No necesito entender el idioma para saber que está diciendo: «Mi niña, mi niña, mi niña».

Yo me aparto un poco. No debería estar aquí mirando. No sé qué hacer. No quiero sentarme, así que me alejo hasta un rincón y me quedo allí de pie. Ahora soy una extraña. Irina es la que todavía tiene a su hija. Me siento fatal. Para mí esto no era más que una forma de convencer a Irina de que Blanka estaba dentro de Stella. Pero he sido una idiota; no me he parado a pensar en qué razón va a tener ahora Irina para hacer desaparecer a su hija, a la que acaba de recuperar.

Irina no quiere soltar a Blanka. ¿Por qué iba a querer hacerlo? No es justo que su hija utilice el cuerpo de la mía. Pero tampoco lo fue que Blanka perdiera a su padre y su hogar y acabara en un lugar en el que no podía encajar nunca. Esta es una forma de que la vida de las dos sea un poco más fácil: tener el cuerpo de mi hija y el alma de la suya.

Me voy un poco más allá y me acerco a las cristaleras mientras Irina sigue murmurándole palabras a Stella y no deja de abrazarla. Se aparta un poco para mirarle la cara y después la abraza de nuevo, como si no pudiera decidir cuál de los dos placeres prefiere.

Yo salgo por las puertas cristaleras. Pienso en su último mensaje: «Ya no puedo seguir yendo a trabajar». Ninguna de las dos viene a buscarme para preguntarme por qué me voy; me dejan irme como si no hubiera existido nunca.

Cuando vuelvo a la antigua vía, noto un calambre en el vientre y tengo la sensación de que mi útero se dobla una y otra vez para acabar siendo un paquete bien cerrado, que ya no es necesario, y tengo que inclinarme hacia delante. Stella está más lejos de mí que nunca. Estaba muy segura de que si convencía a Irina, ella se convertiría en mi aliada, pero es normal que quiera ayudar a Blanka.

Camino hasta la estación del metro, obligándome a colocar un pie delante del otro. Voy a volver al hospital para alimentar a Luna, una cosa muy sencilla que solo puedo hacer yo. Comeré un sándwich y me tomaré una taza de té allí. Tengo que ingerir alimentos para producir leche para ella. He visto a Irina hacer ganchillo para mitigar el dolor por Blanka: una puntada y después otra. Yo puedo hacer lo mismo: centrarme en lo siguiente y después en lo siguiente.

Cuando llego a la recepción de la unidad de neonatos, la recepcionista que hay allí es nueva. Me mira con el ceño fruncido cuando intento firmar para entrar.

—¿Quién es usted?

—La madre de Luna —contesto.

Ella enarca ambas cejas.

—Qué raro, porque aquí dice que la madre de Luna está dentro. —Se va a mirar la pantalla del ordenador, pero yo voy corriendo al cristal del nido. Hay otra mujer sentada en la mecedora que hay junto a la incubadora de Luna meciéndose lentamente. El pelo rubio salpicado de canas le cae sobre los hombros musculosos. Como esa zona está caldeada, ella solo lleva un top de yoga sin mangas con unos tirantes cruzados de una forma complicada. Tardo un segundo en reconocer a Kia porque está totalmente fuera de contexto. Tiene a Luna en la posición de cuna. La adrenalina inunda mis venas. Me ha arrebatado a mi marido, ¿cómo se atreve ahora a tocar a mi hija, que casi no he podido tener en brazos yo?

Ahora mismo no parece muy preocupada por el impacto ecológico de la niña. De repente lo comprendo: ella no es responsable de las emisiones de carbono de esa niña, porque no ha sido ella quien la ha traído al mundo. Con Luna, Kia puede tener una hija sin la culpa que conlleva crear una.

Ignoro las quejas de la recepcionista, empujo a una enfermera para que me deje pasar y entro corriendo en la unidad.

—Dame a mi hija.

—¿Charlotte? —La voz de Kia suena insegura. ¿Debería continuar con su cercanía californiana o tratarme con cautela? Ajusta la posición de Luna sobre su hombro, como si estuviera pensando utilizarla como escudo.

Veo a la enfermera con la diadema con las astas de reno.

—¡Oiga! Esta mujer no debería estar aquí. La madre soy yo, pero ella tiene a mi hija en brazos.

La enfermera parece espantada.

—Deme al bebé —le ordena a Kia—. No debería haber entrado aquí.

Le coge a Luna de los brazos, pero en vez de dármela a mí, vuele a meterla en la incubadora. ¿Es que cree que le haría daño a mi propia hija?

Otras dos enfermeras aparecen a mi lado. Una me apoya la mano en la parte baja de la espalda y la otra en el hombro para sacarme de la unidad.

—¿Por qué me tratan a mí como si estuviera loca? —me quejo—. Ella es la que les ha mentido, porque no es la madre de Luna.

Fuera Pete se acerca a nosotras. Cuando me doy la vuelta, encuentro a Kia justo detrás de mí. Con las dos enfermeras, una a cada lado, estoy rodeada.

—Vamos a respirar hondo todos —sugiere Kia—. Será mejor que nos calmemos.

Una vez hice para Stella un «frasco relajante» que recomendaba un blog para madres como un método infalible para frenar las rabietas: una purpurina ultrafina en una solución de pegamento y agua. Yo he mantenido la calma toda mi vida, pero ahora mismo creo que Stella hizo muy bien cuando tiró el frasco contra la pared y lo hizo añicos. Me zafé de las enfermeras y me lancé a por Kia.

—No te acerques a mi bebé, maldita zorra.

Kia suelta una exclamación y da un paso atrás. Entonces aparece una mujer con un traje pantalón gris y una identificación del hospital.

—Quiero disculparme por el malentendido en cuanto a las personas que tienen acceso a la unidad de neonatos —dice.

—Es culpa mía —reconoce Pete—. Creo que le ha dado a la recepcionista una impresión que no era. Discúlpenme.

Inspiro hondo. Mi enemigo no es el hospital.

—No pasa nada —le digo a la mujer de los pantalones—. Solo ha sido un malentendido. Ahora mismo vamos a ir a la máquina que hay al fondo del pasillo a por una taza de té y a arreglar las cosas.

No tengo intención de hacer lo que he dicho, pero la mujer se queda satisfecha y se va, acompañada por el resto del personal del hospital. Entonces me vuelvo para mirar a Kia.

—Sé lo vuestro. —Y le clavo el dedo en el pecho a Pete—. Y también sé lo tuyo con Emmy.

Kia suelta una carcajada de incredulidad.

—¿Y quién es Emmy?

Pete se rasca la barba.

—Charlotte, tienes que tomarte un respiro. Has pasado una época difícil. No estás bien.

—¿Vas a intentar internarme otra vez? Porque no voy a tardar ni un segundo en contarles que me has metido a la fuerza en un manicomio para poder tirarte tranquilamente a tu amante.

—¿Quién es Emmy? —vuelve a preguntar Kia.

Pete agarra a Kia por el hombro y yo entiendo perfectamente lo que le quiere decir con la mirada: «Ignórala, está paranoica». Se da la vuelta para mirarme y me señala una hilera de sillas que hay contra la pared del pasillo.

—Vamos a sentarnos, solo nosotros dos, para hablar. Ha sido una buena idea lo del té. Kia, ¿te importa?

—Yo no quiero sentarme —le digo cuando Kia se aleja para ir a la máquina de bebidas.

—Lo siento... —empieza a decir Pete, pero yo le interrumpo.

—Guárdate las excusas. No se trata de un error, Pete, ni de dos. También sé lo de la mujer de Humboldt Redwoods cuando estaba embarazada de Stella. Has estado engañándome desde el principio.

Pete sacude la cabeza.

—Te quería, Charlotte. No había mirado a nadie siquiera, nunca, hasta que te quedaste embarazada. Pero entonces empezaste a desarrollar mucha ansiedad por el embarazo. Y cuando nació Stella, se acabó: me diste de lado.

—Siento que no pudieras tener toda mi atención —digo enfadada.

—Creí que las cosas mejorarían cuando ella creciera, que volverías a ser la de antes, pero no. Antes eras tú siempre la que invitaba a todo el mundo a casa para las fiestas. Pero después te convertiste en una persona que se queda hasta altas horas de la noche buscando el pijama perfecto para su hija.

—Me convertí en madre.

—Tú esperabas que me ocupara de ti —continúa—. Era tú cuidando de Stella y yo cuidando de ti. Necesitaba una vía de escape.

—Qué bien lo estás racionalizando todo —contesto con sorna.

Me mira con las manos abiertas sobre las rodillas.

—Siempre he tenido mucho cuidado para que no te enteraras.

—¿Y eso es algo a tu favor? —Claro que no había tenido ningún desliz: se le da muy bien estar pendiente de todo mientras a la vez controla la imagen completa.

De repente me doy cuenta de algo. Me metió en The Cottage porque veía la imagen completa. Si llegábamos al punto de que hubiera que tomar decisiones sobre la custodia, él quería tener elementos para decir: «Mi mujer ha estado ingresada en un centro psiquiátrico y no está capacitada mentalmente para cuidar de las niñas».

—Quieres quedarte a las niñas —afirmo—. Lo has planeado todo.

—Lo siento, cariño —contesta—. Tengo que hacer lo mejor para ellas. No creo que sea seguro para ellas estar contigo ahora mismo.

La expresión de su cara es muy sincera y sus ojos se ven

muy azules y serios. De verdad cree que soy mala para ella. Me he equivocado: meterme en The Cottage no ha sido su forma de adelantarse, al menos no lo ha hecho conscientemente. De verdad se ha convencido de que tengo una enfermedad mental. En su cabeza lo que le resultaba más cómodo a él se había convertido en la verdad.

Al final del pasillo, Kia está estirando los cuádriceps mientras espera a que la máquina prepare las bebidas. Me imagino su conversación con ella: «Pobre Charlotte, tiene psicosis posparto. Alucinaciones paranoides. Problemas hormonales, como su madre. Le pasó lo mismo cuando tuvo a Stella: la última vez que fuimos de camping acabó siendo un desastre porque creyó que me había escabullido para meterme en la tienda de otra mujer. Eso de Emmy son tonterías. Charlotte está convencida de que me lie con esa mujer, que es la madre de una de las amigas de Stella, mientras las niñas estaban en casa. Pero si casi no tengo tiempo ni para ir a mear cuando estoy cuidando de Stella». Y Kia le diría: «Pobrecita Charlotte. Necesita mucha ayuda».

Kia vuelve de la máquina y me tiende un capuchino.

—A Pete le gusta le leche de avena y se me acaba de ocurrir que tal vez a ti también, así que si la prefieres, puedo volver a la máquina. Ten cuidado, está muy caliente.

No se atreve a mirarme a los ojos, pero sigue queriendo que todo parezca civilizado, una ruptura consciente, aunque ya sabe cuáles son las preferencias de mi marido en cuanto al café. Pero ahora estamos en un terreno que queda muy lejos de la amabilidad y la etiqueta. No hay un consejo de «Palabra de Charlotte» adecuado para esta situación.

«Dile las cosas como son», me recomendaban siempre los troles.

—No quiero que estés aquí —le dije—. No quiero tu café porque no me caes bien.

—Comprendo que estés teniendo un torbellino de sentimientos —responde Kia de una forma que me deja clarísimo que ha estado en terapia.

—Te engañará a ti también —advierto mientras siento que algo me hierve dentro.

Cuando era joven, siempre dejaba que fuera mi madre la que perdiera los nervios. El día que me dejó en la calle nevando, el que me tiró la harina, yo me aguanté. Dejé de sentir los pies y me dio la sensación de que se me iba a caer la nariz congelada. Me desconecté de la parte periférica de mi cuerpo y me sumergí en lo más profundo. Pero no iba a volver a hacer eso.

—Porque es un cabrón de dimensiones colosales —añado.

Pete niega con la cabeza.

—No estás bien, Charlotte.

—Coge el café, por favor —pide Kia—. Hablemos.

Lo sostiene demasiado cerca de mi cara. No soporto que la gente invada mi espacio personal. Me levanto, aparto el vaso de un manotazo y el líquido cae sobre los pantalones de correr ajustadísimos de Kia. Chilla e intenta apartar la tela de la piel.

—¡Joder, joder! ¡Pete, ayúdame!

Él me agarra por los hombros y me aparta de Kia. Aparece la seguridad del hospital y más enfermeras y yo enseguida me pongo a gritar lo más alto que puedo:

—¡No me toques! ¡No me pegues!

Los guardias de seguridad deciden que es a Pete a quien hay que expulsar, no a la madre histérica y lactante. Kia sale detrás de ellos, cojeando.

Una enfermera mayor muy amable me lleva a la cafetería y me trae una taza de té con azúcar. Estoy temblando. Miro el palito para revolver de plástico que me ha traído, uno de esos plásticos de un solo uso que Pete odia tanto. En algún momento él hablaba de fabricar palitos para el café a base de plantas, pero la mejor solución era volver a utilizar cucharillas. O tomar el té y el café en casa. Pero no había ningún beneficio que los empresarios pudieran sacar de eso.

El té está malísimo y me acuerdo del toque de la piel del limón y el sabor agradable de la canela en nuestra luna de miel. Sentí una tristeza enorme.

# 37

En el metro, oigo el pitido de mi móvil, es un mensaje de Irina: «Blanka no estar contenta». Un peso desaparece de mi corazón: tal vez, solo tal vez, Irina sí que me va a ayudar. Quedo con ella en una cafetería de Muswell Hill.

Ella pide té, pero no se lo toma. Hoy no tiene la belleza que vi en su cara ayer. Parece cansada y tiene la cara demacrada. No pierde el tiempo con preámbulos.

—Ayer yo hacer muchas preguntas a Blanka. «¿Qué pasarte, mi vida?». ¿«Cómo ocurrir esto?». Pero Blanka no querer hablar conmigo. Solo esa primera vez, la única vez. Nunca más. —Niega con la cabeza y mira por el escaparate de la cafetería—. Cuando Blanka ser pequeña, quedarse muy callada cuando estar enfadada. Muy muy silenciosa. Ser así ahora. No gustarle esto... —Sacude las manos—. Esta situación. Querer irse.

Me inclino hacia ella.

—¿Me ayudarás?

Irina aprieta los labios.

—Yo ayudar a Blanka.

—Está bien —acepto y noto que mi determinación vuelve a resurgir. Todavía puedo salvar a Stella—. Tenemos que descubrir quién le ha provocado ese enfado. ¿Alguna idea?

Irina hace tamborilear los dedos en la mesa.

—Yo pensar en cuando Blanka empezar con menstruación.

Antes ya yo preguntarme: ¿por qué querer renunciar a la vida cuando venir por fin la menstruación?

—Ya, la menstruación. —Hice una mueca cuando Irina sacó el tema de la regla de Blanka unas semanas atrás; me pareció algo poco apropiado. Pero ahora que he dado a luz delante de Irina, que me ha visto con las piernas abiertas y rezumando líquido, podemos hablar de cualquier cosa.

—Ahora creer que esa sangre no ser menstruación —apunta Irina con cautela.

—¿Y qué otra cosa podría ser?

Irina se me queda mirando fijamente.

—La primera vez que practicar sexo, las mujeres sangrar.

—¿Crees que había perdido la virginidad? —susurro y me compadezco de ella—. ¿Y con quién pudo ser? ¿No será tu vecino? ¿A quién más conocía?

—No tener amigos ni novio, nunca en su vida —explica Irina—. Solo ir al trabajo, al supermercado y a casa, nada más. Yo preguntarme eso. Pero tú mirar. —Saca un teléfono viejo (es el de Blanka) y escribe la contraseña. Me muestra los mensajes que se intercambiaba conmigo. Son inocuos; hablan sobre la hora a la que va a venir y opciones para la cena de Stella. Le preguntaba si podía estar en casa a las cuatro porque iba a ir alguien a arreglar la nevera. Pero empiezo a sentir algo muy parecido al terror cuando Irina sigue bajando, avanzando por la lista de mensajes, hasta que llega a uno de Blanka, que me enseña: «¿Puedo ir a recoger el cheque hoy?», preguntaba.

«Claro. Tengo clase de yoga, pero te lo puede dar Pete», le contestaba yo. No tenía sentido, pero pensé en esa larga época de ignorancia, cuando no tenía ni idea de que Pete me estaba traicionando, ni de que Blanka tenía una depresión que le hizo querer suicidarse.

—El mismo día que la sangre —explica Irina—. Cuatro días antes de morir.

Mi mente está haciendo esfuerzos por intentar encontrarle sentido a eso.

—¿Qué significa?

—El pez empezar a oler mal por la cabeza —contesta Irina impaciente.

—La cabeza... ¿El cabeza de familia? No puede ser —me apresuro a contestar.

Pero Maureen me contó lo de la depresión de mi madre y yo me negué a escucharlo. No voy a tomar el camino fácil esta vez también. Tengo que prestar atención.

Claro que lo intentó también con nuestra niñera. No importaba que Blanka no fuera sexy; lo que le gustaba era el riesgo de hacerlo en nuestro hogar perfecto, poniéndolo todo en peligro.

Stella estaba en su clase de natación. Yo había quedado con Emmy en que la recogería ella porque Lulu iba a la misma clase. Pete tenía que trabajar.

Me volví loca de rabia con Pete.

Pero ¿qué buscaba Blanka? Tal vez estaba enamorada de él. Si nadie había intentado seducirla nunca, podría haberlo confundido con amor. ¿Podría ser ese el motivo de que no lograra irse del todo: un espíritu sufriendo por amor, incapaz de dejar atrás los pómulos marcados y los ojos azul hielo de Pete? Pero eso era ridículo. En ese caso no elegirías a la hija de esa persona como recipiente, porque eso garantizaría que nunca tuvierais ningún contacto sexual.

—Él hacerle daño a mi hija —afirma Irina, casi escupiendo las palabras—. «Odio a ese hombre. Odio a ese hombre». Él es ese hombre.

—Pero ¿cómo? ¿La rechazó?

—Tener que hablar con Blanka.

—Eso no es fácil —reconocí, temiendo lo que podíamos averiguar.

Necesitamos superar su reticencia. Quizá podríamos conseguirlo entre las dos.

Cuando llegué a casa de Emmy, tenía preparada una copa de vino en el mismo instante que crucé la puerta.

—¿Qué ha dicho ese cabrón? —Tenía crudités y algo para mojarlas esperando en la mesita del café. Le dio unos golpecitos al cojín del sofá que había a su lado—. Siéntate. Cuéntamelo todo. —Bebe el vino con los ojos brillantes. Está disfrutando un poco de mi sufrimiento. Lo admitió durante la última conversación que tuvimos: «Se agradece no ser la única que está en el pozo». Pero también quiere ayudarme de verdad. No me importa que los sentimientos que tiene hacia mí sean complicados, porque no los oculta. Nada que ver con Cherie.

—Tiene una novia —empiezo—. Creo que va a pedir la custodia de las niñas junto con ella. Y el divorcio, supongo. —Ni siquiera hemos llegado a mencionar el tema.

—Mierda —exclama Emmy—. Siempre he pensado que era demasiado majo. Pero eso es lo que le excita. He leído un artículo sobre sociópatas, porque pensaba que Nick podía ser uno de ellos. Tienen una frecuencia cardiaca más baja en reposo, así que las teorías dicen que rompen las reglas y asumen riesgos para lograr estimulación, para sentir algo. —Se queda callada un momento—. No parece que te haya afectado mucho.

—No me interesa nada psicoanalizar a Pete. Tengo otros problemas.

—¿Más importantes que eso? —Se me queda mirando—. Creía que Luna estaba bien. Tú no estás enferma, ¿verdad?

—La verdad es que eso es algo de lo que no puedo hablar.

La expresión de Emmy se ensombrece. He roto un pacto tácito. Me ayudará todo lo que pueda pero, a cambio, nos regodearemos mutuamente con nuestras historias. Para eso no tenemos que guardarnos nada. Pero a mí nunca se me han dado bien estas cosas.

Ella ha confesado haber besado a Pete, aunque no tenía por qué hacerlo. Me ha dejado quedarme en su casa y está haciendo todo lo que está en su mano para ayudarme. Por una vez no pretende ocultar cómo es su vida en realidad. Así que quizá podría atreverme a contarle cómo es mi vida yo también. Pero todavía no.

—Mira, Emmy, te prometo que algún día de lo contaré, ¿vale? —afirmo—. Nos tomaremos un vino y te relataré toda la historia. No te la vas a creer.

—Estoy deseando que llegue el día —asegura.

# 38

Irina se ofrece para recoger a Stella al día siguiente. Le dice a Pete que la va a llevar a su casa para darle una clase de ganchillo, pero en realidad irá con ella al parque infantil a las seis de la tarde para encontrarse conmigo. Elegimos una hora en la que ya es de noche, porque no queremos que nadie vea lo que va a ocurrir.

Stella anda arrastrando los pies y camina dolorosamente despacio a estas alturas. Su cara está serena, vacía. No parece un espíritu furioso que no puede descansar. Pero cuando Blanka estaba viva también parecía muy tranquila.

Durante todo el tiempo que fue la niñera de Stella, yo no fui nunca con ella a ninguna parte, porque le pagaba para hacer un trabajo y además estaba ocupada con el mío, pero ahora me pregunto por qué no saqué media hora durante su jornada de trabajo, por qué no la invité un día a tomar un café con nosotras.

Cuando llegamos a «las ollas de sopa» ya está oscureciendo y el parque se ha quedado prácticamente desierto; solo hay un par de adolescentes colgados de la estructura, con las puntas de los cigarrillos encendidas. Irina dirige a donde están y les dice algo; al oírlo niegan con la cabeza, se dejan caer al suelo y se van corriendo.

—¿Qué les has dicho? —pregunto.

—Yo decir: «Hola, chicos guapos: ¿cuál de vosotros querer un poco de lo que tener escondido la abuelita?». Y después hacer esto —dice y pone morritos.

—Genial.

Subimos los escalones que hay junto a «las ollas de sopa» cilindros de hormigón y entonces le cojo la mano fría a Stella y me quedo con ella al lado de la más grande. Es difícil mantener el equilibrio en la pendiente; ese lugar solo es cómodo si estás en una de las ollas o trepando por allí. Pero Blanka se pasaba allí muchas horas.

Le doy el teléfono a Irina y le pido que lo grabe todo. No se lo voy a enseñar a nadie, porque seguirán pensando que estoy loca o dirán que he convencido a Stella para que actúe como si fuera Blanka. Pero de todas formas, aunque guarde la grabación solo para mí, quiero tener pruebas (o lo más parecido que pueda obtener).

Me vuelvo para mirar a mi hija, pero le hablo al espíritu que hay en su interior.

—Stella te quería mucho —empiezo—. Por su bien tienes que hablar conmigo directamente y decirme lo que ocurre para que pueda ayudarte a descansar de una vez por todas. Este es el cuerpo de Stella y tienes que devolvérselo.

Stella asiente.

—Oh, claro.

Se me pone la piel de gallina. ¿Es una señal de que estamos de acuerdo o se trata del otro tipo de afirmación, que no es más que su forma de negarse a comunicarse?

Sigo intentándolo.

—Tienes que hablar. Debería haberte preguntado antes si estabas bien, no debería haber dejado de preguntártelo. Pero lo estoy haciendo ahora. Te escucho. Y no voy a parar de preguntarte hasta que me respondas. Ya sé que hay algo que no está bien y que estás enfadada. Que ocurrió algo. Y que odias a alguien.

—Si yo hablo, te vas a enfadar. —Ahora se le nota mucho

el acento marcado. Blanka vivió en Inglaterra muchos años, pero no perdió nunca ese acento tan fuerte. Ahora sé que es porque no hablaba prácticamente con nadie, aparte de con Irina.

—No me voy a enfadar, te lo prometo —aseguro—. Pasara lo que pasara. Quiero ayudarte a que descanses, pero no puedo hacerlo hasta que me digas lo que quieres. Encontramos tu diario. Creo que querías que lo leyéramos. *Yes atum yem ayd mardun.*

—Pete. —Stella pronuncia el nombre con un profundo asco, algo que contrasta mucho con la cantarina forma de hablar habitual de Blanka. Y entonces sé sin lugar a dudas que estoy hablando directamente con ella. El último vestigio de Stella desaparece y es Blanka la que está aquí conmigo. Es una sensación sobrenatural y vertiginosa conversar con esta criatura. Es como ver un destello de otro mundo.

Noto debilidad en las piernas y están a punto de fallarme las rodillas, pero siento una oleada repentina de energía. Tenía razón todo el tiempo. No es Stella. Por fin he conseguido que el espíritu me hable. He logrado que esa criatura que habita en las profundidades salga a la superficie. Y vamos a hacer algo que no probamos nunca cuando Blanka estaba viva: tener una conversación sincera y de verdad.

—Aquel día que fuiste a por el cheque —digo con los dientes apretados—. ¿Qué pasó?

Stella lo piensa.

—Al principio me dice cosas bonitas: que estoy guapa ese día. —Se queda en silencio mientras mira por encima de mi hombro, hacia el pasado.

—El padre de Stella —señalé para que quedara claro, aunque ya me estaban dando ganas de vomitar—. ¿Pete? De él es de quien estás hablando.

—El padre de Stella. Tiene un líquido marrón en el vaso.

—Whisky. —A veces se toma uno cuando necesita desconectar de verdad—. ¿Y qué pasó después?

—Dice que soy misteriosa. Que quiere conocerme. No sé qué contestar. Entonces se acerca y me besa. —Cierra los ojos al recordarlo. La expresión de la cara de Stella es una que no le he visto nunca antes: la de una adulta, una mujer que recuerda su primer beso. Veo que fue un poco incómodo, pero también dulce. Inesperado.

Stella continúa:

—Pruebo su whisky. Después él me mete la lengua en la boca. —Hace una mueca, como si tragar más saliva sirviera para quitarse ese sabor—. Y entonces me agarra y me aprieta. —Hay angustia en su cara mientras estruja el aire que tiene delante. Es la emoción más fuerte que le he visto demostrar a Blanka—. No me gusta. Quiero irme a casa.

—¿Se lo dices en voz alta? —pregunto.

Stella se queda callada y me da miedo que no se resistiera. En realidad era una mujer que no era capaz de pedir un vaso de agua; no sé si tendría la fuerza para decirle a alguien que no la agrediera, sobre todo si se trataba de su jefe. Y en su mente tal vez lo de no decir nada le pudo parecer la forma más segura de actuar; así solo estaba permitiendo que pasara lo inevitable: el cormorán que se rinde ante el halcón.

—¿Y entonces qué? —la animo a seguir, aunque ya lo sé.

Stella habla atropelladamente.

—Pete no me hace caso, me obliga a tumbarme en el suelo, me levanta la falda y me separa las rodillas. No deja de decirme todo el tiempo lo guapa que soy. Empuja para entrar dentro de mí y me hace daño... —Se tapa los ojos.

Se me parte el corazón al imaginármela allí tumbada, inerte, sin oponer resistencia. Pero tal vez en su interior estaba en otra parte; en su cabeza, durante el tiempo que duró, quizá estaba imaginando que era su héroe, el Doctor Who, y que luchaba contra los monstruos a lo largo y ancho del tiempo y el espacio.

—Lo lamento mucho —digo—. Lo siento muchísimo. No fue culpa tuya. —Ojalá Blanka me lo hubiera dicho cuando pasó, pero obviamente tenía miedo de que no la creyera, de que le echara la culpa. Y no estaba equivocada. Entonces no me habría creído que Pete fuera capaz de algo así. Me caen lágrimas por la cara. Lloro por Blanka, por Stella y por Irina, que ha tenido que escuchar la historia de su hija.

Ahora entiendo por qué Stella (o más bien Blanka) se lleva la comida a su habitación y no quiere sentarse en la misma mesa que él. Y por qué, cuando la coge para darle un abrazo, ella se convierte en un peso muerto. Y por qué cuando la intenta sacar después del baño, ella se zafa. Y por qué le cierra a él la puerta de su dormitorio y su baño. Pete creía que era porque se estaba haciendo mayor, pero la verdad es que él le pone la carne de gallina.

Me siento orgullosa de Blanka, a pesar del dolor y el horror. Ha conseguido dominar su repulsión para poder volver y vengarse.

—¿Y él tocar alguna vez a Stella? —pregunta Irina sin previo aviso.

Suelto una exclamación. No se me había ocurrido. El Pete que yo amo ha quedado atrás y lo ha sustituido otro hombre, un infiel impenitente. Y después ha aparecido otro peor, el hombre que violó a Blanka. ¿Hay un hombre aún más horrible detrás, uno capaz de agredir sexualmente a una niña? Esa vez que Pete tenía a Stella agarrada sobre la bañera y ella se puso a gritar tanto... ¿Estaría pasando algo raro? Seguro que no; era uno de sus intentos de arreglar los problemas de Stella con el uso de la fuerza. Además delante de mí Stella niega con la cabeza categóricamente.

—No. Stella no.

Yo sé que Pete no ha tocado a Stella, porque mi hija no se lo habría callado. Si él le hubiera puesto un dedo encima, me lo habría dicho. Era imposible silenciar a Stella cuando era ella, y Pete lo sabía. Le gustaba juguetear con el caos, pero no desatarlo.

Irina se dirige a Blanka.

—¿Qué querer tú? ¿Qué hacer nosotras por ti, cariño? ¿Qué necesitar para ser libre?

La expresión de Stella se vuelve dura.

—Hacer que se vaya.

—Oh, por eso no te preocupes. Él se va a ir —aseguro—. O me voy yo, pero no vamos a volver a vivir juntos.

Su voz suena implacable.

—No es suficiente. Tienes que separar a Stella de él.

—¿Quieres decir evitar que la vea?

—No puede volver a verla nunca —confirma.

Y tiene sentido. Pete le arrebató a Stella a ella y ahora Blanka quiere arrebatársela a él.

—Pero no puedo hacerlo. Es su padre —razono.

Si me lo quito de encima, Stella no va a tener padre y, por mucho daño que le haya hecho Pete a Blanka, no le ha hecho ninguno a Stella. La quiere.

Pero no le permite ser ella misma. Es posible que esa sea en parte la razón por la que Blanka se coló en el cuerpo de Stella con tanta facilidad: la presión por parte de Pete para que cambiara. Sin embargo, sigue teniendo derecho legal a verla.

—No se irá del todo. No puedo conseguir eso —reconozco.

Stella se encoge de hombros.

—Entonces yo no me iré nunca tampoco.

Me estremezco al pensar en tener que vivir con Blanka para siempre. Pero me ha encomendado una tarea imposible, como sacada de un cuento: encuentra el anillo que dejé caer al mar; hila la paja hasta que se convierta en oro.

Pero, como en los cuentos, tiene que haber una manera.

Tomo una decisión: voy a hacer lo que me pide Blanka. Encontraré la forma. Al fin y al cabo es lo único que me ha pedido.

—Si Pete se va, ¿estarás satisfecha? ¿Se habrá acabado?

Stella asiente.

—Oh, claro.

Irina me dice que se lleva a Stella a casa y que me esperarán hasta que se me ocurra un plan, aunque no me gusta la idea de dejar a Stella a solas con Pete.

—¿No le tienes miedo después de lo que te hizo? —le pregunto a Stella, o más bien a Blanka.

—¿Qué más poder hacerle? —dice Irina con la cara muy seria.

Voy al hospital para dejar la leche que me he sacado para Luna. Las enfermeras están muy pendientes de mí después de la pelea del día anterior con Pete y Kia, pero no pueden negarme el acceso para ver a mi hija. La enfermera más mayor que es tan amable me encuentra un sacaleches. Después cojo un tren para ir a casa de mi madre, en Oxford. Necesito estar sola en un lugar donde pueda pensar. No tengo ni idea de cómo lo voy a hacer, pero al menos sé cuál es mi objetivo.

Heredé la casa tras la muerte de mi madre, pero no he tenido fuerzas para venir desde entonces. He contratado a alguien para que la limpie, aunque huele a humedad y obviamente está helada. Los armarios de la cocina todavía contienen los pocos alimentos que había: latas de alubias y un paquete de galletas. Una huevera blanca y sin adornos está boca abajo en el escurridor. Su última y triste comida: un huevo duro.

Cojo la huevera y miro afuera, al comedero para pájaros, que tiene un tejadito encima y parece un chalet típico de los Alpes suizos en miniatura. Siempre lo tenía lleno de bolitas de sebo, que compraba a granel; ni siquiera eso hacía ella misma. No era capaz de cocinar nada, ni para sus adorados pájaros.

Probablemente la desconcertaba que a mí me gustara tanto la cocina. Todo ese esfuerzo para algo que iba a desaparecer solo en unos minutos. Tal vez le asustaba un poco también lo diferente que éramos. Yo no estaba poseída, pero no tenía nada que ver con ella: solo había que ver la reacción tan distinta que habíamos tenido en cuanto al parto.

Edith tuvo que soportar un extenuante parto de dos días. Y estaba sola, porque para entonces mi padre ya había muerto. El médico tuvo que sacarme con fórceps y Edith decía que me parecía «a un tomate pelado, una cosa bastante horrible». Me lo contó cuando estaba embarazada de Stella. ¿Por qué me contaría algo así?

Un petirrojo se posa en el comedero, pero se lo encuentra vacío. Mira hacia la casa con aire de impaciencia, como si se preguntara por qué están tardando tanto en servirle la cena. Tal vez Edith se quedaba de pie aquí y contemplaba a ese mismo petirrojo.

No encuentro bolas de sebo en la cocina, así que rebusco en otros sitios y, en el armario que hay bajo la escalera, en un estante encuentro el sombrero para el sol infantil desvaído, un par de auriculares amarillos pequeños y un cuaderno que tiene escrito en la portada «El registro de pájaros de Charlotte». Dentro está la lista de pájaros que quería ver y un dibujo con ceras de colores de un pájaro carpintero. Recorro la silueta del ala con el dedo. Mi madre podría haber tirado esas cosas mucho tiempo atrás, pero las había dejado a mano, como si cualquier día pudiéramos salir a avistar aves de nuevo. Saco el chubasquero azul que está colgado de un gancho en la parte interior de la puerta del armario y me lo aprieto contra la cara.

Solía extender el chubasquero en el suelo para que pudiéramos sentarnos y comer cuando llegaba la hora. No le gustaba nada estar en contacto directo con la hierba. Una lista empieza a formarse en mi cabeza:

- Problemas sensoriales.
- Concentración extrema.
- Sinceridad absoluta.
- Crisis.

Sé lo que diría Cherie y puede que tuviera razón. Le doy la vuelta a los bolsillos también impermeables como si fuera a encontrar ahí la respuesta, y no solo unos pañuelos de papel hechos añicos. Me dejo caer al suelo y me quedo allí sentada mucho rato, repasando los recuerdos de mi madre. Aborrecía lo difícil que era conseguir que me mirara a los ojos. Creía que era porque no me prestaba atención.

Aunque no importa cuál fuera su diagnóstico. Ahora entiendo que su mente funcionaba de una forma muy diferente a la mía. Cuando me dijo que era «horrenda» cuando nací, no creo que tuviera intención de hacerme daño; creyó que me estaba transmitiendo una información valiosa: puede que no ames a tu bebé a primera vista. Seguro que se quedó desconcertada cuando vio que se me llenaban los ojos de lágrimas.

Vuelvo a la cocina. Ojalá le hubiera agradecido de verdad los tarros de mostaza que me regaló. Ahora veo que no eran un insulto. Edith pensaría que, igual que a ella, a mí me gustaría recibir mostaza como regalo: una cosa que ocupaba poco espacio en casa y que estaba muy rica con los palitos de pescado.

Afuera el petirrojo sigue esperando. Las bolas de sebo son lo mejor, pero tendrá que conformarse con galletas rancias. Cuando salgo, se va volando. Desmigo las galletas sobre el comedero de todas formas. Me lloran los ojos por el frío. Ojalá hubiera entendido que cuando mi madre no me miraba a los ojos era porque le costaba sostenerles la mirada a los demás. Podríamos habernos quedado allí juntas contemplando al petirrojo.

Unas cuantas horas después noto hambre por primera vez desde que llegaron las náuseas. De hecho estoy famélica. Pido comida india y me harto de *saag paneer* y *chana masala*. Me siento llena y satisfecha, sobre todo porque la comida ha venido en recipientes de plástico de un solo uso, que seguro que quemarán en alguna parte del extranjero, o quedarán tirados en un vertedero o, peor, acabarán en el océano en una isla de basura del tamaño del estado de Texas. Ojalá pudiera tirar a Pete en medio del vórtice de basura del Pacífico para que pasara allí el resto de la eternidad. Pero no puedo: si lo matara, acabaría en la cárcel, ¿y entonces quién cuidaría de Stella y Luna?

Yo me moriría si no pudiera estar con Stella. Pero si la tuviera a ella, podría sobrevivir a la pérdida de Luna. Cuando la parí no me quedé horrorizada, como le pasó a Edith la primera vez que me vio, pero tampoco sentí un amor que podía con todo.

Puedo ofrecerle a Luna a cambio de Stella.

Tal vez acepte ese intercambio: podría empezar de cero con Kia y los dos se librarían de Stella, la aguafiestas complicada. Así Luna podría tener una vida de todas formas, mientras que si Blanka se queda, la vida de Stella se habrá acabado de una forma u otra.

Pero no. He intentado con todas mis fuerzas tener a mi segunda hija porque Stella necesita una amiga, o al menos una aliada. Además no se puede dejar en mano de Pete la crianza de una niña. Yo creía que era un buen padre, pero no se puede ser eso y además un adúltero y un violador.

No tengo nada más que ofrecerle. Solo se me ocurre ponerle sobre la mesa un estímulo negativo: una amenaza en vez de una recompensa. ¿Cómo puedo aterrorizarlo tanto que haga lo que yo quiero, incluso renunciar a sus hijas? Y entonces lo veo: es muy sencillo.

Le mando un mensaje a Pete para quedar para una reunión con un mediador la tarde siguiente. Le digo que quiero hablar «de los siguientes pasos y poner en marcha las cosas», algo que creo que suena importante y como si hubiera salido de la boca de Nathan, pero también suena razonable y a la vez vago. Le dejaré pensando en de qué quiero hablar (¿separación, divorcio, custodia?) y así le resultará más difícil ir preparado.

# 39

Phil, el mediador, es un hombre mayor con el pelo canoso. Tiene su despacho en un chalet adosado eduardiano casi en el límite de Muswell Hill.

—Ha llegado un par de minutos antes de la hora —dice con aire de desaprobación.

Antes me habría disculpado, pero ahora prefiero no decir nada y entro con él. Obviamente es su casa, aunque ha quitado los objetos personales del pasillo y la entrada y todas las puertas están cerradas. Nos lleva a una ampliación de la casa que está junto a la cocina, que también es un lugar impersonal donde no hay imanes en la nevera ni señales de haber cocinado, aunque permanece en el aire el olor de las alubias de lata Heinz. En la ampliación hay una mesa circular blanca con un pequeño cuenco en el centro que parece que contiene unos peludos pompones de musgo. Hasta las plantas que hay allí en macetas resultan anodinas.

No puedo evitar pensar que si tu oficina es a la vez tu cocina y tu comedor, está claro que vives solo y, si ese es el caso, ¿qué dice eso sobre tu capacidad para negociar con los miembros de tu propia familia?

En la pared hay un cuadro con tres conejos victorianos, o más bien tres personas, un padre, una madre y una hija, que llevan unas máscaras de conejo: el padre va vestido con un traje y la madre y la hija con vestidos largos, todos oscuros. Las máscaras tienen hocicos de cartón blanco y unas orejas divertidas de cartón marrón. Quizá le recuerdan a las familias que se describen en los libros infantiles. A mí, el cuadro hace que me pregunte por qué esa gente tan seria lleva máscaras de conejo, pero no parece estar divirtiéndose.

Suena el timbre y el corazón me da un vuelco, no porque esté nerviosa por ver a Pete, sino al pensar en lo que tengo que hacer. Está recién duchado y afeitado y lleva una camiseta de una tela suave que parece cara y vaqueros. Está tan seguro de que va a conseguir lo que quiere que ni siquiera se ha molestado en arreglarse.

—¿Alguien quiere té o café? —ofrece Phil.

Los dos negamos con la cabeza, unidos en nuestro deseo de acabar con esto cuanto antes. Nos sentamos y Phil rebusca entre sus papeles y habla de forma monótona sobre los resultados sostenibles y los procesos basados en el respeto.

—El objetivo es ser «cordiales, equitativos y expeditivos», o como a mí me gusta decirlo: «amistosos, justos y rápidos» —explica, y le veo un brillo divertido en los ojos: aparentemente eso es un comentario divertido en el mundo de la mediación.

Yo no sonrío. No hay nada ni amistoso ni justo en lo que estoy a punto de hacer. Pete pide hablar primero y yo accedo. Me siento generosa. Empieza a soltar una letanía de quejas: lo del pájaro muerto «en» la cama de Stella, la noche en que la «abandoné» en el parque y mi «obsesión» con leer su diario.

—Charlotte, ¿quieres comentar algo? —dice Phil cuando Pete termina.

—Si se dicen tantas cosas que no son verdad, no merece la pena contradecirlas —afirmo—. Es como intentar discutir con alguien que cree que los tiroteos en los colegios son de mentira y solo es un escenario lleno de actores de crisis.

Pete no se inmuta.

—El estrés de los abortos, la depresión hereditaria y un parto difícil han llevado a Charlotte a una psicosis posparto muy compleja. Si no se somete a un tratamiento agresivo, no debería permitírsele acercarse a mis hijas.

Phil nos mira, claramente preguntándose por qué hemos pensado que podíamos encontrar un punto intermedio gracias a la mediación.

—¿Una psicosis compleja? —se atreve a preguntar.

—Sufre síndrome de Capgras —aclara Pete—. Cree que un ser querido ha sido sustituido por un duplicado exacto.

—Eso es una interpretación incorrecta —repongo.

Phil parece alarmado.

—Esta interacción es más agresiva de lo que esperaba —comenta.

—¿Y gestionar la confrontación no es su trabajo? —exclama Pete.

Entonces Phil inspira hondo.

—Pete, suponiendo que lo que dice sea correcto, porque todos sabemos que hay más de una versión de la historia en los divorcios...

—Puedo conseguir una carta de una profesional de la medicina del centro psiquiátrico en el que ha estado que asegura que mi mujer dejó el centro a pesar de la recomendación contraria de sus médicos —añade Pete.

—Si Charlotte tiene problemas médicos que evitan que pueda cuidar de las hijas (y eso tendría que verificarlo un profesional), usted tendría que pedir la custodia total y Charlotte necesitaría tratarse. —Entonces Phil me mira como si esperara que le tirara una gaviota podrida a la cara—. Sería necesario que recibiera tratamiento inmediatamente.

—Eso es justo lo que yo creo —coincide Pete y se nota que se alegra—. Yo lo pagaré. No tengo ninguna animadversión contra Charlotte, solo quiero que se recupere.

Su estrategia es evidente: centrar la atención en mi salud mental para crear una distracción y que no se tenga en cuenta su monstruoso comportamiento. Espero que llegue mi turno de palabra. Cuando Pete acaba con su discurso, yo añado:

—Mi marido agredió sexualmente a nuestra niñera, Blanka Hakobyan. Y cuatro días después ella se suicidó.

Pete me mira con los ojos como platos. Tengo que reconocérselo: de verdad parece sorprendido.

—Eso es todo mentira. Y lo niego categóricamente.

La cara de Phil se ha vuelto gris.

—Vamos a escuchar lo que tiene que decir Charlotte ahora.

—Tengo pruebas —continúo—. Ella lo escribió en su diario, que su madre encontró hace poco y me ha enseñado.

Pete salta.

—¡Pero esto es absurdo! ¿Qué es lo que dice exactamente? Seguro que fue solo una fantasía. Esa pobre niña..., bueno, mujer.

—Dice que la violaste. Te lo puedo enseñar. —Es un farol, pero funciona.

Pete se masajea las sienes.

—Está bien, vale. Sí que tuvimos algo, un arrebato del que no me siento orgulloso, pero fue una sola vez y no significó nada. Fue un error.

—¿Un «arrebato»? La agrediste —insisto porque me pilla un poco desprevenida su enorme confianza en sí mismo. No miente; en serio cree que fue consensuado. ¿Cómo puede ser que dos personas vean la verdad de una forma tan diferente? Y no es su palabra contra la de ella, porque yo cuento con el testimonio de un fantasma.

Pete frunce el ceño.

—Ella apareció cuando estaba solo en casa. Creí que lo había hecho a propósito.

—Fue a por su cheque —aclaré.

—Continúe —pidió Phil.

—Me había estado lanzando miraditas —prosigue Pete—. Había notado una cierta atracción por su parte. Cuando apareció así, pensé que sabía lo que pretendía.

—No hay forma de que esa mujer te mirara con intención de flirtear —replico, aunque recuerdo la expresión de su cara cuando nos contó su primer beso. Tal vez sí que le atraía, pero eso no le daba derecho a hacer con ella lo que le diera la gana—. ¿Y cómo ocurrió? —Al menos no podía acusarla de vestirse de forma provocativa.

Pete se yergue un poco en el asiento, encantado de tener la oportunidad de contar la verdad, o más bien su versión de la verdad.

—Le dije algo sobre sus ojos, un comentario de pasada, y se le iluminó la cara. Nunca la había visto sonreír. Y así estaba bastante guapa y se lo dije. Un cumplido totalmente inofensivo.

—Estás casado —le recuerdo—. Y además eras su jefe.

—No me siento orgulloso de las circunstancias —admite.

—¿Y por qué lo hiciste?

Pete se mira las manos.

—Pensé que sería algo que le ayudaría a aumentar su confianza, algo bueno para ella.

—¿Que te violen sirve para mejorar la confianza?

Pete niega con la cabeza una y otra vez.

—¡No! Dios, no. Esto es una locura. La besé y ella me devolvió el beso. Me deseaba. No me dijo ni una vez que no, ni me pidió que parara.

—Ella nunca había tenido novio. ¿Lo sabías? —le pregunté—. No tenía experiencia, no sabía cómo decir que no.

Él sacude la cabeza.

—Quería besarme. Le gustó, estaba claro. Y el resto… Es cierto que estuvo un poco pasiva, pero pensé que ella lo quería así. Que pretendía que yo hiciera que pasara. Yo estaba allí, pero tú no. No voy a dejar que tergiverses la verdad.

—No es mi verdad, es la de Blanka —recuerdo.

—Oye, igual pensó que eso significaba más de lo que fue y después, cuando le dejé claro que no se iba a repetir, se sintió mal y escribió el incidente en su diario de una forma distinta a como fue. Pero fue consensuado, porque no dijo ni una sola vez la palabra «no».

—Si la conocieras, si le hubieras prestado atención, sabrías que ella no tenía la autoconfianza necesaria para decir esa palabra.

Pete vuelve a apretarse las sienes.

—Siento mucho que después de que pasara, ella lo considerara una mala experiencia. Pero yo no leo la mente. Ella no dijo que no, siguió adelante, así que lo único que yo podía pensar es que le gustó.

—Pero ¿por qué? ¿Por qué ella? Podías haber elegido a otra mujer. Hasta donde yo sé, ya estabas con Kia entonces.

—Oye, estaba un poco borracho, ¿vale? Fue el día después de la... fiesta de cumpleaños. Estaba agobiado. Me tomé un par de whiskys y entonces apareció Blanka y se presentó la oportunidad.

Me da asco. Hace que ella parezca una bolsa de patatas abierta al alcance de su mano.

—Eso no fue nada apropiado —interviene Phil y se limpia la frente con el dorso de la mano. Está sudando—. O peor que inapropiado.

Miro a Pete.

—Tú no estás capacitado para cuidar de unas niñas. Quiero la custodia total. Además no quiero volver a verte ni que te acerques a las niñas nunca más.

—No me vas a quitar a mis hijas. Lucharé con uñas y dientes.

Phil levantó una mano. Parecía agobiado.

—Creo que deberíamos hacer un descanso de quince minutos y tomar un poco el aire.

—No pasa nada —continúa Pete y cambia de táctica—. Oye, siento haberme enamorado de Kia. Solo puedo pedirte perdón.

—Si a la frase «pedir perdón» le precede un «solo puedo», lo que estás haciendo en realidad es invalidar la disculpa.

—Te quiero, Charlotte. Las demás mujeres... La verdad es que solo intentaba recuperarte. Antes eras una mujer resplandeciente.

—Creía que lo de las infidelidades había pasado porque «necesitabas una vía de escape» —le recuerdo—. ¿No me dijiste eso en el hospital?

—De verdad creo que deberíamos hacer un descanso —insiste Phil.

Pete está lanzado y parece que de verdad se cree lo que dice.

—Kia, Emmy, cualquier otra... Ninguna ha significado nada.

—Ni tampoco la mujer de Humboldt Redwoods —añado—. Sí, eso también lo he descubierto. Ni Blanka. Y esas son las únicas de las que me he enterado.

Entonces veo el patrón: elige a mujeres que cree que no son lo bastante buenas para él. Puede que crea que me escogió a mí por mi chispa, pero también vio claramente mi soledad.

—Me elegiste a mí porque creías que podías controlarme —sentencio.

—Te quería. Me encantaba nuestra vida. Pero cuando llegó Stella...

—No podías controlarla a ella y no eras capaz de soportarlo. Y lo pagaste con Blanka.

—Charlotte, por favor. Lo he jodido todo, lo admito, ¿vale? Pero no me merezco perder a mis hijas.

—¿Sabes quién no consiguió lo que se merecía? Blanka.

—Centrémonos en afirmaciones que se refieran a cada uno de ustedes y hablemos de los siguientes pasos —interviene Phil, que se está poniendo un poco verde.

—Phil, ¿nos podría dejar un momento? Le vendría bien tomar un poco de agua. O meter la cabeza entre las rodillas.

Él tira del cuello de la camisa.

—Tengo que quedarme aquí para que las cosas sigan siendo cordiales, equitativas...

—Denos un poco de espacio, ¿eh? —le grita Pete.

Phil se pone de pie de un salto y se va a la cocina.

—Perdone, pero necesitamos que se vaya a otra parte de la casa —le pido.

Phil asiente, un poco aturdido, y oímos sus pasos, que suben las escaleras. Durante un segundo me siento como si fuéramos sus padres y lo hubiéramos mandado castigado a su habitación. Me acuerdo perfectamente de cómo era ser un equipo. Pero es un recuerdo fugaz.

—Tienes razón, he mentido sobre lo del diario —confieso—. No escribió en su diario sobre la violación. Me lo contó a mí directamente.

—¿Antes de morir? ¿Y por qué no me lo dijiste?

—Quiero que veas una cosa.

Saco el teléfono y reproduzco la grabación de la Blanka dentro de Stella contándolo todo en «las ollas de sopa». Lo he editado y he dejado solo las partes más interesantes.

—«Pruebo su whisky. Después él me mete la lengua en la boca. Y entonces me agarra y me aprieta. No me gusta».

Pete se me queda mirando.

—¿Por qué habla así? ¿Es una especie de juego o algo así? ¿Le has dicho tú que lo haga? ¿Le has hecho decir esas cosas? Es enfermizo.

Le doy al botón de pausa.

—Creo que sabes que nadie puede obligar a Stella a decir nada —respondo y vuelvo a darle al play.

Stella dice: «Pete no me hace caso, me obliga a tumbarme en el suelo, me levanta la falda y me separa las rodillas. No deja de decirme todo el tiempo lo guapa que soy. Empuja para entrar dentro de mí y me hace daño…». Ella se tapa los ojos.

Él lo ve, se frota la cara y los ojos y se aprieta con tanta fuerza que parece que cuando aparte las manos tendrá un ojo en la barbilla, otro junto al pelo y la nariz y la boca emborronadas.

—No es posible. Lo has trucado. Esa no es Stella.

—Lo es —aseguro—. Pero también es Blanka.

—Es una locura —exclama y me doy cuenta de que, aunque todavía me quiera y confíe en mí, nunca entenderá que Blanka está dentro de Stella. Tiene muchos talentos, pero uno que le falta es la imaginación—. Sabes que nunca le pondría ni siquiera un dedo encima a Stella —promete—. Nunca jamás lo haría.

Me encojo de hombros.

—La policía no lo sabe. Ni los servicios de protección de menores. Si les llega este vídeo, lo que verán es a una niña de ocho años diciendo que la violaste.

Pete parece a punto de vomitar.

—No podrás conseguir que repita esa actuación en un interrogatorio. Una grabación no es prueba suficiente.

Puede que tenga razón: no será suficiente con ese vídeo. Las autoridades querrán hablar con Stella. Le darán una de esas muñecas anatómicamente correctas y le pedirán que les enseñe lo que pasó. Blanka no querrá revivir su momento de vergüenza delante de desconocidos y en un lugar extraño. No estoy segura de que vuelva a contar esa historia nunca.

Pero no puedo dejar que él vea que tengo dudas.

—Se lo enseñaré a las autoridades y ya veremos lo que pasa —amenazo.

—Eres una zorra insensible —grita Pete.

Yo me encojo de hombros. Una familia no es algo feliz, gente que juega a disfrazarse de conejo. Solo es un grupo de personas con máscaras que nadie llega nunca a comprender.

—O simplemente podría coger a las niñas y largarme. No quiero la casa ni la mitad de todo. Solo quiero el dinero suficiente para que podamos vivir las tres.

Pete se frota los ojos y me doy cuenta de que está llorando, sollozando de verdad por primera vez desde que murió su padre. Aparte de todo lo que haya hecho, sigue siendo el hombre que me ha cuidado tan bien y que tuvo a Stella piel con piel cuando nació.

—Luna, mi bebé —gimotea.

Sentiría lástima por él si estuviera llorando por las dos niñas.

# 40

Después de que Pete salga de allí como una tromba, llamo a Phil para que baje. Le confirmo que ya no va a haber más mediación y que a partir de ahora se ocuparán los abogados. Para cuando llego afuera, ha aparecido un coche que viene a buscar a Pete.

—¡Espera! —Quiero hablar de la logística. Sería todo más fácil si él se alojara en otro sitio esta noche y me dejara reencontrarme con Stella y recoger sus cosas. Así no tendré que volver a la casa.

Pero él se sube al coche sin mirarme siquiera.

Estoy desesperada por ver a Stella, pero cuando miro el teléfono, dice que el Uber tardará catorce minutos en llegar. No hay más que un kilómetro y medio hasta nuestra casa, así que echo a correr. Es difícil hacerlo solo unos cuantos días después de dar a luz y no me he acordado de que la mayor parte de la ruta es cuesta arriba. Pero solo de pensar en ver a Stella (siendo ella de verdad, por fin) mis pies vuelan.

La puerta principal está cerrada con dos vueltas de llave. Solo cerramos así cuando no hay nadie en casa. Tengo los dedos fríos y torpes cuando intento buscar la llave. Dentro están encendidas las luces del techo y las lucecitas de color cobre del árbol de Navidad. Pero la casa está vacía. Voy corriendo de una habitación a otra, gritando su nombre. Hay un montón de calcetines y ropa interior en la cama y el cajón está volcado en el suelo. La puerta de su armario está entreabierta y cuando tiro de ella veo que falta la tabla de *bodyboard* de tamaño infantil, la que parecía un pez azul con rayas amarillas. Me llevo uno de sus calcetines a la cara.

Llamo a Pete pero no responde. Lo vuelvo a llamar una y otra vez. No tengo el número de Kia. Tampoco contesta Nathan. Bajo corriendo al despacho de Pete y miro en el cajón donde guarda nuestros pasaportes. Solo queda el mío.

—No —repito tantas veces que la palabra acaba perdiendo todo su significado.

He vuelto a cometer el error de no anticipar lo que es capaz de hacer mi marido. Si tuviera su capacidad para anticipar movimientos futuros, habría encontrado una forma de esconder el pasaporte de Stella antes de la sesión de mediación. Solo hay un lugar al que se la puede llevar: a California. A ocho mil kilómetros. Conseguirá un abogado; yo también contrataré a uno, pero el suyo será mejor. Puede que la recupere, pero me llevará meses, o incluso años, y antes de eso Blanka acabará con la vida de Stella. La ahogará para vengarse de Pete porque yo no he podido alejarlo de ella. En su primera excursión para ir a surfear, Blanka meterá a Stella bajo las olas y dejará que se la lleve una corriente.

Mi respiración se ha vuelto jadeante. Tengo que dejar de temblar y recuperarme. No ha pasado ni una hora desde que Pete salió de la sesión de mediación: el tiempo suficiente para subirse a un taxi e ir a Heathrow, pero no para poder subirse a un avión. Todavía tengo una oportunidad. Miro los vuelos que salen de Heathrow con destino San Francisco y durante un momento logro respirar más profundamente: el siguiente es a las 7.05, mañana por la mañana.

Pero tengo que empezar a pensar como él y considerar todas las posibilidades. Tiene que salir del país lo antes posible y para eso necesita coger cualquier vuelo que vaya a Estados Unidos, a la ciudad que sea. No, mejor, el siguiente vuelo que salga del país: a Milán, a Vilna, a Abu Dabi. Los aeropuertos más cercanos con vuelos internacionales son Heathrow y London City.

Pienso en llamar a la policía y explicarles que mi ex pederasta está intentando sacar a mi hija del país y que podría subirse a cualquier vuelo en cualquiera de esos dos aeropuertos en las próximas dos horas, ¿pero cuánto tiempo tardaría en hacer eso? Es mejor que escoja un aeropuerto y vaya hasta allí ahora mismo. Mi instinto me dice que Pete planea ir directo a Estados Unidos para poder protegerse tras una cortina de abogados, y no se puede volar directamente a ese país desde el London Airport. Llamo a Irina, porque sé que su forma temeraria de conducir es la más rápida de llegar a Heathrow. Cuando llega, no me dice que ella no es un servicio de taxi. Solo me aprieta la mano, fuerte.

En Heathrow Irina no ha acabado de parar el coche junto a la acera cuando yo salto del asiento y salgo disparada hacia las puertas giratorias. Dentro hay mucha luz y demasiada gente. Hay colas serpenteando por todo el aeropuerto: gente con plumíferos y bolsas de esquí al hombro y familias que vuelven a casa después de las visitas navideñas. Todos los mostradores de facturación están hasta arriba. Pero los ricos no tienen que hacer largas colas; seguro que ya está en el control de seguridad.

Subo los peldaños de la escalera mecánica de dos en dos y corro hacia el control. Me arden los pulmones. La cola va haciendo zigzag entre las barreras de cinturón retráctil y después atraviesa una puerta con una pantalla de cristal ahumado. Corro entre la gente, esquivándola, y voy oyendo a mi paso gritos de indignación. Cuando llego a la agente de seguridad que está comprobando la documentación en la entrada, ya tengo el pasaporte en la mano.

—Mi marido quiere sacar a mi hija del país sin mi permiso.

—¿Tarjeta de embarque?

Me quedo mirándola fijamente.

—No voy a subir a un avión.

—Necesita una tarjeta de embarque para poder acceder a la zona estéril.

Tiene veintimuchos y lleva tanto maquillaje que su cara parece la de una muñeca. Da la impresión de que se trata de una capa dura al tacto.

—Por favor. Es una emergencia. —Miro por encima de su hombro buscando a Stella.

—Da igual, tiene que pasar por el control de seguridad de todas formas.

No consigo que me mire a los ojos.

—Van a secuestrar a mi hija. Ayúdeme. Mi niña.

—Señora, en ese caso lo que debe hacer es llamar a la policía.

La miro muy erguida y me coloco el pelo. Necesito que vea que no soy más que una persona respetable común y corriente que tiene la mala suerte de estar en una situación terrible.

—Por favor, solo déjeme mirar si está ahí. Puede quedarse vigilándome. Ni siquiera llevo maleta. No voy a intentar colar una bomba ni nada por el estilo.

Sé que me he equivocado estrepitosamente en cuanto esas palabras salen de mi boca. Ella extiende los brazos para bloquear la entrada y empieza a gritar por la radio para pedir refuerzos. Levanto las manos para que vea que me aparto y me voy sin causar jaleo, pero enseguida me agacho para pasar por debajo de su brazo y perderme en medio de la multitud que hay al otro lado.

La tabla de bodyboard de color azul y amarillo está a punto de pasar por uno de los escáneres de maletas. Stella está cruzando por un arco detector de metales que hay allí cerca, con la cabeza gacha. Pete debe de haber pasado ya; no se le ha ocurrido hacer que su hija pase delante.

—¡Stella! —chillo—. ¡Stella!

Ella no se gira. Echo a correr hacia donde está y tiro una

pila de bandejas de plástico gris. Tropiezo y en ese momento dos policías con chalecos reflectantes me agarran por los brazos. A mi alrededor todo el mundo ha sacado el teléfono para grabar, ¿pero por qué no me ayuda nadie? El escáner de equipajes se ha tragado al pez azul. Ya no veo a Stella.

—¡Blanka! —grito tan fuerte que me duele hasta la mandíbula.

—Señora, tiene que venir con nosotros —dice uno de los agentes, un hombre joven con una perilla muy bien perfilada.

—¡Ese hombre quiere raptar a mi hija! —Me revuelvo para intentar liberarme.

—¿Cómo es su hija? —pregunta la mujer. Tiene las comisuras de la boca hacia abajo, como una directora de colegio que quiere demostrar desaprobación. No se cree que tenga una hija.

Pero el hombre está escuchando algo que dicen por la radio. Le hace un gesto a la mujer y los dos me llevan al otro lado del control. Allí está Pete, acompañado por otro agente de policía mientras una mujer con una chaqueta de lana con un estampado de estilo islandés y una identificación de seguridad intenta distraer a Stella con un osito que lleva un gorro de Papá Noel.

—¡Stella! —grito, pero ella no se vuelve para mirarme. Solo me ha pedido que haga una cosa y le he fallado.

El agente de policía está hablando con Pete. No hay rastro de Kia; no la lleva con él. A ella tampoco le parecería bien que sacara a Stella del país sin mi permiso. Parpadea cuando la gente dirige las cámaras de sus teléfonos hacia él mientras murmura: «Seguro que ha hecho algo malo si le está deteniendo la policía». Tiene los brazos muy tensos junto a los costados. Me quedo mirándolo. Nunca lo he visto así, sin un plan.

A continuación los agentes nos llevan por un pasillo iluminado con fluorescentes y después otro y otro hasta que por fin llegamos a una habitación sin ventanas con dos sofás, una mesita de café y varias sillas. Es la habitación de la desesperación, donde las noticias que se dan son tan malas que no tiene sentido poner una maceta o una revista. Los agentes se presentan como agente Lynne Rolfe y Ajay Grover. La mujer con la identificación se llama Mandy.

—Quiero un abogado —es lo primero que dice Pete.

—No está usted detenido —aclara Rolfe—. Por ahora. Vamos a intentar aclarar esta situación. —Nos hace un gesto para que nos sentemos. Stella se niega y Mandy quiere llevársela a otra habitación mientras la murmura algo sobre pinturas y zumo.

—Que mi hija se quede donde la tenga a la vista, por favor —pido con voz firme y Mandy cede.

Grover comprueba los pasaportes y nos mira a la cara, con el ceño fruncido.

—¿Cómo se llama su hija? —pregunta Rolfe.

—Stella —contesta Pete.

El agente enarca las dos cejas.

—Ese no es el nombre al que ha respondido antes.

Mandy se agacha y le pregunta a Stella con voz amable:

—¿Cómo te llamas, bonita?

Stella se queda mirando al vacío.

—¿Tiene problemas de audición? —pregunta Mandy.

Pete suspira.

—Por todos los santos, tienen su pasaporte. No necesitan que ella les diga su nombre.

Rolfe mira a Grover, se encoge de hombros y le enseña la foto de pasaporte de Stella, que le hicimos hace dos años, cuando todavía tenía la piel pálida y los rizos disparados. Me encanta esa foto: la frente alta, los rasgos delicados y marcados. Una cara como la que encontrarías dentro de un relicario antiguo.

—La de esta foto no parece la misma niña —asegura Grover sin dejar de mirar a Stella. Desde entonces, se le ha oscurecido el pelo, ahora lo tiene liso y la cara se le ha puesto más redonda.

Pero Pete resopla.

—Ha crecido, nada más.

Rolfe le pide a Stella que señale a su padre. Ella dice algo incomprensible y su boca se retuerce para emitir unos sonidos extraños.

—¿Qué ha dicho? —le pregunta Rolfe a Mandy. Ella se pone a horcajadas al lado de Stella y le señala a Pete.

—¿Ese hombre es tu padre, guapa?

Esta vez reconozco las palabras que dice Stella.

—*Yes atum yem ayd mardun* —repite.

—Ha dicho: «Odio a ese hombre». —Carraspeo—. En armenio.

—¿Perdón? —contesta Grover.

Las arrugas que tiene Rolfe a ambos lados de la boca se hacen más profundas.

—Debería habernos dicho que no habla nuestro idioma.

—Sí que lo habla —contradice Pete.

Rolfe frunce el ceño aún más.

—¿Alguno de ustedes puede intentar hablar con ella?

Me rasco los brazos.

—Nosotros no hablamos armenio.

Rolfe mira a Pete y después a Stella, como si estuviera elaborando una nueva teoría sobre lo que está pasando aquí. Yo me rascó más fuerte. Como esto siga así, vamos a acabar detenidos los dos y solo Dios sabe lo que le pasará a Stella.

—Stella, por favor —intenta Pete—. Esto no es un juego.

Stella lo mira con ojos amables pero confusos, como una persona extranjera que pregunta por una dirección. Le gustaría ayudarlo, pero tendrá que hacerse entender. Él se toma un momento para limpiar una mancha que tiene en las gafas. Después se levanta y le pone las manos en los hombros.

—Stella, no es momento para intentar lucirte.

—*Yes atum yem...*

—¡Joder! —grita su padre, se cubre la cara con las manos y después da unos cuantos manotazos al aire y se pone a caminar arriba y abajo.

Me acabo de dar cuenta de algo: no quiere ser el padre de Stella él solo. No tiene paciencia suficiente. Le gusta más desde que es Blanka, pero sigue sin ser la hija perfecta que quiere. Nunca va a ser la niña con la trenza en la coronilla que hace volteretas laterales, como Lulu. No será fácil ni cómodo. Solo quiere llevarse a Stella porque no le gusta perder. Me guardo esa información; tal vez me sirva más adelante. Pero como el vídeo no ha funcionado, tengo que encontrar otra solución y rápido. Rolfe está harto.

—Los dos dicen que es su hija, pero usted —y me señala— la ha llamado por otro nombre. Además no se parece a la foto de su pasaporte y ninguno de los dos habla el mismo idioma que ella.

—¡Un momento! —interrumpo—. Su abuela sí habla armenio. Está afuera aparcando el coche.

Le envío un mensaje breve a Irina para decirle que pregunte por nosotros en el control de seguridad. Y se me ocurre mandarle una pregunta urgente también.

—Me gustaría hablar con mi esposa en privado —solicita Pete.

Grover mira a Rolfe y los dos asienten.

—Cinco minutos.

Salgo con él al pasillo.

—Haz que Stella detenga esta farsa —me ordena—. Si no, te prometo, Charlotte, que me aseguraré de que perdáis las dos. No descansaré hasta que los servicios de protección de menores se enteren de tu enfermedad mental y los dos perderemos la custodia. Ella se irá a vivir con su pariente más cercano. —Hace una pausa antes de continuar—: Que es mi madre.

—Pero si tú no la quieres —contesto con los dientes apretados.

Creía que se me había ocurrido una maniobra definitiva para derrotar a Pete, pero no ha funcionado porque nunca me ha dejado ver de lo que es capaz. Nunca me imaginé que intentaría raptar a Stella o que la enviaría con su madre para evitar que estuviera conmigo. Ahora para vencerlo tengo que ver cómo es en realidad, algo que no me he permitido hacer nunca antes. Bajo la luz implacable, se le ven los ojos enrojecidos. La barba le oculta la fuerte mandíbula, su mejor rasgo, y hace que su boca parezca desagradable. ¿Cómo pude pensar alguna vez que ese hombre era guapo?

Parece que está reflexionando, como si ya estuviera haciendo análisis coste-beneficio mientras formula un nuevo plan. Pero un momento antes, en la zona de seguridad, cuando la policía lo paró y la gente lo enfocó con sus teléfonos para grabar la escena, Pete se ha quedado petrificado. Le han hecho perfiles para las revistas de negocios; los activistas antiplásticos le han dado premios por su buena labor; las mujeres escuchan embelesadas todas y cada una de sus palabras. El sabor de la desaprobación pública era desconocido para él.

Su madre me contó una vez que, cuando era pequeño, si le pegaba a otro niño, ella nunca le regañaba en público. Se agachaba a su altura y le preguntaba por qué lo había hecho. Según ella, sus explicaciones eran siempre razonables. Él creía que siempre había una buena razón y lograba convencer a los demás con ella. Él no querría que eso dejara de suceder, que la gente empezara a juzgarlo en vez de a aplaudirlo. Eso sería peor para él que perder a sus hijas.

—Tienes razón, no le voy a enseñar ese vídeo a la policía —contesto.

—Gracias por ser razonable.

—Lo que pienso hacer es enviárselo a Nathan. Mejor, a todos los de Mycoship. Ese vídeo puede que no sirva en un tribunal, pero sí te juzgará la opinión pública. No podrás seguir en tu puesto y dudo que Nathan sea capaz de mantener a flote la empresa sin ti.

Pete está sudando. Ahora sí que voy un paso por delante de él. Por fin.

—También se lo enviaré a la prensa. A todo el mundo le encanta la historia de la caída en desgracia de una persona. De magnate ecologista a abusador de menores; es una caída bastante espectacular.

Se pasa la mano por el pelo. Cuando habla ya no se dirige a mí; es como si hubiera olvidado que estoy aquí.

—He puesto todo lo que tengo en esa empresa. El plástico está destruyendo los océanos, pero nuestros embalajes sirven para enriquecer la tierra. Es una solución revolucionaria. Cambiará las reglas del juego. —Según va hablando, su voz se vuelve más firme. Se está autoconvenciendo de que va a renunciar a Stella para conseguir un bien mayor. Ha recuperado su superioridad moral. Me atraviesa con sus ojos azules inyectados en sangre—. Quédatela. Por ahora.

Mi teléfono pita: es la respuesta de Irina a mi pregunta.

Cuando vuelvo a entrar en la sala, Pete está agachado delante de Stella.

—Papi tiene que coger un avión, cariño.

—Se irá cuando nosotros le demos permiso para hacerlo —advierte Rolfe.

—Déjenlo —pido—, todo ha sido un malentendido.

Pete asiente y mira a Stella otra vez.

—Te veré pronto. —Otra mentira, espero.

Abre los brazos, pero Stella se queda mirándolo con una cara que lo deja petrificado. No parece una niñita triste porque su padre se va, sino una mujer adulta llena de un odio amargo y justificado. Oigo el latido de la sangre en mis oídos, como el ruido de las olas el día que me enteré de la muerte de Blanka: estrellándose, golpeando, arrastrando.

Pete se aparta tambaleándose. Cuando se da la vuelta para salir de allí, parece alguien que acaba de abrir una puerta y ha descubierto que su mundo es un decorado y que más allá solo hay un abismo oscuro. O tal vez sea la cara de un hombre que le está diciendo adiós a su hija para siempre. Pero lo que creo es que por fin ha visto a Blanka dentro de Stella. Creía que no sería capaz de verla nunca.

Cuando se va, Stella se deja caer al suelo y yo voy corriendo a su lado y le repito lo que Irina me ha respondido a mi pregunta:

—*Im yerekha, im yerekha.* —«Mi bebé, mi bebé». Al ver cómo me mira Rolfe, explico—: Solo sé un par de palabras.

Me aparto para mirarle la cara a Stella: tiene los ojos casi cerrados y solo se ve la parte blanca. Se estremece en mis brazos.

Mandy parece incómoda.

—¿Está bien? ¿Necesita que llamemos a un médico?

—Está bien. Pronto estará bien. —Pero tiene la piel fría como el mármol.

—¡Stella! ¡Mi pequeña! —grita Irina cuando entra después de encontrarnos milagrosamente en medio de ese laberinto de pasillos. Nos suelta una sarta de palabras cariñosas en armenio y después, casi sin recuperar el aliento, se pone a echarle la bronca a Rolfe y a Grove por haber retenido a su hija y su nieta y haber dejado que Pete se fuera.

—Yo pensar que este ser país seguro y bueno, donde tratar bien a una niña —exclama—. Yo tener que escribir una carta a mi representante político.

Rolfe y Grover nos dejan ir después de rellenar un informe y yo acompaño a Irina al coche con Stella en brazos. Junto a mi oído la oigo castañetear los dientes. De camino a casa, saco las gomas con las bolitas de plástico y le hago las trenzas, peinándola con los dedos.

Cuando Irina llega a nuestra casa, le pido que se quede. Subo a Stella en brazos a su habitación. Irina aparta la colcha y yo la acuesto y la tapo. Y nos quedamos allí sentadas en la penumbra, solo con la luz de la lámpara de la mesita de noche, escuchando su respiración profunda y agitada. Su respiración suena casi como la de alguien cuando se está muriendo. ¿Debería llamar a una ambulancia? Es posible que Blanka ya esté preparada para irse, pero tenga intención de llevarse a Stella con ella. O quizá una vez que un espíritu ha entrado en tu cuerpo, no puede salir de él sin que lo notes. Blanka es como un cuchillo que se lleva las entrañas de Stella pegadas a él cuando lo sacas.

Intento controlar ese pánico. Mi instinto maternal no me

ayuda. Y no creo que ningún médico pueda hacer nada por ella, pero no sé si se va a recuperar. Lo único que puedo hacer es esperar. Nos quedamos sentadas junto a su cama durante mucho tiempo, escuchando esa respiración terrible.

Al principio no estoy segura, pero al poco sí: su respiración se está tranquilizando. Irina, que está sentada en la silla del escritorio de Stella, hunde cada vez más los hombros. Por fin su respiración se vuelve regular y serena. Irina se levanta con dificultad.

—Yo dormir en mi cama. Tú cuidar de tu hija.

Cuando ella se va, me quedo escuchando la respiración de Stella, como si fuera una recién nacida, y siento que solo puedo seguir respirando si sigo ahí escuchándola. Está viva. Pero ¿vuelve a ser Stella? Debería dejar descansar su cuerpo, pero no puedo esperar más. Acerco la cara a su pelo. No huele a estofado de carne ni a cloro, solo al olor de una niña normal dormida.

—Stella, cielo. —La despierto.

—Estaba dormida —contesta somnolienta.

—Sí, todavía es de noche. Pero mírame un momento.

Nos quedamos mirándonos. Cuento: un segundo, dos segundos, tres segundos. Por favor, que sea la mirada del abrazo.

—Cuac, me han puesto una silla en el lomo —digo con voz temblorosa.

—Quiquiriquí, soy un canguro —responde.

Siento como si me fuera a estallar el corazón. Mi hija. Y no ha dejado de mirarme.

—¿Por qué estás despierta, mami? —dice—. ¿Te cuesta dormir? —Suspira profundamente, como si me estuviera privando de algo maravilloso—. Puedes llevarte mi libro de la aviación si quieres.

Cierro los puños con fuerza para contenerme y no abrazarla.

# 41

*Dos meses después*

—¿Alguien quiere más sopa? —les pregunto a Irina y a Stella. La he hecho con ortigas que recogimos juntas Stella y yo, mientras Irina cuidaba de Luna en casa.

Ahora ella me tiende el cuenco para que se lo rellene, pero Stella dice:

—Yo no quiero más. —Solo ha comido unas cucharadas, pero al menos no he tenido que servirle los ingredientes por separado; es un progreso—. ¿Luna la puede probar?

—Todavía no —respondo.

—¿Parecer que cerrar colegios? —pregunta Irina.

Corre el rumor de que quieren confinarnos para limitar el contagio del coronavirus.

—¡Sí! —exclama Stella emocionada.

—Si nos confinan, tal vez pueda aprovechar para mejorar lo bastante con el ganchillo para hacer un calcetín decente. ¿Qué te parece, Irina? —Le doy un codazo suave. Nos pasamos el día bromeando sobre lo mal que se me da el ganchillo.

Estamos en marzo y he alquilado una casita en la costa de Devon. Pete me ingresa dinero en la cuenta todos los meses. Si se produce el confinamiento, tendremos suficiente para vivir y las cuatro nos haremos compañía, nos volveremos locas o las dos cosas.

Mientras, Irina se ocupa de Luna para que yo tenga tiempo

para pensar en qué quiero hacer. No sé qué es lo que me apasiona, pero lo voy a descubrir. Y he empezado a cocinar otra vez.

Nunca me gustó cocinar todas esas cosas que Stella se negaba a comer y me decía a mí misma que no disfrutaba preparándolas porque ella no las comía, pero ¿y si no comía porque yo no ponía mi alma en ello? Ahora que cocino lo que a mí me apetece, lo disfruto. Y a veces Stella también.

Ella va al colegio del pueblo. El maestro me dice que debe mejorar su letra. Se pasa los recreos leyendo complejos libros de ciencias, escondida del profesor detrás de un arbusto, pero no me importa que no quiera socializar. Ha cambiado mucho y lo seguirá haciendo a su ritmo. Además, ahora tiene a Luna.

—Le he puesto ajo silvestre a la sopa, como me enseñaste el otro día —le digo a Irina—. ¿Recogíais esas hierbas cuando huisteis de Azerbaiyán?

Irina niega con la cabeza.

—Durante tres días, no comer nada más que diente de león.

—¿Y dónde dormíais?

—¿Teníais mucho miedo? —pregunta Stella.

—Yo cruzar a pie con Blanka, que tener tres años. No llevar nada más que vestido de novia y a Blanka. No haber nada más que contar. —Irina rebaña el bol con la cuchara.

En el pasado me pregunté si exageraba cuando nos contaba la historia de su vida. La casita en el bosque. El marido quemado en el horno. ¿De verdad había sido capaz de caminar entre montañas durante tres días, llevando a su hija y su vestido de novia a cuestas y consumiendo solo dientes de león? Pero ahora que vivo con ella me he dado cuenta de que siempre cuenta su historia con las mismas palabras, y si la presiono para que me dé más información, se cierra en banda. Pasó esto y después esto y no hay nada más que contar. Creo que es su forma particular de conseguir que el pasado le resulte asumible.

Después de cenar hacemos ganchillo un rato, o al menos lo

intentamos. A Stella se le da tan mal como a mí, pero nos resulta relajante. Irina inspecciona mi trabajo.

—Tus puntos estar muy juntos. Relajar manos.

—Pero este calcetín va a durar toda la vida —replico—. Mira lo grueso que me está saliendo.

—Perfecto para un hombre con una sola pierna —sugiere Irina.

—¿Te acuerdas de cuando hacías ganchillo antes? —le pregunto a Stella.

He pasado varias semanas demasiado aterrorizada para preguntarle por la temporada en que fue Blanka, pero últimamente empiezo a sentirme más segura. Ya hace tiempo que es Stella y su pelo se ha vuelto rebelde de nuevo.

—Los calcetines son difíciles, ¿verdad? —comento mientras miro cómo trabaja en el suyo con el ceño fruncido—. Pero es curioso, porque antes hacías unos tapetes muy complicados.

Stella se encoge de hombros.

—No me acuerdo.

También le pregunto otras cosas: si echa de menos comer estofado de cordero, que antes era su plato favorito, o escribir un diario. Pero siempre que me refiero a la época en que fue Blanka, ella me da la misma respuesta: «No me acuerdo».

Quiero saber si recuerda el tiempo que estuvo compartiendo su cuerpo, por si tiene preguntas sobre ello o le preocupa algo, pero parece que no. No se acuerda y yo no quiero presionarla más. Seguramente esa amnesia es una forma de autoprotección.

Después de acostar a Luna nos tomamos un té: yo con leche, Irina con mermelada, y Stella un vaso de leche con mermelada.

—Estoy leyendo cosas sobre Armenia —le cuento a Irina— y ayer me enteré de que allí hay un dicho sobre el té: «Una taza de té te compromete a cuarenta años de amistad».

Ella se ríe.

—¿Dónde leer eso? Yo nunca oír a un armenio decir algo

así. —Un sorbo de té le pasa por mal sitio y acaba con los ojos llorosos, y yo tengo que darle varias palmadas en la espalda.

Al día siguiente cogemos la lata con las hojas de parra que contiene las cenizas de Blanka y la llevamos a la playa. Hace frío, pero Irina se descalza y, sin ningún pudor, también se levanta la falda y se quita la ropa interior larga que lleva.

—¿Vas a meter los pies? Estás loca. El agua está helada —le digo.

Luna está acurrucada sobre mi pecho en su mochila. Nunca ha tenido ese olor a madreselva y el amor que siento por ella es diferente, más tranquilo, pero va creciendo cada día. Sus ojos están atentos a todo. ¿También estará planificando, almacenando datos sobre lo que le rodea?

Me quito los zapatos y los calcetines y dejo que el agua me acaricie los dedos. El aire huele a salitre. Irina ya se ha metido hasta los tobillos y desde ahí llama a Stella con los brazos extendidos.

Stella también se descalza, se libra de los calcetines y va hasta la orilla. Me quedo sorprendida. Creía que le tenía miedo al mar, pero al parecer no. Blanka la ha abandonado, aunque no ha vuelto a ser la Stella de antes. Se está convirtiendo en otra persona. Ya no puedo considerar su comportamiento como típico de Stella o no, porque eso sería una forma de negarme a verla como es ahora. Tengo que dejarla convertirse en lo que ella quiera e ir desarrollándose poco a poco, día a día.

El viento nos azota la cara y nos moja con unas finas salpicaduras. Algo asusta a las gaviotas, que se ponen a planear sobre nuestras cabezas.

—¿A Blanka le gustaba el mar? —le grito a Irina.

Ella sonríe.

—Ella nunca verlo, pero yo creer que sí. Creo que... le habría gustado, sí. —Me doy cuenta, perpleja, de que es la primera vez que ha hablado de su hija con el tiempo verbal correcto.

Stella mira al horizonte.

—¿Papi sigue en California?

Hay un océano y un continente entre Pete y nosotras. Emmy se ha enterado de que él ha dejado Mycoship y se ha instalado en San Francisco, en la zona de Bay Area. Ha vuelto a trabajar en CannaGauge, la empresa de equipos para los análisis de cannabis de su madre. No sé si ha conseguido integrar todo lo que ha pasado en una historia en la que él sea el bueno, o si ver a Blanka durante aquel momento fugaz (si es que la vio de verdad) ha logrado hacerle cambiar.

—¿Lo echas de menos? —le pregunto a Stella.

Todavía estoy triste por el precio que ha tenido que pagar Stella para librarse de Blanka. A pesar de todo lo que ha hecho, Pete sigue siendo su padre.

Pero ella niega con la cabeza.

—No te preocupes, mami. Estoy contenta aquí con Luna, con Irina y contigo.

Diría que está animada y tengo que reconocer que parece que la vida le resulta más fácil sin Pete. Recuerdo la fiesta de cumpleaños, que estropeó a propósito porque su padre la había organizado para la niña que quería, no para la que tenía.

Esa fiesta fue un día antes de que Pete agrediera a Blanka. Él le hizo daño a ella porque no podía hacérselo a Stella.

Me tropiezo con una piedra y pierdo un poco el equilibrio, pero no dejo de envolver con un brazo la mochila de Luna para protegerla. Dios mío, Stella estaba allí aquel día. Me acabo de acordar. Se suponía que Emmy la iba a llevar a la clase grupal de natación, pero me escribió cuando ya me había ido de casa para decirme que ella se había negado a ir, así que Lulu y Emmy se fueron sin ella.

Seguramente estaría en su habitación cuando pasó y rezo para que tuviera puestos los auriculares con cancelación de ruido, los que le compré cuando el colegio era demasiado para ella. Le gustaba una serie documental que se titulaba Earthflight, así que tal vez la estaba viendo entonces. Espero que mi hija estuviera totalmente desconectada, y viendo imágenes preciosas de grullas y gansos de las nieves, cuando Pete agredió a Blanka.

Pero ¿podía estar segura de que Stella se encontrara arriba? ¿Y si había salido de su habitación mientras Pete trabajaba abajo? Cuando Blanka llegó, podría ser que estuviera en su armario para estar sola, con la puerta abierta una rendija. O mirando desde la parte más alta de las escaleras. No sé si entendería lo que pasaba, pero seguro que habría percibido que Blanka estaba sufriendo, aunque no supiera lo que ocurría.

Y si lo hubiera visto, ¿qué habría hecho? Es posible que tuviera miedo de decírmelo, sobre todo si no sabía bien lo que había presenciado. Pero si no hubiera podido contarlo, la ira se le habría quedado dentro. No era aceptable que una hija odiara a su padre. Puede ser que ella encontrara una forma de canalizar ese odio: que otra lo odiara por ella.

Inspiro hondo el aire frío para serenarme. Es capaz de mucho más de lo que parece, siempre lo he sabido. Cuando era un bebé, estuvo acumulando palabras durante meses hasta que pudo decir lo que quiso formando una frase completa.

Podría haberse aplicado vaselina en el pelo para volverlo lacio. Y también pudo obligarse a comer. ¿Y quién no engordaría comiendo solo estofado de cordero? Además era más que capaz de cambiar su letra. Hablar con frases sencillas y arrastrar los pies era fácil en comparación.

Que dominara el ganchillo al nivel de Blanka era impresionante, pero podría tratarse de un caso de adquisición repentina de una competencia, esa habilidad que tenían los genios para aprender a hacer algo de un día para otro. Como sugirió Pete, pudo haber utilizado Google Translate para el diario; al fin y al cabo no era más que una frase. Y con su memoria podría haber aprendido el armenio suficiente tras tener solo una breve conversación con Irina.

Puede que todo empezara como un juego y después se le fue de las manos hasta el punto de que ya no sabía dónde acababa ella y empezaba Blanka. O es posible que lo planeara todo. Es la hija de Pete, un maestro de la anticipación, pero ella es mucho más inteligente que su padre.

Pete invitó a Kia a casa, se encerró en el baño con Emmy y quién sabe de qué más cosas podía haberse percatado Stella. Quizá ella vio lo que yo me negaba a admitir. El modo histérico podría ser un grito de ayuda, pero como no funcionó, recurrió a otro método.

Mi mente va a mil por hora: ¿es posible? Tal vez dice siempre que no se acuerda cuando le pregunto por esa época porque olvidar es una forma de sanación. Aunque también puede ser el subterfugio de una niña que no quiere que le hagan demasiadas preguntas por miedo a delatarse.

—¿Te lo estás pasando bien en la playa, mami? —Hay una preocupación en su mirada que no he visto nunca antes. Aunque yo no me diera cuenta, quizá Stella sabía que ella y yo estaríamos mejor sin Pete. Y Luna también.

El sol invernal asoma entre las nubes, cambia el color del mar, que pasa de gris a verde, y consigue que todos los guijarros de la playa resplandezcan. Se me llenan los ojos de lágrimas.

—Me lo estoy pasando muy bien, cariño —respondo, y ella sonríe.

Vuelve a tener la piel como el nácar y una melena pelirroja indomable. Si planeó la expulsión de Pete, lo hizo por mí. Yo he luchado mucho para protegerla a ella, pero Stella nunca ha dejado de protegerme a mí... y también a sí misma. Estaba luchando por las dos. Tengo el corazón a punto de explotar.

Irina abre la lata con las hojas de parra y me la tiende. Yo cojo un puñado de cenizas. La única vez que toqué a Blanka fue cuando la liberé después de que Stella la atara a la silla, pero ahora lo estoy haciendo de una forma mucho más íntima: tengo en la mano los diminutos trocitos de sus huesos y el polvo fino de lo que antes fueron sus órganos y su piel. Allí estaban los restos de las vértebras que una vez se formaron en el interior de Irina. Y ahora la voy a volver a liberar. El viento sopla desde detrás y abro la mano: las cenizas se convierten en una nube, una voluta de vaho en el aire frío.

—Gracias —murmuro—. *Allons-y.* —Eso es lo que el Doctor Who, que tanto le gustaba, decía cuando había llegado el momento de empezar otra aventura. Tal vez ahora ella pueda por fin viajar hasta los confines del universo.

—*Allons-y!* —grita Stella, que está justo detrás de mí.

Se introduce más en el mar, hasta que el agua le llega a las rodillas, y me coge la mano para que vaya con ella. No es más que una niña, no ha podido planear un engaño así. Cuando Blanka por fin me habló en «las ollas de sopa», supe sin lugar a dudas que estaba hablando con un ser que quedaba más allá de mi comprensión. Y lo que sentí fue un gran asombro, como si estuviera mirándole a los ojos a una ballena después de percibir su fuerza inconmensurable. Eso no pudo hacerlo mi hija.

Y si fue ella, no me lo va a contar. Me mira y sonríe. La fuerza de una ola arrastra la arena que pisamos y las dos nos tambaleamos. Pero nuestras manos siguen unidas, no nos soltamos, y así logramos recuperar el equilibrio.

# Agradecimientos

Gracias a mis fenomenales agentes Emma Leong, de Janklow & Nesbit (Reino Unido), y Chad Luibl, de Janklow & Nesbit (EE. UU.). Su conocimiento de la industria y sus increíbles consejos sobre narrativa me han cambiado la vida. Tengo mucha suerte de ser su cliente.

Ha sido un sueño trabajar con mi editora, la leyenda del mundo editorial Pamela Dorman. Su esfuerzo y el de su colega canadiense, Lara Hinchberger, ha conseguido que este libro sea infinitamente mejor y trabajar con las dos ha resultado ser como un maravillosa clase magistral particular de escritura.

También me siento muy honrada de haber trabajado con el fantástico equipo de Pam: gracias a Marie Michels por estar siempre pendiente de todo y a Natalie Grant por su ayuda. Rebecca Marsh y Sara Delozier, además de Magdalena Deniz, son unas verdaderas profesionales que han trabajado sin descanso para correr la voz, y Molly Fessenden es una campeona en el mundo de marketing.

Gracias a todas las demás personas fantásticas de Pamela Dorman Books/Viking y de Penguin Random House Canadá que me han ayudado a hacer realidad este libro, sobre todo a Brian Tart, Andrea Schulz, Patrick Nolan, Kate Stark y Mary Stone. También estoy muy agradecida con todos los que estaban en segundo plano luchando por este libro, especialmente

Tricia Conley, Diandra Alvarado, Nina Brown, Matt Giarratano, Nick Michal, Laura Petrella, Jenny Moles y Katie Rizzo. Muchísimas gracias a Nicole Celli por supervisar de una forma tan estupenda todo el proceso de publicación. La preciosa y evocadora portada es obra de Jason Ramirez y Dave Litman. Y Claire Vaccaro y Cassandra Mueller han conseguido un resultado espectacular con el interior.

Quiero brindar por Bea Grabowska y su fabuloso equipo de Headline en Reino Unido. Les agradezco en el alma su pasión y su gran trabajo.

Tash Barsby, subdirectora editorial de Novelry, es el hada madrina de este libro. Ha hecho magia con mi paquete de presentación y me ha puesto en contacto con la agente perfecta. Louise Dean, la fundadora de Novelry, ha logrado crear una comunidad de escritores increíble.

Tengo el gran privilegio de que se ocupe de mí la impresionante agencia Janklow & Nesbit y les doy mis más sinceras gracias a los que allí se dejan la piel por los escritores en los aspectos legales y financieros. Nathaniel Alcaraz-Stapleton se convirtió en el mejor embajador de este libro desde el principio y le ha encontrado unas editoriales excelentes en el extranjero. También agradezco a todos mis editores extranjeros que hayan apostado por este libro.

Le debo un agradecimiento enorme a mi agente para cine y televisión Penni Killick, de The Artists Partnership, por todo lo que ha hecho por el libro.

En la parte más personal, quiero darle las gracias a Kara Levy, Kate Milliken y Rachel Howard, que fueron las primeras en leer estas páginas y me transmitieron unas opiniones valiosísimas. El apoyo inicial de Diana Whitney ha significado muchísimo para mí y me ha empujado a seguir. David Shelley, mi mejor amigo desde que era joven, ha compartido conmigo su experiencia en el mundo editorial y me ha dado buenísimos consejos a lo largo de los años. Además hay más amigos que me han contado sus impresiones y me han dado ánimos: Malena

Watrous, Yael Goldstein-Love, Martha Conway, Daniel Gilsenan y Joe Winkley.

Adam Kuper me ha prestado generosamente su casa en Muswell Hill, que ha sido un refugio tranquilo cuando necesitaba sacar el trabajo adelante.

Le agradezco mucho a Sophia Grene sus consejos a la hora de describir el autismo. También le debo mi agradecimiento a los autores que me han ayudado a comprender el autismo y la neurodivergencia: Sara Gibbs con su libro *Drama Queen* y Heidi Mavir con *Your Child is Not Broken*.

Un enorme abrazo para Osanna Avanesova por revisar el libro para ayudarme con sus conocimientos sobre Armenia y Azerbaiyán. También los siguientes libros me sirvieron para comprender la experiencia de los refugiados armenios en Azerbaiyán: *Liminal: a refugee memoir*, de Liyah Babayan, y *Nowhere: A Story of Exile*, de Anna Astvatsaturian Turcotte. Krikor Moskofian, fundador y director del Centre for Western Armenian Studies, me ayudó muy generosamente con las traducciones al armenio. Muchas gracias a Suzan Kalayci por aconsejarme que me pusiera en contacto con ellos.

Empecé este libro en 2019 y después llegó el 2020. Se lo debo todo a mi querida amiga Stephanie Grandjacques y a las demás mujeres maravillosas que estuvieron ahí cuando las necesitaba durante los años más oscuros. Gracias desde lo más profundo de mi corazón a Ruth Whippman, Caroline Paul, Arabella Hester y Hilda Wang. También me apoyaron durante ese año mis queridas amigas del colegio Hannah Kuper, Judith Wardle y Kathryn Crandon y me ayudaron a sobrevivir a esa época.

Gracias a mi fantástica amiga Catherine Kernot, compañera de natación en las frías aguas, que me ha proporcionado inspiración durante nuestro baño semanal. La implacable productividad de Lucy Ayrton me ha servido de motivación y Cindy Skach me ha hecho reír cuando hemos compartido las dificultades de nuestras vidas y nuestros trabajos.

He aprendido mucho de mis brillantes alumnos de escritura de ficción en las universidades de Stanford y Oxford. Me siento muy agradecida con todos ellos, sobre todo con los que me hacían las preguntas más difíciles.

El apoyo de Megan, la querida niñera de mis hijos, me ha permitido ponerme a escribir durante los primeros años y estoy muy agradecida con ella por todos los viajes a Totland, por las galletas con forma de pececito y por los proyectos de costura.

Gracias a mi generosa y amorosa familia política, sobre todo a Carol Wells y Chas Harrison, Cathy Strisik, y Luke, Lindsey, Lucy y Annaleigh Schreiber. Durante la pandemia ellos me preparaban té y me decían que lo estaba haciendo muy bien cuando necesitaba ánimos. El tristemente fallecido y muy añorado Larry Schreiber era un contador de historias increíble y si siguiera vivo le estaría hablando a todo el mundo de este libro.

Cuando era pequeña iba a todas partes con una maletita rosa cargada de libros. Mis increíbles padres, Rose y David Echlin, se aseguraron de que esa maleta estuviera siempre llena y, al escoger sus caminos en la vida, me dieron la confianza para hacer lo mismo. Gracias a mi querido hermano, Jamie Echlin, por hacer todo lo posible por darme su apoyo en 2020. Cuando pasa lo peor, Jamie siempre está ahí para lo que haga falta. Mi adorada hermana, Kezia Echlin, me dijo una vez que debía seguir escribiendo, aunque no publicara nunca un libro, «porque eres escritora y eso es lo que tienes que hacer». Le agradezco profundamente su fe en mí, el ramo de flores más bonito del mundo en el momento adecuado y la verificación de toda la información médica (cualquier error que haya en estas páginas es culpa mía).

Gracias a mis queridos hijos, Griffin y Seraphine, por estar siempre contándome sus historias, sus chistes y sus ideas. Son mis compañeros preferidos para salir a dar un paseo.

A lo largo de los años que hemos pasado juntos, Jordan Schreiber, el amor de mi vida, se ha ocupado de arreglar grifos, hacer el papeleo de los impuestos y conseguir que todo entrara en el presupuesto. Me ha ayudado siempre a encontrar tiempo para escribir y nunca me ha dicho que me busque un trabajo de verdad, ni cuando no teníamos dinero. Nuestra pasión me ha mantenido a flote desde que nos conocimos en la universidad, y cuando todo se desmoronó, él nunca dejó de hacerme reír. La deuda que tengo con él es descomunal.